네이키드 런치

네이키드 런치

민음사

윌리엄 S. 버로스 장편 소설   권지은 옮김

네이키드 런치

일러두기

1   이 책은 William S. Burroughs, *Naked Lunch*(Penguin Classics, 2001)를 저본으로
     번역하였다.
2   각주는 대부분 옮긴이 주이며, 원주일 경우에는 원주임을 밝혔다.
3   원서의 이탤릭체와 대문자 부분, 영어 이외의 언어는 고딕체로 표기했다.

네이키드 런치

네이키드 런치

그리고 서부로 향하다

포위망을 좁혀 오는 경찰의 움직임이 느껴지고, 저 멀리서 경찰의 끄나풀들이 내가 워싱턴 스퀘어역에 버린 숟가락과 투약기를 살펴보는 움직임도 느껴져서, 나는 개찰구를 잽싸게 통과하고는 철제 계단 두 층을 뛰어 내려가 상행선 지하철에 몸을 싣는다…… 아이비리그 출신 광고 회사 임원같이 생긴 짧은 머리의 젊고 잘생긴 동성애자가 문을 잡아 준다. 나는 틀림없이 이 남자가 생각하는 히피의 전형적인 모습을 하고 있을 것이다. 그 역시 뻔한 유형의 사람이다. 바텐더나 택시 운전사와 농담 섞인 장난을 주고받고, 권투와 다저스 야구팀에 대해 토론하며, 네딕스 식당의 종업원을 친근하게 이름으로 부르는, 완전 재수 없는 놈. 그때 흰 트렌치코트를 입은 마약 단속반 형사(흰 트렌치코트를 입고 누군가를 미행하다니. 동성애자로 위장이라도 하려 했던 건가.)가 때맞춰 승강장에 도착한다. 왼손에는 내가 버린 투약기를, 오른손에는 총을 들고선 이렇게 외치는 것만 같다. "이봐, 자네 뭘 떨어뜨렸어."

하지만 지하철이 움직인다.

"안녕, 느림보 아저씨!" 소리치는 내 모습은 이 동성애자에게는 B급 연극처럼 느껴지겠지. 나는 그의 눈을 지긋이 쳐다보고, 그의 흰 치아와 플로리다에서 태웠을 법한 피부, 200달러 짜리 상어 가죽 양복과 브룩스브라더스 셔츠, 그리고 그가 소 도구로 들고 있는《더 뉴스》신문을 눈여겨본다. "내가 유일하 게 읽는 건《리틀 애브너》[1]인데."

그는 멋진 힙스터처럼 보이고 싶어 하는 소시민[2]이다…… "대마초오"[3]를 언급하면서 가끔 한 대씩 피우기도 하고, 빠른 할리우드식 효과를 얻기 위해 몇 개씩 가지고 다니는 사람.

"이봐, 고마워. 당신 우리랑 같은 부류군." 이 말에 그의 얼 굴은 얼간이 같은 분홍빛 효과를 내는 핀볼 기계처럼 환하게 밝 아진다.

"그가 나를 꼰질렀어." 나는 우울하게 말했다.[4] 그러고는 그에게 가까이 다가가 내 더러운 중독자의 손가락으로 그의 상 어 가죽 소매를 잡았다. "그리고 우리는 오염된 바늘을 공유하 는 피로 맺어진 형제지. 당신에게만 몰래 말하는데 그는 곧 '한 방'을 맞게 될 거야."[5]

"한 방 맞는 사람을 본 적이 있나? 필라델피아에서 김프라 는 작자가 맞는 걸 본 적이 있지. 창녀촌에서나 볼 법한 단방향

---

1   1934년부터 1977년까지 미국에서 발행되었던 만화다.

2   소시민과 힙스터 모두 비트 세대가 사용하던 속어. 소시민은 사회 규범을 충실
히 따르는 당시 미국 사회의 지루하고 평범한 사람을 지칭하는 용어고, 반대로
힙스터는 사회 규범에서 벗어나 주체성을 찾으려는 일련의 반사회적인 개인들
을 부르던 용어다.

3   상대가 대마초(pot)를 대마초오(pod)라 잘못 발음하고 있다.

4   〔원주〕'꼰지르다'는 영국의 도둑들이 사용하는 밀고라는 뜻의 속어다.

5   〔원주〕한 방은 누군가를 청산할 목적으로 중독자에게 판매되는 독극물 마약의
한 종류로, 종종 밀고자에게 투여된다. 일반적으로 한 방은 마약과 유사한 맛과
외양을 가진 독극물이다.

투시 거울을 그 남자 방에 설치하고선 10달러를 내고 그 광경을 봤지. 그 남자는 끝까지 팔에 바늘을 꽂고 있더군. 정상적인 마약이라면 그러지 않았을 텐데. 한 방을 맞는 사람은 늘 그런 식으로 죽어. 엉겨 붙은 피로 가득 찬 투약기가 푸르뎅뎅한 팔에 매달려 대롱거리는 채로. 주삿바늘을 찔러 넣을 때 그 남자의 눈에 떠오른 표정, 그건 군침이 돌 정도로 멋지지…….

이쪽 업계에서는 최고의 협잡꾼이던 한 자경단원과 여행할 때가 기억나는군. 시카고 부근의…… 링컨 공원에서 동성애자들에게 작업하고 있을 때였어. 어느 날 밤에 그 자경단원이 보안관 배지가 달린 검은 조끼와 카우보이 부츠를 신고 어깨에는 올가미를 메고 나타났어.

그래서 내가 물었지. '뭐야? 벌써 약에 취한 거야?'

그는 날 물끄러미 보더니 말하더군. '낯선 자여, 총을 뽑게.'[6] 그러고선 낡고 녹슨 6연발 리볼버를 꺼냈어. 총알이 사방으로 날아다니고, 나는 링컨 공원을 가로질러 도망갔지. 세 명의 동성애자를 죽이고 나서야 그 남자는 경찰에 잡혔어. 자경단원이라는 별명에 어울리는 자였지…….

동성애자가 사용하는 은어 중 얼마나 많은 표현이 사기꾼들에게 남용되는지 알고 있나? 예를 들어 상대에게 너도 같은 부류라는 걸 알리기 위해 쓰는 '접선'이라는 단어처럼 말이야.

'그 여자를 잡아!'

'순진한 사람에게 사기 치려고 시동 거는 저 마약쟁이를

---

6 미국의 서부 개척 시대에서 유래된 표현으로, 카우보이가 총싸움을 시작하기 직전에 상대에게 건네는 말이다.

잡아.'

'저 쓸데없이 부지런한 녀석이 그 남자에게 너무 급하게 구애하고 있어.'

신발 가게 꼬마[7]가 말하지. '목표물이 일단 한번 맛을 보면 더 달라고 애원하며 다시 올 거야.' 목표물을 발견하면 그는 숨이 거칠어지지. 얼굴은 부어오르고 입술은 더위 먹은 에스키모처럼 보라색으로 변하고. 그러고선 목표물을 느끼면서 상대를 향해 아주 천천히 다가가서는, 썩은 영적 에너지가 고여 있는 손가락으로 만지기 시작하지.

정직한 어린아이 같은 모습을 한 시골뜨기는 푸른 네온사인처럼 내부에서 타오르는 열정을 지녔지.《새터데이 이브닝 포스트》표지에서 막 걸어 나온 듯 멋진 외모를 하고는 마약에 찌들어 버린 거야. 시골뜨기가 노린 목표물은 얌전한 사람들이었고, 그가 사용한 마약은 사기꾼 조직 소유였어. 어느 날 꼬마 블루가 마약을 하다 잘못되었고, 그때 그의 몸에서 나온 부산물은 구급차 대원을 토하게 할 정도로 끔찍했지. 시골뜨기는 결국 미쳐서는 빈 셀프서비스 가게와 지하철역을 뛰어다니며 고함을 질렀어. '꼬마야, 돌아와! 돌아와!' 그러고선 애인을 따라 이스트강에 몸을 던졌어. 콘돔과 오렌지 껍질, 떠다니는 각종 신문지 사이로 몸을 던져서는, 콘크리트에 암매장된 깡패들의 시체와 말 많은 탄도 전문가의 집요한 손길을 피해 납작하게 짓이겨진 권총과 함께 조용하고 새까만 진흙 속으로 가라앉았어."

7   〔원주〕페티시를 가진 신발 가게 손님들을 등쳐 먹어서 붙은 별명이다.

그러자 동성애자 청년은 생각한다. '이거 엄청난 인물인데! 클라크에 있는 친구들에게 이 사람에 대해 얼른 얘기해 줘야지.' 그는 캐릭터 수집가로, 조 굴드[8]의 갈매기 흉내마저도 견딜 수 있는 사람이다. 그래서 나는 그에게 치덕대서 10달러를 얻어 내고는, 그의 표현대로 "대마초오"를 팔겠다는 약속을 하면서 속으로는 '이 바보에게 개박하로 사기 쳐야겠군.'이라고 생각한다.[9]

나는 내 팔을 두드리며 말했다. "자, 이제 일하러 갈 시간이야. 어떤 판사가 말한 것처럼 '공정하게 행동해라. 만약 공정할 수 없다면 네 맘대로 해라.'"

셀프서비스 가게를 가로지르다가, 신경마비가 온 1910년대 은행가처럼 남의 코트를 입은 채 웅크리고 있는 빌 게인스와 마주친다. 그리고 먼지투성이의 번들거리는 더러운 손가락으로 파운드케이크를 음료에 적시고 있는 허름하고 초라한 올드 바트도 만난다.

나는 빌이 관리하던 중산층 고객의 일부를 담당했고, 바트에게는 홉을 피우던 예전 시절부터 알고 지낸 늙은이들이 있었다. 잿빛의 허깨비 같은 건물 관리인, 마약 부작용이 덮치는 새벽에 기침과 침을 뱉어 내면서 늙은이의 느린 손으로 먼지 쌓인 홀을 청소하는 유령 같은 문지기, 테마 호텔에서 천식에 시달

---

8   Joe Gould(1889~1957). 20세기 초중반 뉴욕에서 유명했던 보헤미안 작가이자 예술가로, 종종 갈매기 흉내를 내는 기행을 선보여 '갈매기 교수'라는 애칭을 얻었다. 버로스를 비롯한 비트 세대의 시 낭독회에 자주 참석했던 것으로 알려졌다.

9   〔원주〕 개박하는 탈 때 대마초와 비슷한 냄새를 풍긴다. 부주의하거나 잘 모르는 사람들은 종종 대마초로 착각한다.

리는 은퇴한 장물아비, 피오리아[10] 출신의 늙은 아편쟁이 마담, 아픈 티를 내지 않는 금욕적인 중국인 웨이터. 인내심을 가지고 조심조심 느리게 움직이는 닳고 닳은 마약 중독자의 걸음걸이로 바트는 이런 사람들을 찾아 나서서 그들의 핏기 없는 손에 몇 시간의 온기를 전해 주었다.

나는 재미로 바트와 동행한 적이 있었다. 늙은 사람들이 수치심도 잊은 채 먹어 대는 모습을 보면서 토할 것 같은 느낌을 아는가? 늙은 중독자들이 마약을 대하는 태도도 똑같다. 마약을 보는 순간 그들은 횡설수설하면서 괴성을 지른다. 마약을 준비하는 동안 그들의 턱에서 침이 흘러내리고 위가 꾸르륵거리며 창자 전체가 연동 운동을 시작하고, 육체의 품위를 지키는 피부가 녹아내리면서 대사 물질의 거대한 방울이 언제든 튀어나와 중독자를 감쌀 것 같은 기분이 든다. 정말 역겨운 장면이다.

"뭐, 내 친구들도 언젠가는 저렇게 되겠지." 나는 철학적인 생각에 잠긴다. "인생 참 희한하지 않아?"

아까 본 형사가 청소 도구함에 숨어 있을 경우를 대비해 나는 셰리든 스퀘어역을 통과해 시내로 다시 내려온다.

장담하건대 이런 식의 삶은 언젠가는 끝나기 마련이다. 저 멀리 레번워스의 경찰들이 내 저주 인형을 만들어서는 각종 주술 의식과 사악한 경찰 마법을 실행하고 있다는 걸 난 잘 알고 있다. "마이크, 그 인형에 바늘을 찔러 대도 소용없어."

경찰들이 저주 인형을 사용해 채핀을 검거했다고 들었다. 늙은 내시 같은 경찰이 관할 경찰서 지하에 앉아 밤낮으로 수

10   일리노이주의 도시다.

년간 인형을 목매달았다. 채핀이 코네티컷에서 목을 맸을 당시 그는 목뼈가 부러진 채 발견되었다.

"계단에서 굴러떨어졌습니다."라고 그들은 말한다. 경찰들의 유구한 거짓말. 중독자는 마법과 금기, 저주와 부적에 둘러싸여 있다. 나는 레이더를 사용해 멕시코시티에 있는 연결책과 연락할 수 있다. "이 거리 말고 다음 거리, 그래…… 이제 왼쪽으로 돌아. 이제 다시 오른쪽으로." 그러면 그가 나타난다. 이빨이 다 빠진 노파의 얼굴과 초점 없는 눈을 하고서는.

이 마약 판매상이 노래를 흥얼거리며 걸어 다니면 지나치는 사람들은 모두 그 노래를 따라 부른다. 이 남자는 회색빛 유령 같은 무명의 인물이라 사람들은 그의 존재를 알아차리지 못하고 그 대신 노래가 자기 머릿속에서 시작됐다고 믿는다. 따라서 고객들은 「미소」나 「사랑하고 싶은 기분」, 「진지한 관계가 되기에는 우리가 너무 어리다고 말하네」, 혹은 그날에 해당하는 어떤 노래든 간에 그것을 따라 부른다. 가끔은 생쥐처럼 생긴 중독자들 쉰여 명이 역하게 새된 소리를 내지르면서 하모니카를 든 소년을 따라 뛰기도 하고, 등나무 의자에 앉은 마약 판매상이 백조에게 빵 부스러기를 던져 주고, 뚱뚱한 드래그[11] 퀸이 아프간하운드를 데리고 동쪽 50번가를 가로지르고, 술 취한 늙은 노숙자가 기둥에 소변을 보고, 급진적인 유대인 학생

---

11   여장한 채 여성 역할을 연기하던 남자들의 공연 문화에서 유래된 표현이다. 단순히 여성적 외모와 행동을 모방하는 것을 넘어 여성성이 일종의 '흉내 내기' 내지는 구성적인 측면을 가지고 있음을 드러낸다는 점에서 사회 비판적 역할을 수행하기도 한다. 반드시 여장한 남자만이 아니라 남장 여자, 혹은 논바이너리 드래그 등 다양한 드래그 문화가 존재한다.

이 워싱턴 스퀘어에서 유인물을 나눠 주며, 수목 전문가와 방역 업체 직원, 광고 회사 애송이가 네딕스 식당에서 종업원의 이름을 친근하게 부른다. 중독자들을 잇는 세계적인 연결망은 지독한 냄새를 풍기는 정액의 끈으로 수렴되고, 가구가 딸린 셋방을 전전하면서 아침이면 찾아오는 중독 부작용으로 몸을 떨어 댄다.(올드 피트의 사람들은 중국인이 경영하는 세탁소 뒷방에서 검은 연기를 들이마셨고, 우울한 아이는 연기를 너무 오래 들이마셨거나 아니면 숨을 참아서 결국 죽어 버렸다.) 예멘, 파리, 뉴올리언스, 멕시코시티, 이스탄불에서는 압축 공기 망치와 증기삽 아래에서 떨면서 누구에게도 들리지 않는 중독자의 저주를 서로에게 퍼붓고, 마약 판매상이 지나가는 증기 롤러에서 몸을 내밀고, 나는 타르가 든 양동이를 거머쥐었다.[12] 산 자와 죽은 자, 아프건 혹은 약에 취해 있건, 중독되었건 끊었건 혹은 다시 중독되건 간에 모두가 마약의 광휘에 끌리고, 중독자들이 서로에게 느끼는 유대감은 멕시코시티의 돌로레스 거리에서 찹 수이[13]를 먹고, 셀프서비스 가게에서 파운드케이크를 적셔 먹고, 마약 교환 장소에서 고함지르는 '그 인간들'한테 쫓기는 경험을 통해 우러난다.[14]

늙은 중국인이 녹슨 양철 용기로 강물을 떠서는 탄 재처럼 딱딱하고 새까만 옌 가루를 씻어 낸다.[15]

---

12 〔원주〕이스탄불은 마약 구역을 허물고 재건하는 중이다. 이스탄불에는 뉴욕시보다 더 많은 수의 헤로인 중독자들이 산다.

13 미국식 중국 볶음 요리다.

14 〔원주〕'그 인간들'은 마약 단속반을 칭하는 뉴올리언스의 속어다.

15 〔원주〕옌 가루는 아편을 피우고 남은 재다.

　　어쨌든 경찰이 내 숟가락과 투약기를 확보했고, 디스크 윌리라는 별명의 밀고자를 앞세워 내가 자주 들르는 곳을 수색 중이다. 둥근 타원 모양을 한 윌리의 입 주변에는 예민하고 빳빳한 검은색 수염이 일렬로 나 있다. 그는 안구에 총을 맞아 실명했고, 코와 입천장은 헤로인을 흡입하느라 문드러졌으며, 몸은 나무처럼 딱딱하고 말라비틀어진 상처들로 가득하다. 입이 그런 상태라 윌리는 하급 마약만 할 수 있고, 가끔은 영적 에너지의 긴 튜브를 사용해 흐느적거리면서 마약의 조용한 주파수를 찾으려고 애쓴다. 그는 내 흔적을 뒤쫓아 온 도시를 돌아다니면서 내가 묵었던 방들을 덮치고, 결국 경찰과 합세해 수폴스[16]에서 여행 온 신혼부부를 급습한다.

　　"좋아, 리! 그 가죽끈을 벗고 앞으로 나와! 네가 누군지 알고 있어."라고 말하면서 막무가내로 남편의 성기를 잡아당긴다.

　　그러자 몸이 달아오른 윌리가 저 멀리 어둠 속에서(그는 밤에만 정상적으로 활동한다.) 끙끙대는 소리가 들린다. 맹목적으로 마약을 찾는 입이 갈망하는 끔찍한 절박함을 그는 느끼는 중이다. 경찰이 신혼부부를 급습할 때 윌리는 통제 불가능한 상태가 되더니 다 먹어 치울 기세로 문에 뚫린 구멍에 입을 가져다 댄다. 경찰이 경찰봉으로 제압하지 않았더라면 그는 만나는 중독자마다 빨아 댔을 것이다.

　　경찰이 윌리를 내세워 나를 찾고 있다는 걸 나뿐만 아니라 모두가 알고 있었다. 그리고 만약 나와 거래하는 어린 고객이

16　사우스다코타주의 도시다.

“마약을 주는 대가로 그가 갖가지 끔찍한 성관계를 강제했다.”
라고 증언하기라도 한다면, 나는 이 도시를 미련 없이 떠날 것
이다.

  그래서 우리는 헤로인을 잔뜩 비축하고 중고 자동차를 구
매한 후 서부로 출발한다.

자경단원

자경단원은 조현병을 내세워 감형받았다.

"저는 제정신이 아닌 채로 제게 매달리는 유령 손가락들을 뿌리치려고 노력했습니다…… 다른 모든 유령이 원하는 걸 저도 똑같이 원했습니다. 바로 육체죠. 생명도 냄새도 없는 골목길을 오랫동안 배회하면서 죽음의 냄새가 없는 무색의 공간을 헤맨 끝에 얻은 결론입니다…… 헤로인 덩어리가 묻은 분홍색의 복잡한 연골 조직망이나 빌어먹을 시간, 그리고 육체의 검은 피막을 통해 죽음의 냄새를 맡을 수 있는 사람은 아무도 없습니다."

세로로 길게 늘어난 법정의 그림자 속에 그는 그렇게 서 있었다. 마약이 주는 육체의 일시적인 영적 에너지 안에서 꿈틀거리는 유충 같은 장기들의 욕정과 허기로 인해, 찢어지는 피막처럼 구겨진 얼굴을 하고. (첫 심문에 대비해 그는 열흘 동안 마약을 끊었다.) 마약의 조용한 손길이 닿기만 해도 금세 사라질 육체의 갈증.

뉴욕의 한 호텔 방에서 한 손에는 주사기를, 다른 손에는 바지를 추켜잡고서는 십 분 만에 체중이 5킬로그램이 빠지는 사람을 본 적이 있다. 그의 망가진 몸은 차가운 노란색 광휘로 불타고 있었다…… 침대 옆 테이블에는 사탕 상자 껍질이 뒹굴고, 담배꽁초는 세 개의 재떨이에서 폭포처럼 흘러내리고, 잠못 이루는 밤의 편린들 그리고 자신의 사랑스러운 몸을 위해 약을 한 중독자에게 찾아오는 음식을 향한 갑작스러운 갈망……

자경단원은 연방 법원의 린치 법안에 따라 기소되었고, 결국 유령들을 감호할 목적으로 특별히 설립된 연방 정신병원에 감금되었다. 사물들의 정확하고도 평범한 효과…… 세면대…… 문…… 변기…… 빗장들…… 거기 있고…… 그게 다야…… 모든 선은 끊겼고…… 그 너머에는 아무것도 없어…… 막다른 골목…… 그리고 모든 얼굴에 떠오르는 막다른 골목……

외양의 변화는 처음에는 느리게 시작하다가 검은 소음을 내면서 갑자기 훅 다가와서는 헐거워진 그의 세포 조직 사이로 스며들더니 인간의 윤곽을 지워 버렸다…… 그가 있었던 자리에는 완벽한 어둠이 지배하고, 하나의 기관으로 합쳐진 입과 눈이 앞으로 돌진하면서 투명한 이빨로 물어뜯는다…… 하지만 기능이나 위치의 측면에서 예전과 똑같은 신체 기관은 이제 하나도 없다…… 생식 기관은 아무 장소에서나 불쑥 솟아오르고…… 직장은 열리고, 배변하고, 닫힌다…… 몸의 유기적 시스템 전부가 찰나의 조정을 거쳐 색깔과 농도를 바꾼다……

시골뜨기

　　시골뜨기는, 그의 말을 빌리자면 그가 가진 공격성 때문에 사회가 부담해야 할 위험 요소가 되었다. 그의 '내부에 새겨진 표식'이 그를 지배하고, 그건 아무도 달랠 수 없는 폭풍과도 같다. 필라델피아 외곽에서 시골뜨기가 경찰차를 급습하려 했는데 경찰이 그의 얼굴을 한번 보더니 우리 모두를 구속했다.

　　우리는 칠십이 시간 동안 다섯 명의 역겨운 마약쟁이들과 함께 감방에 갇혀 있었다. 굶주린 이놈들에게 내가 가진 마약을 보여 주고 싶지 않았기 때문에, 독방으로 옮겨 갈 수 있도록 교도관에게 몰래 금품을 건넸다.

　　다람쥐라 불리는 준비성이 철저한 중독자들은 검거될 경우를 대비해 물건을 잘 보관해 둔다. 마약을 할 때마다 흘리는 몇 방울이 내 조끼 주머니 속으로 떨어져 안감을 뻣뻣하게 만든다. 나는 신발에 플라스틱 투약기를, 벨트에 안전핀을 숨겨 둔다. 안전핀과 투약기를 사용하는 방법은 잘 알려져 있다. "그 여자는 피와 녹이 엉겨 붙은 안전핀으로 다리에 큰 구멍을 낸다. 그 구멍은 외설스럽고도 오염된 입처럼 벌어져서는 투약기와의 끔찍한 합일을 기다리고, 여자는 입 벌리고 있는 상처에 투약기를 깊숙이 쑤셔 넣는다. 하지만 추하게 왕성한 욕구(건조한 지역에 사는 곤충의 허기)로 인해 그 여자의 황폐해진 허벅지 (토양 부식을 그린 포스터처럼 보이는)의 깊숙한 안쪽에서 투약 기가 부러진다. 그렇지만 그 여자가 상관이나 하겠는가? 그녀 는 깨진 유리를 제거할 생각조차 하지 않고 마치 육류 도매상과 같은 싸늘하고 텅 빈 눈초리로 피범벅이 된 허벅지를 내려다본 다. 원자 폭탄이나 빈대, 살인적 의료비, 연체된 그녀의 몸을 회 수하기만을 기다리는 자본…… 그 어느 것도 그 여자는 상관하 지 않는다…… 좋은 꿈 꿔, 아편 아가씨.”

진짜 방식은 다리의 살을 살짝 들어 올려 안전핀으로 빠르 게 한 번 찔러 구멍을 낸 후 투약기를 **구멍 안이 아니라 구멍 위** 에 고정하고 옆으로 튀지 않도록 액체를 천천히 조심해서 주입 하는 것이다…… 내가 시골뜨기의 허벅지를 쥐었을 때 살이 밀 랍처럼 밀려 올라와서는 그 모양을 그대로 유지했고 고름 한 방 울이 구멍에서 천천히 새어 나왔다. 그때 필라델피아에서 만져 본 시골뜨기만큼 살아 있는 사람의 피부가 차가웠던 적은 없었 다……

질식 파티[17]를 여는 한이 있더라도 나는 시골뜨기를 쳐 내 기로 결심했다. 시골뜨기는 이쪽 업계에서 뒤처지는 녀석이라 험한 세상으로 ‘내보내야’ 한다.[18]

시골뜨기의 공격성은 점차 습관적으로 변한다. 경찰, 호텔

17　〔원주〕질식 파티는 나이가 많거나 병으로 몸져누운 구성원들을 제거하기 위해 고안된 영국 시골의 관습이다. 고통받는 가족이 ‘질식 파티’를 열면 손님들이 늙은 구성원 위에 매트리스를 여러 겹 깐 후 그 위에 올라가 마구 뛰어 댄다.

18　〔원주〕이것은 아프리카의 관습이다. 공식적으로는 ‘지도자 내보내기’로 알려 진 이 관습은 늙은이들을 정글로 데려가 내다 버린다.

안내인, 개, 비서들은 시골뜨기가 다가가면 으르렁거린다. 금발의 신은 손쓸 수 없을 정도로 사악하게 타락했다. 사기꾼들은 변하지 않는다. 그들은 꺾이고 산산이 부서진다. 마치 차디찬 성간 우주에서 폭발한 물질이 우주 먼지로 떠다니며 사라진 후 텅 빈 육체만 남는 것처럼. 세상의 사기꾼들이여, 너희가 절대 이길 수 없는 표식이 하나 있다. 그건 너희 각자의 '내부에 새겨진 표식'이다……

검댕 비가 내리는 날 하늘까지 뻗은 붉은 벽돌 빈민가의 한 귀퉁이에 시골뜨기를 버려두었다. "아는 의사를 만나고 올게. 고순도 정품 모르핀을 구해서 금방 돌아올 거야…… 아니야, 넌 여기서 기다려. 그 사람을 만나면 짜증만 날 테니." 그 귀퉁이에서 시골뜨기가 얼마나 오래 나를 기다렸을지는 중요하지 않다. 안녕 시골뜨기, 안녕 꼬마…… 죽을 때 육체를 뒤에 남겨 두고 영혼은 어디로 향해 갈까?

시카고. 노스와 핼스테드, 시서로와 링컨 공원을 지날 때면 피부가 벗겨진 이탈리아인들의 보이지 않는 위계질서와 망해 가는 갱단의 냄새, 그리고 성불하지 못한 유령들이 한꺼번에 덮쳐 오는 도시. 꿈을 구걸하는 사람들과 현재를 침범하는 과거, 슬롯머신과 낡은 여관의 악취 나는 마법으로 가득한 도시.

내부를 들여다보면 광활하게 구획된 도시, 그리고 의미 없는 하늘을 향해 뻗어 있는 티브이 안테나들. 생기 없는 집 안에서 사람들은 젊은이들의 주위를 맴돌면서 자신이 배척했던 것의 잔재를 빨아 마신다. 젊은이들만이 유의미한 것을 가져오지만 이들의 젊음도 얼마 남지 않았다.(이스트세인트루이스의 술집들이 서 있는 곳은 배가 다니던 개척 시절의, 이제는 죽어 버린 프런티어가 있던 자리다.) 일리노이와 미주리, 봉분을 쌓아 올리는 사람들이 내뿜는 오염된 공기, 식량 공급원을 향한 비굴한 숭배, 잔인하고 추악한 축제들, 지네 신(神)의 막다른 공포가 마운드빌[19]에서 출발해 페루 해안의 달빛 사막까지 이어진다.

미국은 젊은 국가가 아니다. 이곳은 늙고 더럽고 사악한 장소다. 백인 이주민이 정착하기 전부터, 미국 원주민들 이전부터. 악은 누군가를 기다리면서 늘 여기에 있었다.

그리고 언제나 경찰들이 있다. 대학 교육을 받은 능숙한 주 경찰들. 경험이 많고, 사과하는 듯 어깨를 두드리면서, 전류가 흐르는 듯한 눈으로 지나가는 차와 짐, 옷차림과 얼굴을 살핀다. 공격적인 대도시의 경찰들. 말은 부드럽게 하지만, 색바랜 회색 플란넬 셔츠 색을 한 눈동자에는 어둡고 악의에 찬 무언가가 도사리고 있는 시골 보안관들……

그리고 언제나 자동차 문제가 발생한다. 세인트루이스에서 1942년식 스튜드베이커(시골뜨기처럼 내부 엔진에 결함이 있다.)를 중고 패커드 리무진과 교환했는데, 교환한 차가 과열되어 캔자스시티에 겨우 도착했다. 그 후 사들인 포드는 기름 먹는 하마였다. 포드와 교환한 지프를 너무 밟았더니(지프는 고속도로 주행에 적합하지 않다.) 차 내부의 뭔가가 타 버려 덜걱거리기 시작해서 할 수 없이 포드 V-8 모델로 되돌아갔다. 기름 먹

---

19   11세기부터 15세기 사이 고대 문명의 흔적이 봉분 형태로 남아 있는 앨라배마 주의 도시. 문장 뒷부분에서 언급되는 페루는 고대 마야 문명의 발생지다. 따라서 작가는 마운드빌과 페루를 등치시킴으로써 고대 문명 사이의 연결고리를 암시한다.

는 하마든 아니든 간에 주행 엔진은 포드를 따라올 차가 없다.

그리고 미국 사회의 권태는 세계 어떤 곳의 권태와도 다르게 우리를 옥죈다. 그것은 안데스산맥의 높은 산악 마을에 있는 경치 좋은 산에서 불어오는 찬 바람이나 죽음처럼 목구멍을 짓누르는 희박한 공기보다 더 끔찍하다. 검은 카우보이모자를 쓴 중독자 같은 회색빛의 말라리아, 장전된 총들, 진흙투성이 거리를 쪼아 대는 독수리들로 가득한 에콰도르의 강변 마을보다도 끔찍하다. 스웨덴에 도착해 말뫼 페리(페리 안에서는 술이 면세다.)에서 내렸을 때의 기분은 값싼 면세 술들에서 얻은 효과를 경감시키고 사람을 극도로 우울하게 만든다. 외면하는 눈길과 마을 한가운데 위치한 공동묘지,(스웨덴의 마을들은 전부 공동묘지를 중심으로 지어진 것 같다.) 오후에 할 만한 일이 하나도 없고 술집도 영화관도 없어서 나는 남은 탕헤르 차를 모두 마시고는 말했다. "K. E., 저 페리에 당장 올라타서 이곳을 떠 버리자."

하지만 미국의 권태 같은 권태는 세상 어디에도 없다. 눈에 보이지도 않고, 어디에서 비롯된 건지도 알 수 없다. 동네 거리 끝에 있는 술집을 예로 들어 보자. 미국 주택가의 모든 구역에는 술집과 약국과 시장과 주류 가게가 있다. 술집에 걸어 들어가는 순간 곧바로 권태가 느껴진다. 그렇지만 그 권태는 어디에서 오는 것인가? 바텐더도 손님도 아니고, 바의 높은 의자를 감싼 미색의 플라스틱도 아니고, 어두침침한 네온사인도 아니다. 심지어 티브이도 아니다.

이런 식으로 우리의 마약 습관은 미국의 권태와 함께 형성되었다. 그것은 약발이 떨어지기 전에 코카인이 사람을 점점 기분 좋게 고무시키는 것과 크게 다르지 않다. 마약이 떨어져 가고 있었다. 우리가 있던 곳은 기침 시럽밖에 구할 수 없는 시시한 마을이었다. 그래서 기침 시럽을 토해 버린 후 계속 앞으로 달렸고, 오한으로 아프고 땀 흘리는 우리의 몸 위로 찬 봄바람이 시끄럽게 훑고 지나갔다. 마약이 몸에서 빠져나갈 때면 항상 감기 기운으로 고통받는다…… 아르마딜로의 사체가 길 위에 널브러져 있고 독수리들이 늪지와 나무 그루터기에 앉아 있는 황량한 풍경을 지나 계속 달렸다. 펄프 목재로 덧댄 벽과 가스난로, 얇은 분홍색 담요가 있던 모텔들.

정처 없이 돌아다니는 사기꾼과 떠돌이 바람잡이들이 텍사스의 의사를 불태워 죽였다……

생각이 제대로 박힌 사람이라면 그 누구도 루이지애나의 의사를 죽일 생각 따위는 하지 않을 것이다. 이건 중독자들이 준수해야 하는 주(州) 법이다.

마침내 내가 알고 지내던 약사가 있는 휴스턴에 도착했다. 오 년 만에 방문했지만, 그는 고개를 들어 나를 흘끗 쳐다보고는 고개를 끄덕이며 말한다.

"계산대 쪽에서 기다리세요……"

그래서 나는 자리에 앉아 커피를 마신다. 얼마 후 그가 와서 내 옆에 앉더니 말한다.

"뭘 드릴까요?"

"PG 1리터 분량과 넴비스 100알이요."[20]

---

20 PG는 프로스타글란딘이라는 호르몬계 약물이고, 넴비스는 '펜토바르비탈'의 속어로, 수면제나 진정제로 사용된다.

그는 고개를 끄덕인다.

"삼십 분 후 다시 오세요."

다시 갔을 때 그는 내게 봉투를 건네며 말한다.

"15달러입니다…… 주의해서 복용하세요."

PG 주사를 놓는 것은 끔찍하게 번거로운 일이다. 먼저 알코올을 태운 후 장뇌를 얼려서 얻어지는 갈색 액체를 투약기에 떨어뜨린다. 주사를 정맥에 놓지 않으면 농양이 생긴다. 하긴 어디에 놓든 간에 대부분은 농양이 생긴다. 가장 좋은 방법은 신경 안정제와 섞어 마시는 것이다…… 그래서 우리는 약을 페르노 술병에 담고 무지갯빛 호수와 오렌지색의 가스 화염, 습지와 쓰레기 더미, 깨진 병과 깡통들 사이를 기어다니는 악어, 모텔의 네온사인 무늬, 쓰레기로 이루어진 섬들 사이를 지나치는 차들에 외설스러운 고함을 퍼붓는 낙오된 포주들을 지나쳐 뉴올리언스로 향했다.

뉴올리언스는 죽은 박물관이다. 우리는 PG 냄새를 풍기면서 마약 교환 장소를 걸어 다니다가 마약 판매상을 금방 발견한다. 교환 장소는 협소했고 경찰은 누구를 괴롭혀야 하는지 항상 알고 있어서, 그 남자는 될 대로 되라는 생각으로 아무에게나 약을 판다. 우리는 헤로인을 비축하고 멕시코를 향해 되돌아간다.

루이지애나의 찰스 호수를 되짚어 돌아가 텍사스 남쪽 끝에 있는 죽은 슬롯머신의 마을에 도착했을 때, 흑인들을 살해하는 보안관이 우리를 보더니 자동차 등록증을 검사한다. 멕시코 국경을 넘을 때 뭔가가 떨어져 나가는 느낌이 들더니, 갑자기 풍경과 나 사이에 마치 아무것도 존재하지 않는 것처럼 사막과 산과 독수리들이 훅 다가온다. 선회하는 작은 점들과 그 밖의 것들이 너무 가까워서 날개가 공기를 가르는 소리가 들린다.(건조하고 껍질이 갈라지는 소리) 뭔가를 발견한 새들은 푸른 하늘에서 쏟아져 내리듯 하강하고, 검은 깔때기의 모습을 하고는 더럽게 푸르른 멕시코의 하늘을 산산조각 내 버린다…… 밤새도록 운전해 새벽쯤에는 개 짖는 소리와 흐르는 물소리가 들리는 따뜻하고 안개 낀 장소에 도착했다.

"토머스와 찰리." 내가 말했다.

"뭐라고?"

"이 마을의 이름이야. 해수면과 같은 높이지. 여기서부터 곧장 3000킬로미터 위로 올라갈 거야." 나는 마약을 한 방 맞고 뒷좌석에서 잠을 청했다. 이 여자는 운전에 능숙했다. 운전대를 잡는 순간 그 사람의 실력이 드러나는 법이다.

멕시코시티에서 루피타는 아스테카 문명의 대지 여신처럼 앉아서는 저질 마약이 든 봉지를 나눠 준다.

"마약을 파는 게 하는 것보다 더 습관적인 중독이야." 루피타는 말한다. 마약을 하지 않는 판매자는 성 중독에 빠져 있고, 그것이야말로 벗어나기 힘들다.

경찰 요원도 마찬가지다. 구매자 브래들리를 예로 들어 보자. 그는 이 업계가 낳은 최고의 마약 요원으로, 누가 봐도 중독자로 착각하기 십상이다.(그를 훑어보고 견적을 낸다는 의미에서 착각한다는 뜻이다.) 브래들리는 판매상에게 다가가 곧바로 마약을 살 수 있다. 그는 너무나도 평범한 회색의 유령 같은 존재라 판매상은 나중에 그를 기억하지도 못한다. 이런 식으로 브래들리는 수많은 판매상을 차례로 속인다……

브래들리는 점점 진짜 중독자처럼 보이기 시작한다. 사실 술도 못 마시는 사람인데. 발기도 되지 않는 데다 이빨은 빠져 있고. (임산부가 배 속의 낯선 존재를 먹이느라 이가 빠지는 것처럼, 중독자는 자기 안의 원숭이[21]를 먹여 살리느라 누런 이가 빠진다.) 그는 항상 막대 사탕을 빨고 있고, 베이비루스 초코바를 특히 좋아한다. 한 경찰은 브래들리가 막대 사탕 빠는 모습을 보면 역겹다고 토로한다.

브래들리의 외모는 불길한 회녹색을 띤다. 실제로 그의 몸은 자기 자신만의 마약 혹은 그와 비슷한 무언가를 생산해 낸다. 브래들리에게는 내부자라 부를 수 있는 안정된 인맥이 있다. 아니면 그가 그렇게 믿고 있는 것일 수도. 그는 말한다.

"그냥 내 방에만 있을래. 다 빌어먹으라지. 양쪽 모두 따분한 놈들뿐이야. 이쪽 업계에서 나만 제대로 된 인간이야."

그러나 뼛속까지 뒤흔드는 거대한 검은 바람과 같은 욕망이 브래들리를 사로잡는다. 그래서 그는 어린 중독자를 구해 마약을 건네면서 요구한다.

그 소년은 말한다.

"음, 알겠어요. 근데 뭘 하고 싶은 거죠?"

"너한테 비비기만 하면 해결돼."

"어…… 좋아요…… 그렇지만 보통 사람처럼 몸으로 하면 안 되나요?"

나중에 그 소년은 두 명의 동료와 왈도프 식당에 앉아 파

---

21   버로스는 개인 내부에 존재하는 욕망, 특히 마약 중독을 향한 갈망에 대한 은유로 '자기 안의 원숭이'라는 표현을 즐겨 사용한다.

운드케이크를 음료에 적셔서 먹고 있다. 소년이 말한다.

"내가 겪었던 것 중에 가장 끔찍한 경험이야. 어떻게 하는지는 모르겠지만 몸이 거대한 부드러운 젤리처럼 변하더니 나를 감싸안았는데, 완전 더러웠다니까. 그러고 나서는 녹색 슬라임 같은 걸 사방으로 뿌리면서 사정하더라. 그런 식으로 일종의 끔찍한 절정에 도달하나 봐…… 녹색 슬라임이 내 몸 사방에 묻어서 기절할 뻔했어. 그리고 그 남자 몸에서 나는 오래된 썩은 멜론 같은 냄새가 어찌나 코를 찌르던지."

"그래도 쉽게 한 건 건졌잖아."

소년은 체념한 듯 한숨을 쉰다.

"그래, 어떤 일이든 적응하기 마련이지. 내일 다시 만나기로 약속했어."

브래들리의 습관은 점점 더 악화한다. 삼십 분마다 한 번씩 재장전을 해야 한다. 가끔은 관할 경찰서를 방문해 교도관에게 뇌물을 준 후 중독자들이 갇혀 있는 감방으로 몰래 잠입하기도 한다. 아무리 많이 접촉해도 만족할 수 없는 지경까지 다다른다. 이 정도가 되자 그는 관할 구역 감독관에게 소환된다.

"브래들리, 자네의 행동에 대해 입에 담을 수 없을 만큼 끔찍한 소문이 돌고 있어. 자네를 위해서라도 소문이 진실이 아니길 바라네…… 내 말은, 시저의 아내가 말일세…… 크흠…… 그러니까 우리 부서는 의심받아서는 안 돼…… 특히 자네와 관련해 제기되는 그런 의심 말일세. 자네가 경찰 조직 전체의 품위를 실추하고 있어. 그러니 사직서를 즉시 제출하길 바라네."

브래들리는 땅바닥에 몸을 던지고는 감독관을 향해 기어간다.

"안 돼요, 대장님. 안 돼…… 이 부서는 제 생명 줄이란 말이에요."

경찰 "내부의 뒤치다꺼리"를 해 주느라 이가 다 빠졌다면서 브래들리는 감독관의 손에 입을 맞추고 그의 손가락을 입 안쪽으로 밀어 넣는다. (감독관은 브래들리의 치아 없는 잇몸이 느껴졌으리라.) "대장님 제발요. 대장님 엉덩이도 닦아 드리고 다 쓴 콘돔도 씻어 드릴게요. 제 콧기름으로 대장님 신발도 광나게 닦아 드릴게요……"

"세상에, 이건 정말 끔찍한 행동이군! 자존심도 없나? 너무 혐오스러워. 자네는, 음, 뭔가가 잘못돼 있네. 거기다 음식쓰레기 냄새가 어찌나 심한지." 감독관은 향수 뿌린 손수건을 얼굴에 가져다 댄다.

"즉시 이 사무실을 나가 달라고 요청하는 바일세."

"뭐든 할게요. **뭐든.**" 브래들리의 망가진 녹색 얼굴에 끔찍한 웃음이 떠올랐다.

"저는 아직 젊고, 싸워야 하는 상황이 오면 제법 힘도 쓸 수 있어요."

감독관은 손수건에 토한 후 힘없는 손을 들어 문을 가리킨다. 브래들리는 몸을 일으키고는 감독관을 멍하니 쳐다본다. 그의 몸은 수맥을 찾는 막대처럼 살짝 아래로 내려가더니 앞쪽으로 향한다……

"안돼! 이러지 마!" 감독관이 소리친다.

"**꿀럭…… 꿀럭꿀럭.**"

한 시간 후 사람들은 감독관의 의자에 앉아서 졸고 있는 브래들리를 발견한다. 감독관은 흔적도 없이 사라졌다.

판사의 판결은 이렇다.

"모든 정황을 살펴봤을 때 피고는 입에 담을 수 없는 어떤 방법으로 감독관을, 음, 체내로 흡수했다고 판단된다. 불행하게도 이를 뒷받침할 증거는 없다. 피고를 구금하거나 더 정확하게는 기관에 감금하기를 추천하고 싶으나, 이러한 특징을 가진 사람에게 적합한 장소가 없다. 따라서 어쩔 수 없이 피고의 석방을 명한다."

"저런 인간은 수족관에 가둬 놓아야 해." 체포 담당 경찰관이 일갈한다.

브래들리는 업계 전체에 공포를 퍼뜨린다. 중독자와 요원들이 사라진다. 마치 흡혈박쥐처럼 브래들리는 마약의 악취를 내뿜는다. 습한 녹색의 안개로 먹잇감을 마취시킨 후 감싸안아 무기력하게 만든다. 일단 먹잇감을 구하면 며칠 동안 거주지에서 배부른 보아(뱀)처럼 꿈쩍도 하지 않는다. 결국에는 마약 부서 총책임자를 소화시키는 장면이 발각되어 화염 방사기에 타 죽는다. 브래들리가 인간으로서의 권리를 상실했고 그 결과 종(種)을 알 수 없는 존재로서 마약 산업의 모든 측면에 위협이 되었기에 이러한 처벌 방법이 정당하다고 법원은 판결한다.

멕시코에서 우리의 전략은 매달 일정량의 마약 사용을 허용하는 정부 발행 처방전을 가진 이 지역의 중독자를 찾는 것이다. 우리가 찾은 올드 아이크라는 인물은 일생 대부분을 미국에서 보낸 사람이다.

우리는 이번에는 처방전을 통해 코카인을 얻는다. 그걸 중심 정맥에 주사하면 투입되는 마약의 냄새를 맡을 수 있다. 깨끗하고 차가운 냄새가 코와 목구멍에 스며들고, 그런 다음에는 뇌 안의 코카인 연결점들이 밝아지면서 순수한 쾌락이 쇄도한다. 새하얀 폭발로 머리가 산산조각 나는 기분. 십 분이 지나면 한 대 더 갈구한다…… 한 대 더 맞기 위해서라면 도시 끝에서 끝까지 걸어가기도 마다하지 않을 것이다. 하지만 코카인을 구할 수 없다면 잘 자고 잘 먹고 마약에 대해 잊어버려라.

이것은 순전히 두뇌가 느끼는 욕망이다. 감정도 육체도 없는 갈망. 성불하지 못하고 지상에 묶인 유령들의 요구. 부패한 영적 에너지는 흔적도 없이 사라지고, 늙은 중독자는 아침마다 마약 부작용으로 괴로워하며 기침과 침을 토해 낸다.

어느 날 잠에서 깨어 마약을 복용하는데, 피부 아래로 벌레가 기어다니는 느낌이 든다. 검은 콧수염을 기른 1890명의 경찰이 문을 막고선 창문을 통해 안을 들여다보면서 파란색과 금색으로 수놓은 경찰 배지에서 입술을 떼고 으르렁거린다. 중독자들은 이슬람교의 장송곡을 부르며 방 안을 행진하고, 훈장과도 같은 주삿바늘 상처가 푸른빛으로 약하게 빛나는 빌 게인스의 시체를 옮긴다. 목표 의식이 뚜렷한 조현병 형사들이 방에 놓아둔 요강을 킁킁거리며 냄새 맡는다.

이게 바로 코카인 공포다…… 긴장을 풀고 침착하게 행동하면서 다량의 군용 모르핀을 맞아라.

죽은 자들의 날. 나는 마약을 한 후 내 아들 윌리의 설탕 해골 과자[22]를 먹어 치웠다. 윌리가 울어서 새로 하나를 사 와야만 했다. 불법 도박으로 시끌벅적한 동네 술집을 지나쳐 걸어

22 죽은 자들의 날에 많이 먹는 과자로, 죽은 이들의 영혼을 상징한다.

갔다.

쿠에르나바카였던가 아니면 텍스코였던가? 트롬본 연주
자인 포주를 만난 제인이 대마초 연기 속으로 사라진다. 포주
는 진동과 식이 요법의 전문가로, 이런 쓰레기 같은 믿음을 자
기 밑에서 일하는 여자들에게 억지로 주입함으로써 여성의 품
위를 떨어뜨린다. 그는 자신의 이론을 끊임없이 확장해 나갔
다…… 논리와 인간의 이미지에 대해 그가 최근 비판했던 내용
을 여자에게 갑자기 물어보고는 여자가 그 내용을 세세하게 복
기하지 못하면 내쳐 버리겠다고 협박했다.
　"자기야, 내가 이렇게 다 떠먹여 주잖아. 근데 자기가 그걸
못 받아먹으면 내가 뭘 할 수 있겠어."
　포주는 심각한 대마초 중독자였고, 일부 대마초꾼들이 그
렇듯 마약에 대해 굉장히 청교도적인 태도를 보였다. 그는 대
마초를 통해 초월적인 푸른빛의 중력장과 교감할 수 있다고 주
장했다. 그는 세상 모든 것에 말을 얹어야 직성이 풀리는 사람
이었다. 어떤 종류의 속옷이 건강에 좋은지, 언제 물을 마셔야
하는지, 어떻게 변을 닦아 내야 하는지 등등. 포주는 번들거리
는 시뻘건 얼굴에 엄청나게 펑퍼짐한 부드러운 코, 그리고 여
자들을 볼 때면 반짝이다가 다른 데 눈을 돌리는 순간 흐리멍
덩해지는 작고 충혈된 눈을 가졌다. 어깨는 딱 바라졌고 약간
의 장애가 있었다. 포주는 다른 남자들이 마치 존재하지도 않
는 듯 행동했는데, 자기 식당을 돌아다니면서 남자 종업원에게
주문할 때도 여자 종업원을 거쳐 말을 전달했다. 그리고 병들
고 비밀스러운 그의 신체를 침범한 남자는 지금까지 아무도 없

었다.

　　그렇게 그는 마약을 거부하고 대마초에 빠졌다. 나는 세 모금을 피웠고, 제인은 포주를 바라봤고, 그녀의 살은 수정처럼 반짝거렸다. 나는 펄쩍 뛰어오르면서 "난 두려워졌어!"라고 소리치고는 바깥으로 뛰쳐나갔다. 모자이크로 장식된 바와 축구 경기 점수가 전시된 표지판, 투우 포스터가 걸려 있던 작은 식당에서 맥주를 마신 후 버스를 기다려 마을로 되돌아갔다.

　　일 년 후 탕헤르에서 나는 그 여자가 죽었다는 소식을 전해 들었다.

벤웨이

그래서 나는 벤웨이 박사가 이슬람 주식회사를 위해 봉사할 수 있도록 장려하는 임무를 부여받았다.

벤웨이 박사는 자유 연애와 영원한 목욕으로 대변되는 자유의 땅 공화국의 고문 역할로 초청되었다. 공화국 시민들은 사회화가 잘 되어 있고 협조적이며, 정직하고 참을성 있고 무엇보다 청결하다. 하지만 벤웨이 박사를 초청했다는 사실은 이 위생적인 표면 아래에 뭔가 문제가 있음을 암시한다. 벤웨이 박사는 상징 시스템의 교묘한 조작자이자 조율자로, 심문과 세뇌, 통제에 전방위적인 전문가다. 벤웨이 박사가 총체적 타락이라는 중요한 임무를 수행하다 갑자기 애넥시아를 떠난 이후로 나는 한동안 그를 보지 못했다. 당시 벤웨이 박사가 내린 첫 번째 조치는 집단 수용소와 집단 구속의 폐지, 그리고 특수한 경우를 제외한 고문의 금지였다.

"저는 야만적인 행위를 개탄합니다." 그는 말했다.

"그건 효율적이지 않아요. 반면 육체적 폭력이 없는 장시간의 학대는 제대로 적용만 된다면 불안과 특별한 죄책감의 감정을 불러옵니다. 몇 가지 규칙 혹은 지도 원칙을 마음속에 잘 새겨 두어야 해요. 학대가 자신에 대한 반인륜적인 적의 의도적인 공격이라는 사실을 교화 대상이 알아차리면 안 됩니다. 자신이 어딘가 (어딘지 구체적으로 밝혀지면 안 된다.) 끔찍하게 잘못되었기 때문에 **어떤** 대접이라도 받아 마땅하다고 그 사람이 스스로 느끼게 만들어야 합니다. 통제광들의 적나라한 요구는 복잡한 임의의 관료주의로 점잖게 포장되어야 합니다. 그렇게 되면 교화 대상은 자기의 적을 직접 대면할 수 없습니다.”

애넥시아의 모든 시민은 어딜 가든 항상 신분증을 소지해야 했고, 길거리에서 언제라도 심문받을 수 있었다. 신분증 검사자는 사복 차림이나 다양한 제복을 입을 수도 있지만, 종종 수영복이나 잠옷, 심지어는 왼쪽 젖꼭지에 핀으로 꽂은 배지를 제외하고는 완전한 나체로 시민들의 신분증을 검사하고 도장을 찍었다. 심문에 걸리면 시민들은 마지막 심문 당시 받았던 정상적인 도장을 제시해야 했다. 대규모 그룹의 경우, 검사자가 몇 명만 골라 신분증을 검사하고는 나머지 사람들의 신분증에 도장이 제대로 찍히지 않았다는 이유를 들어 이들을 구속하기도 했다. 구속은 ‘임시 구류’를 의미했다. 즉 정식으로 서명하고 도장을 받은 소명서를 제출하면 소명 부조정관의 승인 아래 풀려났다. 그런데 부조정관이 사무실에 출근하는 경우는 드물었고 소명서는 본인이 직접 제출해야 했기 때문에, 사람들은 의자도 화장실도 없는 냉골 사무실에서 몇 주 혹은 몇 달씩 기다려야 했다.

신분증에 휘발 잉크를 사용했기 때문에 낡은 전당포 영수증처럼 내용이 금방 바래졌다. 그래서 신분증을 계속 새로 발급받아야 했다. 불가능한 기한을 맞추기 위해 시민들은 한 부서에서 다른 부서로 미친 듯이 뛰어다녔다.

도시의 벤치가 모두 철거됐고, 분수는 작동을 멈췄으며, 꽃과 나무들은 모두 뽑혀 버렸다. 아파트(모든 시민은 아파트에 거주했다.) 옥상에 설치된 거대한 전기 장치는 십오 분마다 울렸다. 그 진동 소리가 너무 커서 사람들의 잠을 깨우기 일쑤였다. 탐조등이 밤새도록 도시 전체를 감시했다. (블라인드나 커튼, 셔터를 사용하는 것은 금지되어 있었다.)

성적이든 아니든 어떤 목적으로도 누군가에게 말을 걸거나 혹은 말없이 접근하는 것을 엄격하게 금지하는 법으로 인해 아무도 상대방을 직접 바라보지 않았다. 카페와 술집은 모두 폐쇄되었다. 주류를 구하려면 특별 허가증이 있어야 했으며, 그렇게 구한 주류는 팔거나 주거나 혹은 그 외의 어떤 방법으로도 타인에게 양도할 수 없었고, 누군가와 함께 같은 방 안에 있기만 해도 주류 양도의 음모를 꾸미는 자명한 증거로 간주되었다. 문을 잠그는 것도 금지되었고, 경찰은 도시 내 모든 방을 열 수 있는 만능 열쇠를 가지고 있었다. 독심술사와의 동행 아래 경찰은 누군가의 구역으로 쳐들어가 무언가를 '수색'하기 시작했다.

독심술사는 집주인이 숨기고 싶어 하는 것들로 경찰을 인도했다. 바셀린 튜브, 관장 기구, 정액 묻은 손수건, 무기, 불법 주류. 그리고 경찰은 집주인의 옷을 모두 벗기는 가장 수치스러운 수색 방식을 따르면서 그 몸을 향해 경멸과 혐오가 섞인 말을 내뱉었다. 다수의 잠재적인 동성애자들은 항문에 바셀린을 바르기만 해도 강제로 구속복이 입힌 채 끌려 나왔다. 그 밖에도 경찰들은 다른 물건들에도 일일이 간섭했다. 예를 들어 펜 닦개나 나무로 된 구두 틀 같은.

"이 물건은 무슨 용도로 사용되지?"

"펜 닦개인데요."

"세상에 별별 게 다 있네."

"이만하면 됐어. 따라와."

몇 달 동안 이런 일을 경험한 후 시민들은 신경쇠약에 걸린 고양이처럼 구석에 웅크린 채로 지냈다.

물론 애넥시아 경찰은 용의자나 범죄자, 정치범들을 표준 절차에 따라 처리했다. 용의자 심문과 관련해 벤웨이 박사는 다음과 같이 설명한다.

"일반적으로는 고문을 최대한 지양해요. 고문은 적을 만들고 저항을 조직하기 마련이죠. 그렇지만 고문 협박은 상대방에게 무력감이라는 적절한 감정과 고문하지 않는 심문자에 대한 감사한 마음이 들게 한다는 점에서 유용합니다. 또한 심문이 어느 정도 진행되어 심문 대상이 처벌을 당연하게 받아들일 때 고문은 벌칙으로도 사용될 수 있습니다. 이를 위해 저는 몇 가지 징계 도구를 고안했죠. 그중 하나는 스위치보드라고 알려진 것입니다. 언제든 작동하는 전기 드릴을 심문 대상의 치아에 부착한 후 그 사람에게 임의의 스위치보드를 조작하라고 지시합니다. 벨소리와 빛을 따라서 특정한 구멍에 있는 특정한 연결선들을 연결하도록 지시하는 거죠. 그가 실수할 때마다 드릴이 이십 초 동안 작동합니다. 스위치보드의 신호는 점차 그의 반응 속도보다 빨라집니다. 삼십 분 정도 스위치보드를 경험하면 누구든 과부하 걸린 생각 기계처럼 망가지게 됩니다.

생각 기계에 관한 연구는 우리의 뇌에 대해 내적인 자기 성찰 방식보다 더 많은 것을 알려 줍니다. 서양인들은 기계의 형태로 자신을 외재화하죠. 코카인을 중심 정맥에 투여해 본 적 있으신가요? 마약이 곧바로 뇌에 영향을 끼쳐 순수한 쾌락의 연결점들을 활성화하죠. 모르핀이 주는 쾌락은 장기에서 발현됩니다. 한 대 맞고 나면 내면의 소리가 들리죠. 반면 코카인은 뇌를 관통하는 전류에 가깝고, 코카인을 향한 갈망은 감정도 육체도 아닌 순전히 뇌가 느끼는 욕망입니다. 코카인으로 충전된 뇌는 미쳐 날뛰는 핀볼 기계처럼 푸른빛과 분홍빛을 번쩍이면서 전기 자극이 주는 성적 절정을 맞습니다. 생각 기계는 흉물스러운 곤충 같은 삶에서 처음 느껴 보는 자극처럼 코카인이 주는 쾌락을 느끼게 됩니다. 코카인에 대한 욕구는 뇌의 코카인 채널이 자극되는 몇 시간 동안만 지속됩니다. 물론 코카인 채널에 전류를 흘려보내 활성화하는 방식으로 코카인의 효과를 얻을 수도 있습니다……

이런 식으로 시간이 지나 뇌의 코카인 채널이 닳아 버리면 중독자는 새로운 채널을 찾아야 합니다. 혈관의 경우 시간이 지나면 회복됩니다. 능숙한 솜씨로 혈관을 교대로 사용하면 문제가 생길 확률을 낮출 수 있습니다. 물론 파이프를 사용하는 방법으로 넘어가지 않는다는 전제하에서요. 하지만 뇌세포는 한번 망가지면 회복되지 않기 때문에, 뇌세포를 전부 써 버린 중독자는 엿같은 끔찍한 상황에 봉착한 거라고 말할 수 있겠죠.

하얗게 작열하는 열기 속에서, 노쇠한 뼈마디와 배설물, 녹슨 철 위에 쭈그리고 앉은 나체의 백치들로 이루어진 장관이 지평선까지 펼쳐집니다. 절대적인 침묵(그들의 언어 중추는 망가졌습니다.) 속에서 유일하게 들리는 소리는 전극을 척추에 대고 위아래로 비빌 때 발생하는 전기 불꽃의 타닥거리는 소리와 그을린 살점이 터지는 소리뿐. 살이 타면서 나는 연기가 적체된 공기 속에 머물러 있습니다. 아이들이 백치를 쇠줄로 기둥에 묶은 후 다리 사이에 모닥불을 피우고선 불꽃이 백치의 허벅지를 핥는 광경을 야만적인 호기심으로 바라봅니다. 불타는 그의 살은 마치 곤충의 고통처럼 경련을 일으킵니다.

늘 그렇듯 다른 이야기로 빠졌군요. 뇌의 전기장에 대한 정확한 지식을 얻기 전까지는, 마약이 심문 대상의 정체성을 공격하기 위해 심문자가 사용하는 필수적인 도구로서의 위상을 유지할 겁니다. 바비튜레이트는 하등 쓸모가 없습니다. 그런 방법으로 굴복시킬 수 있는 대상이라면 미국 경찰이 사용하는 어린애 장난 같은 방법으로도 굴복시킬 수 있겠죠. 저항을 무력화하기 위해서라면 종종 스코폴라민도 효과적이지만, 이 약은 기억력을 훼손합니다. 비밀 요원이 극비 정보를 발설하고 싶어도 더 이상 기억하지 못하는 경우도 있고, 비밀 요원의 진짜 삶과 위장용 거짓말이 한데 뒤섞이기도 합니다. 메스칼린, 하르말린, LSD6, 부포테닌, 무스카린은 대부분의 경우 효과가 있습니다. 불보카프닌은 조현병의 긴장증과 유사한 상태를 발생시켜…… 자발적인 복종을 불러온다고 보고된 바가 있습니다. 또한 이 약은 후뇌 부분을 억제해 시상하부의 운동 중추를 비활성화한다고 알려져 있습니다. 메스칼린과 하르말린, LSD6처럼 실험적 조현병을 유도하는 그 외의 약들은 후뇌 부분에 작용하는 자극제입니다. 조현병의 경우 후뇌의 자극과 억제가 번갈아 발생합니다. 조현병의 긴장증이 발발한 후에는 대개 흥분과 운동 활동이 따라오고, 이 상태에 빠진 환자는 정신

병동을 돌아다니면서 사람들을 괴롭히기 십상이죠. 심각한 조현병 환자는 움직이기를 거부하고 침대에 누워 시간을 보냅니다. 시상하부의 일상적인 작동이 교란된 상황은 조현병의 '원인'일 수 있습니다.(일상 언어로는 대사 과정을 정확하게 묘사할 수 없습니다. 현존하는 언어의 한계라고 할 수 있죠.) 쿠라레 독성분을 첨가해 약효가 강화된 불보카프닌과 LSD6를 번갈아 복용하면 자발적인 복종을 가장 효과적으로 얻어 낼 수 있습니다.

그 외에 다른 방법들도 있습니다. 심문 대상에게 벤제드린을 며칠 동안 과도하게 투여하면 심각한 우울증에 빠지게 만들수 있습니다. 코카인이나 데메롤을 지속해서 과다 복용하거나 바비튜레이트를 장시간 처방하다 갑자기 단약할 경우 정신증이 발생할 수 있습니다. 옥시코돈에 중독되면 금단 현상이 나타나기도 합니다.(이 혼합물은 헤로인보다 다섯 배는 중독성이 강하고, 금단 현상은 그만큼 혹독하죠.) 예를 들어 강제적 심리 분석과 같은 다양한 '심리학적 방법론'들이 있습니다. 실험 대상에게 매일 한 시간씩 자유 연상을 시킵니다.(드는 시간이 중요하지 않을 때 사용할 수 있는 방법이다.) '이봐, 너무 부정적으로 생각하지 말라고. 자꾸 그러면 아저씨가 무서운 사람을 불러올 거야. 스위치보드로 살짝 걸어가 볼까?'

본래의 정체성을 잊어버리고 위장용 삶을 진짜로 믿어 버리게 된 여자 요원이 있었습니다. 그 여자는 아직도 애넥시아에서 **문제아** 취급을 받고 있죠. 이 여자 때문에 저는 새로운 방법을 도입했습니다. 요원들은 자신의 정체성을 부인하고 위장용 거짓말을 고수하도록 훈련받습니다. 따라서 요원들을 상대하려면 심리적 주짓수 기술을 사용해야 하죠. 상대의 위장용 삶이 진짜고 그 외에는 다른 정체성이 없다고 가정해 봅시다. 그러면 요원으로서의 그의 정체성은 무의식으로 숨어들어 통제 불가능해집니다. 그러면 마약과 최면을 통해 그걸 발굴해 내는 거죠. 이런 방법으로 소시민적인 이성애자를 동성애자로 둔갑시킬 수 있습니다…… 즉 일반적으로 잠재된 동성애적 경향에 대한 거부감을 강화하고 지지해 주는 동시에, 여자를 금지하고 그를 동성애적 자극에 노출하는 거죠. 그 후 마약과 최면, 그리고……"

벤웨이는 힘없는 손목을 획 뒤집었다.

"대부분의 심문 대상은 성적 수치심에 취약합니다. 나체 상태, 최음제로 인한 자극, 지속적인 관찰로 인한 부끄러움에 더해 자위를 통한 긴장 완화를 얻을 수 없는 상황.(취침 시 발기하면 엄청나게 큰 전기 진동 장치가 자동으로 작동해 침대에 있는 심문 대상을 찬물로 던져 버립니다. 이를 통해 몽정이 발생할 가능성을 최소화하죠.) 최면에 걸린 목사를 이용해 심문 대상에게 곧 어린양과의 신성한 결합을 완성할 것이라고 알려 주고는, 발정기의 늙은 양을 그의 엉덩이에 댑니다. 그러고 나면 심문자는 최면 상황을 완벽하게 통제할 수 있게 됩니다. 그가 휘파람만 불어도 심문 대상은 달려올 것이고, 열려라, 참깨! 라고만 말해도 바닥에 변을 보게 될 겁니다.

당연하게도 성적 수치심의 사용은 공개적인 동성애자들에게는 오히려 해가 되는 방법일 수 있습니다.(오래된 공용 회선이 있다는 걸 기억하면서 지금 나누는 이야기에만 집중합시다…… 누가 엿듣고 있을 수도 있으니까요.) 기억에 남는 남자애가 있는데, 나를 보면 변을 보도록 훈련된 애였습니다. 그러면 내가 엉덩이를 닦아 준 후 성관계를 맺었죠. 정말 좋았는데. 사랑스러운 남자애기도 했고요. 내가 덮쳤을 때 싫은데도 사정한다는 이유로 아이같이 울어 버리는 심문 대상도 가끔 있었습니다. 당신도 알겠지만, 분명한 사실은 가능성이 무궁무진하다는 것입니다. 거대하고 아름다운 정원 속의 구불거리는 산책길처럼 말이죠. 내가 사랑스러운 표면만 겨우 깨작거리고 있을 때 산통 깨는 그 인간들이 나를 해촉해 버렸습니다…… 뭐, **인생이란 다 그런 거죠.**"

나는 충격적으로 따분하고 깨끗한 자유의 땅 공화국에 도착한다. 벤웨이 박사는 재조정 센터를 관장하고 있다. 센터 안을 돌아다니며 "아무개는 어떻게 됐어?" 식의 정보들을 모은다. "시디 이드리스 '밀고자' 스미더스는 송신자들[23]에게 불로장생의 영약을 나눠 달라고 매달렸지. 늙은 동성애자만큼 멍청한 사람은 없어." "엘 하세인이라 불리던 레스터 스트로가노프 스무운은 자동 복종 절차에 지나치게 매몰된 나머지 라타병에 걸려 정신병자가 되었어. 이 산업이 낳은 순교자야……"(라타병은 동남아시아에서 기원한 병적 상태를 의미한다. 손가락을 튕기거나 누군가를 크게 부르는 소리에 놀라 한 번 자극되면 주위의 모든 행동을 강박적으로 모방하는 병이다. 비자발적인 강박 최면의 한 형태로 분류된다. 때로는 여러 사람을 동시에 모방하다 다치

---

23   작가가 창조해 낸 인터존 내의 정치 분파 중 하나다. 「이슬람 주식회사 그리고 인터존의 분파들」 장에서 다시 등장한다.

기도 한다.)

"이 엄청난 비밀 이야기를 들어 봤으면 이미 알고 있다고 말해 줘."

벤웨이 박사의 얼굴은 갑자기 이유 없이 둘로 쪼개지거나 변신하거나 하는 등의 긴급 상황을 알리는 전구의 모양을 하고 있다. 그의 얼굴은 초점이 흔들리는 사진처럼 깜빡거린다.

그가 말한다. "자, 재조정 센터를 구경시켜 줄게요."

우리는 흰색의 긴 복도를 따라 걸어간다. 벤웨이 박사의 목소리는 저 멀리 어딘가에서 내 의식 속으로 흘러 들어온다…… 어떤 때는 크고 또렷하고, 또 어떤 때는 거의 들리지 않는 박사의 실체 없는 목소리가 바람 부는 거리를 관통하는 음악과도 같다.

"비스마르크 제도의 원주민처럼 고립된 사람들. 이런 사회에는 스스로 동성애자임을 밝히는 사람이 없습니다. 빌어먹을 모계 사회기도 하죠. 모든 모계 사회는 반동성애적이고 보수적이며 지루합니다. 만약 모계 사회에 들어가게 되면 가장 가까운 국경으로 도망가지 마세요. 만약 도망가면 잠재적인 동성애자 경찰이 화가 나서 총을 쏠 수도 있거든요. 따라서 서유럽이나 미국과 같은 가능성의 난장판 속에서 획일화의 전선을 형성하고 싶은 사람이 있다면, 그 사람은 빌어먹을 모계 사회를 원하는 것이나 다름없습니다. 마거릿 미드[24]에도 불구하고 말이죠……

---

24 Margaret Mead(1901~1978). 사모아섬의 원주민 연구로 유명한 미국의 인류학자. 성 역할에 대한 사회문화적 결정론을 주창했다.

　거기에서 귀찮은 일이 벌어졌습니다. 수술실에서 수술용 메스를 들고 동료와 싸움이 일어났죠. 그런데 개코원숭이 같은 내 조수가 갑자기 환자에게 덤벼들어 갈가리 찢어 버리더군요. 개코원숭이는 집단 내 분쟁이 일어나면 언제나 가장 약한 구성원을 공격합니다. 잘못된 행동이라고 말할 수 없어요. 인간이 유인원으로부터 물려받은 멋진 유산을 잊어서는 안 됩니다. 수술실에 있던 두 번째 인물은 브루벡이라는 의사로, 은퇴한 낙태 의사이자 마약 판매상(사실은 수의사)인데 센터의 인력 부족으로 재고용된 사람입니다. 병원 탕비실에서 오전 내내 간호사들과 시시덕거리면서 석탄 가스와 클림 탈지분유를 마셔 댔고, 수술 바로 직전에는 긴장을 풀답시고 육두구를 두 잔이나 몰래 마셨죠.”

　(영국, 특히 스코틀랜드의 에든버러 지역에서는 특정한 효과를 얻기 위해 썩은 분필 맛이 나는 끔찍한 형태의 가루형 우유인 클림 탈지분유를 석탄 가스에 섞어 마신다. 이 사람들은 가스비를 내기 위해서라면 무엇이든 저당 잡히고, 체납으로 인해 가스 회사 직원이 가스를 끊으러 방문할 때면 그들이 내는 비명 소리가 멀리까지 들린다. 이 지역 사람들은 금단 증상이 올 때 “클링크에 걸렸어.” 혹은 “낡은 난로가 내 등에 올라타고 있어.”라는 표현을 사용한다. 육두구와 관련해《영국 중독 학술지》에 실린 향정신성 마약에 대한 글을 인용해 보자. “죄수들과 선원들은 종종 육두구에 의존한다. 테이블스푼 한 숟가락의 양에 물을 섞어 삼킨다. 결과는 대마초와 대략 유사하며, 두통과 구토의 부작용이 발생할 수 있다…… 남아메리카 인디언들이 사용하는 육두구 계열 식물 중 다수에서 마약 성분이 검출된다. 일반적으로 식물의 말린 가루를 코로 흡입하

는 방식을 취한다. 주술사는 이 독극물을 흡입하고 경련 상태에 빠진다. 몸을 비틀면서 중얼거리는 주술사의 행동은 예언의 일부로 여겨졌다.”)

“당시 저는 **야헤**[25]로 인한 숙취로 고생하고 있었기 때문에 브루벡의 미친 행동을 받아 줄 만한 상황이 아니었습니다. 처음에는 저더러 앞쪽이 아니라 뒤쪽에서 절개술을 실행해야 한다고 말하더니, 쓸개를 확실히 잘라 내야 고기가 상하지 않는다는 둥 말도 안 되는 얘기를 중얼거리더군요. 마치 농장에서 닭을 손질하는 사람 같았죠. 가서 자살이나 하라고 그에게 쏘아붙였더니, 뻔뻔하게도 제 손을 쳐서 환자의 넓적다리 동맥이 끊어져 버렸습니다. 사방으로 튄 피가 마취 의사의 눈에 들어가서 그가 비명을 지르면서 복도로 뛰쳐나갔고요. 브루벡이 무릎으로 제 사타구니를 가격하려 했지만 저는 수술용 메스로 어찌저찌 그의 허벅지 뒤 근육을 찔렀습니다. 제 발과 다리를 마구 찌르면서 온 바닥을 기어다니더군요. 개코원숭이 조수이자 제가 유일하게 좋아하는 여자인 바이올렛은 제정신이 아니었습니다. 제가 수술대에서 뛰어내려 브루벡을 두 발로 짓밟으려는 찰나에 경찰이 도착했습니다.

상사의 말을 빌리자면 ‘차마 입에 담을 수 없는 사건’이었던 수술실의 싸움은 치명적인 한 방이 되었습니다. 늑대 무리가 사냥하기 위해 포위망을 좁혀 오는 상황. 이 상황을 묘사할 수 있는 유일한 단어는 십자가형일 겁니다. 물론 저도 이곳저곳에서 **멍청한 실수**를 한 적이 있죠. 누군들 안 그렇겠습니까?

25   남아메리카산 식물에서 추출되는 환각 약물의 일종이다.

저와 마취 의사가 에테르를 모두 마셔 버려서 환자가 저희를 비
난한 적도 있었고, 코카인을 빼돌리고 화장실 세제로 대신 채
워 넣었다고 비난받은 적도 있었죠. 사실은 바이올렛이 한 일
입니다. 물론 그녀를 보호하려고 제가 뒤집어썼지만요……

　　따라서 결과적으로 우리 모두는 의료계에서 퇴출당했습
니다. 바이올렛은 진짜 의사도 아니었고 브루벡도 마찬가지였
습니다. 심지어 제 의료 면허도 문제시되었죠. 하지만 바이올
렛의 의학 지식은 미국 최고의 병원보다 뛰어났습니다. 빼어
난 육감과 강한 의무감을 가진 사람이었죠. 그래서 결국 저는
파산하고 면허도 박탈당했습니다. 다른 직업을 찾아야 했을까
요? 그건 아니죠. 의술은 제 핏속에 흐릅니다. 지하철 화장실에
서 불법 낙태를 해 주면서 근근이 실력을 유지했습니다. 심지
어 거리에서 임산부와 싸운 적도 있죠. 정말 비윤리적인 행동
이었습니다. 그러다가 저는 태반 산업 재벌인 플라센타 후안
이라는 멋진 사람을 만나게 되죠. 2차 세계 대전 시기에 미숙아
송아지 사업으로 돈을 번 사람입니다.(미숙아 송아지는 일반적
으로 비위생적이고 분만에 적합하지 않은 환경에서 태반과 박테리
아가 붙은 채로 태어난다. 송아지는 최소 육 주 차 이상일 경우에만
식용으로 판매된다. 육 주 이전의 식용 송아지를 미숙아 송아지라
고 부른다. 미숙아 송아지를 밀매할 경우 많은 벌금이 부과된다.)

　　후안은 성가신 규제를 피해 아비시니아[26] 국적으로 등록
해 둔 대규모 화물선 함대를 소유하고 있었습니다. 항해 역사
상 가장 더러운 선박인 'S. S. 필라리아시스'의 상주 의사로 저를

26　에티오피아의 옛 명칭이다.

고용했죠. 한 손으로는 수술하면서 다른 손으로는 환자 위로 기어오르는 쥐를 내쫓았고, 천장에서는 빈대와 전갈이 비 오듯 쏟아졌죠. 그러다가 이 센터의 누군가가 획일화 사업을 실행하기를 원했습니다. 가능하긴 하지만 돈이 많이 드는 일이죠. 하던 일이 지겨워져서 저는…… 다 왔네요…… 여기는 동성애자들의 골목입니다."

벤웨이 박사가 손으로 공기를 휘저어 비밀번호를 누르자 문이 열리고, 문을 통과하자 다시 닫힌다. 스테인리스 스틸로 번쩍거리는 긴 병동 바닥에는 흰 타일이 깔려 있고 유리 벽돌로 된 벽으로 둘러싸여 있다. 벽을 따라 침대들이 놓여 있다. 담배를 피우는 사람도 책을 읽는 사람도 말을 하는 사람도 없다.

벤웨이 박사는 말한다. "이리 와서 자세히 보세요. 누구도 신경 쓰지 않아요."

나는 침대 위에 앉아 있는 한 남자 앞에 선다. 그의 눈을 바라본다. 시선의 끝에는 아무도 아무것도 없다.

벤웨이 박사가 설명한다. "비가역적인 신경 손상입니다. 지나친 방임의 결과라고도 말할 수 있겠네요…… 이 업계에서 발생하는 부작용입니다."

나는 남자의 눈앞에 손을 대 본다.

벤웨이 박사는 말한다. "보시다시피 반사 신경은 멀쩡합니다. 이걸 보세요."

벤웨이 박사는 주머니에서 초코바를 꺼내 껍질을 벗긴 후 남자의 코끝에 가져다 댄다. 남자가 킁킁거리며 냄새를 맡더니 턱이 움직이기 시작한다. 손으로 초코바를 낚아채려는 듯한 몸짓을 한다. 침이 입에서 떨어져서 턱까지 길게 이어져 매달린다. 위장이 꾸르륵거린다. 연동 운동으로 인해 그의 몸 전체가 뒤틀린다. 벤웨이 박사는 초코바를 손에 든 채 뒤로 물러선다. 그 남자는 무릎을 꿇더니 머리를 뒤로 젖히고 짖기 시작한다. 벤웨이 박사가 초코바를 던진다. 남자가 뛰어오르지만 놓치더니 질펀거리는 소음을 내며 바닥을 휘젓는다. 침대 아래로 기어 들어가 초코바를 발견하고는 양손으로 그것을 입안에 쑤셔 넣는다.

"나 참! 비가역적 신경 손상 환자들은 품위가 없다니까요."

벤웨이 박사는 병동 반대편에 앉아 J. M. 배리[27]의 연극을 읽고 있는 직원을 호출한다.

"이 우라질 신경 손상 환자들을 눈앞에서 치워 버려. 기분 나쁜 것들. 관광업에 해를 끼칠 존재들이지."

"어떻게 처리할까요?"

"빌어먹을, 그걸 내가 어떻게 알겠나? 나는 과학자야. 순수한 과학자라고. 어쨌든 저 인간들을 치워 버려. 내 눈앞에서 치워 버리면 그다음은 내 알 바 아니지. 저들은 방해물이야."

"그렇지만 무엇을 어디로요?"

"적절한 절차에 따라 치워. 구역 관리자나 뭐 그런 직함의 사람에게 전화해 봐…… 직함이 매주 바뀌어서 도무지 알 수가 있어야지. 그런 사람이 실제로 존재하는지도 의문이야."

벤웨이 박사는 문에서 잠깐 멈춰 서서는 비가역적인 신경

27　제임스 매튜 배리(James Matthew Barrie, 1860~1937). 19세기 말에서 20세기 초반 활동했던 영국의 극작가. 『피터 팬』의 작가로 잘 알려져 있다.

손상 환자들을 쳐다본다. "우리의 실패작입니다. 뭐, 치료하다 보면 흔히 일어나는 일이죠."

"다시 정상으로 돌아오기도 하나요?"

"한번 손상되면 다시는 정상으로 돌아오지 않습니다." 벤웨이 박사는 노래하듯 부드럽게 말한다. "이 병동에는 재미있는 것들이 많죠."

환자들은 무리를 지어 이야기하고 바닥에 침을 뱉는다. 마약이 마치 잿빛 안개처럼 공기 중에 머물러 있다.

벤웨이 박사가 말한다. "마음이 따뜻해지는 광경입니다. 중독자들이 마약 나눠 주는 직원을 기다리는 저 광경 말이에요. 육 개월 전까지만 해도 저들은 모두 조현병 환자들이었습니다. 저들 중 일부는 몇 년 동안 침대 밖으로 나오지 않았죠. 반면 지금은 어떤가요. 의사로서 생활하는 동안 저는 조현병에 걸린 중독자를 한 번도 본 적이 없어요. 마약 중독자는 대개 육체적으로 분열된 유형의 사람들이죠. 누군가의 병을 고치고 싶다면 그 병에 걸리지 않는 사람을 찾아야 합니다. 그렇다면 누가 조현병에 걸리지 않을까요? 중독자들이죠. 우연하게도 정신증 환자가 없는 지역이 볼리비아에 있습니다. 언덕 위에 살고 있는 제정신인 사람들이죠. 그 지역이 교육과 광고, 티브이와 자동차 식당들로 오염되기 전에 직접 한번 가 보고 싶어요. 철저하게 신진대사 작용에 초점을 맞춘 연구를 실행하는 거죠. 식생활과 마약 사용, 술, 성관계 등등 그들이 어떤 생각을 하든 무슨 상관입니까? 모두가 생각하는, 그런 말도 안 되는 생각을 할 거라고 감히 단언해 봅니다.

왜 중독자들은 조현병에 걸리지 않을까요? 아직은 답을

알지 못합니다. 조현병 환자는 배고픔을 무시할 수 있어서 만약 누가 옆에서 먹여 주지 않으면 굶어 죽을 겁니다. 그렇지만 누구도 헤로인 금단 증상을 무시할 수는 없어요. 중독은 중독 물질과의 지속적인 접촉을 강제하는 게 사실입니다. 하지만 그건 하나의 측면일 뿐입니다. 메스칼린, LSD6, 오염된 아드레날린, 하르말린과 같은 약물은 조현병과 유사한 상태를 일으킬 수 있습니다. 가장 최고의 물질은 조현병 환자의 피에서 추출한 것입니다. 따라서 조현병은 마약에 의한 정신증이라 할 수 있습니다. 대사 활동의 측면에서 둘은 연결되어 있어요. 일종의 '내 안의 또 다른 나'라고 할까요."[28]

"조현병의 최종 단계에 접어들면 후뇌 부분은 영원히 비활성화됩니다. 전뇌는 후뇌의 자극에만 반응해 활성화되기 때문에 이 경우 전뇌 역시 거의 힘을 쓸 수 없게 됩니다. 모르핀은 조현병 물질과 유사한 후뇌 자극 해독제를 만들어 냅니다.(야헤 혹은 LSD6의 중독 증상과 금단 증상 사이의 유사성을 염두에 둘 것.) 마약 사용의 궁극적인 결과는, 특히 중독자들이 많은 양을 쉽게 구할 수 있는 헤로인 중독이 이에 해당되는데, 후뇌 부분이 영원히 비활성화되고, 이러한 상황은 감정이 완전히 사라지고, 자폐증 증상을 보이며, 대뇌 활동이 거의 없다는 점에서 조현병의 최종 단계와 매우 유사합니다. 마약 중독자는 여덟 시간 동안 벽만 쳐다보고 있을 수 있습니다. 주변을 인지하기는 하나 상황에 대한 감정적 이해가 없어서 결과적으로 주변에 관심이 없습니다. 심각한 중독 시기에 대한 기억은 전뇌 부분

28 〔원주〕관심 있는 독자는 부록을 참조하라.

을 통해 경험한 사건들을 기록한 테이프를 거꾸로 재생하는 것과 비슷합니다. 외부 사건을 감정 없이 진술하는 거죠. '나는 가게에 가서 갈색 설탕을 샀다. 집에 와서 그 설탕을 반 상자 정도 먹었다. 세 가지 물질을 합성한 마약을 맞았다.' 이런 식으로요. 이런 기억에는 향수의 감정이 한 톨도 들어가 있지 않습니다. 그러나 복용한 마약의 농도가 체내에서 낮아지면 금단 물질이 온몸에 넘쳐 나게 됩니다.

만약 모든 쾌락이 긴장으로부터의 완화를 의미한다면, 마약은 인생의 모든 단계에서 그것을 제공할 수 있습니다. 정신적 에너지와 성적 충동을 담당하는 시상하부와의 연결을 끊어 냄으로써 말이죠. 학식을 갖춘 일부 동료들(즉 이름 모를 쓰레기들)에 따르면, 마약은 성적 절정을 담당하는 뇌의 부위를 직접 자극함으로써 희열의 효과를 일으킨다고 합니다. 마약이 긴장과 방전, 정지로 구성된 순환 시스템 전체를 마비시킨다는 주장보다 더 설득력 있는 이론이죠. 마약 중독자에게는 성적 절정이 제 역할을 하지 못합니다. 권태는 방전되지 않은 긴장을 뜻하는데, 이는 중독자들에게는 큰 문제가 아닙니다. 여덟 시간 동안 신발만 쳐다볼 수 있는 사람들이니까요. 이들이 몸을 움직이는 유일한 순간은 마약의 약효가 떨어질 때입니다."

병동의 반대편 끝 쪽에서 직원이 철로 된 셔터를 올리고는 돼지를 불러 모으듯 소리를 지른다. 그러자 중독자들이 꿀꿀거리고 끽끽거리며 달려간다.

"현명한 직원이죠." 벤웨이 박사가 말한다. "인간 존엄에 대한 존경이라고는 찾아볼 수 없습니다. 이제부터 경증 성도착자와 범죄자 병동을 보여 드리겠습니다. 네, 이곳에서는 범죄자와 경증 성도착자가 동급입니다. 이 사람들은 자유의 땅 공화국과 맺는 계약을 거부하지 않습니다. 단지 몇 가지 조항들을 피해 가려고 할 뿐이죠. 비난받아 마땅하지만 아주 심각한 사례들은 아닙니다. 이 복도로 가시죠…… 23, 86, 57, 98병동은 모두 건너뛰겠습니다…… 그리고 실험실도요.”

“동성애자들은 성도착자로 분류됩니까?”

“아니요. 앞서 언급했던 비스마르크 제도를 기억해 보세요. 공공연한 동성애는 없습니다. **제대로 작동하는** 경찰국가에서는 경찰이 필요 없는 것과 마찬가지입니다. 사람들은 동성애가 실행 가능한 행위라는 생각 자체를 하지 않습니다…… 모계 사회에서 동성애는 **정치적** 범죄입니다. 사회의 기본적인 전제들을 대놓고 거부하는 사람에게 관대한 사회는 없습니다. 이곳은 **알라신이 보우하사** 모계 사회는 아닙니다. 암컷 쥐를 보고 움직이기만 해도 전기 충격을 받고 찬물에 던져지는 쥐 실험이 있습니다. 결국 모든 수컷이 동성애 쥐로 변하고, 그게 병인학(病因學)이 작동하는 방식입니다. 이성을 좋아하던 쥐가 찍찍거리면서 ‘나는 동성애자고 그게 좋아.’라거나 ‘누가 네 거기를 잘라서 구멍 두 개인 기형아로 만들었냐?’ 식의 대화를 하는 거죠.

비록 짧은 시기였지만 심리 분석가로 활동할 당시 겪은 일들이 있습니다. 어떤 환자가 중앙 건물에서 화염방사기를 들고 난동을 부린 적도 있었고, 두 명의 환자는 자살했고 다른 한 명은 정글 쥐처럼 소파 위에서 죽었죠.(정글 쥐는 절망적인 상황에 갑자기 봉착했을 때 죽어 버리는 경향이 있다.) 그의 친인척들이 불평하자 저는 이렇게 말했습니다. ‘치료 중에 흔히 발생하는 일입니다. 시체를 치우세요. 살아 있는 다른 환자들을 우울하게 만들 수 있어요.' 제가 관찰한 바로는, 모든 동성애 환자는 무의식적으로 강한 이성애적 경향을 드러냈고 반대로 모든 이성애 환자는 무의식적으로 동성애적 경향을 드러냈습니다. 정말 혼란스럽지 않습니까?"

"그러면 박사님께서 얻은 결론은 뭡니까?"

"결론이요? 없습니다. 그냥 가벼운 관찰일 뿐이에요."

벤웨이 박사의 사무실에서 점심을 먹고 있을 때 전화가 온다.

"뭐라고?…… 끔찍한데! 엄청나군! 계속 진행하면서 대기해."

그는 수화기를 내려놓는다. "저는 이슬람 주식회사의 계약을 즉시 받아들일 준비가 되었습니다. 전자 두뇌가 기술자와 육차원의 체스를 두던 중 폭주해서는 이 재조정 센터의 모든 환자를 퇴원시켜 버렸습니다. 어서 옥상으로 올라갑시다. 수술용 헬리콥터가 기다릴 겁니다."

재조정 센터의 옥상에서 우리는 견줄 데 없이 끔찍한 공포를 내려다본다. 비가역적 신경 손상 환자들이 카페 테이블 앞에 서 있는데, 턱에서 침이 길게 흘러내리면서 위장은 시끄럽게 꾸르륵거리고 몇몇은 여자들을 보며 사정한다. 라타병에 걸린 환자들은 원숭이 같은 외설스러운 몸짓으로 지나가는 사람들을 흉내 낸다. 마약 중독자들은 약국을 약탈한 후 사방 거리의 모퉁이에서 약을 맞는다…… 긴장 증세를 보이는 조현병 환자들이 공원을 돌아다닌다…… 흥분한 조현병 환자들은 인간의 말로는 알아들을 수 없는 괴성을 지르며 거리를 뛰어다닌다. 부분적으로 재활에 성공한 환자들이 다 알고 있다는 듯한 끔찍한 미소를 지으면서 동성애자 관광객들을 둘러싸고는 아래쪽에 숨겨 둔 북유럽 해골을 여러 번 노출한다.

"왜 이러는 겁니까?" 동성애자 중 한 명이 날카롭게 말한다.

"당신들을 **이해하려는** 거예요."

울부짖는 한 무리의 시모패스 환자들이 샹들리에와 발코니, 나무에 매달려 흔들거리면서 행인들에게 똥과 오줌을 갈긴다.(시모패스. 이 질병의 정확한 의학 용어는 기억나지 않는다. 시모패스는 자신이 원숭이나 그 외 유인원이라고 확신하는 사람에게 붙여진 병명이다. 특히 군대에서 발생하는 병으로, 제대하면 치료된다.) 정신착란 환자들은 꿈꾸는 듯한 미소를 반쯤 머금은 다정한 얼굴을 하고서는 길을 걸으며 사람들의 머리를 벤다…… 성기 공포증인 뱅유톳[29] 초기 단계의 사람들은 자기 성기를 부여잡고는 관광객들에게 도움을 요청한다…… 아랍 출신 폭도들은 날카롭게 소리 지르고 울부짖으면서 거세하고, 내장을 끄집어내고, 불타는 가솔린을 던진다…… 소년들이 내장을 가지고 스트립쇼를 하며 춤을 추고, 여자들은 잘린 성기를 몸속에 집어넣고는 문지르고 쿵쿵대면서 마음에 드는 남자를 향해 흔들어 댄다…… 종교 광신도들은 헬리콥터에서 군중을 향해 연설하면서 돌로 된 석판을 사람들의 머리 위로 뿌리지만, 정작 그 석판에는 무의미한 계시만이 새겨져 있다…… 표범 사나이는 쿨럭거리고 낮게 으르렁거리면서 강철로 된 손톱으로 사람

29 　동남아시아에서 기원한 질병이다. 자신의 성기(혹은 여성의 경우 가슴)가 몸 안으로 들어가거나 혹은 제거되어 사라졌다고 믿는 질병으로, 「라자루스, 집으로 돌아가다」장에서 다시 언급된다.

들을 산산조각 낸다…… 콰키우틀족[30]의 식인종 사회에 처음 가입할 때는 코와 귀를 물어뜯는 의식을 치른다…… 식분증에 걸린 사람은 접시를 요청해 그 위에 변을 본 후 그걸 먹으면서 말한다. "으으음, 내가 만든 영양 만점의 물질이야."

미쳐 날뛰는 뻔한 인간들로 구성된 군대가 거리와 호텔 로비를 배회하며 희생양을 찾아다닌다. "현시점에서 가치 있는 유일한 글은 당연히 과학 보고서와 잡지뿐입니다."라고 주장하는 아방가르드 지식인은 누군가에게 불보카프닌 주사를 투여한 후 "다발성의 퇴행성 육아종을 제어함에 있어 신헤모글로빈의 사용"이라는 게시글을 읽어 주려 한다.(물론 이 게시글은 그가 짜깁기해 인쇄한 가짜다.)

그가 내뱉는 첫 문장은 이렇게 시작한다. "당신은 지성인처럼 보이는군요." (언제나 불길한 문장이다…… 그런 이야기를 듣거든 시간에 맞춰 떠나려고 기다리지 말고 즉시 자리를 뜨도록.)

다섯 명의 경찰 호위를 받는 영국 제독이 클럽 바에서 어떤 사람을 잡고 놓아주지 않았다. "모잠비크에 대해 잘 아는가?" 말라리아에 관한 그의 장광설은 끝날 줄을 모른다. "그래서 의사가 내게 말하길, '이 지역을 떠나기를 권합니다. 그러지 않으면 내가 언젠가 당신의 장례식을 치르게 될 테니까요.' 그 의사는 부업으로 장의사 일도 하고 있었거든. 돈 벌 확률을 조금씩 늘리는 거지. 여기저기서 사업 기회들을 조금씩 확보하면서 말이야." 이런 식으로 핑크진칵테일을 석 잔째 마시면서 당신과 어느 정도 친밀해진 후에는 이질에 관한 이야기로 넘어간

30   북미 대륙의 서해안 근방에 사는 원주민 집단이다.

다. "진짜 특이한 종류의 배설물이거든. 악취 나는 정액과 비슷하게 희고 누런 색깔에 끈끈하기까지 하지."

정글 모자를 쓴 탐험가가 쿠라레 독이 묻은 다트와 바람총으로 시민을 쏴서 쓰러뜨린 적이 있었다. 그는 한쪽 발로 인공 호흡을 실시한다.(쿠라레 독은 폐를 마비시켜 죽음에 이르게 한다. 그 외에는 다른 독성 효과는 없고 엄격하게 말하자면 독극물도 아니다. 인공 호흡을 받으면 죽지 않는다. 쿠라레는 신장을 통해 빠르게 해독된다.) "우역(牛疫)[31]이 돌던 해였네. 모든 게 죽었지. 심지어 하이에나도 죽었어…… 나는 그때 아프리카의 켄터키[32]를 빠져나와 원숭이 똥구멍인가 뭔가 하는 이름의 강 상류에 머물고 있었지. 그게 공중에서 투하되었을 때 내가 느꼈던 감사함은 이루 말할 수 없을 정도였다네…… 사실 이건 누군가에게 처음 털어놓는 이야기인데, 잘 알려지지 않은 끔찍한 일들이 많아." 붉은 천과 고무나무 화분, 금박과 조각상들로 이루어진 1890년대 양식의 넓고 텅 빈 호텔 로비에 그의 목소리가 울려 퍼졌다. "그 악명 높은 아구티 단체에 받아들여진 최초의 백인이 바로 나일세. 입에 담을 수 없이 끔찍한 그들의 의식을 목격하고 직접 참여도 했었지."(아구티 단체는 치무 축제에 참가했다. 고대 페루의 치무에서는 동성 간의 성행위가 성행했고, 가끔 피 튀기는 곤봉 싸움도 열려서 오후쯤에는 사상자가 몇백 명에 이르렀다.)

낄낄거리면서 곤봉을 들고 서로에게 똥침을 놓는 젊은이

---

31 소에게 전염되는 가축 전염병이다.
32 20세기 초반 미국의 인종 차별에 저항하고 아프리카로 이주하기를 희망한 일
    련의 미국 흑인들이 지금의 리베리아 지역에 설립했던 지역 국가다.

들이 들판으로 행진하면 싸움이 시작된다.

점잖은 독자들이여, 이 광경은 너무 추해서 차마 묘사할 수가 없다. 무서워서 웅크리고 소변을 지리는 겁쟁이인 동시에 검붉은 엉덩이의 비비원숭이 같은 난폭함을 갖추고서는 마치 서커스 쇼처럼 이 끔찍한 두 상태 사이를 왕복하는 사람은 도대체 누구란 말인가? 누가 죽어 가는 적 위에 똥을 싸고, 또 그 적은 기쁜 마음으로 소리치며 그 똥을 받아먹는단 말인가? 누가 연약하고 수동적인 사람을 목매달아 죽이고는 악랄한 개처럼 그의 정액을 받아먹을 수 있단 말인가? 점잖은 독자들이여, 나는 이런 것들로부터 당신을 보호하고 싶지만, 내 펜은 마치 늙은 선원[33]처럼 자기만의 의지를 지니고 있다네. 오 신이시여, 이것은 도대체 무슨 광경이란 말인가! 혀 혹은 펜이 이러한 추문을 견딜 수 있단 말인가?

젊고 거친 깡패가 동료의 눈알을 파내고 뇌를 유린한다. "뇌가 이미 쪼그라들어서 마치 할머니의 성기처럼 말라 버렸어." 그는 로큰롤 건달로 변신한다. "난 늙은 여자랑 잤지. 십자말풀이 퍼즐처럼 그 결과는 나랑 어떤 연관이 있는 결과인가? 우리 아버지는 이미 했나 아니면 아직 못 했나? 잭, 나는 너랑 잘 수 없어, 왜냐면 넌 내 새아버지가 될 테니까, 우리 아빠를 덮치는 (혹은 필요하다면 반대로 하는) 것보단 차라리 네 목을 긋

---

33 새뮤얼 콜리지((Samuel Taylor Coleridge, 1772~1834)의 시 「늙은 선원의 노래」에 나오는 인물이다. 이 시는 늙은 선원이 결혼식에서 하객을 만나 자신이 경험한 초현실적인 일들을 이야기해 주는 액자식 구성이다. 해당 문단에서 버로스는 콜리지의 시에 나타난 '비이성적이고 기이한 일련의 경험을 독자에게 직접 전달하는 화자'의 액자식 서술 구성을 빌려 와 사용한다.

고 울 엄마랑 대놓고 관계해, 그러고 나서 울 엄마 목을 긋는 거지, 비록 성자같이 착한 여자지만 그게 엄마의 넘쳐 나는 수다를 막고 엄마 재산을 동결시키는 최상의 방법이야. 그러니까 누군가가 실수한 게 발각되면 '대장 오빠'에게 엉덩이를 대 주거나 늙은 여자의 몸통을 애무해 줘야 하는 건가. 여자 두 명과 강철 막대기를 내게 건네주고 네 더러운 손가락을 내 엉덩이에서 치우렴. 내가 지브롤터에서 도망쳐 온 검붉은 엉덩이의 창녀인 줄 아니? 남자 여자 가릴 것 없이 모두 거세해 버렸어. 그 남자가. 누가 성별을 구분할 수 있는데? 네 목을 따 버리겠어, 빌어먹을 흰둥이 놈아. 누가 이길지 모를 싸움에서 내 손자처럼 정정당당하게 덤비고 아직 태어나지도 않은 네 엄마를 만나봐. 혼돈은 그의 걸작을 망쳐 버렸지. 난 실수로 사람을 잘못 알아보고 관리인의 목을 땄지만, 그는 여느 늙은이처럼 끔찍하게 빌어먹을 인간이었어. 석탄 통에 들어 있는 석탄 덩어리들은 다 똑같아 보이니까."

앞서 언급한 아비규환의 광장으로 되돌아가 보자. 한 젊은이가 동료의 몸에 삽입했고, 성기의 떨리는 혜택을 받는 그의 가장 자랑스러운 부분을 또 다른 젊은이가 절단해 버린다. 그러자 성기의 일부가 자연이 혐오하는 진공을 채우기 위해 앞쪽으로 튀어나오더니 검은 습지에 정액을 뿌리고, 그곳에 사는 성마른 피라냐 물고기들이 아직 태어나지 않은 아이 혹은, 사실적으로 접근하자면, 앞으로도 절대 태어나지 않을 아이를 낚아채 먹어 치운다.

또 다른 지루한 인간이 트로피와 메달, 우승컵과 리본으로 꽉 찬 가방을 들고 돌아다닌다. "이건 요코하마에서 개최된 가장 기발한 섹스 발명품 대회에서 탄 상이야. (이 남자의 말을 더 들어 봐, 그는 절박한 상태니까.) 일본 황제가 직접 내게 상을 수여했고 황제의 눈에는 눈물이 고여 있었지. 경쟁자들은 할복용 칼로 스스로를 거세했어. 그리고 테헤란에 있는 무명의 마약 중독자 모임에서 개최한 퇴행 대회에서 이 리본을 수상했지."

"아내의 모르핀 약을 내가 써 버렸더니 아내가 호프 다이아몬드[34]만큼 거대한 신장결석으로 고통받더군. 그래서 베가닌 진통제 반 통을 주면서 말했어. '고통이 쉽게 없어지진 않을 거야…… 그만 좀 징징거려라. 나도 마약에 좀 취해 보자.'"

"마약 성분의 좌약을 할머니 엉덩이에서 빼돌렸어."

건강염려증 환자는 행인들을 올가미로 잡아 구속복을 입히고는 그들에게 자신의 썩어 가는 중격(中隔)에 관해 한탄하기 시작한다. "화농성의 끔찍한 분비물이 계속 흘러나와요…… 한번 직접 봐 보시라니까요."

그는 수술 흉터를 보여 주려고 거의 발가벗더니, 붙잡힌 행인들의 마뜩잖아하는 손가락을 흉터에 가져다 댄다. "사타구니에 생긴 화농성 상처를 만져 봐요. 세균성 림프 육아종 때문에 생긴 상처죠…… 이번에는 제 내치핵을 만져 볼 차례예요."

아래의 참조 문건은 '풍토성 림프종'인 세균성 림프 육아종에 관련된 정보를 다룬다.[35] 이 질병은 에티오피아에서 유래한 바이러스성 성병이다. "우리가 괜히 문란한 에티오피아 것

---

34 유명한 보석상의 이름을 딴 거대한 푸른 다이아몬드로, 소유주에게 불행의 저주가 내린다는 미신이 있다.

35 일부 비평가들은 아프리카에서 발발한 성병에 대한 작가의 설명을 (당시에는 병명이 밝혀지지 않았던) AIDS에 대한 묘사로 해석하기도 한다.

들이라 불리는 게 아니라니까."라고 자조하는 에티오피아 용병
은 킹코브라만큼 맹독성인 파라오 뱀과 성교한다. 고대 이집트
의 파피루스에는 문란한 에티오피아인들에 대한 언급이 사방
에 기록돼 있다. 그래서 이 병은 '저지 바운스' 팝송처럼 아디스
아바바에서 시작했지만, 지금은 세계가 하나로 연결된 현대의
시대다. 이제 풍토성 림프종은 상하이와 에스메랄다스,[36] 뉴올
리언스와 헬싱키, 시애틀과 케이프타운에 흘러넘친다. 하지만
심장은 고향을 그리워하기 마련이라, 이 질병은 흑인들에게 발
병하는 경향이 강하며 실제로 그 이유로 백인우월주의자들의
총애를 받는다. 그러나 마우마우[37]의 주술사들이 백인종을 노
린 엄청난 성병을 만들어 냈다는 소문도 있다. 백인도 풍토성
림프종에 걸릴 수 있다. 다섯 명의 영국 선원들이 잔지바르[38]에
서 이 병에 걸렸다. 아칸소주의 데드쿤 카운티(미국에서 가장
검은 토양과 가장 하얀 사람들이 사는 곳이다. "이봐 깜둥이, 해가
지기 전에 이 마을에서 떠나."[39])에서도 카운티 소속 검시관의 아
랫도리가 앞뒤 가릴 것 없이 림프종으로 뒤덮였다. 그의 흥미
로운 발병 상태가 알려지자, 이웃에 사는 자경단원들이 미안해
하면서 그를 법원에서 불태워 죽였다.

　　"자 클렘, 자네가 구제역에 걸린 소라고 생각해 봐."

36　아디스아바바는 에티오피아의 수도고, 에스메랄다스는 에콰도르의 해안 도
　　시다.
37　케냐에서 유럽 식민주의자들을 몰아내기 위해 1952년에 조직된 비밀 결사대다.
38　탄자니아에 속한 자치 구역으로, 여러 개의 섬으로 구성된 군도다.
39　인종차별이 성행하던 시절 미국의 일부 보수적인 지역에서는 해가 지면 흑인
　　이나 유색인종 혹은 외부인들을 침입자로 규정하고 총으로 위협하는 악습이
　　있었다. 이런 지역들을 "일몰 마을(sundown town)"이라 칭한다.

"혹은 조류독감에 걸린 닭이라고 생각하거나."

"다들 너무 가까이 다가오지 마. 모닥불 안에서 그의 내장이 폭발할 수 있으니까."

빈대나 정글 모기의 내장, 아니면 사막의 달 아래에서 은색 침을 흘리며 죽는 자칼의 침 안에서 원래 목적을 달성하지 못한 채 사라져 버리는 불행한 바이러스들과 달리, 성기에 발생하는 질병은 몸의 다른 부분으로 옮겨 갈 수 있다. 이 병은 감염 장소의 최초 환부에서 발생한 후 사타구니의 림프샘을 따라 이동하고, 그 과정에서 곪은 상처가 부어올라 터지며, 며칠 몇 달 몇 년에 걸쳐 고름이 조금씩 새면서 화농성의 끈적거리는 분비물이 피와 부패한 림프와 함께 섞여 나온다. 성기의 피부경화증은 종종 발생하는 합병증이며, 허리 아래로 몸의 **절반을** 절단해야 하지만 이를 통해 큰 효과를 얻을 수 없는 환자의 경우에는 괴저병도 보고된 바 있다.

여성들은 일반적으로 항문의 이차 감염에 걸린다. 감염된 파트너를 수동적으로 받아들이는, 마치 곧 엉덩이가 검붉어질 약한 원숭이 같은 남성들 역시 다른 사람을 감염시킬 수 있다. 초기 직장염과 뒤이어 필연적으로 발생하는 화농성 분비물, 주의하지 않으면 그냥 지나칠 수 있는 이 분비물은 직장 협착으로 이어지는데, 이는 사과 씨 제거 기구를 사용하거나 혹은 그에 준하는 수술을 받아야 한다. 그렇지 않으면 해당 환자는 불행하게도 방귀와 변 냄새가 역류해 심각한 구취 문제를 일으키게 되며 그 결과 성별과 나이, 상황에 상관없이 **인류 전체로부터** 미움을 받을 것이다. 실제로 한 시각 장애인 동성애자는 그가 데리고 있던 충실한 장애인 안내견에게서 버림받았다. 만족할 만한 치료법은 최근까지 개발되지 않았다.

"치료법은 대증 요법이다."라는 말은 곧 치료법이 존재하지 않는다는 뜻이다. 많은 경우 오레오마이신이나 테라마이신, 혹은 최근에 나온 약물들을 집중적으로 사용하는 치료법이 효과를 보고 있다. 그러나 상당수의 발병 사례들은 산에 사는 고릴라와 같은 강력한 내성을 보인다…… 그러니까 남성들이여, 누군가가 고환과 성기를 뜨겁게 핥으면서 마치 푸른 불꽃의 에너지 토치처럼 엉덩이로 달려든다면, 나는 T. J. 왓슨[40]의 말을 빌려 말하겠다. **생각해라.** 헐떡임을 멈추고 그 남자를 만져 봐라…… 만약 손에 멍울이 만져진다면 몸을 빼내고는 콧소리 섞인 차가운 한마디를 던져라. "내가 이렇게 끔찍한 상태인 당신과 관계하고 싶을 것 같아? 전혀 관심 없거든."

로큰롤에 심취한 불량 청소년들이 모든 국가의 거리를 점령한다. 루브르 박물관에 쳐들어가 모나리자의 얼굴에 염산을 끼얹는다. 동물원, 정신병원, 감옥의 문을 열어젖히고 압축 공기 망치로 수도관을 터뜨리며, 비행기 내부의 손님용 화장실 바닥을 부수고, 등대를 저격하고, 승강기 케이블을 갈아 얇은 쇠줄로 만들고, 하수도를 상수도로 바꾸고, 상어와 가오리, 전기뱀장어와 흡혈어를 수영장에 푼다.(흡혈어는 작고 장어같이 생긴 어류 혹은 벌레로 두께는 0.25인치고 길이는 2인치다. 아마존 대분지의 악명 높은 특정 강들에 서식하면서 성기 혹은 항문 혹은 여자의 음부(달리 더 좋은 표현이 없는)에 달려들어서는 뾰족한 척

---

40 토머스 존 왓슨(Thomas John Watson Sr., 1874~1956). 미국의 사업가이자 IBM의 CEO다.

추를 사용해 그곳에 달라붙는다. 그 이유는 밝혀지지 않았는데, 흡혈어의 자연적 생명 주기를 관찰한 사람이 지금까지 아무도 없기 때문이다.) 선원 복장을 하고 전속력으로 '퀸 메리' 선박을 몰아 뉴욕항으로 돌진하고, 비행기와 버스의 승객들을 공포에 질리게 만들고, 톱과 도끼와 긴 수술용 메스를 들고 흰 가운 차림으로 병원으로 돌진해서는 마비 환자의 인공호흡기를 떼어 버리고, (바닥에서 눈을 까뒤집으면서 호흡이 딸려 괴로워하는 환자를 흉내 내고) 자전거 펌프로 주사를 놓고, 인공 신장의 연결선을 끊어 버리고, 두 사람이 사용하는 수술용 톱으로 여자를 반토막 내고, 꿀꿀거리는 돼지들을 이슬람교 성전으로 몰고 가고, 유엔 본부의 바닥에 똥을 싸고는 각종 협약, 조약, 동맹 문서로 엉덩이를 닦는다.

비행기와 자동차, 말, 낙타, 코끼리, 트랙터, 자전거, 증기 롤러를 타거나 맨발로 스키나 썰매를 타고, 목발을 짚고, 스카이콩콩을 타고 여행객들은 "자유의 땅에서 맞닥뜨린 입에도 담기 끔찍한 상황"으로부터 안전한 피난처를 국가가 확실히 보장하라고 요구하면서 국경으로 몰려든다. 상공회의소는 이 재난을 막아 보려고 헛되이 애쓴다. "제발 진정하십시오. 미친 곳에 갇혀 있던 미친 사람들 몇몇이 일으킨 문제에 불과합니다."

호셀리토

그러다가 계급 의식에 대한 형편없는 시를 쓴 호셀리토가 기침하기 시작했다. 독일인 의사는 길고 섬세한 손가락으로 호셀리토의 갈비뼈를 촉진하는 간단한 검사를 진행했다. 그는 의사인 동시에 콘서트 바이올린 연주자, 수학자, 체스 기사였고, 헤이그의 연구실에서 일할 수 있는 자격증을 가진 국제 법리학 의사였다. 의사는 자세히 보면서도 거리를 두는 시선으로 호셀리토의 갈색 가슴을 재빨리 훑어보았다. 그런 뒤에 카를을 쳐다보고는 한 고학력자가 다른 고학력자에게 보여 줄 법한 미소를 지으면서 다음과 같이 말하는 듯이 눈썹을 치켜올렸다.

"이렇게 멍청한 서민 앞에서 우리는 그 단어를 말하지 말아야겠죠? 안 그러면 이 남자는 두려움에 변을 지릴 겁니다. 기침과 타액은 **모두** 무서운 단어니까요. 그렇지 않습니까?"

의사는 스페인어로 크게 말했다. "폐렴입니다."

퍼붓는 비에 바짓단이 젖는 좁은 야외 복도에 서서 카를은 의사와 이야기를 나누면서 생각했다. 이 의사는 얼마나 많은 환자들에게 저런 식으로 말했을까. 그리고 얼마나 많은 세상의 계단과 베란다, 잔디밭, 자동차 진입로, 복도와 거리가 그의 눈에 담겼을까…… 답답한 독일식의 우묵한 공간, 천장까지 쌓인

나비 문양의 받침들, 문 아래로 스며 나오는 조용하지만 불길한 요독증 냄새, 스프링클러 소리로 가득한 교외의 잔디밭, 말라리아모기의 조용한 날갯짓 아래 고요한 정글 같은 밤.[41] 두툼한 카펫이 깔린 진중한 분위기의 켄싱턴 요양원에는 뻣뻣한 직물로 만든 의자와 차 한 잔, 그리고 노란 병에 수선화가 꽂혀 있는 스웨덴풍의 현대적 거실이 있다. 창밖에는 검푸른 북쪽 하늘과 떠가는 구름이 보이고, 그 아래에는 죽어 가는 의대생들이 그린 형편없는 수채화 풍경이 펼쳐져 있다.

"과일주가 좋겠네요, **운터슈니트 부인**."

의사는 체스판을 앞에 둔 채 누군가와 통화하는 중이었다. "제 생각에는 환부가 심각한 상태입니다…… 물론 엑스레이 영상 검사를 하지는 않았습니다만." 의사는 기사 말을 들어 올리더니 생각에 잠긴 채 다시 내려놓는다. "네…… 양쪽 폐 모두요…… 당연하죠." 그는 수화기를 내려놓고 카를을 향해 몸을 돌린다. "감염 유병률이 낮은 경우, 이런 종류의 사람들이 굉장히 빠르게 회복하는 경우를 몇 번 봤습니다. 언제나 폐의 문제죠…… 폐렴, 그리고 당연하게도 '오래된 그 병' 말입니다." 의사는 카를의 성기를 움켜쥐더니 교양 없는 서민 같은 웃음소리를 내며 벌떡 일어난다. 유럽인다운 그의 미소는 아이나 동물의 버릇없는 행동을 무시한다. 섬뜩할 정도로 단조롭고 개성 없는 영어로 그는 능숙하게 말한다. "우리의 오래된 병인 결핵 말입니다." 의사는 발뒤꿈치를 마주쳐 소리 내면서 고개 숙여 절한다. "그 병이 없었다면 저 인간들은 멍청한 서민 쓰레기들

---

41   〔원주〕 이것은 은유가 아니다. 말라리아모기는 **진짜로** 조용하다.

을 마구 낳아 바다까지 넘쳐 나게 만들었을 겁니다. 그렇지 않나요?" 그는 소리 지르면서 자신의 얼굴을 카를의 얼굴에 바짝 가져다 댄다. 카를은 빗줄기가 만들어 내는 등 뒤쪽 회색 벽을 향해 한 걸음 물러난다.

"저 남자가 치료받을 만한 장소가 있을까요?"

"일종의 **요양소**가 있긴 하죠," 애매하게 외설스러운 말투로 의사는 단어를 길게 늘인다. "중심 구역 쪽에 있습니다. 주소를 써 줄게요."

"화학 요법을 받게 될까요?"

습기를 머금은 공기 속에서 의사의 목소리는 단조롭고 무겁게 낮아진다.

"누가 알겠어요. 환자들은 모두 멍청한 서민들이고, 그중 최악의 부류는 소위 교육받은 서민들이죠. 이 사람들에게는 읽는 법도 말하는 법도 가르쳐선 안 됩니다. 생각하는 법을 금지할 필요는 없어요. 이미 태생적으로 생각하는 게 불가능한 자들이니까."

"여기 **주소**가 있습니다." 의사는 입술을 움직이지 않은 채 속삭였다.

의사는 종이 한 장을 카를의 손에 쥐여 주었다. 먼지로 번들거리는 그의 더러운 손가락이 카를의 소매에 잠시 머물렀다.

"그리고 청산해야 할 의료비 문제가 있는데요."

카를은 그에게 한 묶음의 지폐를 건넸다…… 의사는 늙은 중독자처럼 더럽고 비밀스럽게 잿빛 어스름 속으로 사라졌다.

환한 조명과 개인용 욕조, 콘크리트 발코니가 딸린 크고 청결한 방에서 카를은 호셀리토를 방문했다. 노란 병에서 자라는 수선화와 검푸른 하늘, 그리고 떠가는 구름으로 가득했고 공포가 그의 눈을 들락거렸던 차갑고 공허한 그 방에서는 어떠한 이야기도 할 수 없었다. 호셀리토가 웃자 공포는 작은 빛의 조각들로 부서져 날아가 버렸고, 방의 시원한 구석에 모습을 숨긴 채 잠복했다. 죽음이 가까이 왔음을 느끼는데 내가 무슨 말을 할 수 있을까? 그리고 잠들기 전 마음속에 떠오르는 작고 부서진 이미지들을 어떻게 말로 표현할 수 있을까?

"난 내일 새로운 요양소로 이송될 거예요. 날 보러 와 줘요. 나 혼자일 테니까."

호셀리토가 기침을 하고는 마약성 진통제를 복용했다.

"의사 선생님, 나도 알아요. 이걸 이해하는 게 내게 주어진 운명이겠죠. 난 의료 종사자가 아니고 그런 척할 생각도 없지만 나도 보고 들은 게 있어요. 요양소 치료의 기본 개념은 화학 요법으로 대체되었거나 적어도 그걸 보조적으로 사용하는 경향이 완전히 일반화되었죠. 선생님이 생각하기에 이게 맞는 방향인가요? 제 말은, 선생님, 인간 대 인간으로 솔직하게 대답해 주세요. 화학 요법 대 요양 치료에 대한 선생님의 의견은 뭔가요? 선생님도 화학 요법의 **지지자**인가요?"

미국 원주민 혈통인 의사의 아파 보이는 흙빛 얼굴은 카드 딜러처럼 아무런 표정도 없이 공허했다.

"아주 현대적인 의술입니다. 곧 알게 될 거예요." 그는 혈액순환이 되지 않아 자줏빛으로 변한 손가락으로 방을 가리켰다. "욕조…… 물…… 꽃. 주차장도 있잖아요." 그는 승리에 찬 웃음을 지으면서 완벽한 영국식 영어로 말을 끝맺었다. "편지

쓸게요."

"편지요? 요양소로요?"

의사의 목소리는 검은 바위와 거대한 무지갯빛 갈색 석호가 있는 땅으로부터 들려왔다. "가구는…… 현대적이고 편안하네요. 당신도 물론 그렇게 **생각하겠죠?**"

가짜로 붙인 녹색의 벽 장식 위쪽으로 복잡한 네온사인이 어둠을 기다리면서 하늘을 배경으로 불길하게 솟아 있어서, 카를은 요양소를 쉽게 찾지 못했다. 요양소는 가파르고 거대한 석회암 절벽에 세워져 있었고, 위쪽에는 꽃핀 나무들과 덩굴 식물이 파도치고 있었다. 꽃향기가 공기를 가득 채우고 있었다.

요양소 책임자는 덩굴이 올라가도록 세워 둔 격자벽 아래에 놓인 나무 구조물 위에 앉아 있었다. 그는 아무것도 하지 않고 있었다. 그는 카를이 전해 준 편지를 받아서 왼손을 입술에 댄 채 속삭이듯 소리 내며 편지를 읽었다. 그러고는 편지를 변기 위 대못에 찔러 넣더니, 숫자로 가득한 장부로부터 무언가를 옮겨 쓰기 시작했다. 계속해서 써 내려갔다. 부서진 이미지들이 카를의 머릿속에서 부드럽게 폭발했고, 그의 영혼은 조용하게 활강하면서 육체로부터 분리되었다. 먼발치에서 그는 간이식당에 앉아 있는 자기 자신을 분명하고 또렷하게 보았다. 헤로인 과다 복용. 그를 흔들어 깨우면서 커피를 그의 코 아래 가져다 대고 있는 그의 엄마.

바깥에는 크리스마스실을 팔고 있는 산타클로스 복장의 늙은 마약 중독자. 이 세상 것이 아닌 중독자의 목소리로 그는 속삭인다. "결핵에 맞서 싸웁시다, 여러분." 진중한 동성애자 풋볼 코치들로 구성된 구세군 합창단이 노래한다. "달콤한 이별 속에서."

지상에 묶인 마약 유령이나 다름없는 자기 육체로 카를은 되돌아온다.

"물론 그 남자에게 뇌물을 쓸 수도 있지."

책임자는 한 손가락으로 책상을 두드리면서 「호밀밭을 가로질러」를 흥얼거린다. 큰 충돌이 발생하기 바로 직전에 울리는 안개 경적과도 같은 소리가 멀리서 들리더니 가까이에서 긴박하게 울린다.

카를은 바지 주머니에서 지폐를 반 정도 꺼낸다…… 책임자는 사물함과 대여 금고로 이루어진 넓은 벽면 옆에 서서 카를을 쳐다본다. 병든 동물 같은 그의 눈은 초점이 나갔고, 그의 내부는 죽어 가고 있으며, 절망적인 공포는 죽음의 얼굴을 반영하고 있다. 지폐를 반 정도 꺼내 들고 꽃향기를 맡자, 연약함이 카를을 덮쳐서 그의 숨을 막아 버리고 피를 멈춘다. 그는 거대한 깔때기 안에서 빙글빙글 돌면서 추락해 검은 점이 된다.

"화학 요법?" 그의 살을 찢고 나온 비명 소리가 텅 빈 라커룸과 숙소, 낡은 리조트 호텔, 유령 같은 기침 소리로 가득한 결핵 요양소 복도를 지나, 때로는 속삭이고 때로는 큰 소리를 내면서 회색의 설거지물 냄새로 가득한 싸구려 여인숙과 노인 요양 병원, 크고 먼지 쌓인 세관 창고로 퍼져 나간다. 그 후로도 비명 소리는 부서진 주랑 현관과 뭉개진 아라베스크 무늬, 수만 명 동성애자들의 소변으로 종잇장처럼 얇아진 강철 소변기, 버려져서 잡초가 무성해지고 악취 나는 배설물이 퇴비로 변한 야외 화장실, 바람에 흩날리는 나뭇잎처럼 쓸쓸히 죽어 가는 이들의 무덤에 세워진 목각 성기 모양의 기념물을 지나쳐, 가지에 초록빛 뱀을 매단 나무가 떠내려가고 슬픈 눈의 여우원숭이들이 육지 쪽 드넓은 들판을 응시하는(독수리는 건조한 대기 중에 날갯짓을 흩날린다.) 넓은 흙탕물 강을 가로지른다. 길에는 쓰고 난 콘돔과 빈 헤로인 뚜껑, 그리고 다 짜낸 윤활제 튜브가 여름의 태양 아래에서 동물 뼈로 만든 비료처럼 바싹 마른 채 나뒹굴고 있다.

"내 가구들." 책임자의 얼굴은 비상용 전구의 필라멘트처럼 벌겋게 달아올라 있었다. 그의 눈은 초점이 없었다. 오존 냄새가 방 안을 떠다니고 있었다. 그의 '여자 친구'가 한쪽 구석에서 양초로 밝혀진 제단 위로 뭔가를 중얼거렸다.

"결국 모든 게 트랙[42]이야…… 현대적이고 훌륭한……" 그는 백치처럼 고개를 끄덕거리며 침을 흘린다. 노란 고양이가 카를의 바짓단을 잡아당기더니 콘크리트 발코니로 도망간다. 구름이 흘러간다.

"내가 예금해 둔 돈을 찾으면 돼. 그걸로 어딘가에서 작은 사업을 시작해야지." 그는 마치 기계 장치 장난감처럼 고개를 끄덕이며 미소 짓는다.

"호셀리토!" 소년들은 길거리 농구, 투우, 자전거 경주를 하다가도 그 이름이 휙 하고 지나가 천천히 사라질 때면 고개를 들어 올려다본다.

"호셀리토!…… 파코!…… 페페!…… 엔리케!……" 소년

42 　'성과 꿈의 공공시설'을 뜻하는 몽환적이고 비현실적인 허구의 장소다.

같은 쓸쓸한 외침이 따뜻한 밤을 떠돈다. 트랙 표지판이 야행성 짐승처럼 흔들리더니 푸른 불꽃을 내며 폭발한다.

검은 고깃덩어리

"우린 친구잖아, 그렇지?"

구두닦이 소년은 애써 활달한 미소를 지으며 눈을 들어 차갑고 죽은 심해 같은 선원의 눈을 들여다본다. 선원의 눈에는 온기나 욕망, 증오, 혹은 소년이 직접 경험했거나 타인에게서 본 적 있는 어떤 종류의 감정도 담겨 있지 않았고, 냉혹하면서도 강렬하고 비인간적이면서도 공격적인 느낌이 동시에 들었다.

선원은 앞으로 몸을 구부려 소년의 팔꿈치 안쪽 살에 손가락을 댔다. 그는 생기 없는 중독자의 목소리로 속삭였다.

"이봐, 나한테 이런 정맥이 있다면 엄청 즐거운 시간을 보낼 텐데."

선원의 웃음은 벌레같이 검었다. 방향을 잡기 위해 내는 박쥐의 울음소리처럼 정체가 불분명한 종류의 웃음이었다. 그는 세 번 웃더니 웃음을 멈추고는 몸을 축 늘어뜨린 채 자기 내부의 소리에 조용히 귀를 기울였다. 그는 마약의 조용한 주파수를 느끼고 있었다. 툭 튀어나온 광대뼈 쪽 피부는 노란 밀랍처럼 매끈하게 펴졌다. 담배가 반 정도 탈 때까지 선원은 가만히 기다렸다. 기다리는 법을 아는 사람이었다. 하지만 그의 눈은 끔찍하게 메마른 허기로 타오르고 있었다. 비상 상황을 통제하면서 그는 천천히 얼굴을 반쯤 돌려 방금 카페로 들어온 남자를 위아래로 살펴보았다. '뚱보'가 자리에 앉아서는 초점 없는 잠망경 같은 눈으로 카페를 훑어본다. 그의 시선이 지나치며 서로 마주쳤을 때 선원은 미세하게 고개를 끄덕였다. 마약 중독으로 인해 민감해진 신경을 가진 사람만이 알아차릴 수 있는 움직임이었다.

선원은 구두닦이 소년에게 동전을 건넨 후, 흐느적거리면서 뚱보의 자리로 걸어가 합석했다. 오랫동안 둘은 말없이 앉아 있었다. 석재로 이루어진 희고 높은 협곡 하단의 돌로 된 경사면 한쪽에 카페가 자리 잡고 있었다. 악랄한 중독과 벌레 같은 욕망으로 얼룩진 얼굴들이 물고기처럼 도심으로부터 조용히 쏟아져 나왔다. 불이 환하게 밝혀진 카페는 줄이 끊긴 잠수종처럼 검은 심연으로 가라앉았다.

선원은 격자무늬 양복의 깃에 손톱을 문질러 손질하면서 반짝거리는 누런 이빨 사이로 휘파람을 불었다. 그가 곰팡이 각질을 옷에서 털어 낼 때마다 버려진 라커룸에서 나는 퀴퀴한 냄새가 났다. 눈에서 광선이라도 뿜을 것 같은 집중력으로 그는 자기 손톱을 관찰했다.

"이봐 뚱보, 좋은 물건이 있는데. 스무 개 정도 갖다줄 수 있어. 물론 선불이야."

"제대로 된 물건이야?"

"내가 달걀 스무 개를 지금 가지고 있진 않지만 부드러운 수프 같은 품질은 보장할 수 있어. 하나만 해도 곧바로 효과가 느껴지지." 선원은 마치 병원 일지를 검사하듯 주의 깊게 손톱을 살펴봤다. "언제든 가져다줄 수 있어."

"서른 개로 하지. 그리고 튜브 열 개는 먼저 준비해 줘. 내일 이맘때쯤."

"지금 당장 튜브 하나가 필요한데."

"산책하다 보면 하나 구할 수 있을 거야."

선원은 광장으로 향했다. 선원의 펜을 훔치려는 거리의 소년이 주의를 분산시키기 위해 선원의 얼굴에 신문을 들이밀었다. 선원은 계속 걸었다. 그는 펜을 꺼내서는 섬유질이 가득한 두꺼운 분홍빛 손가락으로 펜을 호두처럼 으깼다. 그러고는 그 속에서 납으로 된 튜브를 꺼낸 후, 튜브의 한쪽 끝을 살짝 휘어진 칼로 잘라 냈다. 검은 수증기가 피어오르기 시작하더니 짐승의 끓어오르는 털처럼 공기 중으로 퍼졌다. 선원의 얼굴은 이완되었다. 긴 튜브를 향해 입술을 쭉 내밀어 검은 연기를 들이마시자, 그의 입은 재빠른 연동 운동으로 떨리다가 결국 조용한 분홍빛의 폭발 속으로 사라졌다. 절규하는 수많은 중독자의 회색빛 엉덩이를 태운 불타는 노란 마약 덕분에 그의 얼굴은 그 어느 때보다 명료하고 날카롭게 초점을 되찾았다.

"이걸로 한 달은 버티겠는걸." 눈에 보이지 않는 거울을 바라보며 선원은 단언했다.

어둠이 차오른 콩팥 모양의 넓은 광장과 깊은 협곡 사이에 자리한 도심의 거리들은 모두 아래쪽으로 기울어져 있다. 거리의 벽과 광장에는 작은 주거지와 카페들이 듬성듬성 서 있다. 이 중 일부는 몇십 센티미터 정도 안쪽으로 들어가 있고, 또 다른 일부는 방과 복도가 한데 섞여 시선이 닿지 않는 곳까지 뻗어 있다.

교각과 좁은 길, 케이블카가 사방으로 교차한다. 긴장증을

않는 젊은이들이 여자처럼 삼베 가운과 낡은 넝마 차림을 하고
는, 맞고 또 맞아 생긴 자국과 진줏빛 뼈까지 드러나는 망가지
고 곪은 상처를 덮으려고 밝은 색깔로 진하고 조잡하게 화장한
채 행인들에게 매달려 무언의 압력을 행사한다.

검은 바위와 무지갯빛 갈색 석호에 서식하는 거대한 검은
민물 지네(가끔 6피트 길이에 육박하는)의 살코기를 '검은 고깃
덩어리'라고 부른다. 검은 고깃덩어리를 밀매하는 이들은 이것
을 찾는 사람들만 알아볼 수 있도록 광장 구석에서 이 고기를
마비된 갑각류로 둔갑시켜 판매한다.

이제는 생각조차 할 수 없이 시대에 뒤떨어진 거래를 하
는 사람들, 예를 들어 에트루리아의 벽화 제작자, 비(非)합성
마약 중독자, 3차 세계 대전의 암시장 상인들, 텔레파시 능력을
수술해 주는 돌팔이 의사들, 영혼의 추나 요법 의사, 뻔한 편집
증에 걸린 체스 기사가 지적한 위반 사항을 점검하는 이들, 영
혼의 끔찍한 할례를 비난하는 내용이 정신 분열적인 속기로 기
록된 영장 쪼가리를 집행하는 이들, 헌법을 위반하는 경찰국가
의 경찰들, 마약 부작용으로 인해 민감해진 세포에 실험해 본
아름다운 꿈과 향수를 날것의 의지와 교환하려는 중개인들, 꿈
이라는 반투명한 호박 보석 속에 밀봉된 찐득한 체액을 마시는
이들. 그 만남의 카페는 각종 부엌과 식당들, 빈방들, 위험한 강
철 발코니와 지하 목욕탕으로 연결되는 지하실들로 가득한 미
로 같은 광장의 한쪽 면을 차지하고 있다.

흰 새틴 천으로 덮인 높은 의자에는 나체의 머그웝프[43]들

43　북미 대륙 원주민의 전설에 등장하는 호수의 괴물 물고기. 또한 이 단어는 전

이 돌로 된 빨대로 반투명한 형형색색의 시럽을 빨아 마시고 있다. 머그웜프는 간이 없고 당분을 주된 영양소로 삼는다. 푸른 자줏빛의 얇은 입술에는 검은 뼈로 된 날카로운 부리가 달려 있는데, 고객을 차지하기 위해 싸울 때면 부리로 서로를 갈가리 찢어 버리는 경우가 종종 발생한다. 이 생명체들은 발기한 성기에서 중독성 액체를 분비하는데, 이 액체는 신진대사를 늦춰 생명을 연장하는 효과가 있다. (정확한 양에 중독될 경우 생명 연장에 효과적이라는 사실이 실제로 장수 연구자들에 의해 입증된 바 있다.) 머그웜프 중독자들은 '파충류'라 불린다. 이들 중 상당수는 유연한 뼈와 검붉은 살로 이루어진 몸으로 의자 사이를 흐르듯이 움직인다. 부채같이 생긴 녹색 연골은 뻣뻣하고 속이 빈 털로 덮여 있고, 이 털을 통해 파충류들은 귀 뒤에서 생성되는 액체를 흡수한다. 부채 모양 연골은 눈에 보이지 않는 공기의 흐름에 의해 움직이고, 이는 파충류들끼리만 통하는 의사소통 수단이기도 하다.

격년으로 발생하는 공황 기간에 나체의 거친 '꿈 경찰'들이 도시를 탄압할 때면, 머그웜프들은 벽의 가장 깊숙한 틈새로 대피해 진흙으로 된 공간에 스스로를 봉인한 후 몇 주 동안 겨울잠을 잔다. 이 잿빛의 공포 기간에 파충류들은 점점 더 빠르게 사방으로 뛰어다니고 소리 지르면서 초음속 속도로 서로

쟁 리더를 의미하기도 한다. 미국 사회에서 이 단어가 널리 통용되기 시작한 계기는 1884년 미국의 대통령 선거로, 다수의 공화당 당원이 민주당에 반란표를 던지거나 혹은 중립으로 남았는데 이들을 머그웜프라 불렀다. 그러나 본문에서 작가는 원래의 뜻에 가까운 '상상 속 괴물 생명체'의 의미로 이 단어를 사용한다.

를 지나치고, 곤충의 고뇌가 담긴 새까만 바람 속에서 그들의 말랑한 머리뼈는 펄럭거리며 흔들린다.

중독 부작용으로 인해 아침마다 침과 기침을 토하는 중독자가 뱉어 내는 썩은 영적 에너지의 덩어리를 분해하는 것이 꿈경찰의 임무다. 머그웜프 판매상은 액체가 담긴 돌 항아리를 들고 돌아다니고, 파충류들은 그걸 받아먹고는 긴장이 풀린다.

대기는 마치 글리세린처럼 다시 한번 고요하고 깨끗해진다. 선원은 그가 거래하는 파충류를 찾아낸 후, 그쪽으로 슬그머니 다가가 녹색 시럽을 주문했다. 파충류는 갈색 연골로 이루어진 작고 둥근 원반 모양의 입을 하고 있으며, 감정 없는 녹색 눈은 눈꺼풀의 얇은 막으로 뒤덮여 있었다. 파충류가 자신의 존재를 깨달을 때까지 선원은 한 시간을 기다렸다.

"뚱보한테 팔 달걀이 있나?" 그는 물었고, 그 말에 파충류의 부채 모양 털이 흔들렸다.

파충류가 검은 솜털로 뒤덮인 분홍빛의 투명한 손가락 세 개를 들어 올리기까지 두 시간이 소요되었다. 검은 고깃덩어리를 먹은 여러 명이 토하며 널브러져서는 움직이지도 못하고 있었다.(검은 고깃덩어리는 상한 치즈와도 같다. 엄청나게 맛있지만 구토를 유발하기 때문에 이 고기를 즐기는 사람들은 지칠 때까지 먹고 토하기를 반복한다.)

화장한 젊은이가 미끄러지듯 들어와, 카페 전체에 달콤하고 역한 냄새를 풍기는 거대한 검은 발톱 하나를 집어 들었다.

병원

일상 업무 부서: 윌리 요원은 하산 병원에서 치료받고 있다…… 하산 병원 옆에는 공동묘지가 있다…… 안뜰에서의 화장…… 전문 조문객들이 복도와 대기실에서 친척들을 괴롭힌다……

해독 요법에 대한 기록

초기 금단 증상인 편집증…… 사방이 파랗게 보인다…… 밀가루 반죽처럼 생명력을 잃은 죽은 살갗.

금단의 악몽

거울이 줄지어 늘어선 카페. 텅 비어서는…… 무언가를 기다리는…… 한 남자가 옆문을 통해 들어온다…… 회색 수염과 회색 눈을 하고 갈색 전통 의상을 입은 작고 왜소한 아랍인…… 내 머릿속에는 끓는 염산이 담긴 주전자가 있다…… 절박한 발작에 사로잡혀 나는 그것을 그의 얼굴에 끼얹는다.
모든 사람이 마약 중독자처럼 보인다……

병원 안뜰을 산책한다…… 내가 없는 동안 누군가가 내 가위를 사용했나 보다. 뭔지 모를 끈적한 적갈색 분비물로 더러워져 있다…… 분명 저 **하녀** 년이 이걸로 넝마 같은 자기 옷을 손질했을 거야.

끔찍한 외모의 유럽인들이 계단참에 모여서는, 내가 약 먹어야 할 시간인데도 간호사를 가로채고 내가 씻을 때 세면대에 소변을 보고 몇 시간씩 화장실을 독차지한다. 아마 항문에 숨겨 둔 다이아몬드 가죽 주머니를 손가락으로 휘저어 찾고 있겠지……

실제로 한 무리의 유럽인들이 내 옆 침대에 배정되었다…… 늙은 어머니가 수술을 받자 딸이 곧장 침대로 와서는 수술 상처가 제대로 치료되었는지 확인한다. 친인척으로 보이는 이상한 방문객들…… 그중 한 명은 보석 감정사가 눈에 끼워 사용하는 감정용 안경을 쓰고 있다…… 어쩌면 망해 가는 다이아몬드 세공사일 수도…… 비싼 스록모턴 다이아몬드를 망쳐서 업계에서 퇴출당한 사람일 수도 있다…… 보석 감정사들이 프록코트를 입고는 다이아몬드 주변에 서서 한 전문가의 시중을 들고 있다. 아주 미세한 실수로 인해 다이아몬드가 돌이킬 수 없이 훼손될 수 있으므로 암스테르담에서 그를 특별히 초빙해 일을 맡긴다…… 그리고 그 남자는 술에 거나하게 취해서는 거대한 압축 공기 망치로 다이아몬드를 산산조각 낸다.

나는 이 유럽인들이 누구인지 굳이 알려 하지 않는다…… 알레포[44] 출신의 마약 소매상? 부에노스아이레스 출신의 미숙

---

44 시리아의 도시다.

아 송아지 밀매상? 요하네스버그 출신의 불법 다이아몬드 구
매자?…… 소말리아 출신의 노예 상인? 아무리 좋게 봐 줘도 기
껏해야 노예 산업의 동업자일 것이다……

계속되는 마약의 꿈들. 나는 양귀비가 핀 들판을 찾고 있
다…… 검은 카우보이모자를 쓴 밀주업자가 나에게 근동(近
東) 카페의 위치를 알려 준다…… 그곳의 웨이터 중 한 명이 유
고슬라비아산 아편의 연결책이다.

흰 벨트가 달린 트렌치코트를 입은 말레이시아 출신 레즈
비언에게서 헤로인 한 봉지를 산다…… 박물관의 티베트 전시
관에서 마약에 사용할 종이를 구한다. 그 여자는 마약을 내게
서 다시 훔쳐 가려고 애쓴다…… 나는 마약을 할 장소를 물색한
다……

금단의 중요한 시기는 급성 통증이 느껴지는 초기 단계가
아니라 마약 물질이 몸에서 빠져나가는 마지막 단계다. 이 단
계에 접어들면 세포 하나하나에서 느껴지는 공포가 악몽의 형
태로 반복해서 찾아오고, 삶은 두 가지 존재 양식 사이에서 유
예된다…… 이 단계에 도달하면 마약을 향한 욕구는 최후의 강
렬한 갈망으로 응집되고 꿈은 힘을 획득한다. 꿈속에서 어쩌다
보니 내 앞에 마약이 제공된다…… 절도 이력이 있는 병원 직원
이자 돌팔이 의사인 늙은 헤로인 중독자를 만난다……

사람 가죽으로 만든 제복을 입은 경비병. 그는 누런색의
썩은 이빨 단추를 단 검은색 점퍼에 반짝거리는 인도 구리로 만
든 신축성 있는 풀오버와 청소년이 입을 법한 북유럽풍 황토색
바지를 입고, 젊은 말레이시아 농부의 갈라진 발바닥으로 만든

샌들을 신고 회갈색 스카프를 셔츠 안으로 집어넣었다. (회갈색은 갈색 피부 아래 비치는 회색의 느낌으로, 흑백 혼혈에서 가끔 볼 수 있는 색상이다. 두 색은 잘 어우러지지 않고 기름과 물처럼 분리된다……)

경비병은 옷을 잘 차려입는다. 왜냐하면 달리 할 일이 없어서 월급을 모두 좋은 옷을 사는 데 쓰고 거울 앞에서 하루에 세 번씩 옷을 갈아입기 때문이다. 그는 히스패닉계의 잘생기고 매끈한 얼굴에 얇은 수염을 길렀고, 그의 검고 작은 눈은 꿈을 잃은 벌레의 눈과 같이 공허하고도 탐욕스럽다.

내가 국경에 다가가자, 그 경비병이 나무 액자로 된 거울을 목에 걸고는 초소에서 뛰쳐나온다. 그는 목에 걸린 거울을 벗으려고 한다…… 누군가가 국경을 넘는 것은 처음 있는 일이다. 경비병은 거울을 벗다가 후두를 다친다…… 목소리가 나오지 않는다…… 입을 벌리자, 혀가 사방으로 요동치는 게 보인다. 매끈하고 텅 빈 젊은 얼굴, 그리고 벌린 입 사이로 혀가 요동치는 광경은 믿을 수 없을 정도로 보기 흉하다. 경비병은 손을 들어 올린다. 그는 지금의 상태를 믿을 수 없다는 듯 온몸을 비틀며 경련한다. 나는 앞으로 걸어 나가 길을 막고 있는 쇠사슬을 푼다. 쇠사슬은 돌과 부딪치며 쨍하는 금속 소리를 낸다. 나는 국경을 넘는다. 경비병은 안개 속에 서서 내 뒷모습을 바라본다. 그러더니 쇠사슬을 다시 걸고 초소로 되돌아가 수염을 정돈하기 시작한다.

그 사람들이 소위 말하는 점심 식사를 가져왔다…… 껍질을 벗긴 삶은 달걀인데, 그 모양이 한 번도 본 적 없는 물체 같다…… 황갈색의 아주 작은 달걀…… 어쩌면 오리 부리를 한 오리너구리가 낳은 알일지도. 오렌지 속에는 커다란 벌레가 들어 있고 과육이 거의 남아 있지 않다…… 이 벌레가 제일 먼저 도착해 제일 좋은 부분을 다 먹어 치웠다…… 이집트에서는 벌레가 신장으로 들어가 엄청난 크기로 자라난다. 궁극적으로 신장은 벌레를 둘러싼 얇은 껍질이 된다. 도전적인 미식가들은 다른 어떤 것보다 이 벌레의 살을 높게 평가한다. 씹는 맛이 비교할 수 없이 좋다고 알려져 있다…… 인터존에 사는 '해부학자 아메드'라는 장의사는 이 벌레를 밀매해 엄청난 돈을 벌었다.

내 창문 맞은편에는 프랑스 학교가 있고, 나는 팔배율 망원경을 사용해 남학생들을 즐겨 관찰한다…… 너무나도 가깝게 보여서 손을 뻗으면 만질 수 있을 것만 같다…… 남학생들은 반바지를 입고 있다…… 추운 봄날 아침에는 아이들의 다리에 돋은 소름까지 볼 수 있다…… 망원경을 사용해 몸을 앞으로 쭉 빼서 거리 너머를 바라본다. 이 세상 것이 아닌 욕정으로 괴로워하는, 아침 햇살 속의 유령처럼.

사르가소 앞에서 마브와 두 명의 아랍계 애들을 만났을 때 마브가 말했다.

"얘네 둘이 섹스하는 거 볼래?"

"당연하지. 얼만데?"

"50센트면 아마 한다고 할걸. 배를 곯고 있거든."

"그래야 볼 맛이 나지."

스스로가 추잡한 늙은이가 된 느낌이다. 그렇지만 소베라데 라 플로르가 여자를 죽이고 시체를 모텔로 끌고 가 강간한 죄목으로 경찰에게 비난당할 때 했던 말처럼, "인생이란 다 그런 것이다……"

"그 여자가 도도하게 굴었어요." 그가 주장했다…… "그런 소리를 내가 들을 이유가 없죠."(소베라 데 라 플로르는 여러 건의 무의미한 살인을 저지른 멕시코의 범죄자다.)

* * *

화장실은 세 시간 동안 줄곧 잠겨 있다…… 내 생각에 그 사람들이 화장실을 수술실로 사용하는 것 같다.

간호사: 선생님, 환자의 맥박이 잡히지 않아요.

벤웨이 박사: 골무에 싸서 성기 안에 넣어 두었나 보지.

간호사: 아드레날린을 처방할까요?

벤웨이 박사: 야간 관리인이 효과 좀 즐겨 보려고 이미 다 써 버렸어.

그는 주위를 둘러보더니 변기를 뚫는 데 사용하는 막대기 끝으로 고무 진공 컵을 들어 올린다…… 그러고는 환자에게 다가간다…… "림프 선생, 절개를 시작해." 충격을 받은 조수에게 말한다…… "난 심장을 마사지할 테니."

림프 박사는 어깨를 으쓱하더니 절개를 시작한다. 벤웨이 박사는 변기의 물로 진공 컵을 헹군다……

간호사: 선생님, 소독해야 하지 않을까요?

벤웨이 박사: 그래야 하지만 시간이 없어.

벤웨이 박사는 접이식 의자 대신 진공 컵 위에 앉아서는 조수가 절개하는 모습을 지켜본다…… "너희 젊은 의사들은 압출과 봉합을 자동으로 해 주는 전기 메스 없이는 여드름도 못짜…… 비대면으로 멀리서 환자를 수술하는 세상이 곧 올 거야…… 의사가 할 일은 버튼을 누르는 것뿐이지. 앞으로는 수술에 필요한 기술들이 전부 쓸모없어지겠지…… 노하우와 임기응변 같은 기술 말이야…… 녹슨 정어리 캔으로 맹장 수술을 했던 이야기를 내가 했던가? 예전에 수술 도구가 하나도 없었을 때는 자궁 용종을 이빨로 물어뜯어 제거한 적도 있었어. 내가 어퍼 에펜디에서 지낼 때의 이야기야. 게다가……"

림프 박사: 절개가 끝났습니다, 선생님.

벤웨이 박사는 진공 컵을 절개 부위에 억지로 부착하고는 아래위로 문지른다. 피가 사방으로 솟아올라 의사들과 간호사, 벽에 튄다…… 진공 컵은 공기를 빨아들이는 끔찍한 소리를 낸다.

간호사: 선생님, 환자가 죽은 것 같은데요.

벤웨이 박사: 뭐, 수술하다 보면 일어날 수 있는 일이지.

그는 방을 가로질러 약품 서랍장으로 향한다…… "어떤 빌어먹을 마약 중독자가 내 코카인을 세제랑 바꿔치기했어! 간호사! 심부름꾼을 조제실로 보내 두 배로 약을 타 오게 해!"

벤웨이 박사는 학생으로 가득 찬 강의실에서 수술 중이다.

"자, 여러분, 이런 수술을 직접 볼 기회는 많지 않은데, 다 이유가 있습니다…… 의학적 가치가 전혀 없는 수술이니까요. 이 수술의 원래 목적이 무엇이었는지 혹은 처음부터 목적 자체가 있었는지 아무도 알지 못합니다. 개인적으로 나는 이 수술이 처음부터 순전히 예술적인 창조 행위였다고 생각합니다. 기술과 지식을 갖춘 투우사가 스스로 만들어 낸 위험으로부터 솜씨 좋게 빠져나오는 것과 마찬가지로, 이 수술을 진행하는 의

사는 환자를 일부러 위험에 빠뜨린 후 엄청난 속도와 민첩함으로 마지막 찰나에 그를 죽음으로부터 구하죠……

테트라치니 박사가 공연하는 걸 본 사람이 있나요? 내가 공연이라는 단어를 조심스럽게 사용하는 이유는 그의 수술이 말 그대로 공연이기 때문입니다. 그는 수술용 메스를 방 저편에서 환자에게 던지고는 마치 발레 무용수처럼 입장합니다. 수술 속도가 엄청나게 빠르죠. '환자들에게 죽을 틈을 주지 않겠어.'라고 그는 말하곤 합니다. 종양은 그를 분노케 합니다. '버릇없는 우라질 세포들 같으니라고!'라고 윽박지르며 그는 검투사처럼 종양에 접근합니다."

한 젊은이가 수술이 진행되는 단상 위로 뛰어 내려오더니 수술용 메스를 급히 꺼내 들고 환자에게 다가간다.

벤웨이 박사: 충동적인 관객이군요! 내 환자를 도륙하기 전에 그를 막아요!

(충동적인 관객은 투우 용어로, 관객석에서 투우장으로 뛰어 내려서는 숨겨 둔 망토를 꺼내 들고 황소와 몇 번 대결하다 끌려 나가는 관객을 지칭한다.)

진행 요원들이 충동적인 관객과 싸움을 벌이고 결국 그는 강의실에서 쫓겨난다. 마취 의사는 혼란을 틈타 환자의 입에서 커다란 금니를 뽑는다.

내가 어제까지 머물렀던 10번 방 앞을 지나친다…… 출산이 진행되는 듯하다…… 대륙 하나를 오염시키고도 남을 양의 피와 생리대, 이름 모를 여성용 물건들이 환자용 변기에 가득하다…… 만약 누군가가 예전의 내 방을 방문한다면, 내가 괴물을 출산했고 주 정부가 이 사실을 숨기려 한다고 생각할 것이다.

「나는 미국인이다」 공연에서 음악이 흘러나온다…… 나이 든 남자가 외교관용 줄무늬 바지와 모닝코트를 입고 성조기가 드리워진 단상에 서 있다. 당장이라도 터져 나갈 듯한 대니얼 분[45]의 분장을 하고 코르셋을 입은 한물간 테너 가수가 미국 국가인 「별이 빛나는 깃발」을 부르자 오케스트라가 화답한다. 테너 가수는 사투리가 살짝 섞인 말투로 노래한다……

외교관: (점점 늘어나 발밑에서 엉키는 거대한 종이 테이프 묶음을 읽으면서) 그리고 우리는 단호히 부인합니다. 미국 국적의 어떠한 남성 시민도……

테너: 오 그대는 보이는가……

그의 목소리는 갈라지면서 높은음의 가성을 낸다.

제어실에서 기술자가 과탄산소다를 섞어 마신 후 손으로 입을 가리고 트림한다. "저 빌어먹을 테너는 호모야!" 그는 심술궂게 투덜거린다. "마이크! 꺼억." 기술자의 외침은 트림으로 끝난다. "저 쓰레기를 당장 방송에서 치우고 잘라 버려. 저자는 당장 해고야…… 성전환 운동선수인 리즈를 투입해…… 그 여자는 적어도 제대로 된 테너야…… **의상?** 젠장 그걸 내가 어떻게 알아? 내가 의상 담당 부서의 의상 디자이너도 아니고. **뭐라고?** 보안상의 이유로 의상 담당 부서 전체가 폐쇄됐다고? 내가 문어처럼 모든 일에 참견해야 해? 보자…… 미국 원주민 의

---

45 Daniel Boone(1734~1820). 17세기 미국의 유명한 개척자이자 탐험가. 독립전쟁 당시 미국의 초기 영토였던 동부 열세 개의 주 너머 서쪽 땅을 탐험하고 켄터키를 개척했다.

상은 어때? 포카혼타스나 하이아워사[46] 같은…… 아냐, 그건 안 되겠어. 잘난체하는 일부 시민들이 원주민들을 차별하지 말라고 난리 칠 테니까…… 남북 전쟁 군복은 어때? 북부군의 코트와 남부군의 바지를 입혀서 두 세력이 화합했음을 보여 주는 거지. 리즈는 버펄로 빌[47]이나 폴 리비어,[48] 혹은 똥(shit)을, 아니 배(ship)를 포기하지 않는 영웅 시민이나 군인, 보병이나 무명 용사도 모두 어울릴 거야…… 그게 가장 낫겠군…… 리즈를 기념물 모형으로 덮어씌워. 그러면 아무도 그 여자를 볼 필요가 없을 테니까……"

레즈비언은 종이로 만든 개선문을 덮어쓰고는 폐를 잔뜩 부풀린 후 장엄한 노랫소리를 내뱉는다.

"오, 말해 주오, 성조기가 아직도 휘날리고 있는가……"

거대한 분열이 발생하더니 종이 개선문이 반으로 갈라진다. 외교관이 이마를 짚는다……

외교관: 인터존 혹은 어떤 곳에서든 태어난 미국 국적의 남성은…… 자유유유유유유유우의 땅을 넘어……

외교관의 입이 움직이지만 그의 말이 전혀 들리지 않는다. 기술자는 "이런!" 하고 소리치며 귀를 손으로 막는다. 틀니가 유대인의 하프처럼 흔들리더니 갑자기 그의 입에서 쑥 빠져나온다…… 그는 짜증을 내며 틀니를 잡으려다 실패하고는 한 손

---

46   이로쿼이 부족과 모호크 부족을 이끌었던 미국 원주민 영웅이다.

47   Buffalo Bill(1846~1917). 19세기 중후반의 미국 서부 개척 시대를 상징하는 인물로, 본명은 윌리엄 코디다. 버펄로 사냥꾼, 군인, 카우보이 등 다양한 직업을 거쳐 나중에는 서부 개척을 주제로 하는 순회공연에 배우로도 참가했다.

48   Paul Revere(1735~1818). 미국의 은세공업자이자 애국자로, 미국 독립 전쟁 당시 보스턴 지역을 돌며 영국군의 침략을 알린 시민 영웅이다.

으로 입을 가린다.

개선문이 찢어져 산산조각이 나자, 가짜 바구니를 넣어 크게 부풀린 표범 무늬의 성기 보호대를 찬 레즈비언이 연단에 서 있는 모습이 만천하에 드러난다…… 그 여자는 거대한 근육을 자랑하며 바보처럼 서서 웃고 있다…… 기술자는 틀니를 찾으려고 제어실 바닥을 기어다니면서 이해할 수 없는 지시를 내린다. "더어 쵸음소옥! 그걱 방숑에 내보냉!"

외교관: (눈썹에서 땀을 닦아 내면서) 어떤 종류나 특징을 가진 존재라도…… 용감한 이들의 고향으로.

외교관의 얼굴이 흙빛으로 변한다. 그는 비틀거리다가 종이 테이프에 걸려 난간에 주저앉는다. 눈과 코, 입에서 피가 철철 흘러내리면서 뇌출혈로 죽어 간다.

외교관: (거의 들리지 않는 목소리로) 외교부에서는 부인합니다…… 비미국적인 행위를…… 그것은 제거되었고…… 그러니까 한 번도…… 문서화된 적이…… **죽는다.**

제어실에 있는 기계들이 폭파된다…… 엄청난 양의 전류가 타닥거리면서 방 전체에 흐른다…… 벌거벗은 채 몸이 새까맣게 타 버린 기술자는 「신들의 황혼」[49]에 등장하는 인물처럼 비틀거리며 소리친다. "쵸음소옥! 방숑에 내보냉!" 최후의 폭발과 함께 그는 한 줌의 재로 변한다.

"밤새 우리의 깃발이

그곳을 지켰음을 증명할지니……"

49　리하르트 바그너의 오페라 「니벨룽겐의 반지」의 마지막 악장이다.

중독 기록

두 시간 간격으로 유코돌을 주사한다. 내 몸에는 주삿바늘을 곧바로 찌를 수 있는 정맥 부위가 있는데, 그 부위는 뻘겋게 곪은 입처럼 외설스럽게 부어올라 늘 벌어져 있고, 주사를 찌른 후에는 피와 고름이 천천히 한 방울씩 맺힌다……

유코돌은 코데인, 즉 디하이드로옥시코데인 계열의 화학품이다. 이 물질은 모르핀보다는 코카인과 유사한 효과를 낸다…… 코카인을 중심 정맥에 놓으면 머릿속에 순수한 희열이 쇄도하는 게 느껴진다…… 십 분이 지나면 한 대 더 원하게 된다…… 모르핀이 주는 쾌락은 장기에서 발현된다…… 한 대 맞고 나면 내부로 침잠해 자기 내면의 소리를 듣게 된다…… 반면 코카인 정맥 주사는 뇌를 관통하는 전류와도 같아서, 코카인으로 인한 쾌락의 연결점들을 활성화한다……

코카인은 금단 증상이 없다. 그것은 순전히 뇌가 느끼는 욕구, 즉 육체와 감정이 배제된 욕구다. 지상에 묶인 유령의 욕구. 코카인에 대한 갈망은 코카인 채널이 자극되는 몇 시간 동안만 지속되다 사라진다. 유코돌은 일반 마약과 코카인의 합성물이다. 진짜로 악랄한 쓰레기를 합성해 내는 데는 독일인들이 최고다. 모르핀과 마찬가지로 유코돌은 코데인보다 여섯 배는 강력하다. 헤로인은 모르핀보다 여섯 배는 강력하다. 디하이드로옥시헤로인은 헤로인보다 여섯 배는 강력할 것이다. 주사 한 대만으로도 평생 중독될 정도로 강한 마약을 개발하기란 너무나도 쉬운 일이다.

중독 기록(계속)

　　주삿바늘을 집어 들면서 나도 모르게 묶는 끈을 향해 왼손을 뻗는다. 이것은 왼손에 사용할 수 있는 정맥이 아직 있다는 증거라고 나는 생각한다. (묶는 행위에 관해 이야기해 보자면, 끈을 잡은 쪽 손에 묶는 것이 일반적이다.) 굳은살 가장자리로 주삿바늘이 손쉽게 삽입된다. 손으로 더듬어 만져 본다. 얇은 핏줄기가 갑자기 주사기 안으로 역류하더니 날카롭고 뚜렷한 붉은 실의 모양을 한동안 유지한다.

　　어느 정맥이 주사에 적합한지를 몸은 이미 알고 있고, 주사를 놓으려고 준비하는 즉흥적인 그 순간에 이 지식을 뇌에 전달한다…… 가끔 주삿바늘은 수맥을 찾는 막대처럼 이리저리 움직인다. 가끔은 몸이 보내는 메시지를 기다려야 할 때도 있다. 그러나 그 순간이 오면 나는 언제나 핏줄을 찌른다.

　　투약기 끝 쪽에서 붉은 난초가 피어올랐다. 그는 일 초 정도 머뭇거리다 고무 부분을 누르고는, 마치 소리 없는 갈증에 목이 타는 몸속의 피가 빨아들이는 것처럼 투약기 안의 액체가 정맥 속으로 빨려 들어가는 것을 지켜보았다. 무지갯빛의 얇은 피막이 투약기에 남아 있었고, 흰 종이로 덧댄 부분은 붕대처럼 피로 젖어 있었다. 그는 손을 뻗어 투약기를 물로 채웠다. 고무 부분을 눌러 물을 빼던 중 배에 물이 튀었다. 부드럽고도 달콤한 한 방.

　　몇 개월 동안 갈아입지 않아 더러워진 바지를 내려다본다…… 피가 긴 실처럼 매달린 주사기에 찔린 채로 하루하루가 쏜살같이 지나간다…… 성관계와 그 밖의 모든 강렬한 몸의 쾌락을 잊어버린 채 지낸다. 마치 마약에 묶인 잿빛 유령처럼. 히스패닉계 남자들이 나를 **투명 인간**이라 부른다.

매일 아침 팔굽혀펴기를 스무 개씩 한다. 마약을 하면 지방이 사라지고 근육이 어느 정도 유지된다. 중독자는 일반인보다 세포가 덜 필요한 듯하다…… 마약이 함유된 지방 제거 분자만 추출하는 게 가능할까?

약국에 점점 더 오래 머물면서 제어의 말들을 중얼거린다. 마치 잘못 놓인 전화기 소리처럼…… 유코돌 두 상자를 얻기 위해 저녁 6시까지 하루를 꼬박 낭비했다……
쓸 만한 정맥도 돈도 거의 다 사라지고 있다.

외상 빚으로 버티는 중이다. 어젯밤에는 누군가 내 손을 쥐어짜는 느낌에 잠에서 깼다. 그건 내 반대편 손이었다…… 책을 읽다 잠들었더니 책 속의 단어들이 중요한 암호로 변한다…… 암호에 집착한다…… 인간은 암호로 이루어진 메시지가 명백한 질병들에 걸린다……
D. L. 앞에서 마약을 투약한다. 더러운 맨발을 손으로 더듬어 정맥을 찾는다…… 중독자들에게 수치심이란 없다…… 그들은 타인이 느끼는 혐오에 무감각하다. 성 충동이 없는 상황에서 수치심을 느끼기란 쉽지 않다…… 마약 중독자의 수치심은 성 충동에 기반한 또 다른 특징인 비성애적 사회성과 함께 사라져 버린다…… 중독자에게 자신의 신체는 생명 줄인 마약 물질을 흡수하기 위한 비인격적 도구에 불과하며, 말을 거래하

는 상인의 비정한 손길로 자기 세포를 평가한다. "거기에는 주사를 놓아도 소용없어." 죽은 물고기 같은 눈이 너덜너덜해진 정맥 위를 훑고 지나간다.

소네릴이라는 이름의 새로운 수면제를 사용 중이다…… 잠이 오질 않는다…… 전이 단계를 거치지 않고 곧바로 잠으로 빠져들어 꿈을 꾼다…… 나는 감옥에서 영양실조로 고생하면서 몇 년 동안이나 갇혀 있다……

대통령도 마약 중독자지만, 그의 위상을 고려할 때 이를 대놓고 말할 수 없다…… 우리는 가끔 만나 내가 그를 재충전해 준다. 모르는 사람들의 눈에는 이런 만남이 동성애적 행위로 보일 수 있지만 실제로 자극의 핵심은 성이 아니며, 절정은 재충전이 완료되어 서로 분리되는 그 순간에 발생한다. 발기한 성기들이 서로 접촉한다. 우리는 처음에는 이 방식을 사용했지만 정맥과 마찬가지로 접촉 부분 역시 닳아 버린다. 따라서 이제는 내가 가끔 그의 왼쪽 눈꺼풀 아래로 성기를 밀어 넣어야 한다. 물론 피부 주사와 같은 삼투압 방식은 몇 주 동안 대통령의 심기를 불편하게 만들어 원자폭탄과도 같은 폐허를 불러올 것이다.

또한 대통령은 간접 중독에 대한 대가를 혹독하게 치른다. 그는 모든 통제를 잃은 채 태아처럼 의존적으로 변한다. 간접 중독은 각종 주관적인 공포와 세포질의 조용한 광기, 뼈의 끔찍한 고통을 불러온다. 긴장이 점차 고조되고, 감정적 불만족의 순수한 에너지가 마침내 중독자의 몸을 찢어발겨 그를 고전압 전선에 감전된 사람처럼 망가뜨린다. 전류 연결선이 갑자기 끊기면 간접 중독자는 뼈마디가 해체될 정도의 격렬한 전기 발작에 빠지고, 견딜 수 없는 자기 육체로부터 기어 나와 가장 가까운 공동묘지로 곧바로 달려가기를 원하는 해골의 상태로 죽게 된다.

간접 중독자에게 재충전 연결 시도는 매우 강렬한 경험이기 때문에, 아주 가끔 짧은 시간 동안에만 실행할 수 있다. 물론 재충전 과정을 제외하고는 어떠한 개인적 접촉도 없는 중독자가 재충전 만남을 시도하는 경우는 예외다.

신문을 읽는다…… 파리 메르데 거리에서 세 명이 살해당했다는 기사가 있다. "숫자를 조정하기"……자꾸 의식이 흐려진다…… "경찰은 작가를 지목했다…… 페페 엘 쿨리토…… 못된 녀석이라는 뜻의 애정 어린 별명이다." 신문에 진짜로 그렇게 쓰여 있는 건가? ……단어에 집중하려 노력한다…… 단어들이 무의미한 모자이크로 분열된다……

라자루스, 집으로 돌아가다

하품하듯 벌어진 입들.

이 공기를 더럽히고 모든 게 멈춰진 나른한 회색 공간인 마약 거래 은신처에서 낡은 테이프를 뒤적거리면서, 리는 아침 10시에 자기 방에 서 있는 젊은 중독자가 지난 두 달 동안 코르시카섬에서 마약도 끊고 스킨 다이빙을 즐겼다는 사실을 알게 되었다……

새로 가꾼 자기 몸매를 자랑하러 왔군. 리는 아침이면 으레 겪는 중독 부작용으로 오한에 떨면서 생각했다. 석 달 전 메트로폴 카페에 앉아서는 두 시간 내로 고양이도 죽일 수 있을 만큼 오래되고 누런 에클레르를 앞에 둔 채 마약에 취해 졸고 있을 때 이 남자를(아 맞다, 이름이 **미구엘**이었지.) 만났다. 아침 10시에 미구엘을 만나는 데 드는 노력은 그의 실수를 정정해 줘야 하는 짜증스러운 일("아침 10시라니, 여기가 빌어먹을 농장이라도 되는 줄 아나?")이 아니더라도 충분히 괴로운 일이었다. 게다가 자신의 주요 활동 구역에서 지금의 미구엘을 만나는 것은 마치 여행 가방 위에 놓인 거대하고 불편한 짐승 같은 존재와 맞닥뜨리는 느낌이었다.

"좋아 보이네." 가장 더러운 흔적을 너절한 휴지로 닦아 내면서 리는 말했다. 마약의 회색 기운이 스며 나오는 미구엘의 얼굴을 보다가 리는 그의 초라한 옷차림을 자세히 관찰하기 시작했다. 미구엘은 마치 시간 여행의 뒷골목을 몇 년 동안 왕복하면서 한 번도 우주 정거장에서 옷을 갈아입지 않은 사람의 몰골을 하고 있었다……

게다가 내가 실수를 정정할 수 있을 때쯤 되면…… 라자루스, 집으로 돌아가…… 마약 판매상에게 돈을 주고 집으로 가…… 내가 늙고 별 볼 일 없는 네 몸을 왜 보고 싶어 할 거라고 생각하지?

"마약을 끊었다니 다행이군…… 너 스스로에게 좋은 일이지." 미구엘은 손에 든 창으로 물고기를 찍어 대면서 수영하는 듯한 몸짓을 하고 있다……

"바다 아래로 내려갔을 때는 마약하고 싶은 생각이 안 나더라."

"그게 더 좋지."라고 말하면서 리는 미구엘의 손등에 난 바늘 상처를 어루만졌고, 부드러운 보랏빛 살갗에 난 소용돌이무늬를 따라 천천히 더듬어 올라갔다……

미구엘은 손등을 긁었다…… 그는 창밖을 바라보았다…… 마약 효과가 돌기 시작하자 그의 몸은 작고 기운차게 경련했다…… 리는 가만히 앉아서 기다렸다. "겨우 한 번 들이마신다고 해서 다시 중독되지는 않아."

"나는 내가 뭘 하는지 잘 알고 있어."

언제나 다들 잘 안다고 말하지.

미구엘은 손톱 손질용 줄을 집어 들었다.

리는 눈을 감으며 생각했다. 다 귀찮아.

"고마워, 아주 좋았어." 미구엘의 바지가 발목까지 흘러내렸다. 기이한 외투같이 생긴 맨살이 아침 햇살 속에서 갈색에서 녹색으로, 그리고 무색으로 변했고 결국에는 액체 덩어리처럼 바닥으로 무너져 내렸다.

리의 눈은 그의 얼굴을 훑었다…… 흘끗 바라보는 차가운 회색빛 시선…… "깨끗하게 청소해." 그는 말했다. "여기 꽤 더러우니까."

"어 물론이지." 미구엘은 쓰레받기를 허둥지둥 챙겼다.

리는 헤로인 봉지를 치웠다.

리는 사흘째 영원한 마약 효과 속에 살고 있었다. 물론 분홍빛의 황갈색을 띤 젤리와도 같은 그의 중독 상태를 불타오르게 만들고 육체의 구속으로부터 자유를 선사하는 마약의 불꽃을 재점화하기 위해서는 필수인 막간의 휴식 시간도 가지면서. 처음에 그의 육체는 그저 부드러웠다. 너무 부드러운 나머지 먼지 입자나 공기의 흐름, 그리고 코트의 쓸림으로 인해 뼈까지 깎이는 느낌이었던 반면, 문이나 의자와의 직접적인 접촉은 큰 불편함을 주지 않았다. 부드럽고도 불확실한 그의 육체에 난 상처는 절대 치유되지 않았다…… 곰팡이의 길고 흰 균사가 무방비하게 드러난 뼈 주위를 감싸고 있다. 퇴화한 고환이 내뿜는 곰팡내가 흐릿한 회색 안개 속에서 그의 몸을 수놓았다……

그가 처음으로 중증 감염에 노출되었을 때, 끓는 온도계 속의 수은이 총알처럼 간호사의 머리를 관통했고 그녀는 알아들을 수 없는 비명을 지르며 즉사했다. 그 장면을 보자마자 의사는 비상용 강철 셔터를 세차게 닫은 후, 불타고 있는 침대와 거기 누워 있는 환자에게 병원 구역으로부터 즉시 퇴거할 것을 명령했다.

"저 남자는 스스로 페니실린을 만들 수 있을 테니까!" 의사는 소리를 질렀다.

하지만 곰팡이를 태워 없앤 것은 약이 아니라 감염 그 자체였다…… 리는 다양한 단계의 투명함 속에 살고 있었다…… 정확히 투명 인간은 아니지만 적어도 알아차리기 힘들 정도로 투명한 존재가 되었다. 그라는 존재는 어떠한 특별한 관심도 끌지 않았다……

사람들은 그를 연구 대상에 포함하거나 아니면 반사된 이미지 혹은 그림자 취급을 하며 배척했다. "일종의 빛 마술이나 네온 광고 같은 거지."

이제 리는 마약의 차가운 열기가 선사하는 지진 같은 떨림을 느끼기 시작했다. 다정하지만 단호한 손으로 그는 미구엘의 영혼을 복도로 밀어냈다.

미구엘은 말했다. "이런! 나 이제 갈게!" 그는 뛰쳐나갔다.

리의 빛나는 중심으로부터 히스타민의 분홍색 불꽃이 터져 나와 그의 주변을 덮었다. (그 방에는 방화벽이 설치되어 있었고, 쇠로 만들어진 벽은 달 분화구 모양의 구멍으로 물집이 잡혀 있었다.) 리는 다량의 마약을 맞았고 원래의 계획을 변경했다.

그는 동료인 NG 조를 만나러 가기로 결심했다. NG 조는 호놀룰루에서 성기 공포증인 뱅유톳을 겪으면서 마약에 중독된 경험이 있다.[50]

---

50 〔원주〕 뱅유톳은 직역하면 '일어나려 시도하고 신음하는'이라는 뜻이다. 악몽을 경험하는 도중에 죽기도 한다…… 이 질병은 동남아시아 쪽의 남성들에게 발생한다…… 마닐라에서는 매년 약 열두 건의 뱅유톳으로 인한 사망 사고가 보고된다. 이 질병에 걸린 사람들은 죽음이 필연적이라는 사실을 인지하고 있

NG 조는 발기에 대한 끊임없는 공포 속에 살고 있었기 때문에 그의 마약 습관은 점점 심해졌다.[52]

한쪽 고환에 연결된 전기봉이 잠시 빛나자 NG 조는 살이 타는 냄새에 잠에서 깨어나 약이 가득 찬 주사기로 손을 뻗었다. 그는 태아처럼 몸을 웅크리고는 주삿바늘을 척추에 주입했다. 기쁨의 가벼운 한숨과 함께 주삿바늘을 뽑은 후에야 그는 방 안에 서 있는 리를 발견했다. 리의 오른쪽 눈에서 걸쭉한 긴 액체가 파도치며 흘러나와 벽에 무지갯빛 자국을 새겼다. "선원은 그 도시에서 **시간**을 사들인다."

나는 9시에 약국이 문을 열기를 기다리면서 약국 앞에서

고, 성기가 몸속으로 들어가 결국 죽게 될 거라는 공포를 표출한다. 어떤 때는 심한 히스테리 상태에 빠져 자기 성기를 부여잡고는 성기가 도망쳐서 몸을 관통하지 않도록 도와달라고 주변에 요청한다. 취침 중 자연히 발생하는 발기 상태는 치명적인 한 방을 불러올 정도로 특히 위험하다고 간주된다…… 한 남자는 수면 중 발기를 방지하기 위해 루브 골드버그 기계 장치[51]를 고안해 냈지만, 결국 뱅유톳으로 사망했다. 뱅유톳 환자의 시체를 주의 깊게 해부해 보더라도 사망에 이르게 한 어떠한 유기적인 원인도 발견할 수 없다. 교살의 흔적〔원인 불명〕이 종종 발견되기도 하고 가끔은 췌장과 폐에서 약간의 출혈이 발생하지만, 사망 원인으로 충분하지도 않고 근본적인 이유도 알 수 없다. 작가가 생각하기에 사망 원인은 성 에너지가 잘못 발현되어 폐의 발기로 이어졌고 그 결과 교살로 귀결된 것으로 보인다…… 뱅유톳에서 회복한 어떤 환자는 '난쟁이'가 가슴에 올라타 목을 졸랐다고 말했다.(1955년 12월 3일 자《새터데이 이브닝 포스트》에 실린 닐스 라센 의학박사의 기사 「치명적 꿈을 꾸는 남자들」을 참조할 것.《트루》에 실린 얼 스탠리 가드너의 기사 역시 참조할 것.)

51   루브 골드버그(Rube Goldberg, 1883~1970). 창의적이고 복잡한 기계 장치들을 고안해 낸 미국의 만화가. 그의 이름을 딴 '루브 골드버그 기계 장치'는 연쇄 반응을 일으키는 복잡한 장치를 총칭하는 일반적인 표현으로 자주 사용된다.

52   〔원주〕이미 너무도 잘 알려진 사실이자 끔찍할 정도로 지루하고 장황한 사실은, 장애로 인해 마약 중독에 빠진 사람들은 마약을 적게 하거나 아예 못 할 상황에 봉착하면(엄청나게 즐거워서 미쳐 버릴 상황이다.) 기하학적으로 증가할 정도로 많은 양의 마약을 찾게 된다.

글을 쓰고 있다. 두 명의 아랍계 소년들이 하얗게 회반죽 칠을 한 벽에 붙어 있는 높고 무거운 나무문 쪽으로 쓰레기통을 굴린다. 문 앞쪽의 흙먼지에는 소변 자국이 남아 있다. 둘 중 한 아이가 몸을 굽혀 무거운 쓰레기통을 굴리자, 마르고 어린 그의 엉덩이에 바지가 달라붙는다. 소년은 동물과도 같은 감정 없고 침착한 눈으로 나를 바라본다. 나는 마치 그 소년이 실재하는 듯한 충격으로 잠에서 깨어나, 오늘 오후에 가졌던 그와의 만남을 그리워했다.

"압력 균등화를 부가적으로 실시해야 할 것 같습니다." 기자와의 인터뷰에서 검사관이 말한다. "그러지 않으면 잠수병에 걸리겠죠? 하지만 아마도 적당한 감압 병실을 제공할 수 있을 겁니다." 그는 전형적인 북유럽식 몸짓으로 한쪽 다리를 들어 올리면서 말한다.

검사관은 자기 바지의 지퍼를 열고 사면발니 성병을 살펴보더니 작은 흙 단지에서 연고를 꺼내 바르기 시작한다. 인터뷰가 끝났다는 분명한 신호다. "안 가시나요?" 검사관은 소리친다. "어떤 판사가 다른 판사에게 남긴 말이 있죠. '공정하게 행동해라. 만약 공정할 수 없다면 네 맘대로 해라.' 후회하는 사람은 습관적인 외설을 더 이상 실천할 순 없죠." 그는 고약한 냄새가 나는 노란 연고로 범벅이 된 오른손을 들어 올렸다.

기자는 앞으로 달려 나와서는 검사관의 더러운 손을 자기의 두 손으로 덥석 잡았다. "즐거운 경험이었습니다, 검사관님. 말할 수 없을 만큼 즐거운 경험이었습니다." 그렇게 말하면서 기자는 장갑을 벗어 둥글게 말아 쓰레기통에 던져 넣는다. "이건 업무 추진비로 처리하죠." 그는 미소 짓는다.

하산의 유희실

금박 입힌 붉은 벨벳. 배경에는 분홍색 조개가 있는 로코코 양식의 바. 공기는 부패한 꿀과도 같은 달콤하고 사악한 물질로 가득 차 있다. 이브닝드레스를 차려입은 남녀들이 돌로 만든 빨대로 푸스카페[53]를 마신다. 근동(近東) 출신의 머그웜프가 분홍빛 비단으로 감싼 바 의자에 나체로 앉아 있다. 검고 긴 혀로 그는 크리스털 컵에 담긴 따뜻한 꿀을 핥는다. 머그웜프의 성기는 완벽한 형태다. 포경 수술을 한 성기와 검고 반짝거리는 음모. 그의 입술은 성기의 귀두처럼 얇은 청보랏빛을 띠고 있고, 눈은 곤충의 침착함을 유지한 채 텅 비어 있다. 머그웜프는 간이 없고, 전적으로 당분에 의존해 생명을 유지한다. 그는 호리호리한 금발의 청년을 소파로 밀어붙인 후 능숙하게 옷을 벗긴다.

"일어나서 뒤로 돌아." 머그웜프는 텔레파시 상형 문자로 명령을 내린다. 그러고는 붉은 비단으로 된 끈을 사용해 청년의 손을 등 뒤에서 묶는다. "오늘 밤 우리는 끝까지 달릴 거야."

"안 돼요, 안 돼!" 청년은 외친다.

53   식후 커피 다음에 나오는 작은 잔의 술 음료다.

“돼, 돼.”

침묵 속에 들리는 “돼.”라는 말과 함께 성기들이 사정한다. 머그웜프는 비단 커튼을 열고는 조명이 비치는 붉은 석재 스크린 앞에 서 있는 목재 교수대를 선보인다. 교수대는 아스테카 모자이크로 장식된 연단 위에 자리 잡고 있다.

청년은 “아아아아아”라는 긴 탄식과 함께 털썩 주저앉으면서 공포에 젖어 소변과 대변을 쏟아 낸다. 허벅지 사이가 배설물로 따뜻해지는 게 느껴진다. 뜨거운 피의 물결이 입술과 목구멍을 확장한다. 그의 몸이 태아처럼 수축하면서 뜨거운 정액이 얼굴에 튄다. 머그웜프는 돌로 만든 그릇에서 뜨겁고 향기로운 물을 떠서는 생각에 잠긴 채 청년의 엉덩이와 성기를 씻긴 후 부드러운 푸른색 수건으로 닦아 준다. 따뜻한 바람이 청년의 몸을 훑고 지나가고 머리카락이 자유롭게 흩날린다. 머그웜프는 청년의 가슴 아래로 손을 넣어 그를 일으킨다. 묶인 손의 양 팔꿈치를 잡고 계단을 올라 교수대의 올가미로 그를 이끈다. 그런 후에 올가미를 양손으로 잡은 채 청년을 마주 보고 선다.

청년은 머그웜프의 눈을 바라본다. 그 눈은 흑요석으로 만든 거울, 검은 피가 고인 웅덩이, 최후의 발기가 가까워진 화장실 벽의 자위 구멍처럼 텅 비어 있다.

중국 상아처럼 섬세하고 노란 얼굴을 한 늙은 청소부가 찌그러진 트럼펫으로 연주하자, 발기한 채 자고 있던 스페인 포주가 그 소리에 깬다. 낙태한 태아 더미, 망가진 콘돔, 피 묻은 생리대, 알록달록한 색의 만화에 싸인 똥을 든 매춘부가 먼지와 배설물과 죽은 고양이 사체로 된 쓰레기 더미 사이를 헤치고 비틀거리며 걸어 나온다.

　무지갯빛 바다가 펼쳐진 광활하고 조용한 항구. 연기 자욱한 수평선에는 버려진 가스정이 불길을 내뿜고 있다. 기름과 하수의 악취. 병든 상어가 검게 변한 바다를 헤엄치면서 썩어 가는 간에서 유황을 토해 내고, 저 멀리 추락하는 피투성이의 이카로스에게는 관심을 두지 않는다.

　자기 몸을 광적으로 사랑하는 벌거벗은 미스터 아메리카가 소리친다. "내 항문은 루브르 박물관도 이긴다! 내 방귀는 신들의 거룩한 음식이며 변은 순금이다! 내 성기에서는 부드러운 다이아몬드들이 아침 햇살 아래에서 흩뿌려진다!" 검은 거울 앞에서 키스하고 자위하면서 그는 불 꺼진 등대에서 뛰어내리고, 정체 모를 콘돔과 다양한 신문지 사이를 미끄러져 내려와 붉은 벽돌로 된 수중 도시를 지나쳐서는 깡통과 맥주병, 콘크리트에 암매장된 깡패들의 시체, 말 많은 탄도 전문가들의 검열을 피해 납작하게 짓이겨진 권총이 널브러져 있는 물밑의 새까만 진흙에 안착한다. 거기에서 그는 화석을 벗 삼아 느릿한 침식의 스트립쇼를 기다린다.

　머그웜프는 올가미를 청년의 목에 걸고는 사랑스러운 손길로 왼쪽 귀 뒤에 매듭을 고정한다. 청년의 성기는 쪼그라들고 고환이 단단해진다. 그는 숨을 몰아쉬면서 정면을 응시한다. 조롱의 뜻을 가진 상형 문자를 내뱉으면서 머그웜프는 청년 주위를 돌고 엉덩이를 찌르고 성기를 어루만진다. 그는 청년의 뒤쪽에서 몇 번 움직이더니 성기를 청년의 엉덩이에 삽입한다. 그러고는 회전 운동을 한다. 손님들은 조용해지고, 서로의 옆구리를 찌르면서 킬킬댄다.

갑자기 머그웜프는 성기를 빼고는 청년을 앞으로 민다. 엉덩이뼈를 잡아 청년을 고정시킨 후 상형 문자가 멋들어지게 새겨진 손을 뻗어 청년의 목을 꺾는다. 세 번에 걸친 골반의 움직임을 따라 성기가 솟아오르더니 즉시 사정한다.

그의 눈 뒤쪽에서 녹색 불꽃이 폭발한다. 충치의 고통이 목에서 시작해 척추를 타고 사타구니까지 내려가고, 온몸이 쾌락의 경련 속에서 수축한다. 성기를 통해 청년의 몸 전체가 쥐어짜진다. 최후의 경련과 함께 엄청난 양의 정액이 마치 별똥별처럼 붉은 스크린에 튄다.

장이 부드럽게 빨려 나가는 느낌과 함께 청년은 싸구려 상점들과 춘화(春畫)가 즐비한 미로를 빠져나와 쓰러진다. 강한 변 줄기가 그의 항문을 씻어 낸다. 방귀가 그의 호리호리한 몸을 흔든다. 큰 강 너머로 로켓들이 녹색 덩어리를 형성하며 터져 나간다. 청년은 어스름의 정글 속에서 모터보트 엔진의 희미한 소리를 듣는다…… 말라리아모기의 소리 없는 날갯짓 아래에서.

머그웜프는 청년에게 다시 성기를 삽입한다. 청년은 창에 찔린 물고기처럼 꿈틀거린다. 청년의 등에 올라탄 머그웜프의 몸은 체액의 파도로 수축한다. 반쯤 벌어진 청년의 입에서 나온 피가 달콤하고도 음울한 죽음 속에서 턱을 타고 흘러내린다. 머그웜프는 철벅거리는 액체의 만족스러운 소리를 내면서 바닥에 주저앉는다.

푸른빛 벽으로 둘러싸인 창문 없는 방. 문 위에 걸려 있는 지저분한 분홍색 커튼. 떼를 지어 벽을 기어다니는 방구석의 붉은 벌레들. 나체의 소년이 두 줄로 된 우드[54] 악기를 연주하면서 바닥의 아라베스크 문양을 손으로 더듬는다. 또 다른 소년은 침대에 비스듬하게 기댄 채 해시시를 피우면서 발기한 그의 성기 위로 연기를 내뿜는다. 이들은 침대 위에서 타로 카드로 내기를 하면서 누가 성행위의 주도권을 쥘지를 결정한다. 속이고, 싸운다. 어린 동물들처럼 바닥에 뒹굴면서 침을 뱉고 으르렁댄다. 패자는 무릎에 턱을 대고 부러진 이빨을 핥는다. 승자는 침대에 몸을 웅크리고 잠든 척한다. 누구든 상대에게 가까이 다가가면 발길질 세례를 받는다. 알리는 상대의 발목을 잡고선 겨드랑이에 발목을 끼우고 허벅지를 팔로 조인다. 상대는 필사적으로 알리의 얼굴에 발길질한다. 반대쪽 발목도 잡힌다. 알리는 어깨로 상대를 민다. 상대편 소년의 성기가 알리의 배를 따라 팽창하면서 맥박이 마구 고동친다. 알리는 상대의 무릎 뒤에 손을 넣어 다리를 머리 위로 올린 다음 성기에 침을 뱉는다. 알리가 성기를 삽입하자 상대는 숨을 깊게 내쉰다. 입과 입이 맞부딪히면서 피가 맺힌다. 코를 찌르는 듯한 퀴퀴한 직장의 냄새. 쐐기처럼 밀어 대자, 상대의 성기에서 정액이 길고 뜨겁게 분출된다. (작가의 관찰에 따르면 아랍계 남자들의 성기는 넓은 쐐기 모양인 경우가 많다.)

사티로스[55]와 수중 호흡기를 단 나체의 그리스 소년이 투명한 돌로 만든 광활한 물통 안에서 쫓고 쫓기면서 논다. 사티로스가 소년을 마주 본 채로 붙잡아 반대쪽으로 돌린다. 그들

54　중동 및 북아프리카 지역의 전통 현악기다.
55　그리스 신화에 등장하는 반인반수. 육체적 쾌락의 상징인 동시에 다산을 상징하기도 한다.

은 물고기처럼 꿈틀거리며 움직인다. 소년의 입에서 은색의 기포가 나온다. 흰 정액이 초록빛 물 안에 퍼지더니, 꿈틀대는 두 몸의 주위를 천천히 떠다닌다.

흑인이 섬세하게 생긴 중국인 소년을 부드럽게 해먹 위에 눕힌다. 소년의 다리를 머리 위로 올린 후 해먹에 올라탄다. 그런 다음 성기를 소년의 작고 탄탄한 엉덩이에 밀어 넣는다. 해먹을 앞뒤로 부드럽게 흔든다. 소년이 비명을 지른다. 참을 수 없는 쾌락을 담은, 기괴하게 높은 울음소리.

석회암의 움푹한 곳에 놓여 있는 화려한 장식의 티크 원목 의자에 앉은 자바 출신 무용수가 붉은 머리에 옅은 녹색 눈의 미국인 소년을 마치 의식을 치르듯 자기 성기 위에 앉힌다. 소년은 삽입된 채 무용수를 향해 앉아 있고, 무용수는 회전 운동을 하며 의자에 체액을 흘린다. "우와아아아아아!" 정액이 무용수의 탄탄한 갈색 가슴에 튀는 순간 소년이 소리친다. 정액 덩어리 하나가 무용수의 입 주변에 묻는다. 소년이 손가락으로 그걸 닦아 내면서 웃는다. "엄청나게 빨아 대네!"

야수의 얼굴을 한 두 명의 아랍계 여인이 금발의 프랑스 소년이 입고 있는 반바지를 벗긴다. 붉은 고무 성기를 사용해 소년과 성교한다. 소년은 소리 지르고, 물어뜯고, 발로 차다가, 발기한 후 사정하자 울면서 쓰러진다.

하산의 얼굴에 피가 쏠리면서 부풀어 오른다. 입술은 보랏빛을 띤다. 그가 비싼 양복을 벗어서 금고 속으로 던져 넣자 금고가 소리 없이 닫힌다.

"여러분, 여기가 자유의 전당입니다!" 그는 텍사스 억양을 흉내 내며 소리친다. 카우보이모자와 부츠를 착용한 채 그는 액화주의자[56]의 춤을 추다가,「그 여자가 뜨거운 열기를 불러왔네」노래에 맞춰 흉측한 캉캉 춤으로 마무리한다.

"될 대로 되라지! 막혀 있는 구멍은 하나도 없으니까!"

인조 날개를 달고 바로크풍의 벨트를 찬 남녀가 까치처럼 깩깩대면서 공중에서 사랑을 나눈다.

공중 곡예사들은 허공에서 손을 정확히 맞잡을 때마다 서로를 향해 사정한다.

줄타기 곡예사들은 위험천만한 장대와 허공에서 기울어진 의자 위에서 균형을 잡으면서 능숙하게 서로를 핥는다. 따뜻한 바람이 안개 자욱한 심연으로부터 강과 정글의 냄새를 신고 온다.

많은 소년들이 지붕에서 낙하하면서 밧줄 끝에서 몸을 떨고 발길질을 해 댄다. 그들은 각자 다른 높이에 매달려 있다. 일부는 천장 가까이, 일부는 바닥에 거의 붙어 있다. 섬세한 외모의 발리인과 말레이인들, 그리고 절대적으로 순수한 얼굴과 새빨간 잇몸을 가진 멕시코계 인디언들. 이빨, 손가락, 발톱, 음모에 금칠한 흑인들, 도자기처럼 매끄럽고 흰 피부의 일본인 소년들, 티치아노[57]의 그림에 나올 법한 머리를 한 베네치아 청년들, 금발 혹은 검은 곱슬머리를 이마에 늘어뜨린 미국인들,(손님들은 다정한 손길로 이들의 머리를 뒤로 넘겨 준다.) 갈색의 동물 같은 눈을 한 뚱한 금발의 폴란드인들, 중동과 스페인의 거

---

56 작가가 창조해 낸 인터존 내의 정치 분파 중 하나.「이슬람 주식회사 그리고 인터존의 분파들」장에서 다시 등장한다.

57 Tiziano Vecellio(1490?~1576). 16세기 이탈리아 르네상스 시기 베네치아에서 활동한 대표적인 지역 화가이다.

리 출신 소년들, 희미하게 보이는 금발의 음모를 가진 분홍빛의 섬세한 호주인들, 발밑의 발판이 아래로 떨어질 때마다 "히틀러 만세!"를 외치던 새파란 눈의 콧대 높은 독일 젊은이들. 솔루비[58]들은 배설하면서 끙끙거린다.

벼락부자가 하바나산 시가를 음란하고 추잡하게 씹어 대면서, 거짓 웃음을 짓는 금발의 소년들에게 둘러싸인 채 플로리다 해변에 누워 있다.

"어떤 한 시민이 인도차이나에서 수입한 라타[59]를 소유하고 있었지. 그는 라타를 목매달아 친구들에게 크리스마스 영상을 만들어 보내려고 했어. 그래서 두 개의 밧줄을 준비했지. 하나는 가짜고 다른 하나는 진짜인. 하지만 라타가 반항하면서 산타클로스 옷을 입고는 반전을 꾀했어. 시민은 무언가를 깨달았지. 그는 한쪽 밧줄을 자기 목에 감았고 라타는, 이 병에 걸린 환자들이 늘 그렇듯, 그를 따라서 다른 쪽 밧줄을 자기 목에 감았어. 발판이 치워졌을 때 시민은 진짜로 목이 졸렸고 라타는 고무로 만든 가짜 밧줄을 목에 건 채 그냥 서 있었어. 라타는 주위 사람들의 모든 움직임과 경련을 그대로 모방하지. 시민을 따라 세 번 사정했다더군. 똑똑한 젊은 라타는 언제나 정신을 집중하지. 나는 그 남자를 내 공장 중 하나의 관리자로 고용했어."

아스테카의 사제들은 나체의 청년이 두르고 있는 푸른 깃털로 된 망토를 벗긴다. 그들은 청년을 돌 제단에 무릎 꿇리고

---

58 중동의 소수 민족을 말한다.
59 강박적으로 타인을 모방하는 일종의 모방 장애 질환 혹은 그 병에 걸린 환자를 부르는 명칭. 이 질환에 대한 작가의 자세한 설명은 앞서 「벤웨이」 장을 참조하라.

는 크리스털로 만든 해골을 그의 머리 위에 올리고 크리스털 나사로 고정한다. 해골에서 쏟아진 물이 청년의 목을 강타한다. 그는 밝아오는 햇살 속에서 무지개를 만들며 사정한다. 정액의 찌르는 듯한 단백질 냄새가 공기 중에 가득하다. 손님들은 경련하는 청년들을 만지고 성기를 핥고 마치 흡혈귀처럼 등에 매달린다.

헐벗은 구급대원들이 사지가 마비된 젊은이들로 가득 찬 철제 인공호흡 장치를 옮겨 온다.

눈먼 소년들이 거대한 파이에서 더듬거리면서 탈출하고, 중중 조현병자들이 고무로 된 여자 성기에서 튀어나오며, 끔찍한 피부병을 앓는 아이들이 검은 호수에서 몸을 일으킨다. (움직임이 둔해진 물고기는 수면 위에 떠다니는 노란 찌꺼기들을 먹는다.)

흰색 타이에 양복 셔츠를 입고 허리 아래로는 검은 가터벨트만 착용한 남자가 우아한 목소리로 여왕벌과 대화한다.(여왕벌은 동성애자들에게 둘러싸여 '벌떼'를 형성하는 늙은 여자를 지칭한다. 멕시코에서 행해지는 해로운 관습이다.)

"근데 **그 조각상**은 어디 있는 거죠?" 그는 한쪽 얼굴로만 대화한다. 나머지 한쪽은 100만 개 거울의 고문으로 인해 일그러져 있다. 그는 거칠게 자위한다. 여왕벌은 아무것도 눈치채지 못한 채 대화를 이어 간다.

소파와 의자, 바닥 전체가 흔들리기 시작하자, 손님들은 성기가 묶이는 듯한 고통에 비명을 지르면서 희미한 잿빛 유령으로 변한다.

소년 두 명이 철길 다리 아래에서 사정한다. 기차가 그들의 몸을 흔들어 사정을 유도한 후 먼 기적 소리와 함께 사라진다. 개구리들이 운다. 소년들은 군살 없는 갈색 배에 묻은 정액을 닦아 낸다.

기차 안 객실: 렉싱턴으로 향하는 젊고 병든 중독자 두 명이 갑작스러운 욕망에 떨면서 바지를 급히 벗어 던진다. 한 사람이 성기에 비누칠한 후 다른 사람의 엉덩이에 대고 나선형으로 움직인다. "으어어어어어어억!" 선 채로 둘이 동시에 사정한다. 서로에게서 떨어져 바지를 주워 입는다.

"마셜에 사는 늙은 의사가 염료와 올리브유를 부탁하는 편지를 씁니다."

"치질에 걸린 나이 든 어머니가 검은 변을 보면서 비명을 지르고 피를 흘립니다…… 의사 선생님, 당신 어머니라고 생각해 보세요. 몸 안의 거머리들에 둘러싸여 그토록 괴롭게 꿈틀거리는 게…… 엄마, 골반 좀 그만 움직여. 너무 역겹다."

"잠깐 들러서 처방전을 써 주겠습니다."

기차는 네온사인으로 불을 밝힌 안개 낀 6월의 밤을 가르며 달린다.

남자 여자, 소년 소녀, 동물, 물고기, 새들의 사진. 우주의 짝짓기 리듬이 마치 삶의 거대하고도 푸른 파도처럼 방 안을 관통해 흘러간다. 소리 없이 떨리는 깊은 숲의 콧노래. 중독자가 마약을 할 때면 갑자기 조용해지는 도시들. 고요함과 놀라움의 순간. 심지어 도시로 통근하는 사람마저 마약과의 접촉을 갈망하면서 콜레스테롤로 꽉 막힌 혈관을 떨어 댄다.

하산이 소리친다. "에이제이, 네가 한 짓이야! 내 파티를 망쳤어!"

에이제이는 돌같이 무심한 얼굴로 하산을 응시한다. "꺼져, 쓰레기 액화주의자 같으니라고."

욕정으로 미쳐 버린 미국 여성들 한 무리가 몰려온다. 농장과 휴양지 목장, 공장, 매음굴, 골프장이 딸린 휴양지, 도심 아파트와 교외 주택, 모텔과 요트와 칵테일 바에서 몰려나온 젖은 성기들이 승마복, 스키복, 이브닝드레스, 리바이스 청바지, 장식용 가운, 패턴 원피스, 바지, 수영복, 기모노를 벗어 던진다. 이들은 괴성을 지르며 울부짖고, 광견병에 걸린 암캐처럼 손님들에게 달려든다. 손톱을 세워 목매단 소년들에게 매달리면서 소리친다. "호모! 나쁜 놈! 나랑 하자! 나랑 하자! 나랑 하자!" 손님들은 목매단 소년들 사이를 피해 고함치며 도망가다가 철제 인공호흡 장치를 엎어 버린다.

에이제이: "빌어먹을, 내 경호원을 불러! 이 날뛰는 여자들한테서 날 보호해 줘!"

에이제이의 비서인 하이슬롭이 만화책을 읽다가 고개를 들며 말한다. "경호원들은 이미 액화되었는데요."(액화는 단백질이 분해되고 환원된 후 액체화되어 다른 사람의 세포질로 흡수되는 과정으로 이루어진다. 악명 높은 액화주의자인 하산은 아마도 액화 과정으로부터 이득을 보는 쪽일 것이다.)

에이제이: "빌어먹을! 경호원이 없는 사람이 어디 있나? 신사분들, 우리는 궁지에 몰렸습니다. 우리의 남근 자체가 위기에 봉착했어요. 하이슬롭, 침략자들에게 끝까지 저항해. 그리고 남자들에게 권총을 지급해."

에이제이는 단검을 뽑아 들고는 미국 여성들의 목을 베기 시작한다. 그는 힘차게 노래한다.

죽은 한 남자의 가슴에는 열다섯 명의 남자가 있네
요 호 호 럼 한 병.
마셔라, 그러면 악마가 나머지를 처리해 줄 것이니
요 호 호 럼 한 병.

하이슬롭은 따분하고 체념한 상태다. "아 진짜! 또 시작이네." 그는 해적선의 깃발을 열의 없이 흔든다.

압도적인 숫자에 둘러싸여 싸우던 에이제이는 머리를 뒤로 젖히고는 돼지를 불러 모으듯 소리 지른다. 그러자 1000명의 발정한 에스키모들이 즉시 꿀꿀거리고 꽥꽥거리면서 모여든다. 퉁퉁 부은 얼굴과 시뻘겋게 충혈된 눈, 보랏빛의 입술을 하고 그들은 미국 여성들에게 달려든다.

(에스키모에게는 발정기가 있는데, 부족들은 짧은 여름을 틈타 만나서 난교 파티를 즐긴다. 이 기간에 에스키모의 얼굴은 붓고 입술은 보라색으로 변한다.)

60센티미터 길이의 시가를 든 사설탐정이 벽 사이로 머리를 들이민다. "여기 동물원이라도 생긴 건가?"

하산은 두 손을 꽉 쥐어짠다. "난장판이야! 더러운 난장판! 알라신께 맹세컨대 이렇게 극도로 더러운 건 평생 본 적이 없어!"

하산은 에이제이에게로 몸을 돌린다. 에이제이는 선박의 해수 유입관 위에 걸터앉아 어깨에는 앵무새를 얹고 한쪽 눈에 안대를 쓰고는 커다란 맥주잔에 담긴 럼주를 마시면서 거대한 청동 망원경으로 수평선을 살피고 있다.

하산: "야, 이 빌어먹을 사실주의자야! 다시는 내 유희실을
더럽힐 생각 말고 꺼져!"

인터존 대학 캠퍼스

당나귀, 낙타, 라마, 인력거, 쇼핑 카트를 열심히 미는 소년들. 눈은 교살된 혀처럼 툭 튀어나오고 동물의 증오만큼 새빨갛게 맥동한다. 양과 염소와 긴 뿔을 가진 가축 떼가 학생들과 강의실 교단 사이를 지나쳐 간다. 학생들은 녹슨 공원 벤치, 석회암 덩어리, 옥외 건물 의자, 포장 상자, 기름통, 그루터기, 면지투성이 가죽 방석, 퀴퀴한 체육관 매트에 모여 앉아 있다. 이들은 리바이스 청바지, 무릎까지 내려오는 긴 로브, 스타킹과 꽉 끼는 남성 재킷을 입고…… 벽돌 항아리에 담긴 옥수수 시럽과 주석 컵에 담긴 커피를 마시고, 종이와 복권으로 돌돌 만 담배 형태의 대마초를 피우고…… 안전핀과 투약기로 마약을 투약하고, 경마와 만화책, 마야 문명의 법을 공부한다……

교수는 물고기들을 끈에 엮어 매단 채로 자전거를 타고 도착하더니, 등을 부여잡으면서 강단으로 올라간다.(그의 머리 위에는 울부짖는 암소를 매단 기중기가 흔들린다.)

교수: “어젯밤 술탄의 군대에 당했어요. 우리 집 왕비에게 봉사하느라 허리를 삐끗했지 뭡니까…… 그 늙은 할망구를 쫓아낼 수가 없어요. 면허가 있는 뇌 전문 전기 기사가 그 여자 머릿속의 신경 세포를 하나하나 해체하고 수술 집행관이 창자를

꺼내 보도에 던져 버려야 해요. 마(Ma)가 작은 가방과 짐을 들고 우리 집에 이사 오면「저 훌륭한 하숙생은 지옥 출신이다」를 연주해 줄 거예요……"

그는 물고기를 바라보다 1920년대에 유행한 노래를 흥얼거린다.

"갑자기 향수가 느껴지네요. 의미 없는 일이지만…… 소년들이 분홍색 설탕으로 만든 솜사탕을 먹으며 서커스 구역을 돌아다니고…… 성인 전용 스트립쇼에서 서로 똥침을 놓고…… 대관람차 안에서 자위하고…… 강 너머의 공장 위로 떠오르는 붉고 뿌연 달을 향해 사정했죠. 한 검둥이가 오래된 법원 앞에 있는 미루나무에 목매달아 죽었어요…… 여자들이 훌쩍이면서 성기의 이빨[60]로 그의 정액을 받았죠……

(남편이 빛바랜 회색 플란넬 셔츠 같은 피부색을 가진 자기 아기를 의심의 눈초리로 바라본다…… '의사 선생님, 아기가 검둥이 같은데요.' 의사는 어깨를 으쓱한다. '군대에서 하는 뻔한 게임일세.' 콩깍지 속의 콩이 무슨 색일까…… 이제 알겠나……)

파커 의사는 약국 뒷방에서 헤로인을 3그레인[61]어치 주사하죠. '이게 강장제지,' 그는 중얼거립니다. '언제나 활력을 선사해.'

손버릇 나쁜 동네 변태 벤슨이 학교 화장실에서 케렌시아

---

60   여성의 성기 안에 이빨 혹은 그에 상응하는 날카로운 부분이 있다는 서구 문명
      의 오래된 설화. 여성의 신체를 신비하고 위험한 존재로 대상화함으로써 여성
      이 근본적으로 남성과 다른 존재라는 성차별적인 믿음을 재생산하며, 본문의
      해당 화자가 보여 주는 전체적인 여성 혐오적 발언과 일맥상통한다.
61   약의 양을 재는 의약 단위다.

를 연습합니다.(케렌시아는 투우 용어다…… 황소가 투우장 내에
서 마음에 드는 장소를 발견해 그곳에 머무르면 투우사는 그 장소
에서 황소와 정면 대결을 펼치거나 아니면 황소가 이동하도록 유
혹해야 한다.) '어떻게든 벤슨을 꼬셔서 케렌시아에서 나오게
해야 하는데.'라고 쑥맥인 에이큐 라슨 보안관이 말합니다……

마 로티는 십 년 동안 죽은 딸의 시체 옆에서 잤고 집도 딸
과 마찬가지로 보존되었는데, 어느 날 동부 텍사스의 새벽녘에
부르르 떨면서 잠에서 깨어납니다…… 독수리들이 검은 늪과
측백나무 그루터기 위를 날고 있었죠……

자, 신사 여러분, 여기 남자 옷을 입고 앉아 있는 여자는 없
겠죠. 히히. 국회의 법령에 따라 여러분은 모두 **남성**으로 거듭
났으며, 이 신성한 강의실에서는 성을 넘나드는 어떠한 행위도
허용되지 않습니다. 신사들이여, 성기를 꺼내세요. 무기에 윤
활유를 바르고 측면과 후방 공격에 대비하는 게 얼마나 중요한
지를 내가 지금까지 설명했습니다."

학생들: "옳소! 옳소!" 학생들은 지루한 듯이 바지 지퍼를
열었다. 한 학생은 엄청난 발기를 과시했다.

교수: "자 이제, 신사 여러분, 내가 무슨 얘기를 하고 있었
죠? 아 그렇죠, 마 로티 얘기였죠…… 그녀는 부드러운 분홍빛
새벽 속에서 몸을 떨며 깨어납니다. 어린 소녀의 생일 케이크
에 꽂힌 양초 같은 분홍빛, 솜사탕 같은 분홍빛, 조개 같은 분
홍빛, 붉은빛 아래에서 맥동하는 성기 같은 분홍빛…… 마 로
티…… 크흠…… 장황한 연설을 짧게 줄이지 않으면 이 늙은 몸
은 병날 것이고 결국 마 로티의 딸을 따라 방부 처리된 시체가
되겠죠.

콜리지라는 시인이 쓴 「늙은 선원의 노래」라는 시가 있죠…… 늙은 선원 그 자신의 상징성에 관해 이야기하고 싶어요.”

학생들:　　“그 자신이라고 저 남자가 말하는데.”

“그걸 통해 밥맛 떨어지는 사람에게 주의를 돌리려나 봐.”

“그런 건 예의가 없잖아, 선생.”

100여 명의 비행 청소년들이 치아를 딱딱거리듯이 칼을 튕기면서 교수에게 달려든다.

교수: “오, 세상에!” 그는 굽이 높은 검은 신발과 우산을 든 나이 든 여자로 변장하려고 필사적으로 노력한다…… “내가 요통 때문에 허리를 제대로 굽힐 수 없는 처지만 아니었어도 원숭이들이 하듯 내 달콤한 엉덩이를 까서 보여 줄 텐데요…… 약한 원숭이가 강한 원숭이에게 공격당할 때면 약한 원숭이는 하나, 엉덩이 성기(아마 이 단어가 맞을 겁니다, 신사 여러분. 히히히.)를 제공해 수동적인 성교를 하거나, 둘, 더 활달하고 잘 적응하는 원숭이라면 자기보다 더 약한 개체를 찾아 공격을 시도할 겁니다.”

한물간 가수가 삼십 년은 족히 된 잠옷같이 낡은 1920년대의 의상을 입고 음울하게 네온사인이 밝혀진 시카고 거리를 물결치듯 걸어간다…… 이제는 사라진 좋았던 시절의 죽은 무게가 성불하지 못한 유령처럼 공기 중에 떠돈다.

가수: (술에 취한 테너의 목소리로) “가장 약한 원숭이를 찾아라.”

서부의 술집. 어린 여자애용 파란 원피스를 입은 동성애자

원숭이가 체념한 목소리로「앨리스 블루 가운」의 음에 맞춰 노래 부른다. "나는 가장 약한 원숭이예요."

화물 열차가 교수와 비행 청소년들 사이를 가로지른다…… 기차가 지나가면 청소년들은 모두 책임감 넘치는 직업을 가진 배가 나온 어른이 된다……

학생들: "우리는 로티를 원한다!"

교수: "여러분, 그건 다른 나라 이야기예요…… 내가 앞서 말했듯 내 속의 다중 인격 중 하나가 튀어나와 강의를 무례하게 방해했네요…… 버릇없는 짐승들 같으니라고…… 늙은 선원이 쿠라레 독이나 올가미, 마약, 구속복을 사용하지 않고서도 청중을 산 채로 잡을 수 있다면…… 그의, 크흠, 비결이 뭘까요? 히히히히…… 늙은 선원은 요즘의 자칭 예술가들과 달리 길에서 **아무나** 붙잡고는 통하지도 않는 지루함을 야기하고 갑작스러운 고통을 안겨 주지도 않습니다…… 그는 늙은 선원과, 어, 결혼식 하객[62] 사이의 이미 존재하는 관계성 때문에 어쩔 수 없이 자기 말을 들어야 하는 이들만 붙잡고 이야기하죠……

늙은 선원이 실제로 뭘 말하는지는 중요하지 않습니다…… 그는 상관없는 헛소리를 중얼거리는 사람이고, 심지어 예의 없이 미쳐 날뛰는 광인일 수도 있죠…… 하지만 무언가가 결혼식 하객에게 일어납니다. 마치 심리분석학에서 말하듯, 일어날 일이 언젠가는 일어나는 것처럼요. 상관없는 이야기를 조금만 해 보자면 말입니다…… 내가 아는 정신분석가는 혼자 떠들고 환자는 참을성 있게 혹은 못 견뎌 하면서 그의 말을 들

62 「늙은 선원의 노래」에 등장하는 청자다.

죠…… 그는 추억에 젖으면서…… 저질 농담(그것도 오래된)을 지껄이고…… 군청 직원이 상상할 수도 없을 만큼 멍청한 상태에 도달하죠. 비록 그가 장황하게 설명해도, 결국 언어를 통해서는 어떤 것도 이룩해 낼 수 없습니다…… 청자(주로 정신분석가)가 환자의 마음을 읽지 못한다는 걸 관찰한 후 그는 이 방법에 도달했죠…… 오히려 환자(화자)가 **분석가**의 마음을 읽는 거죠…… 즉 환자는 초능력을 통해 분석가의 꿈과 계략을 인지하는 반면 분석가는 정확히 뇌의 앞부분만을 사용해 환자와 접촉합니다…… 많은 비밀 요원들이 이 방법을 사용합니다. 그들이야말로 장황하게 지루한 말을 늘어놓기 일쑤고 정작 듣는 데에는 서툴거든요……

"신사 여러분, 내가 진주를 던져 주겠어요. **듣는 것보다는 말하는 것을 통해 타인에 대해 더 많은 걸 알 수 있습니다.**"

돼지들이 몰려오자 교수는 진주를 양동이째 여물통에 붓는다……

"나는 그의 발을 먹을 자격도 없어." 가장 뚱뚱한 돼지가 말한다.

"그 대신 진흙이나 묻혀야지."

에이제이의 연례 파티

에이제이는 몸을 돌려 손님들을 향한다. "여자들, 남자들, 이도 저도 아닌 사람들, 당신들에게 오늘 밤을 바칩니다. 포르노 영화와 단파 티브이 분야에서 국제적 명성을 자랑하는 기획자, 세상에 하나뿐인 위대한 슬래시투비치를 소개합니다!"

에이제이는 180센티미터 높이의 붉은 벨벳 커튼을 가리킨다. 번개가 커튼을 아래에서 위로 찢어 버린다. 위대한 슬래시투비치의 전신이 드러난다. 거대한 얼굴은 페루 원주민의 장례식에 사용되는 항아리처럼 미동도 없다. 그는 이브닝드레스와 푸른 망토를 입고 푸른 외눈 안경을 쓰고 있다. 커다란 회색 눈 안에는 바늘이 쏟아져 나올 듯이 검은 작은 동공이 있다. (오직 사실주의자들만이 그의 시선을 맞받아칠 수 있다.) 그가 화를 낼 때면 외눈 안경이 방 반대편까지 날아간다. 운 없는 배우들은 슬래시투비치가 불만족스러울 때 보여 주는 싸늘한 폭발의 분노에 당하기도 한다. "내 스튜디오에서 당장 나가, 이 싸구려 허풍선이 햄 같은 게! 감히 가짜 절정으로 날 속일 수 있을 거라고 생각하다니! **이 위대한 슬래시투비치를!** 네 엄지발가락만 봐도 알아차릴 수 있어. 바보 멍청이! 골빈 쓰레기! 건방진 것! 가서 엉덩이나 팔아. 슬래시투비치와 일하기 위해서는 진지함과 예술성, 헌신이 필요하단 걸 배워. 싸구려 속임수나 가짜 신음, 고무 기구나 귀에 숨긴 작은 우유 용기, 겨드랑이에 숨긴 요힘바인 발정제 모두 금지야."

(요힘바인 발정제는 중앙아프리카에서 자라는 나무의 껍질에서 추출한 물질로, 가장 안전하고도 효과가 좋은 최음제다. 표피, 그중에서도 성기 부위의 혈관을 확장한다.)

슬래시투비치는 외눈 안경을 뽑아 던진다. 안경은 시야에서 사라졌다가 부메랑처럼 그의 눈에 다시 안착한다. 그는 발레하듯 제자리에서 돌더니 액화 공기처럼 차가운 푸른 안개 속으로 사라진다…… 장면이 서서히 어두워진다……

스크린에 비친 영상. 붉은 머리와 녹색 눈을 하고 흰 피부에 약간 주근깨가 난 소년…… 바지를 입은 갈색 머리의 마른 소녀와 키스한다. 옷과 머리 스타일은 세계 대도시의 곳곳에 있는 실존주의자의 술집을 연상시킨다. 그들은 흰 비단이 깔린 낮은 침대 위에 앉아 있다. 소녀가 부드러운 손길로 소년의 바지를 열고는 작지만 매우 단단해진 성기를 꺼낸다. 윤활유 같은 액체 한 방울이 진주처럼 끝에 맺혀 있다. 귀두 부분을 다정하게 어루만지며 소녀가 말한다. "조니, 옷 벗어 봐." 소년은 확신에 찬 빠른 몸짓으로 옷을 벗고는 맥박이 뛰는 성기를 드러낸 채 소녀 앞에 나체로 선다. 뒤로 돌라고 손짓하자 소년은 모델처럼 손을 허리에 올린 채 발끝으로 반 바퀴 돈다. 소녀가 셔츠를 벗는다. 가슴은 작고 봉긋하며 젖꼭지는 딱딱해진다. 소녀는 속옷도 벗는다. 검고 윤기 흐르는 음모. 소년은 소녀 옆에 앉아 가슴으로 손을 뻗지만, 소녀는 이를 제지한다.

"자기야, 엉덩이를 핥아 줄게." 소녀가 속삭인다.

“지금은 싫어.”

“그러고 싶어.”

“하는 수 없지. 먼저 엉덩이를 씻고 올게.”

“아냐, 내가 씻겨 줄게.”

“아 나도 모르겠다. 더럽지 않을 거야.”

“더러워. 조니, 이리로 와 봐.”

소녀는 소년을 욕실로 인도한다. “앉아.” 소년은 무릎 꿇고 앉아 욕실 바닥의 매트에 턱을 대고 몸을 앞으로 숙인다. “세상에.” 소년은 탄식한다. 그는 뒤돌아보고 소녀에게 미소를 건넨다. 소녀는 손가락을 집어넣어 비누와 뜨거운 물로 소년의 엉덩이를 씻는다.

“아파?”

“아아아니.”

“자기야, 이리 와.” 소녀는 소년을 침실로 이끈다. 소년은 똑바로 누워 다리를 머리 위로 들고 무릎 뒤로 손을 넣어 양쪽 팔꿈치를 마주 잡는다. 소녀는 무릎을 꿇고 허벅지 뒤쪽과 고환을 애무하면서 손가락으로 회음부의 갈라진 곳을 만진다. 그런 후 엉덩이를 벌리고는 머리를 둥글게 돌리면서 항문을 핥기 시작한다. 항문 양쪽을 누르면서 점점 더 깊게 핥는다. 소년은 눈을 감고 몸을 꿈틀거린다. 소녀는 회음부를 핥는다. 그의 작고 단단한 고환은…… 큰 진주 방울이 포경수술을 한 소년의 성기 끝부분에 맺힌다. 소녀의 입이 그곳을 덮는다. 리듬감 있게 위아래로 빨다가, 위로 올라갔을 때 잠깐 멈추고는 머리를 둥글게 돌린다. 소녀의 손이 소년의 고환을 부드럽게 만지더니 아래로 미끄러져 중지가 엉덩이 안으로 들어간다. 소년의 성기 아랫부분을 핥으면서 전립샘을 장난스럽게 간질인다. 소년은 웃으면서 방귀를 뀐다. 소녀는 이제 빠르게 소년의 성기를 빤다. 소년의 몸이 경련을 일으키면서 턱 쪽으로 수축한다. 매번 경련이 길어진다.

"이야아아아아아호!" 몸의 모든 근육을 긴장한 채 소년이 소리 지르고, 성기를 필두로 그의 몸 전체가 비워진다. 소녀는 입안 가득 뜨겁게 분출한 정액을 마신다. 소년의 발이 침대 위로 힘없이 떨어진다. 그는 기지개를 켜며 하품한다.

메리는 고무 성기를 허리에 맨다. "요코하마에서 생산된 강철의 댄 3세야." 기구를 어루만지며 그녀는 말한다. 우유가 방 건너편까지 분출된다.

"우유가 멸균됐는지 확인해야 해. 탄저병이나 비저병, 구제역 같은 가축 질환을 예방하려면……

내가 남장하던 시절에 시카고에서 만난 리즈가 가축 질환 관련 일을 하고 있어서 잘 알지. 그때의 나는 남자답게 얻어맞는 황홀경을 느끼기 위해 예쁘장한 남자들에게 접근했어. 언젠가 어떤 애랑 엮였는데, 레즈비언 승려인 젠한테 배웠던 초음속 유도 기술로 그를 제압했어. 그런 후 그 애를 묶고 면도날로 옷을 찢은 후 강철의 댄 1세를 사용해서 성교했지. 그 애는 거세당하지 않는다는 사실을 깨닫고는 너무도 안심한 나머지 말 그대로 사방에 사정했어."

"강철의 댄 1세는 어떻게 됐어?"

"우락부락한 레즈비언 때문에 반으로 쪼개졌어. 내가 본 것 중 가장 강한 성기였지. 납으로 된 파이프도 구부릴 정도였다니까. 그 여자 장기 중 하나였어."

"그러면 강철의 댄 2세는?"

"윗동네 원숭이 똥구멍에 사는 굶주린 아마존 흡혈 메기가 씹어서 산산조각이 났어. 그리고 이번에는 '이야아아아아아호!'라고 소리치지 마."

"왜? 진짜로 소년 같잖아."

"맨발의 소년이여, 마담에게 가서 네가 얼마나 고집스러운지 확인해 보게나."

소년은 손을 머리 뒤에서 깍지 끼고 성기에 맥박이 뛰는 채로 천장을 응시한다. "내가 뭘 해야 하지? 그걸 넣고는 배설도 못 하잖아. 웃으면서 동시에 사정하는 게 가능할까? 2차 세계 대전 때 카이로에 있는 경마 클럽에서 나랑 내 불알친구인 루는 우리 둘 다 국회의 법령에 따라 신사로 정의됐지…… 우리 둘에게는 어떤 해코지도 할 수 없었어…… 그래서 우리는 미친 듯이 웃다가 소변을 지렸고, 웨이터가 말했지. '빌어먹을 마약쟁이들, 여기서 당장 나가!' 내 말은, 내가 웃으면서 소변을 지릴 수 있다면 웃으면서 사정도 할 수 있지 않겠어? 그러니까 내가 사정을 시작하면 진짜로 웃긴 얘기를 해 봐. 전립샘이 특정한 방식으로 떨리면 사정이 시작된다는 전조니까……"

소녀는 날카로운 금속성 음악으로 이루어진 코카인 재즈 앨범을 튼다. 모조 성기에 윤활유를 바른 후, 소년의 다리를 머리 위로 올리고는 유연한 엉덩이로 나선을 그리기 시작한다. 소녀는 기구의 축을 중심으로 천천히 둥글게 움직인다. 딱딱해진 자기 젖꼭지를 소년의 가슴에 비비고는 목과 턱과 눈에 키스한다. 소년은 소녀의 등을 타고 내려가 엉덩이를 만지다가 자기 쪽으로 잡아끈다. 소녀는 점점 더 빨리 돌린다. 소년이 몸을 비틀다가 발작적으로 경련한다. "서둘러." 소녀가 말한다. "우유가 식고 있어." 소년에게는 들리지 않는다. 소녀는 그와 입을 맞춘다. 두 얼굴이 함께 흔들린다. 묽고 뜨거운 정액이 소녀의 가슴을 적신다.

마크가 문가에 서 있다. 그는 검은 터틀넥 스웨터를 입고 있다. 차갑고 잘생겼으며 자기애로 가득한 얼굴. 녹색 눈에 검은 머리. 그는 머리를 한쪽으로 기울이고 손은 겉옷 주머니에 넣은 채, 살짝 경멸이 섞인 시선으로 조니를 바라본다. 우아한 서커스 발레단 단원처럼. 그가 머리를 까닥거리자, 조니가 앞장서서 침실로 들어간다.

메리가 따라 들어간다. "좋아, 여러분." 침대가 건너다보이는 분홍색 비단 소파에 나체로 앉은 메리가 말한다. "시작해 봐!"

마크는 물 흐르듯 자연스럽게 옷을 벗는다. 벨리 댄스를 흉내 내며 엉덩이를 돌리고 터틀넥 스웨터에서 꿈틀거리며 빠져나와 희고 아름다운 상체를 드러낸다. 바짝 언 조니는 얼굴이 굳고 호흡은 빨라지고 입술은 타 들어가는 채로 옷을 벗어 바닥에 던진다. 마크의 팬티가 한쪽 다리에 걸쳐진 채로 떨어진다. 그는 무용수처럼 다리를 번쩍 들어 팬티를 방 반대편으로 던져 버린다. 이제 그는 위와 바깥 방향으로 딱딱하게 선 성기를 드러내면서 나체로 서 있다. 조니의 몸을 천천히 훑어보더니, 미소를 지으며 입술을 핥는다.

마크는 한쪽 무릎을 꿇은 채 한 손으로 조니의 등을 당기더니 일어서서 그를 침대 깊숙이 던진다. 조니는 등을 대고 침대에 착륙한 후 몇 번 흔들린다. 마크도 침대에 뛰어들더니 조니의 발목을 잡고 머리 위로 올린다. 마크는 이를 드러내며 으르렁거린다. "좋아, 조니." 기름칠이 잘 된 기계처럼 느리고 규칙적으로 몸을 수축하면서 조니의 엉덩이에 성기를 넣는다. 조니는 크게 숨을 내쉬고 절정 속에서 몸을 비튼다. 마크는 조니의 어깨 아래로 손을 넣고 조니의 엉덩이 사이에 묻혀 있는 자기 성기 쪽으로 그를 당긴다. 이빨 사이로 공기를 세차게 빨아들인다. 조니는 새처럼 소리 지른다. 마크는 조니의 얼굴에 자기 얼굴을 부빈다. 액체가 조니의 떨리는 몸 안으로 분출되자, 마크의 위협적인 표정은 사라지고 순진한 소년의 얼굴로 변한다.

기차가 기적을 울리면서 그의 몸을 관통한다…… 뱃고동 소리, 안개 경고음, 기름 막으로 덮인 늪지 위에서 터지는 로켓…… 춘화의 미로로 이어지는 싸구려 상점들…… 항구의 축포들…… 비명 소리가 흰 병원 복도를 울린다……

야자수가 양쪽으로 늘어선 먼지 자욱한 넓은 길을 따라 걷고, 휘파람을 불면서 사막을 총알처럼 가로지르고,(독수리가 건조한 대기 중에 날개깃을 흩날린다.) 1000여 명의 소년들이 옥외 건물, 낡은 공립 학교 화장실, 다락방, 지하실, 마당의 나무집, 대관람차, 폐가, 석회암 동굴, 노 젓는 배, 창고, 헛간, 자갈 많고 바람 부는 도시 외곽의 진흙 벽 뒤(마른 배설물 냄새)에서 동시에 사정한다…… 날씬한 구릿빛 몸 위로 새까만 먼지가 불어온다…… 갈라져 피나는 맨발 위로 낡은 바지가 떨어진다…… (독수리가 죽은 물고기 머리를 두고 싸우는 곳) ……정글 늪지대에서 식인 물고기가 검은 물 위를 떠다니는 흰 정액을 삼키고, 흡혈 파리가 구릿빛 엉덩이를 물고, 원숭이는 바람처럼 나무에 매달려 있고,(가지에 형형색색의 뱀들을 매단 나무가 떠내려가고 슬픈 눈의 여우원숭이들이 육지 쪽을 응시하는 거대한 흙탕물 강) 붉은색 비행기가 푸른 하늘에서 아라베스크 모양의 흔적을 남기며 날아가고, 방울뱀이 공격하고, 코브라가 물러서서 몸을 펴더니 흰 독을 뱉어 내고, 글리세린만큼이나 청명한 공기 속에서 진주와 오팔 부스러기가 느리고 조용하게 비처럼 쏟아진다.

시간은 망가진 타자기처럼 갑자기 건너뛰어, 소년은 노인이 되고, 청년의 절정 속에서 몸을 비틀며 떨던 젊은 힙스터는 늙어서 살이 처지고, 옥외 의자, 공원 벤치, 스페인의 햇빛 아래 돌벽, 푹 꺼진 월세방 침대(밖에는 쨍한 겨울 햇빛 아래 붉은 벽돌로 된 슬럼가가 펼쳐져 있다.) 위에 늘어져서는…… 더러운 속옷 차림으로 몸을 비틀며 떨고, 아침의 마약 부작용 속에서 정맥을 더듬어 찾고, 중동의 카페에서 중얼거리면서 침을 흘린다. 중동 사람들이 "메조브"라고 숙덕거리면서 피해 간다.(메조브는 이슬람권의 특정한 종교적 광인을 부르는 용어다…… 특히 뇌전증에 걸린 경우가 많다.)

메조브가 울부짖는다. "이슬람교도에게는 피와 정액이 필요하나니…… 정액에 흐르는 예수의 피를 보아라." ……그가 일어서서 소리를 지르자 마지막 발기 때 응어리졌던 검은 피가 울컥 쏟아진다. 희고 창백한 조각상처럼 그는 그 자리에 서 있다가 거대한 울타리를 완전히 가로질러 넘어간다. 마치 금단의 연못에 쳐진 울타리를 순진하고 침착하게 넘어 낚시하려는 소년처럼. 소년은 금세 거대한 메기를 잡는다. 쇠스랑을 든 노인이 작고 검은 오두막에서 욕하면서 뛰어나오고, 소년은 웃으면서 미주리의 들판을 내달린다. 소년은 아름다운 분홍빛의 화살촉을 발견하고는 어리고 유연한 뼈와 근육을 사용해 뛰면서 화살촉을 집어 든다…… (소년은 옆에 엽총이 나뒹구는 채로 나무 울타리 부근에 쓰러져 죽음을 맞고, 그의 뼈는 들판과 하나가 되고, 꽁꽁 언 붉은 흙바닥 위에 흘린 피는 조지아의 앙상한 겨울풀에 스며든다.) ……소년의 뒤쪽에서 메기가 퍼덕거린다…… 그는 울타리로 다가가 메기를 반대편에 있는 핏물투성이 잔디밭으로 던진다…… 메기가 꿈틀거린다. 소년은 울타리를 뛰어넘는다. 메기를 낚아채더니, 일몰의 가을바람에 단풍잎을 떨구고 여름의 일출에는 온통 녹색으로 수액을 흘리며 청명한 겨울에는 가지만 검게 남는 참나무와 감나무 사이로 난 자갈투성이의 붉은 흙길을 따라 사라진다…… 노인은 그의 등 뒤에 대고 욕을 한다…… 틀니가 입에서 튀어나와 소년의 머리 위로 날아가고, 소년은 긴장한 채 몸을 앞으로 기울이고, 목에 감긴 밧줄이 강철 고리처럼 조여들더니 단단하게 덩어리진 검은 피가 울타리 너머로 울컥 쏟아지고, 결국 그는 뼈만 남은 미라가 되어 레몬그라스 옆에 쓰러진다. 소년의 갈비뼈 사이로 식물의 가시가 자라나고, 그의 오두막집 창문은 깨져서 검은 시멘트에 은빛의 먼지 낀 유리만 남고, 쥐들이 바닥을 돌아다니고, 어둡고 곰팡내 나는 침실에서 여름 오후에 소년들이 자위하고, 그의 몸과 뼈에서 자라난 산딸기를 먹은 입은 자줏빛 즙으로 범벅이 된다……

    늙은 중독자가 정맥을 찾았다…… 피가 마치 중국 꽃처럼 투약기 안에 피어난다…… 헤로인을 본격적으로 투약하자 오십 년 전에 자위하던 소년이 그의 황폐해진 피부로부터 성스럽게 피어나 반짝이기 시작하고, 옥외 건물은 젊은 남성의 욕정이 내뿜는 달콤한 나무 열매 냄새로 가득 찬다……

얼마나 많은 세월이 피의 바늘에 묶여 왔던가? 힘 빠진 손을 무릎에 놓은 채로 그는 초점 없는 중독자의 눈을 하고는 겨울 새벽을 쳐다본다.

늙은 동성애자가 차풀테펙 공원[63]의 돌의자에 앉아 원주민 인디언 청소년들이 서로의 목과 허리를 감싼 채 지나가는 것을 쳐다보고, 젊은 엉덩이와 허벅지, 탄력 넘치는 고환과 성기를 탐내면서 죽어 가는 자기 몸을 들썩인다.

마크의 성기가 조니의 몸에 삽입된 상태로 그들은 진동 의자에 마주 보고 앉아 있다.

"조니, 준비됐어?"

"켜도 돼."

마크가 스위치를 켜자 의자가 진동하기 시작한다…… 마크는 고개를 기울여 조니를 올려다본다. 무표정한 얼굴을 하고 차가운 눈으로 조니의 얼굴을 바라보며 비웃는다…… 조니는 비명을 지르며 훌쩍인다…… 그의 얼굴은 마치 내부에서부터 녹아내리듯 허물어진다…… 맨드레이크[64]처럼 비명을 지르고, 사정과 동시에 마약에 취한 천사처럼 마크의 몸에 기댄 채 정신을 잃는다. 마크는 다른 생각에 잠긴 채 그의 등을 토닥인

63   멕시코시티에 있는 큰 공원이다.
64   식물 이름. 뿌리가 인간의 형상과 비슷하고 환각제의 재료로도 종종 이용되어서 이 식물과 관련된 다양한 미신이나 설화가 존재한다. 대표적으로는 땅에서 뿌리째 뽑을 때 인간처럼 소리를 지른다는 미신이 있다.

다……

　체육관 같은 방…… 바닥은 흰 비단으로 덮인 폭신한 고무 재질이다…… 한쪽 벽은 유리로 되어 있다…… 떠오르는 태양이 방 안을 분홍빛으로 물들인다. 조니는 손이 묶인 채 메리와 마크 사이에 끼어서 방으로 안내된다. 교수대를 보고는 "오오오오오!"라고 크게 소리치며 주저앉아 턱을 성기 쪽으로 내리고 다리를 구부린다. 그의 얼굴로 정액이 거의 수직 방향으로 호를 그리며 튀어 오른다. 마크와 메리는 갑자기 흥분해서 서두른다…… 그들은 곰팡이 낀 성기 보호대와 티셔츠로 덮어 둔 교수대 쪽으로 조니를 민다. 마크가 올가미를 조정한다.

　"자, 이제 준비됐어." 마크가 조니를 발판에서 밀어내기 시작한다.

　메리: "잠깐만, 내가 할게."

　그녀는 조니의 엉덩이 뒤로 손을 교차하고 그와 이마를 맞댄 후 머리를 떼면서 그의 눈을 바라보고 웃더니 그를 발판에서 공중으로 밀어낸다…… 조니의 얼굴은 피가 몰려 부어오른다…… 마크는 유연한 동작으로 손을 올려 조니의 목을 잡아챈다…… 젖은 수건으로 감싼 막대기가 부러지는 소리 같다. 전율이 조니의 몸을 타고 흐른다…… 한쪽 발이 덫에 걸린 새처럼 푸드덕거린다…… 마크는 흔들리는 올가미 위쪽에서 조니의 경련을 흉내 내면서 눈을 감고 혀를 내민다…… 조니의 성기가 발기하자 메리는 그걸 자신의 성기에 대고는 유연한 벨리 댄스 무용수처럼 움직이면서 쾌락에 신음하고 비명을 지른다…… 메리의 몸이 땀으로 흠뻑 젖고 머리카락은 젖어서 얼굴에 달라붙는다. 그녀가 마크에게 소리친다. "올가미를 잘라." 마크가 휴대용 칼로 밧줄을 자른 후, 떨어지는 조니를 잡고, 여전히 창백한 채로 경련하는 조니를 메리의 도움을 받아 똑바로 눕힌다…… 메리는 조니의 입술과 코를 물어뜯고 그의 눈을 튀어나오도록 빨아 댄다…… 뺨을 한입 가득 물어뜯는다…… 이제 그의 성기를 먹는다…… 마크가 메리에게 다가가자 메리는 반쯤 먹어 치운 조니의 성기에서 고개를 든다. 그녀의 얼굴은 피로 뒤덮여 있고 눈에서는 인광이 번뜩인다…… 마크는 메리의 어깨에 발을 올리고 그녀의 등에 발길질을 한다…… 그녀에게 달려들어 미친 듯이 성교한다…… 그들은 방의 한쪽 끝에서 반대쪽까지 굴러다니면서 바람개비처럼 회전하고 낚싯바늘에 걸린 물고기처럼 공중으로 높이 뛰어오른다.

"마크, 당신을 목매달게 해 줘…… 목매달게 해 줘…… 제발, 마크, 하게 해 줘!"

"당연하지 자기야." 마크는 메리를 난폭하게 일으켜 세운 후 손을 등 뒤로 고정하게 만든다.

"안 돼!! 안 돼! 안 돼! 안 돼!" 마크가 메리를 교수대 쪽으로 끌고 가자, 그녀가 비명을 지르며 소변과 대변을 쏟아 낸다. 사용한 콘돔 더미 사이의 교수대에 그녀를 묶은 후 그는 방 반대편으로 가 밧줄을 조정한다…… 그리고 은쟁반 위에 놓인 올가미를 들고 돌아온다. 그녀를 일으켜 세운 뒤 올가미를 조인다. 성기를 그녀의 몸속에 삽입하고 교수대 주위를 춤추듯 돌다가 큰 호를 그리면서 공중으로 떠민다…… "이야아아아아아호!" 마크는 소리치면서 조니로 변한다. 메리의 목이 꺾인다. 엄청난 양의 체액이 그녀의 몸속에서 요동친다.

조니는 바닥에 착륙한 후 균형을 잡고 서서는 어린 동물처럼 주위를 경계한다. 그는 방 곳곳을 뛰어다닌다. 유리로 된 벽을 산산조각 낼 정도로 욕망 어린 고함을 지르면서 그는 공중으로 뛰어오른다. 주위에 정액이 떠다니는 채로 1킬로미터 정도를 회전해 떨어지면서 자위하고, 산산이 부서지는 푸른 하늘을 배경으로 계속 소리치고, 떠오르는 태양이 휘발유처럼 그의 몸을 불태우다가 거대한 참나무와 감나무, 늪지의 측백나무와 마호가니를 지나쳐 마침내 석회암이 깔린 버려진 공터에 추락해 액체 상태로 산산이 부서진다. 잡초와 덩굴이 돌 사이로 자라나고, 90센티미터 길이의 녹슨 쇠못이 흰 돌을 관통해 황갈색의 녹 얼룩을 남긴다.

조니는 흰 옥으로 만든 외설스러운 모양의 페루산 단지에 담긴 휘발유를 메리의 몸에 끼얹는다…… 자기 몸에도 휘발유를 바른다…… 서로 부둥켜안은 채 바닥으로 떨어져서는 지붕에 설치된 거대한 돋보기 아래에서 뒹군다…… 유리벽을 깨뜨리는 절규와 동시에 불꽃으로 변해 공기를 휘젓고, 공중에서 소리치며 성교하고, 피와 불꽃으로 작열하다 사막의 태양 아래에서 갈색 돌에 묻은 재로 변한다.

조니는 고뇌에 찬 상태로 방 안을 뛰어다닌다. 유리벽을 산산이 부수는 비명을 내지르면서 그는 사지를 활짝 펴고 성기에서 피를 흘린 채 일출을 맞이한다…… 피부를 상처 입히고 소름 돋게 만드는 강한 햇빛 아래 흙벽 옆의 배설물과 쓰레기 더미 위에서 몸부림치는 늙은 메조브에게 뇌전증의 발작을 통해 백색의 대리석 신이 강림한다…… 그는 모스크 벽에 기대 잠드는 소년. 조개처럼 부드러운 분홍빛의 수많은 여자 성기를 꿈꾸고 자기 성기를 간지럽히는 까슬한 음모의 쾌락을 느끼면서 몽정한다.

　조니와 메리는 호텔 방에 머문다.(「세인트루이스 동부여, 안녕」노래가 흘러나온다.) 열린 창문을 통해 불어오는 따뜻한 봄바람에 낡은 분홍빛 커튼이 나부낀다…… 분변으로 얼룩지고 녹슨 철조망이 엉켜 있는 깨진 돌비석 아래에서 소년들이 녹색 가터뱀을 사냥하고 옥수수가 자라는 공터에서 개구리들이 울어 댄다……
　(선명한 녹색과 자주색, 주황색의 네온사인이 점멸하며 깜빡거린다.)
　조니는 캘리퍼 집게를 사용해 메리의 성기에서 흡혈어를 추출한다…… 멕시코산 증류주에 흡혈어를 떨구면 용설란 벌레[65]로 변한다…… 뼈를 부드럽게 만드는 정글산(産) 질 세정제를 사용하자, 성기 안의 이빨이 피와 물혹과 한데 섞여 흘러나온다…… 메리의 성기는 봄풀처럼 신선하고 달콤하다…… 조니는 그녀의 성기를 천천히 핥기 시작하다 흥분이 고조되자 음순을 벌려 안쪽을 핥는다. 그의 단단한 혀에 닿는 까슬한 음모가 느껴진다…… 팔을 젖히고 가슴을 똑바로 세운 자세로 메리는 네온 색깔의 못에 못 박혀 있다…… 조니는 그녀의 몸 위로 올라타 둥근 오팔 같은 윤활유가 맺힌 성기를 그녀의 음모에 미끄러뜨려 삽입한다. 굶주린 살의 빨아들이는 힘에 이끌려…… 그의 얼굴은 피가 몰려 부어오르고 눈 뒤쪽에서는 녹색 빛이 폭발한다. 그리고 그는 비명을 지르는 여자애들을 지나쳐

65　테킬라 등의 증류주에 들어 있는 벌레를 말한다.

경치 좋은 기찻길로 추락한다……

　고환 뒤쪽의 축축해진 털이 따뜻한 봄바람에 바싹 마른다. 깊은 정글 같은 골짜기에서는 덩굴이 창문을 타고 기어오른다. 조니의 성기가 부풀어 오르더니 엄청난 크기의 꽃봉오리가 터진다. 식물의 긴 뿌리가 메리의 성기에서 기어 나와 바닥을 더듬는다. 녹색의 폭발로 인해 육체가 해체된다. 오두막은 깨진 돌들로 가득한 폐허로 변한다. 소년은 석회암으로 만든 조각상이 되고, 식물이 그의 성기에서 솟아오르며, 입술은 마약을 한 후 곯아떨어진 중독자의 반쯤 웃는 미소를 띤 채 벌어져 있다.

* * *

　비글은 헤로인을 복권 속에 숨겨 두었다.

　한 방만 더. 치료는 내일부터.

　긴 여정이다. 고양된 흥분과 축 처진 우울함은 늘 있는 일이다.

　돌투성이 지역을 건너 대추야자가 무성한 오아시스까지 가 본 지도 너무 오래되었다. 그곳에는 우물에 변을 보는 중동 소년들이 핫도그를 먹으면서 금니 덩어리를 뱉어 내고 신나게 즐기는 해변의 모래사장이 있었다.

　이가 빠지고 오랜 시간 동안 심하게 굶주려서 아래위가 붙은 더러운 작업복을 입은 채로 갈비뼈를 씻을 수 있다. 앙상한 갈비뼈. 그들은 이스터섬 주변의 소형 보트에서 부들거리며 내려서는 죽마처럼 뻣뻣하고 굳은 다리로 섬의 해안가로 걸어간다…… 클럽의 창문에 대고 고갯짓으로 인사한다…… 뚱뚱한 구매자들의 요구에 맞춰 마른 몸을 판다.

더 이상 찾는 이들이 없는 대추야자는 죽었고, 우물은 마른 똥과 수많은 다양한 신문지로 가득하다. "러시아는 부인한다…… 내무장관은 병적인 위기의식을 가지고 이 문제를 바라본다……"

교수대가 12시 2분에 작동했다. 12시 30분에 의사는 굴을 먹으러 외출했다가 2시에 돌아와서는 사형수의 등을 친근하게 친다. "뭐야? 아직 안 죽었어? 다리를 당겨야 하나, 하하하! 이런 속도로는 질식시킬 수 없겠는걸. 대통령한테 경고받겠군. 시체 운반차가 자네를 산 채로 실어 나르는 건 정말로 불명예스러운 일일 테지. 수치심에 내 고환이 뚝 떨어질 거야. 경험 많은 황소 밑에서 수련해야겠네. 하나, 둘, 셋, 당긴다!"

소형 항공기가 발기한 것처럼 조용하게 추락한다. 노파의 손과 텅 빈 중독자의 눈을 가진 젊은 도둑이 깨뜨린 기름 범벅의 유리처럼 조용하게…… 소리 없는 폭발과 함께 도둑은 문을 따고 집에 침입한 후 기름칠한 크리스털을 밟는다. 부엌의 시계가 시끄럽게 재깍거리고, 뜨거운 공기가 그의 머리를 헝클이며, 그의 머리가 거대한 오리 사냥 총알을 맞고 산산조각 난다……

노인이 빨간 탄피를 던지고 엽총을 든 채로 뱅글뱅글 돈다. "아, 이런. 별거 아니었군…… 어항 속 물고기…… 은행의 돈…… 천박한 소년. 한 방 쏘면 머리가 금세 멍청해져서는 외설스러운 자세를 취하지…… 꼬마야, 천국에서는 내 말이 들리냐? 나도 한때는 젊었고 쉬운 돈과 여자와 탄탄한 젊은 남자의 엉덩이의 유혹에 혹했지. 만약 나를 자극한다면 난 과거의 엄청난 일화들을 풀어서 자네의 거시기를 발딱 서게 만들고 젊은 여자의 분홍빛 진주 같은 성기나 사랑스러운 갈색 점액질로 덮여 맥동하는 젊은 남자의 엉덩이가 자네 거시기를 마구 가지고 놀게 만들 거야…… 자네가 전립샘을 자극하면 신장 결석처럼 냉혹한 진줏빛의 선명한 다이아몬드가 황금 소년의 고환에 맺힐걸…… 죽여서 미안하네. 어쩔 수가 없었어…… 늙은 잿빛 암말은 더 이상 예전 그대로가 아냐…… 더 이상 관객들을 만족시킬 수가 없어…… 열심히 날거나 달리거나 앉아서 관객들을 겨우 만족시켜야 했지…… 늙은 사자는 충치로 고생하는데 다른 사자는 좋은 치약을 써서 늘 싱싱한 이빨을 자랑하는 느낌이랄까…… 그래서 늙은 사자들은 어린애들을 잡아먹게 되지…… 누가 사자들을 비난할 수 있겠어? 그렇게 달콤하고 차갑고 예쁜 세인트제임스 병원의 아이들인데? 싸늘하게 식으면 안 돼, 젊은이. 이 늙은이를 존중해 줘…… 자네도 언젠가는 지루한 늙은이가 될 수도 있을 테니까…… 음, 아닐 수도 있고…… 마치 하우스만 밑에서 일하는 수치심 없는 맨발의 남창처럼 자네는 영국 슈롭셔 출신의 순진한 여자랑 재빨리 다음 단계로 넘어갈 것 같아…… 하지만 슈롭셔 남자들을 다 죽여 버릴 순 없어…… 그들은 목매달려 본 경험이 종종 있어서, 페니실린으로 반쯤 죽은 임질균처럼 징그럽게 버티며 저항하다 결국 기하학적인 패턴으로 증식할 걸세…… 그러니 점잖게 삶을 끝내는 데 한 표 던지고, 보안관이 1파운드의 살을 징수하는[66] 이

66 셰익스피어의 희극 「베니스의 상인」에 등장하는 유대인 고리대금업자 샤일록
    을 빗댄 대사다.

끔찍한 삶의 방식을 그만두게나."

　　보안관: "여러분, 저는 그의 바지를 내리고 1파운드의 살을 도려내려고 합니다. 곧바로 실행하죠. 생명의 핵심이 어디에 위치하는지를 진지하고도 과학적으로 증명하는 실험이 될 겁니다. 신사 숙녀 여러분, 이 인물은 거기가 23센티미터군요. 직접 재 보셔도 됩니다. 정확하게 1파운드 무게입니다. 3달러만 내면 젊은이가 적어도 세 번 이상 사정하는 걸 구경할 수 있어요. **그의 의사에 완전히 반해서 말이죠.** 저는 거세된 남자를 데리고 집행할 만큼 품위 없지 않습니다. 목이 날카롭게 꺾이는 순간 이 남자는 리듬감 있게 움직이면서 사방에 사정할 겁니다."

　　소년은 교수대에 서서, 한쪽 다리에서 반대쪽 다리로 체중을 옮긴다. "세상에! 저런 소년이 이런 걸 견뎌야 한다니. 끔찍한 늙은이들이 신나서 좋아하겠군."

　　교수대 발판이 떨어지고 밧줄이 철망을 가르는 바람 소리처럼 노래한다. 중국 징처럼 크고 분명한 소리를 내면서 목이 꺾인다.

　　소년은 칼을 사용해 밧줄을 잘라 내려온 후, 공연장을 따라 비명을 지르며 도망치는 동성애자를 뒤쫓는다. 동성애자는 싸구려 포르노 가게들의 유리창을 깨고 가게 안으로 뛰어들더니, 씩 웃는 흑인의 엉덩이를 애무하기 시작한다……

　　화면이 어두워진다.

　　(메리와 조니, 마크가 목에 밧줄을 감은 채 무대로 나와 관객들에게 인사한다. 그들은 포르노 영화에서 나왔던 것만큼 실제로 어리지는 않다…… 그들은 지치고 잔뜩 짜증이 나 보인다.)

기술적 정신의학 국제 학술대회

전두엽 절제술의 총아로 알려진 "손기술 좋은" 셰이퍼 박사가 일어서더니, 차갑고 푸른 돌풍과도 같은 시선으로 참가자들을 응시한다.

"신사 여러분, 인간의 신경계는 조밀하고 간단한 척추로 단순화할 수 있습니다. 뇌의 앞부분과 중간, 뒷부분은 각각 편도, 사랑니, 맹장의 영향을 받습니다…… 제 역작을 소개하죠. **불안감이 소거된 가장 미국적인 남자입니다……**."[67]

트럼펫 소리가 울려 퍼진다. 두 명의 흑인이 나체의 남자를 싣고 들어오더니, 잔인하고 조롱하는 듯한 짐승 같은 몸짓으로 그를 강단에 내려놓는다…… 남자는 몸을 꼬아 댄다…… 그의 몸이 녹색 안개 속에서 사라지는 점성의 투명한 젤리처럼 변하더니, 거대한 검은 지네가 모습을 드러낸다. 한 번도 경험하지 못한 악취의 물결이 방 안을 가득 채우고 폐를 할퀴며 위를 자극한다……

셰이퍼 박사는 흐느끼면서 두 손을 꽉 쥔다. "클래런스! 어떻게 이런 짓을 할 수가 있지? 배은망덕한 놈들! 한 놈도 빠짐없이 배은망덕해!"

학술 대회 참가자들은 놀라서 뒷걸음치며 중얼거리기 시작한다.

---

67 여기에서 묘사되는 전두엽 절제술은 실제로 1940년대와 1950년대 미국에서 행해진 수술의 일종이었다. 일반적으로 정신 장애를 치료할 목적으로 실행되었으며, 조현병이나 양극성 장애, 강박증 등 광범위한 병증이 주요 치료 대상이었다.

"셰이퍼 박사가 선을 좀 심하게 넘었어……"

"내가 경고했잖아……"

"셰이퍼 박사는 진짜 똑똑한 사람이긴 하지만……"

"유명해지기 위해서라면 뭐든 하는구나……"

"신사 여러분, 셰이퍼 박사의 변태적인 두뇌가 낳은, 말할 수 없이 끔찍하고 모든 면에서 불법적인 이 아이는 세상 빛을 보면 안 되는 존재입니다…… 인류에 대한 우리의 의무는 명확합니다……"

"그는 이미 빛을 봤는걸." 흑인 중 한 명이 중얼거렸다.

"저 비미국적인 생물을 밟아 죽여야 해요." 개구리 같은 얼굴을 하고서 유리병에 담긴 옥수수 술을 마시던 뚱뚱한 남부 출신 의사가 말한다. 그는 취한 채로 앞으로 걸어 나오다가, 지네의 엄청난 크기와 적대적인 모습에 공포감을 느끼고는 멈춰 선다……

"휘발유를 가져와!" 그는 소리친다. "건방진 깜둥이에게 하듯 저 개자식을 태워 죽여야 해!"

"굳이 내가 위험을 무릅쓰고 싶진 않군요." 힙스터같이 멋진 젊은 의사가 LSD-25에 취한 채 말한다…… "똑똑한 검사라면……"

화면이 어두워진다.

"법원에서는 정숙해 주십시오!"

검사: "배심원 신사분들, 이 '배운 양반들'의 주장에 따르면, 그들이 제멋대로 살해한 죄 없는 인간이 갑자기 거대한 검은색 지네로 변했고, 따라서 이 괴물이 갖은 방법으로 동료 지네들을 증식시키기 전에 빨리 죽여 버리는 게 '인류에 대한 의

무'라고 주장하고 있습니다……

우리가 말똥 같은 이 주장을 받아들여야 합니까? 말만 번드르르한 거짓말을 우리가 멍청이처럼 수긍해야 합니까? 이 놀라운 지네는 **어디**에 있단 말입니까?

'우리가 죽였어요.'라고 저들은 우쭐대며 말합니다…… 신사 및 자웅 동체 배심원 여러분에게 상기시켜 드리고 싶습니다. 여기 이 거대한 괴물은,(검사는 셰이퍼 박사를 가리킨다.) 이전에도 여러 번에 걸쳐 두뇌를 강간한 혐의로 법원에 출두한 바 있습니다…… (배심원석 앞의 난간을 두드리면서 검사의 목소리는 거의 절규에 가까워진다.) 쉽게 말하자면, 신사 여러분, **강제 전두엽 절제술입니다**……"

배심원들은 경악한다…… 한 명이 심장 마비로 그 자리에서 사망한다…… 세 명이 선정적인 절정을 느끼고 꿈틀거리면서 바닥으로 떨어진다.

검사는 극적인 몸짓으로 손가락질한다. "그건 바로 저 남자입니다. 그는 우리 위대한 조국의 영토를 바보들의 세계와 맞닿은 곳으로 변질시켰습니다…… 그가 소유한 거대한 창고에는 도움이 필요한 불쌍한 창조물들이 칸마다 가득 차 있습니다…… 배운 자의 순수한 악의에서 비롯된 냉소적인 경멸을 바탕으로 저 남자는 그들을 '기생충'이라 부릅니다…… 신사 여러분, 클래런스 코위를 막무가내로 살인한 이 사건은 반드시 처벌받아야 합니다! 이 끔찍한 범죄는 최소한 정의 구현은 이루어 달라고 상처 입은 동성애자처럼 소리치고 있습니다!"

흥분한 지네가 법정으로 뛰어 들어온다.

"이런, 저 우라질 놈이 배고픈가 봐." 흑인 중 한 명이 소리친다.

"나, 난 여기서 나가야겠어."

감전된 듯한 공포의 물결이 학회 참석자들을 휩쓴다……
그들은 비명을 지르고 손톱으로 할퀴면서 폭풍같이 법정을 빠
져나간다……

시장

인터존 시의 풍경. 문을 연 바에서 흘러나오는 「세인트루이스 동부여, 안녕」…… 가끔은 크고 분명하게, 또 가끔은 바람 부는 거리를 휘젓다 사라지는 음악처럼 작고 끊기면서…… 이 혼합 도시의 광활하고 조용한 시장에는 인간의 모든 가능성이 펼쳐져 있다.

이슬람 사원의 첨탑, 야자수, 산과 정글…… 느리게 흐르는 강에서는 식인 물고기가 뛰어오르고, 잡초가 무성한 거대한 공원의 잔디 위에는 소년들이 누워서 비밀스러운 내기를 하고 있다. 도시 안에는 잠겨 있는 문이 없다. 누구든 원한다면 언제든지 아무 방에나 들어갈 수 있다. 중국계 경찰청장은 이빨을 쑤시면서 광인의 고발 내용을 듣는다. 때때로 그는 입에서 이쑤시개를 빼서 끝부분을 살핀다. 매끄러운 구릿빛 얼굴의 힙스터들이 문가에 느긋하게 앉아서 금색 목걸이에 달린 쪼그라든 머리를 만지고 있다. 곤충의 초점 없는 침착함을 띠고 있는 그들의 얼굴은 무표정하다.

그들 뒤쪽의 열려 있는 문 너머로는 책상과 칸막이, 바, 부엌, 욕실이 펼쳐져 있고, 일렬로 늘어선 청동 침대와 사방에 널린 1000여 개의 해먹 위에서 성교하는 커플들, 주사를 놓기 위해 준비하는 중독자들, 아편쟁이들, 해시시 중독자들, 먹고 말하면서 목욕하는 사람들이 연기와 증기로 된 안개를 뿜어낸다.

엄청난 판돈을 건 도박이 진행되는 도박판. 자기의 젊음을 늙은 남자에게 잃거나 혹은 상대를 모방하는 라타가 된 도박꾼이 절망적으로 소리치면서 벌떡 일어나기도 한다. 하지만 젊음이나 라타보다 더 중요한 판돈이 있다. 도박에 참여하는 두 사람만이 알고 있는 비밀스러운 판돈.

인터존 시에 있는 집들은 전부 서로 연결돼 있다. (고산지대 출신 몽골인들이 연기 자욱한 문가에서 눈을 깜빡이는) 풀로 엮은 집, 혹은 대나무와 티크 나무로 지은 집, 벽돌과 돌, 붉은 벽돌로 지은 집, 마오리와 남태평양식 집, 나무 위의 집과 강의 보트로 된 집, 한 부족 전체가 살고 있는 30미터 길이의 목조 집, 누더기를 걸치고 깡통 음식으로 연명하는 노인들이 살고 있는, 상자와 함석으로 만든 집, 늪지와 쓰레기장 위쪽으로 60미터 상공에 위험해 보이는 칸막이 방들이 여러 층으로 쌓여 있는 거대하고 녹슨 철제 구조물, 그리고 허공에 매달린 해먹들.

그 누구도 알지 못하는 목표를 세운 탐험대가 아무도 알지 못하는 곳으로 떠난다. 이방인들이 낡은 포장용 나무 상자를 썩은 밧줄로 묶어 만든 뗏목을 타고 도착한다. 이들은 곤충에게 물려서 통통 붓고 감긴 눈을 한 채 정글에서 탈출해 비틀거리며 도착하고, 갈라져 피가 나는 발로 험준한 산길을 걸어 내려와서는 사람들이 벽돌담을 따라 일렬로 앉아 배설하고 독수리들이 생선 대가리를 놓고 싸우는 도시 외곽의 먼지 자욱한 바람을 뚫고 도착한다. 이들은 천을 덧대 꿰맨 낙하산을 타고 공원에 착륙한다…… 이들은 술에 취한 경찰에 이끌려 넓은 공중

화장실로 가서 서류에 등록한다. 등록된 정보들은 대못에 꽂아 두었다가 휴지 대용으로 사용된다.

각종 국가의 음식 냄새가 인터존 시를 가득 채운다. 아편과 해시시 연기, **야헤**에서 피어오르는 고무 수지 같은 붉은 연기, 정글과 소금물, 썩어 가는 강과 말라 버린 배설물, 땀, 성기에서 나는 냄새들.

고산 지대의 플루트와 재즈, 비밥 음악, 현 하나로 이루어진 몽골 악기, 집시의 실로폰, 아프리카의 북, 중동의 백파이프……

폭력의 전염병이 인터존 시를 휩쓸고, 아무도 돌보지 않는 거리의 시체는 독수리들의 먹잇감으로 전락한다. 알비노가 햇빛 아래에서 눈을 깜빡인다. 소년들은 나무에 앉아 나른하게 자위한다. 원인 미상의 질병에 시달리는 사람들은 모든 걸 통달한 사악한 눈으로 행인들을 쳐다본다.

도시의 시장에는 만남의 카페가 있다. 에트루리아의 벽화 제작처럼 이제는 생각조차 할 수 없을 만큼 시대에 뒤떨어진 거래를 하는 사람들, 비(非)합성 마약 중독자, 성분 강화 화합물 판매자, 완전히 습관이 된 나머지 위험천만한 식물 상태의 평온함을 선사하는 마약, 라타 병을 초래하는 액체, 후기 쥐라기에 발명된 불로장생약, 3차 세계 대전의 암시장 상인들, 텔레파시 능력을 수술해 주는 돌팔이 의사들, 영혼의 추나요법 의사, 뻔한 편집증에 걸린 체스 기사가 지적한 위반 사항을 점검하는 사람, 영혼의 끔찍한 할례를 비난하는 내용이 정신 분열적인 속기로 기록된 영장 쪼가리의 집행자, 실체 없는 부서에 속한 관료들, 헌법을 위반하는 경찰국가의 경찰들, 뱅유톳 수술을 완벽하게 연마한 레즈비언 난쟁이, 잠든 정적을 교살하는 폐의 발기, 우주의 생명 에너지가 들어 있는 탱크와 이완 기계의 판매자, 마약 부작용으로 인해 민감해진 세포에 실험해 본 아름다운 꿈과 기억을 날것의 의지와 교환하려는 중개인들, 폐허가 된 도시의 검은 먼지 속에 잠들어 있는 질병의 치료에 특화된 의사들, 인간 숙주의 피부 표면을 향해 천천히 더듬으며 나아가는 눈 없는 기생충의 흰 핏속에 응축된 독성, 해저 바닥과 성충권에 존재하는 질병들, 연구소와 핵전쟁이 만들어 낸 질병들…… 소리 없이 떨리는 진동 속에서 미지의 과거와 불시에 다가온 미래가 서로 만나는 곳…… 살아 있는 사람을 기다리는 유충들……

야헤에 취한 상태에서 쓴 기록[68]

이미지들이 눈송이처럼 느리고 고요하게 떨어진다…… 평온함…… 방어막은 모두 무너졌다…… 모든 것이 자유롭게 드나든다…… 두려움은 전혀 느껴지지 않는다…… 아름다운 푸른빛 물질이 내 속으로 흘러 들어온다…… 남태평양의 가면 같은 태고의 웃는 얼굴이 보인다…… 그 얼굴은 금색이 점점이 뿌려진 청보라색을 띠고 있다……

푸른 벽과 붉은 술이 달린 등으로 장식된 이 방은 근동풍

68　〔원주〕인터존 시와 만남의 카페 부분은 야헤에 취한 상태로 쓰였다…… 야헤, 아야와스카, 필데, 나티마는 '바니스테리옵시스 카아피'라는 학명의 넝쿨 식물을 원주민이 부르는 이름들이다. 이 식물의 원산지는 아마존 지역으로, 빠른 속도로 성장하는 담쟁이의 한 종류이다. 부록의 야헤 설명을 참조할 것.

의 매음굴을 연상시킨다. 내가 흑인으로 변하는 게 느껴진다. 검은색이 조용히 내 피부를 침입한다…… 발작적인 욕정…… 내 다리는 포동포동한 폴리네시아인의 느낌이 난다…… 몸부림치는 은밀한 삶 속에서 모든 게 제자리를 잃고 흔들린다…… 이 방은 근동, 아프리카, 남태평양, 정확히 어디인지 알 순 없지만 그럼에도 익숙한 그 어딘가다…… **야헤**는 시공간의 여행이다…… 이 방은 흔들리고 진동하는 것만 같다…… 흑인, 폴리네시아인, 고산 몽골인, 사막 유목민, 여러 언어를 구사하는 근동인, 인도인, 인식되지 않고 아직 태어나지도 않은 인종들과 같은 다양한 인종의 피와 살이 내 몸을 관통한다…… 이스터섬으로 가는 작은 카누를 타고 태평양을 가로질러 사막과 정글, 산을 건너는 엄청난 여정의 이주……(정체와 죽음이 반복되는 고립된 산속 계곡에서는 사체의 성기에서 풀들이 자라나고 사체 속에서 알을 깨고 태어난 갑각류가 피부를 뚫고 나온다.)

(내 생각에는, 야헤를 할 때 처음 느껴지는 구토감은 **야헤** 상태로 진입하는 여행에서 오는 멀미와도 같다.)

미래를 예견하고, 분실했거나 도둑맞은 물건을 되찾고, 질병을 진단 및 치료하고, 범죄자를 특정하기 위해 인류가 사용해 온 모든 약들.

미국 원주민들(보아스[69] 씨에게 구속복을 입히자(이 분야의 종사자들끼리 하는 농담이다.) 인류학자들이 가장 분노하는 대상

---

69 프란츠 보아스(Franz Boas, 1858~1942). 독일 태생의 미국 인류학자. 미국 인류학에 지대한 영향을 끼친 인물로, 20세기 초 미국과 유럽에서 유행하던 우생학적인 인종 분류 방식에 반대하고 인종적 특성이 생물학이 아닌 후천적, 문화적 결정론에 기인한다고 주장했다.

은 원시인으로, 경멸을 담아 이들을 "우리의 벌거벗은 사촌"이라 부른다.)은 우연한 죽음은 존재하지 않는다고 생각한다. 그들은 자해하는 경향에 익숙하지 않으며 자해 경향이 다른 무엇보다 적대적인 외부의 힘이 조종한 결과라고 믿는다. 따라서 그들이 볼 때 모든 죽음은 곧 타살이다. **야헤**를 흡입한 주술사는 살인자가 누구인지를 알아낼 수 있다. 정글에서 시체를 검사한 후 주술사가 내리는 판결은 당연하게도 부족 사람들에게 불안감을 불러일으킨다.

"히웁투톨이 미쳐서 우리 부족 사람 중 한 명을 지목하지 않았으면 좋겠어요."

"쿠라레를 들이마시고 긴장을 풀어. 이미 한 번 했잖아……"

"그렇지만 만약 그가 **미치면** 어쩌죠? **야헤**를 마셔서 지난 이십 년 동안 제정신일 때가 없었는데요…… 두목, 누구도 저렇게 **야헤**를 많이 하면 안 돼요…… 저건 뇌를 녹인다고요……"

"그러면 그가 주술사의 자격이 없다고 주장하면 돼……"

히웁투톨은 정글에서 비틀거리며 빠져나온 후, 츠피노 저지대 지역의 남자들이 범인이라고 말한다. 이 말에 누구도 놀라지 않는다…… 친애하는 여러분, 늙은 **주술사**의 말을 새겨들으세요. 사람들은 예상 외의 결과를 듣고 싶어 하지 않는다고요……

장례 행렬이 시장을 통과한다. 은으로 세공된 아랍어가 새겨진 검은색 관을 네 명의 상여꾼이 들고 있다. 장송곡을 부르는 위문객 행렬…… 그들 옆에서 클렘과 조디가 또 다른 관을 들고 걷는데, 관에서 갑자기 돼지 시체가 튀어나온다…… 돼지는 중동의 전통 복장 차림새로, 주둥이에는 대마초 파이프가 끼워져 있고 한쪽 발굽에는 야한 사진이 걸려 있고 목에는 **유대교의 글귀**가 걸려 있다…… 관에는 다음과 같이 새겨져 있다. "그는 가장 고귀한 중동인이었다." 그들은 가짜 아랍어로 만든 장송곡을 우스꽝스럽게 부른다.

조디는 중국 경극 흉내를 아주 잘 내서 주위 사람들을 배꼽 잡게 만든다. 신경질적인 복화술사가 사용하는 복화술 인형과도 비슷하다. 실제로 그는 3000명이 죽거나 다친 상하이의 외국인 반대 시위에도 참여했다.

"거티, 일어나. 이 동네의 아시아 놈들에게 경의를 표해 봐."

"**당연히 그래야지.**"

"나는 최고로 끝내주는 발명품을 연구하고 있어…… 네가 사정하자마자, 타는 나뭇잎 냄새와 멀리서 들려오는 기차의 기적 소리를 남기며 사라지는 소년 말이야."

"중력이 없는 곳에서 성관계 해 봤어? 멋진 영적 에너지처럼 정액이 공중에 떠다니고, 여성 관객들은 원죄 없이 잉태하거나 아니면 적어도 간접적으로 임신하게 되지…… 예전에 알고 지내던 친구 생각이 나네. 내가 본 사람 중 가장 잘생기고 가장 미친 녀석이야. 돈을 쫓아다니다가 완전히 망가진 친구지. 파티에서 전문직 여성들에게 정액이 담긴 물총을 쏘곤 했어. 친부 확인 소송에서 모두 이겼지. 자기 정액을 직접 사용한 적은 없거든."

화면이 어두워진다……

"법원에서는 정숙해 주십시오!"

에이제이 측 변호사: "결정적인 검사 결과를 참작할 때 제 의뢰인은, 음, 매력적인 원고가 겪은 사건과, 음, 아무런 관련이 없음을 밝힙니다…… 어쩌면 원고는 제 의뢰인을 허수아비 뚱 쟁이로 내세운 뒤, 성모마리아를 모방해 원죄 없이 잉태하려고 계획했을 겁니다…… 15세기 네덜란드에서 젊은 여성이 나이 지긋하고 존경받는 마법사를 고발한 사건이 있었습니다. 마법 사가 인큐버스[70]를 소환해 해당 여성의, 음, 육체적 비밀을 캐 낸 후 임신이라는 유감스러운 결과로 이어졌다는 게 고발 내용 이었습니다. 결과적으로 마법사는 사건 당시와 이후에 적극적 인 관음을 실행한 공범으로 기소되었습니다. 하지만 신사 배심 원 여러분, 우리는 더 이상 그런, 음, 전설 같은 이야기를 믿지 않습니다. 임신을 인큐버스의 잘못으로 뒤집어씌우는 젊은 여 자는 요즘 같은 계몽의 시대에는 낭만주의자이거나 혹은 직설 적으로 말하자면 빌어먹을 거짓말쟁이에 불과합니다. 헤헤 헤 헤 헤헤……."

이제 예언자의 시간이 다가왔다.

"수백만의 사람들이 진흙 갯벌에서 죽었지. 한 사람만이 겨우 빠져나왔어. '예, 예, 선장님.' 그는 눈을 찡그리고 갑판을 바라보면서 말했지…… 누가 오늘 밤에 배의 사슬을 맬 계획이 지? 맞바람이 불어서 조심해야 한다는 예보가 있어. 순풍이 충 분히 불지 않아서 녹슨 짐들을 운반하기가 쉽지 않을 거야…… **아가씨**들이 이번 계절의 지옥에서 방향키를 조종하고, 나는 흔

70 　잠이 든 사람과 꿈속에서 성관계를 맺는 것으로 알려진 악마의 일종이다.

들리는 베수비오 화산을 낯선 놈들과 함께 오랜 시간 동안 등반
하느라 지쳤어.”

　오리엔트 특급 열차를 타고 여기에서 빠져나가 사방이 뚫
린 장소로 가자. 이 지역에는 광산이 많아…… 매일 조금씩 땅
을 파는 데 시간이 걸려……

　자위하는 유령들이 뼈만 남은 귀에 뜨거운 숨결을 속삭이
고 있어……

　자유를 향한 너의 여정을 시작해.

　“예수?” 사악하고 동성애자같이 생긴 늙은 성자가 돌그릇
에 담긴 재료를 팬케이크 위에 바르면서 비웃는다…… “그 싸
구려 인간 같으니라고! 내가 기적 따위를 행해서 굳이 내 품위
를 떨어뜨릴 필요가 있을까?…… 그 인간은 서커스에나 어울
려……

　‘마크 씨와 마크 씨 부인분, 모두들 앞으로 나오세요, 애들
도 데리고 오세요. 남녀노소, 인간과 짐승 모두 즐길 수 있는 서
커스랍니다…… 세상 단 하나의 적법한 사람의 아들 예수가 한
손으로는 어린 소년의 임질을 치료하고(손으로 만지기만 해도
치료가 가능합니다, 여러분.) 다른 손으로는 대마초를 만들면서,
동시에 물 위를 걷는 기적을 보여 주고 엉덩이에서 와인을 뿜어
내죠…… 여러분, 멀찌감치 떨어지세요. 이 인물이 가진 힘 때
문에 방사선 피폭이 될 수 있으니까요.’

　내가 예수를 알고 지낸 게…… 우리가 소돔에서 모방 공연
(꽤 고급 공연이었지.)을 하던 때가 기억나는군. 꽤 싸구려 도시
였어…… 아주 굶주린 곳이었지…… 포둥크 발인지 뭔지 하는
곳 출신의 빌어먹을 뜨내기 이도교가 나한테 대놓고 호모라고

불렀어. 그래서 내가 말했지. '3000년 동안 공연 사업에 종사하는 내내 나는 한 번도 더러운 짓을 한 적이 없네. 게다가 할례도 받지 않은 쓰레기의 말은 들을 가치도 없어.' ……나중에 그가 대기실로 찾아와 사과하더군…… 알고 보니 그는 유명한 의사였어. 그리고 꽤 괜찮은 사람이기도 했고……

부처? 그는 악명 높은 신진대사 중독자였지…… 원하는 마약을 스스로 생산하는 사람 말이야. 인도에는 시간 관념이 없어서 그 남자는 종종 한 달씩 늦게 나타나곤 했어……'보자, 지금이 두 번째 우기인가 아니면 세 번째인가? 케추포어에서 이런저런 주제로 모임을 열고 싶구나.'

그러면 중독자들은 불교식 가부좌를 틀고 앉아 바닥에 침을 뱉으면서 부처를 기다리지.

부처가 말하지. '나는 이 소리를 들을 필요가 없네. 신에 맹세컨대 나는 나만의 고유한 마약을 만들 수 있지.'

'그건 불가능합니다. 불법 밀주업자를 추적하는 세관원들이 미친 듯이 당신에게 달려들 거예요.'

'나한테 달려들지 않을걸세. 다 방법이 있지. 나는 지금 바로 이 순간부터 빌어먹을 신성한 성인이 될 거네.'

'이런, 엄청난 관점이네요, 두목님.'

'몇몇 사람들은 새 종교를 만들 때 미친 짓을 한다네. 어떻게 해야 하는지 제대로 알지 못해. 품격 없는 사람들 같으니라고…… 게다가 그따위 방법으로는 집단 폭행당할 위험이 커. 다른 사람들보다 자기가 낫다고 떠벌리면서 돌아다니는 사람을 누가 좋아하겠는가? "잭, 도대체 뭐 하는 거야? 다른 사람들 기분 나쁘게 만들려고 그러는 거야?" 그러니 우리는 침착하고 멋지게 행동해야 하네. 알겠나, 침착하고 멋지게…… 하려면 하고 말려면 말라는 식으로 접근하는 게 좋다네. 어디 출신인지도 모를 무명의 싸구려 인물들과 달리 우리는 상대의 영혼에 억지로 뭔가를 강요하지 않아. 정정당당하게 행동하지. 여러 마약을 섞은 혼합 마약을 지은 후 불의 설교[71]를 할 걸세.'

무함마드? 장난해? 그 사람은 메카에 있는 상공회의소가 지어낸 인물이야. 알코올 중독으로 인생을 망친 이집트 출신의 광고 제작자가 일관성 있게 지어낸 이야기라니까.

'거스, 술 한 잔만 더 줘. 그러고 나서 알라의 이름으로 집에 돌아가서 코란의 한 장을 계시받을 거야…… 조간신문이 가판대에 나오면 확인해 봐. 이것저것 섞어 놓은 엄청난 이미지를 내가 만들어 낼 테니까.'

바텐더는 경마 신문에서 고개를 들고선 말하지. '그렇겠죠. 그리고 그들은 고통스러운 최후를 맞이하겠죠.'[72]

'음…… 그러니까…… 당연하지. 수표로 계산하고 싶은데.'

'당신은 이 메카 지역에서 공수표 날리는 걸로 가장 악명 높은 사람이에요. 무함마드 씨, 저는 공수표를 모아 두는 벽이 아니라고요.'

'음, 내가 좋은 의미와 나쁜 의미 모두에서 유명세가 있긴 하지. 나쁜 의미의 유명세를 원하나? 그러면 오늘 밤 이슬람 경전의 한 장을 계시받을 때, 가난한 이들에게 외상을 주지 않는

---

71   부처의 설교 중 하나다.
72   코란에 나오는 구절이다.

바텐더의 이야기도 넣어야겠군.'

'그리고 그들은 고통스러운 최후를 맞이할 것이다. 아라비아를 판 자들.' 바텐더는 바를 뛰어넘는다. '무함마드 씨, 전 더 이상 참을 수 없어요. 코란을 챙겨서 여기서 나가요. 나가는 걸 도와줄게요. 그리고 다시는 오지 마세요.'

'내가 널 단단히 손봐 주지, 이 쓰레기 같은 놈아. 너를 완전히 가둔 다음에 중독자의 엉덩이처럼 바싹 말려 죽일 테니까. 알라께 맹세컨대 이 반도 전체를 바싹 말려 버리겠어.'

'여긴 반도가 아니라 이미 대륙이에요……'

공자의 가르침은 리틀 오드리[73]와 그녀의 털북숭이 개들에게 맡겨 둬. 노자? 노자는 사람들이 이미 긁어 본 복권이야…… 항문 성교를 당한 후 애써 별것 아니라는 듯한 표정을 짓는 불쌍하고 우울한 얼굴의 감상적인 성자들은 이제 지긋지긋해. 왜 늙고 노쇠한 싸구려 인간들이 우리에게 지혜가 무엇인지를 가르쳐 줘야 하지? '3000년 동안 공연 사업에 종사하는 내내 나는 한 번도 더러운 짓을 한 적이 없네……'

길에서 불법 거래를 하면서 상업의 신을 신성 모독한 사람들과 남성 매춘부들이 제일 먼저 감금되었고, 세상의 모든 진실도 이들과 함께 감금되었어. 그러고는 백발의 늙은 놈들이 비틀거리면서 걸어 나와서는 우리에게 자비를 베풀 듯이 자신의 농익은 멍청함을 가르치지. 티베트 산꼭대기마다 숨어 있거나 아마존 움막에서 기어 나오거나 뉴욕 빈민가에 매복하고 있는 흰 수염의 미치광이 늙은이들로부터 자유로워지는 건 절대

73 1950년대 미국의 만화 영화 시리즈에 나오는 캐릭터다.

불가능한 일일까? '젊은이, 자네가 올 줄 알았네.'라고 말하면서 창고에 가득 쌓인 옥수수로 연명하는 늙은이들. '인생이란 모든 학생이 자기만의 교훈을 얻는 학교와도 같네. 이제 나도 나의 언어 창고를 개방하려 하네……'

'그렇게 하기가 매우 두렵습니다.'

'아냐, 그 무엇도 차오르는 조수를 막을 순 없다네.'

'애들아, 나는 이 남자를 막을 수 없겠어. **소브 퀴 페.**'[74]

'그 현자의 곁을 떠날 때 나는 나 자신이 인간 이하로 느껴졌지. 그 현자가 나의 살아 있는 생명 에너지를 죽은 쓰레기로 개종시켰거든.'

성자 중 결국 나만 남았으니 살아 있는 언어를 사용해 볼까? 언어라는 건 직접적으로 표현될 수 없어…… 언어는 어쩌면 호텔 서랍 안에 버려진 물건들처럼 나란히 놓인 모자이크를 통해 간접적으로 의미가 암시되는 것에 가까워. 언어는 부정과 부재를 통해서만 규정되지……

복부 접합 수술을 받을까 생각 중일세…… 내가 비록 늙긴 했어도 아직 성적 매력이 남아 있거든."

(복부 접합 수술은 복부의 지방을 제거하는 동시에 복부의 벽을 접는 외과 수술이다. 이를 통해 살로 된 코르셋 효과를 추구하지만, 이 코르셋은 부서져서 환자의 늙어 빠진 내장을 바닥에 쏟게 만들 확률이 높다…… 물론 날씬하고 모양 좋은 F. C. 유형의 수술이 가장 위험하다. 이 업계에서 가장 위험한 유형의 수술은 하·정(하

---

74 "각자 온 힘을 다해 살아남아라."라는 의미의 프랑스어. 배가 침몰할 때 선장이 선원들에게 건넨 마지막 명령에서 유래한 표현으로, 사람들이 목숨을 걸고 분주하게 움직이거나 도망가는 위험한 상황에서 사용된다.

롯밤 정사)이라는 수술이다. '낙서쟁이'라는 별명을 가진 린드페스트 박사는 직설적으로 말한다. "F. C. 수술을 받은 환자들에게 침대는 가장 위험한 장소입니다." F. C. 수술의 주제가는 「이 모든 사랑스러운 젊은 매력이 내 것이라 믿어 주오」다. F. C. 환자의 배우자는 "사라지는 요정의 선물처럼 당신의 품에서 도망친다.")

백색의 박물관 전시실에는 햇빛을 받아 분홍색으로 빛나는 18미터 높이의 나상들이 잔뜩 진열돼 있다. 청소년들의 엄청난 웅얼거림.

은으로 된 보호 난간…… 반짝이는 햇빛을 향해 아래로 뻗어 있는 300미터 깊이의 갈라진 틈. 양배추와 양상추가 자라는 녹색의 작은 텃밭. 나무 다듬는 도구를 손에 든 갈색 피부의 젊은이들을 하수구 너머로 몰래 훔쳐보는 늙은 동성애자.

"세상에, 저 애들은 인분을 비료로 쓰는지 궁금하네…… 어쩌면 지금 당장 그렇게 할지도 모르겠어."

그가 값비싼 진주로 만든 오페라 안경을 반대로 뒤집자, 안경이 햇빛을 받아 아스테카 문명의 모자이크를 만들어 낸다.

그리스 청년들이 길게 줄을 서서는 대변이 든 돌단지를 들고 행진해 내용물을 퇴적암 구멍에 쏟는다.

붉은 벽돌로 된 황소 광장에 서 있는 먼지 낀 미루나무들이 오후의 바람에 흔들린다.

온천 주위를 둘러싼 목재 칸막이…… 작은 미루나무 숲속에 남아 있는 망가진 벽의 잔해……자위하던 수많은 소년들로 인해 금속처럼 매끈하게 닳아 버린 벤치들.

대리석처럼 흰 피부의 그리스 청년이 거대한 황금 사원의 베란다에서 후배위 성교를 하고 있다…… 나체의 머그웜프가 류트를 연주한다.

붉은색 스웨터를 입고 길을 따라 내려오다가, 선착장 관리인의 아들 새미가 두 명의 멕시코인과 함께 있는 것을 보았다.

"헤이, 날씬이. 한번 잘까?"

"음…… 좋아."

망가진 밀짚 매트리스 위에 엎드려 있는 새미를 멕시코인이 자기 쪽으로 당겼다. 흑인 소년이 박자에 맞춰 춤추면서 그들 주위를 돈다…… 조그마한 구멍 사이로 통과한 햇빛이 분홍색 점이 되어 그의 성기를 비춘다.

꼭대기가 평평한 단단한 산들이 부서진 하늘과 충돌하는 연한 푸른색 지평선이 무색할 정도로 강렬한 분홍빛 황무지가 펼쳐져 있다.

"다 괜찮아." 당신을 통해 신은 3000년 동안 녹슨 가슴의 응어리를 내지른다……

우박처럼 쏟아지는 크리스털 해골이 온실을 산산이 부숴 겨울의 달 아래 은색의 잔해를 남긴다……

세인트루이스의 눅눅한 정원 모임에서 한 미국 여성이 독약 한 모금을 남기고 떠났다.

폐허가 된 프랑스풍 정원 안의 수영장이 끈적이는 녹색 액체로 덮여 있다. 거대한 개구리가 물속에서 천천히 솟아오르더니 진흙 둑에 앉아 클라비코드를 연주한다.

솔루비가 술집으로 뛰어 들어오더니 콧기름으로 성자의 신발을 닦기 시작한다…… 성자는 심술궂은 표정으로 그의 입을 차 버린다. 솔루비가 비명을 지르면서 몸을 돌리더니 성자의 바지에 변을 보고는 거리로 뛰쳐나간다. 포주가 생각에 잠긴 눈으로 그의 뒷모습을 바라본다……

성자가 술집 주인을 부른다. "세상에, 앨, 도대체 이 역겨운 술집은 관리를 어떻게 하는 거야? 새로 산 물고기 비늘 **바지**가…….'

"성자님, 죄송합니다. 잡으려고 했는데 미꾸라지처럼 들어왔어요."

(솔루비는 비굴한 사악함으로 널리 알려진 중동 지역의 불가촉천민 계층이다. 고급 카페에서는 솔루비들을 비치한 후, 손님들이 식사하는 동안 의자에 난 구멍으로 항문을 핥게 한다. 극도의 수치와 멸시를 원하는 사람들(요즘에는 많은 이들이 이를 기꺼이 원한다.)은 수동적인 동성애 관계를 위해 솔루비가 살고 있는 지역으로 가서 스스로를 바친다…… 세상 어떤 것과도 비교할 수 없는 경험이라고들 말한다…… 실제로 솔루비는 부자가 된 후 건방져져서 원래 타고난 사악함을 잃어버리는 경우도 많다. 이 불가촉천민 계층의 기원은 무엇인가? 아마도 몰락한 사제 계층일 것이다. 실제로 불가촉천민은 인간 모두의 사악함을 스스로 체화한다는 점에서 사제의 역할을 실행한다.)

검은 망토를 두르고 어깨에는 독수리 한 마리를 얹은 채로 에이제이가 시장을 거닌다. 그러다가 중개인들이 모여 있는 탁자 옆에 선다.

"이 얘기 한번 들어 봐. 로스앤젤레스에 사는 열다섯 살 남자애 얘기야. 걔 아버지가 이제 걔도 성 경험을 해 봐야 할 때라고 생각했대. 남자애가 잔디밭에 누워 만화를 읽고 있는데 아버지가 나와서 말했지. '아들, 여기 20달러를 줄 테니 마음에 드는 창녀한테 가서 엉덩이를 한번 맛봐라.'

그래서 부자는 차를 몰고 값비싼 술집에 갔고 아버지가 말했어. '좋아. 아들, 이제 혼자 해 봐. 초인종을 누르고 여자가 나오면 20달러를 건넨 후 엉덩이를 원한다고 말해.'

'알았어요, 아빠.'

십오 분이 지난 후 남자애가 나왔어.

'아들, 엉덩이 맛 좀 봤어?'

'네. 어떤 여자가 나와서 그 여자에게 엉덩이를 원한다고 말하고는 20달러를 췄어요. 그 여자 방으로 올라가서 여자가 옷을 벗었죠. 그래서 난 칼을 꺼내서 엉덩이 살점을 크게 잘랐더니 막 화를 내더라고요. 그래서 신발을 벗어서 미친 듯이 여자를 때리고는 재미 삼아 덮쳤어요.'"

즐겁게 웃던 뼈만 남고, 살은 새벽바람에 실려 오는 기적 소리와 함께 언덕 너머로 멀리 사라진다. 우리도 문제를 모르는 건 아니다. 그리고 거주지에 대한 유권자들의 요구 역시 잊지 않고 있다. 누가 구십구 년 동안 맺은 뇌신경의 임대 계약을 깰 수 있단 말인가?

똥구멍 일병이라는 별명을 가진 클렘 스나이드의 모험 중 또 하나의 이야기. "술집에 들어갔더니 여자 매춘부가 바에 앉아 있어서 '**고급 창녀구나.**'라고 생각했지. 그 여자를 만난 적이 있는 것 같았어. 그래서 처음에는 신경 쓰지 않다가 자세히 보니, 이 여자가 두 다리를 서로 비비면서 발을 머리 위로 올리는 거야. 그러더니 다리를 아래로 거칠게 내려서는 코에 끼워져 있는 기구로 질을 세정하더군. 너무 대놓고 해서 못 본 척할 수가 없더라니까.”

　중국인과 흑인 피가 반반 섞인 아이리스는 십오 분마다 한 대씩 맞아야 할 정도로 모르핀에 중독되었고, 이러한 이유로 투약기와 바늘을 아예 몸의 구석구석에 꽂아 둔 채 지낸다. 그녀의 말라비틀어진 살에 꽂힌 바늘의 녹이 관절 이곳저곳에 퍼지더니 결국 녹갈색 부드러운 물혹이 생겨났다. 그녀 앞에 있는 탁자에는 차를 끓이는 사모바르 주전자와 갈색 설탕이 담긴 20파운드의 바구니가 놓여 있다. 아이리스가 차와 설탕 이외의 다른 음식을 먹는 걸 본 사람은 없다. 남의 말을 듣거나 혹은 그녀가 남에게 말하는 유일한 시간은 마약을 맞기 바로 직전이다. 그 외에는 의미 없는 사실들을 혼자 중얼거린다.

　“내 항문이 막히고 있어.”

　“내 성기에서 끔찍한 녹색 체액이 나와.”

　아이리스는 벤웨이 박사가 실행한 여러 실험 중 하나다. “인간의 육체는 빌어먹을 당으로만 버틸 수 있습니다…… 천재적인 제 작업을 깎아내리려는 지식인 동료들이 제가 아이리스의 설탕에 비타민과 단백질을 몰래 주입한다고 주장한다는 걸 잘 알고 있어요…… 이 이름 모를 나쁜 놈들에게 자기네 화장실에서 기어 나와 아이리스의 설탕과 차를 분석해 보라고 얘기하고 싶습니다. 아이리스는 정직하고 건강한 미국 여자예요. 그녀가 정액으로 영양분을 보충한다는 주장을 저는 절대적으로 부인합니다. 그리고 이 기회를 빌려 말하고 싶습니다. 저는 존경받는 과학자이지, 사기꾼이나 미친 사람 혹은 가짜 기적을 행하는 사람이 아닙니다…… 저는 아이리스가 광합성 에너지로 연명할 수 있다고 주장한 적이 없습니다…… 그녀가 이산

화탄소를 들이마시고 산소를 내뱉는다는 말도 한 적이 없어요. 솔직히 말하면 실험해 보고 싶은 욕구도 없진 않았지만, 의사로서의 제 직업 윤리를 따라 당연히 절제했습니다…… 결론적으로, 징그러운 제 적수들의 악독한 비방은 결국에는 그들 자신에게 되돌아갈 것이고 전서구 비둘기처럼 계속 그들 곁에 머물 것입니다."

평범한 남녀

시장이 내려다보이는 발코니에서 국민당의 오찬이 열린다. 시가와 스카치, 예의 바른 트림…… 무릎까지 내려오는 긴 로브를 입은 당 대표가 시가와 스카치를 들고 발코니를 돌아다닌다. 그는 값비싼 영국제 신발과 화려한 색의 양말, 그리고 양말대님을 착용하고 근육질의 털 많은 다리를 자랑한다. 전체적으로, 성공한 깡패가 여장한 것 같은 느낌을 준다.

당 대표: (극적인 몸짓으로 가리키며) "저기 좀 보게. 뭐가 보이는가?"

중위: "네? 아, 시장이 보입니다."

당 대표: "아니야. 시장이 아니라 남녀가 보이지. 평범한 일상의 업무를 처리하는 **평범한** 남녀. 평범한 삶을 영위하면서. 저게 바로 우리가 필요로 하는 거야……"

거리의 소년이 발코니 난간을 잡고 기어오른다.

중위: "여기서 중고 콘돔 팔 생각은 하지도 마! 꺼져!"

당 대표: "잠깐! 얘야 들어와 앉아라…… 시가 한 대 피울래?…… 술도 한잔 마시렴." 그는 흥분한 수컷 고양이처럼 소년 주위를 맴돈다.

당 대표: "프랑스인들에 대해 어떻게 생각하니?"

“네?”

당 대표: “프랑스인 말이야. 너희의 피를 산 채로 빨아먹는 제국주의 놈들.”

“저기, 선생님. 제 피를 빨려면 200프랑 내셔야 해요. 우역이 돌아 북유럽인들을 포함한 여행객들 모두가 죽었던 해 이후로 한 번도 가격을 내린 적이 없어요.”

당 대표: “봤지? 정말로 거친 거리의 소년이란 바로 이런 거라고.”

중위: “정확히 잘 고르셨네요, 대표님.”

“대표님은 절대로 실수하시지 않습니다.”

당 대표: “얘야, 이렇게 말해 볼게. 프랑스인들은 너의 타고난 권리를 빼앗아 갔어.”

“친절한 재무팀처럼요? 그 사람들은 이빨이 다 빠진 이집트 고자에게 일을 맡겼어요. 그들 생각에는 고자를 내세우면 사람들의 저항이 덜할 거라 여긴 거죠. 그 남자는 늘 바지를 내려 자기 상태를 사람들에게 보여 주곤 했어요. ‘나는 매일 똑같은 일을 반복하는 불쌍한 늙은 고자일 뿐이오. 숙녀 여러분, 인공 신장 담보 대출 기한을 나도 늘려 주고는 싶지만 내가 할 수 있는 일이라고는…… 얘들아, 저 여자의 투석용 줄을 끊어 버려.’ 그는 잇몸을 드러내면서 허약하게 으르렁거리죠…… ‘괜히 내가 압류의 왕 넬리라 불리는 게 아니지.’

그래서 그들은 우리 엄마의 줄도 끊어 버렸죠. 성자 같은 여자였는데. 엄마는 퉁퉁 붓고 검게 변했고, 시장 전체에 지린내가 진동했죠. 이웃들은 질병관리청에 항의했고 아빠는 이렇게 말했어요. ‘이건 알라의 뜻이다. 밑 빠진 독에 물 붓듯 내 돈

을 더 이상 엄마에게 쏟아부을 수 없어.'

　　환자들은 나를 경멸해요. 전립선암에 걸렸거나 아니면 썩어 가는 충격에서 화농성 분비물이 나온다고 말하는 사람들에게 나는 이렇게 대답하죠. '내가 당신의 끔찍한 상태에 관심이라도 있을 것 같은가요? 난 전혀 관심 없거든요.'"

　　당 대표: "알겠다. 그만하자…… 너는 프랑스인들을 증오하지?"

　　"선생님, 저는 인간들 전부를 증오해요. 벤웨이 박사에 따르면 이건 신진대사의 일부래요. 이런 경향이 제 핏속에 흐르는 거죠…… 중동인들과 미국인들이 특히 그런 편이래요…… 벤웨이 박사가 치료제를 만들고 있어요."

　　당 대표: "벤웨이는 서구에서 보낸 간첩이야."

　　중위 1: "미쳐 날뛰는 유대계 프랑스인……"

　　중위 2: "돼지 불알을 달고 엉덩이는 시꺼먼 공산주의자 유대인 검둥이."

　　당 대표: "이 바보들아, 입 닥쳐."

　　중위 2: "대장님, 죄송합니다. 코딱지만 한 방에 갇혀 근무한 뒤로 상태가 이렇습니다."

　　당 대표: "벤웨이에게 접근하지 말도록." (방백: "이게 제대로 기록될지 모르겠습니다. 그들은 진짜로 원시적이거든요……") "이건 기밀 사항인데, 벤웨이는 사실 흑마술사야."

　　중위 1: "그는 이슬람의 영적 존재를 조종합니다."

　　"저기요…… 난 상류층 미국인 고객과 데이트 약속이 있거든요. 진짜 교양 넘치는 사람이죠."

　　당 대표: "외국의 못된 놈들에게 엉덩이를 파는 건 수치스

러운 일이라는 걸 모르니?"

"흠, 그건 관점의 차이죠. 즐거운 하루 되세요."

당 대표: "너도."

소년이 퇴장한다.

당 대표: "민중은 가망이 없어. 가망이 없다고."

중위 1: "벤웨이가 만든다는 치료제는 어떤 겁니까?"

당 대표: "나도 모르네. 하지만 불길할 것 같아. 벤웨이에게 초능력 기기를 달아 그의 움직임을 주시하는 게 좋겠어. 신뢰할 수 없는 사람이야. 무슨 짓이든 저지를 수 있어…… 대학살을 광란의 난교 파티로 바꿀 수도 있는 사람이야."

중위 1: "혹은 대학살을 어이없는 장난으로 바꿀 수도 있습니다."

당 대표: "정확해. 예술가 유형의 사람들에게…… 원칙 따위 없지……"

미국인 주부: (세제 상자를 열면서) "세제 상자에 자동 눈이 달려 있으면 좋겠어요. 그래서 내가 쳐다보기만 해도 상자가 저절로 열려서 자동화 가사 로봇에게 세제가 전달되고 물에 저절로 풀렸으면 좋겠어요…… 가사 로봇이 목요일부터 말썽이에요. 나한테 자꾸 덤벼드는데 그런 명령을 입력한 적이 없거든요…… 그리고 쓰레기 자동 처리기는 나한테 화만 내고, 오래된 말썽꾸러기 믹서기는 자꾸만 내 치마 안으로 들어가려고 해요…… 최악의 감기에 걸렸고 변비로 대장이 꽉 막혔어요…… 가사 로봇에게 명령을 입력해서 관장을 좀 받아야겠어요."

판매원: (소심한 사람과 그를 모방하는 적극적인 라타 사이의 어디쯤 위치하는 인물) "도구 판매 업계에서 가장 창의적인 사람인 K. E.와 여행하던 때가 기억나네요.

'이거 어때!' 그는 손가락을 튕기며 말하죠. '크림 분리기를 모든 가정집 부엌에 하나씩 보급하는 거야!'

'생각만 해도 황홀하다.'

'오 년, 어쩌면 십 년, 아니 어쩌면 이십 년 후에나 가능한 일이겠지…… 하지만 언젠가는 그렇게 될 거야.'

'그때까지 기다릴 수 있어. 아무리 오래 걸려도 그때까지 기다릴 수 있다고. 판매 우선순위를 배분할 때 내가 제일 먼저 앞장설 거야.'

K. E.는 마사지 가게, 이발관, 터키 목욕탕에 '문어발' 세트를 판매했죠. 이 세트는 관장, 비윤리적 마사지, 머리 감겨 주기를 실행하는 동시에 고객의 발톱을 잘라 주고 피지를 제거해 줍니다. 그리고 바쁜 의사를 위한 '의사도 할 수 있어' 세트는 맹장 수술, 탈장 수술, 사랑니 발치, 치핵 절제술, 포경 수술을 해 줍니다. K. E.는 엄청난 판매원이어서 만약 문어발 세트가 소진되면 의사도 할 수 있어 세트를 이발관에 팔 정도였죠. 물론 머리를 깎으러 온 누군가는 잠에서 깨어 보니 치핵이 절제되었을 수도 있지만요……

'세상에, 호머, 도대체 어떤 변태 업장을 운영하는 건가? 내가 윤간을 당했어.'

'아 이런, 싸이, 다가오는 추수감사절에 감사한 마음을 담아 손님들에게 무료 관장 행사를 해 주려 했었는데, K. E.가 이번에도 엉뚱한 세트를 팔았나 봐……'"

남성 매춘부: "이 업계에서 일하려면 이런 일까지 참아야 한다니, 젠장! 내가 받은 제안이 뭔지 알면 어이가 없을걸요…… 그들은 나더러 라타 흉내를 내라 하고, 내 세포 속까지 침투하려 하고, 복제를 원하고, 내 영적 에너지를 빨아들이려 하고, 내 과거를 점령한 후 역겹고 오래된 기억을 심어 두려고 해요……

어떤 사람과 성행위를 하면서 생각했죠. '드디어 이성애자 남자군.' 하지만 그는 절정에 도달한 후 끔찍한 투덜이가 되더라고요…… 내가 말했죠. '이봐, 내가 매번 이런 취급을 당할 이유가 없어…… 동네 마트에나 가서 해결하라고.' 어떤 사람들은 품위라고는 찾아볼 수 없어요. 끔찍한 늙은이가 텔레파시를 보낸답시고 주저앉아서는 건조한 자기 몸에 크림을 바르는 꼴이라니. 정말 추해요."

카자흐스탄 기병대가 미친 듯이 울부짖는 백파이프를 배경 삼아 저항군을 처형하는 소련 연방의 경계 지역으로 젊은 부랑자들이 당황하면서 끌려가고, 또 다른 젊은이들은 뉴욕 5번가를 행진하다 천국으로 가는 열쇠들을 끈 없이 주머니에 넣고 다니는 지미 워크오버와 마주친다……

예쁜 동성애자가 왜 이렇게 창백하게 시들어 가는가? 녹슨 깡통에서 나는 죽은 거머리 냄새가 살아 있는 상처에 안착해서는 예수의 몸과 피와 뼈를 빨아먹고 허리 아래쪽을 마비시킨다.

너랑 원조 교제하고 있는 늙은 남자에게 승복해. 그는 이미 삼 년 전에 시험을 봐서 정답을 다 알고 있고 월드 시리즈 결과도 조작할 수 있거든.

미숙아 송아지 밀매상들이 임신한 암소가 새끼 낳는 장면을 구경하러 따라간다. **임신 증후군**을 앓는 농부는 비명을 지르며 소똥 위에서 뒹군다. 수의사는 소의 머리를 잡고 씨름한다. 밀매상들이 서로 총으로 쏴 대기 시작하더니, 농장의 기계들과 곡식 창고, 보관함, 건초 창고, 붉은색의 큰 헛간에 딸린 여물통들 사이로 도망간다. 농장 일손을 돕는 소년은 경건하게 무릎 꿇는다. 맥박 치는 그의 목이 태양 아래 드러난다.

중독자들은 법원 앞 계단에 앉아 마약 판매상을 기다린다. 검은 모자에 물 빠진 리바이스 청바지를 입은 가난한 백인들이 흑인 소년을 낡은 철제 가로등에 묶고는 불타는 휘발유를 소년의 몸에 뿌린다…… 중독자들이 달려 나가서는 살이 타는 연기를 그들의 병든 폐 속으로 깊이 들이마신다…… 그러고는 편안함을 느낀다……

군청 직원: "그래서 내가 창녀촌에 있는 제드의 가게 앞에서 있었지. 내 고추는 리바이스 청바지 안에서 소나무처럼 빳빳하게 서서는 태양 아래에서 요동치고 있었단 말이야…… 그런데 의사인 스크랜턴이 지나가더군. 좋은 사람이지. 이 계곡 마을에서 스크랜턴보다 나은 사람은 없어. 그는 직장이 삐져나온 상태라 누구랑 자고 싶을 때면 90센티미터 길이의 내-애-장이 삐져나온 엉덩이를 들이댄다고…… 맘만 먹으면 스크랜턴은 자기 병원에서부터 로이의 맥줏집까지 내장을 늘어뜨릴 수도 있을걸. 그 내장은 눈먼 벌레처럼 고추를 찾아 더듬거릴 거야…… 여하튼 스크랜턴이 내 고추를 보더니 사냥감을 찾은 사냥개처럼 멈춰 서서는 말했지. '루크, 여기서도 자네의 맥박

이 느껴질 정도라네.'"

브루벡과 영 수어드는 돼지 거세기를 들고 싸우면서 헛간과 사육장, 강아지들이 낑낑거리는 개집을 지나친다…… 콧소리를 내는 말들이 크고 누런 이빨을 드러내고, 소들이 울고, 개들이 울부짖고, 짝짓기하는 고양이들이 아기처럼 울어 대고, 거대 돼지들이 사는 돼지우리에서 돼지들이 털을 곤두세우며 야유를 퍼붓는다. 머리가 이상한 자 브루벡은 영 수어드의 칼 아래 쓰러지면서 20센티미터 길이의 상처에서 터져 나오는 푸른빛의 내장을 움켜쥔다. 영 수어드는 브루벡의 성기를 자른 후, 매연으로 자욱한 장밋빛의 일출 아래 맥동하는 그것을 높이 쳐든다……

브루벡이 소리친다…… 지하철의 브레이크 장치가 오존을 내뿜는다……

"여러분, 물러서세요…… 물러서라니까요."

"누군가가 그 사람을 미는 걸 봤대요."

"앞이 잘 안 보이는 것처럼 불안하게 걷고 있었어요."

"눈에 매연이 들어갔나 보죠."

레즈비언 가정 교사인 메리가 술집 바닥의 피 묻은 생리대를 밟고 넘어졌다…… 136킬로그램이나 나가는 남성 동성애자가 역겨운 콧노래를 부르며 그녀를 밟아 죽인다.

끔찍한 가성으로 그는 노래한다.

그는 분노의 포도가 저장된 포도주 저장소를 짓밟는다,

그는 끔찍하고 신속한 자신의 칼이 뿜어내는 운명의 번개를 방출했다.

그는 금박 입힌 나무칼을 뽑아 허공에 대고 휘두른다. 그가 입고 있던 코르셋이 터지더니 다트판을 향해 빠른 속도로 날아간다.

투우사의 낡은 칼이 투우장으로 뛰어내린 **충동적인 관객**의 뼈를 치더니 그의 심장을 한방에 찌르고, 관객의 어설픈 용기를 관객석에 꽂아 버린다.

"한 우아한 동성애자가 텍사스의 창녀촌에서 지내다가 뉴욕으로 왔지. 그는 내가 만나 본 동성애자 중 최고로 우아해. 어린 동성애자들을 노리는 나이 든 여자들이 그를 채갔어. 너무 약하고 느려서 다른 먹잇감을 찾을 수 없는 이빨 빠진 늙은 포식자들 말이야. 늙고 좀먹은 암사자들은 백이면 백 동성애자를 노리는 사냥꾼으로 변하지…… 예술적 감각을 갖춘 이 동성애자는 모조 장신구와 보석 세트를 만들기 시작했어. 뉴욕 근교의 나이 든 부자 마나님들은 하나같이 그의 보석 세트를 원했고, 그는 21, 엘 모로코, 스토크[75]를 휩쓸면서 돈을 그러모았지. 하지만 성관계를 할 시간이 부족하기도 했고, 자기 명성에 흠집이 날까 봐 늘 노심초사했어…… 그러더니 경마에 돈을 걸기 시작하더군. 어쩌면 도박이 남성적인 활동이라고 생각했나 보지. 누가 알겠어. 경마장에 자주 모습을 보이는 게 자신을 돋보이게 할 거라는 계산이었겠지. 경마 도박을 하는 동성애자는 그리 많지도 않고, 한다 해도 평균보다 손해를 보는 경우가 많아. 그들은 돈을 잃을 때는 미친 듯이 돈을 쏟아붓고 딸 때는 엄

75 세 장소 모두 당시 유명했던 뉴욕시의 나이트클럽이다.

청나게 조심하는, 한마디로 실력 없는 도박꾼들이야…… 그게 그 사람들의 방식이지…… 삼척동자도 아는 도박의 규칙이 있어. 따고 잃는 건 흐름이 있으니, 딸 때 확 덤비고 잃을 때 빠져라. (내가 알고 지내던 동성애자는 공금을 횡령해 도박했다. 한 방에 정확히 2000달러를 다 걸어서 왕창 따든가 아니면 감옥에 가든가. 나의 친구 거티는 그렇게 하지 않았다…… 아 안 돼, 매번 2 카드만 나오잖아……)

그래서 그는 계속 잃고 잃고 또 잃었지. 그러던 어느 날, 보석 세트에 돌을 박아 넣는 뻔한 상황이 벌어졌어…… '당연히 나중에 보석으로 바꿔 넣을 거야.' 도박꾼들이 으레 하는 유명한 마지막 한마디지. 그래서 겨우내 **상류사회**에 납품하는 다이아몬드, 에메랄드, 진주, 루비, 별무늬 사파이어는 하나씩 차례대로 저당 잡히고 이상한 복제품으로 대체되었지……

메트로폴리탄 미술관의 개관식에서 한 나이 든 할망구가 빛나 보이려고 다이아몬드로 장식된 왕관을 쓰고 나타났어. 다른 늙은 할망구가 다가와서는 말했지. '오 미글스 부인, 보석 진품을 집에 두고 오다니, 정말 현명하시네요…… 진짜 보석을 달고 다니는 건 운명을 시험하는 미친 짓이죠.'

'뭔가 오해하셨나 본데, 이건 진품이에요.'

'미글스 부인, 그건 진품이 **아니에요**…… 보석상에게 문의해 보세요…… **아무나** 잡고 물어보세요. 하하하.'

그래서 사바스가 급히 호출되었지. (루시 브래드싱클, 자기 에메랄드도 한번 확인해 봐.) 할망구들은 한센병에 걸렸을까 봐 자기 몸을 꼼꼼히 살펴보는 사람처럼 보석을 검사했어.

'닭피 색깔의 내 루비!'

‘검은 내 오팔!’ 어떤 여자는 너무 많은 수의 외국 놈팡이들과 너무 여러 번 결혼한 나머지 자기의 원래 억양도 제대로 구별해 내지 못할 정도였어……

‘내 블무늬 사파이어!’ 그 **고급 창녀** 같은 여자가 외쳤어. ‘세상에, 너무 끔찍해!’

‘모두 울워스에서 구매한 정품인데……’

‘해야 할 일은 딱 한 가지예요. 경찰을 부르겠어요.’ 기 세고 목소리 큰 늙은이가 말하더니, 낮은 굽 구두를 신고 쿵쿵거리면서 홀을 가로질러 가서 경찰을 불렀어.

그 동성애자는 결국 운이 다했지. 감옥에 들어가서는 잡범 사기꾼을 만나 사랑 혹은 그 비슷한 감정을 느끼게 되고, 주변 사람들을 납득시켰어. 뒷이야기를 계속해 보자면, 그들은 동시에 감옥에서 출소해 로어 이스트 사이드 지역에 아파트를 얻었어…… 집밥도 해 먹으면서 둘 다 합법적인 평범한 일들을 했지…… 이런 식으로 짐과 브래드는 난생처음 행복이라는 걸 경험했어.

악마의 힘이 등장했어…… 루시 브래드싱클이 나타나서는 모든 걸 용서한다고 말했지. 브래드를 여전히 믿고 있고, 그에게 가게를 차려 주겠다고 제안했어. 물론 브래드가 이스트 60번가로 이사 간다는 전제하에 말이야…… ‘자기야, 여기는 사람 살 곳이 아니야. 그리고 자기 **친구**는……’ 한편 은퇴한 깡패들이 짐을 운전기사로 고용하고 싶어 했어. 이건 일종의 발전인 거지, 이해돼? 그를 잘 모르는 사람들이 그를 원하는 거니까.

짐은 다시 범죄자가 될까? 브래드는 탐욕스러운 주둥이를

가진 나이 든 흡혈귀의 감언에 넘어가게 될까?…… 당연하게
도 악마의 힘은 패배하고, 불길한 신음 소리와 중얼거림을 남
기면서 사라지지.

'내 상사가 싫어할 텐데.'

'내가 왜 너한테 시간을 낭비했는지 모르겠어, 이 천박한
싸구려 동성애자야.'

두 청년은 서로의 허리를 감싼 채 아파트 창문에 서서 브
루클린 다리를 바라봤어. 따뜻한 봄바람이 짐의 검은 곱슬머리
와 브래드의 얇은 적갈색 머리를 흩뜨렸지.

'브래드, 오늘 저녁 메뉴는 뭐야?'

'저쪽 방에 가서 기다려.' 브래드는 장난스럽게 짐을 부엌
에서 쫓아내고 앞치마를 걸쳤어.

저녁은 **살짝 구운** 루시 브래드싱클의 성기에 생리대로 만
든 **나비** 장식이었지. 청년들은 서로의 눈을 바라보면서 행복하
게 식사했어. 턱에서 피가 흘러내리는 채로."

화염이 도시를 집어삼키는 동안 새벽이 푸른색으로 밝아
온다…… 뒷마당의 과일은 모두 사라지고, 큰 잿더미 구멍에서
는 천에 덮인 시체들이 모습을 드러낸다……

"티퍼레리로 가는 길을 알려 주실 수 있나요?"

언덕을 넘어 저 멀리 푸른 잔디를 향해 떠나고…… 비료가
뿌려진 잔디를 지나 얼어붙은 연못으로 향한다. 그곳에는 봄이
면 찾아오는 인디언에게 영혼을 판 남자를 가만히 기다리고 있
는 금붕어가 살고 있다.

해골이 비명을 지르면서 뒷계단을 올라가서는, 아내의 귓

병을 기회 삼아 불편한 일을 저지르려는 문제투성이 남편의 성기를 물어뜯는다. 젊은 초짜 선원이 방수 모자를 쓰고 샤워실에서 아내를 때려죽인다……

벤웨이 박사: "너무 자책하지 말게…… **누구나 작은 실수는 하는 법이니까.**"

셰이퍼 박사: "이 기분을 떨쳐 버릴 수가 없어요…… 이 악의 기운 말이에요."

벤웨이 박사: "허튼소리 말게…… 우리는 과학자야…… 진짜 과학자. 객관적인 연구를 하고, '잠깐만, 이건 너무 심해요!'라고 울부짖는 사람은 무시하지. 그런 종류의 사람들은 파티를 망치는 인간들과 다를 바 없다고."

셰이퍼 박사: "네네, 지당한 말씀입니다…… 하지만…… 악취가 폐에서 없어지질 않아요."

벤웨이 박사: (짜증 난 목소리로) "우리 중에…… 조금이라도 비슷한 냄새를 맡은 사람이 없어…… 내가 무슨 얘길 하고 있었지? 아 맞아. 급성 정신병에 걸린 사람을 철제 인공호흡기에 넣고 쿠라레 독을 처방하면 어떤 결과가 나올까? 해당 환자는 몸을 움직여 긴장을 해소할 수 없을 테니 결국 정글의 쥐처럼 그 자리에서 곧바로 쓰러질 거야. 흥미로운 사망 원인이지, 안 그런가?"

셰이퍼 박사는 듣고 있지 않다. 충동적으로 그가 말한다. "저는 평범한 옛날 방식의 수술로 돌아갈까 생각 중입니다. 인간의 육체는 너무도 비효율적이에요. 입과 항문 두 개가 망가지는 것보다는 먹고 분비하는 다목적 구멍이 한 개만 있으면 더

좋잖아요? 코와 입을 막고 위를 채운 후, 폐에 직접 구멍을 뚫는 거죠. 원래 인간은 처음부터 이런 구멍이 필요했다고요……"

벤웨이 박사: "아예 인간 몸을 하나의 큰 다목적 물주머니로 만들지그래? 항문에게 말하는 법을 가르친 남자 이야기를 내가 했던가? 그 남자의 복부 전체가 위아래로 움직이면서 방귀처럼 단어를 뱉어내는 거지. 이해되나? 난생처음 들어 본 이야기야. 말하는 항문은 장에 일종의 신호를 보내. 마치 화장실에 가고 싶은 신호처럼 아랫배 쪽에 신호가 와. 대장에 쿡쿡 찌르는 신호가 오면서 안쪽이 약간 싸해지는 그 느낌 있잖는가. 당장 화장실에 가서 배설해야 하는 그 느낌 말일세. 이 말하는 항문도 똑같이 아랫배를 자극하면서 부글거리면서 고여 있는 탁한 소리를 내지. 실제로 냄새가 나는 소리야.

이 남자는 축제에 참여하기로 계획했어. 말하는 항문은 참신한 복화술과 같으니까. 처음에는 굉장히 재미있었어. 그는 「오래된 것이 좋아」라는 노래를 준비했는데, 진짜 웃겼다니까. 내용은 거의 기억나지 않지만 정말 영리한 공연이었어. '오, 영감님, 아직 거기 아래쪽에 있죠?'라고 항문에게 말을 거는, 그런 식이었지.

'아냐! 나는 곧 배설할 거야.'

얼마 지나지 않아 항문이 자기 혼자 말하기 시작했지. 남자가 준비도 없이 공연에 들어가면 항문이 즉흥적으로 대사를 지어내서 그에게 농담을 건넸어.

그러다가 일종의 이빨같이 거칠고 안쪽으로 휜 갈고리가 항문에 생기더니 그것이 밥을 먹기 시작하더군. 남자는 처음에는 귀엽다고 생각해서 이걸 공연 주제로도 삼았지만, 항문이 바지를 먹어 치운 후 길거리에서 평등한 권리를 원한다고 외치기 시작했어. 심지어 술에 취해서는 다들 싫어하는 술주정을 부리면서 울고, 다른 입들처럼 자기도 키스받기를 원했어. 결국 항문이 밤낮을 가리지 않고 말하기 시작했지. 그 남자가 항문에게 입 닥치라고 소리 지르는 게 몇 블록 떨어진 곳에서도 들렸고, 항문을 주먹으로 때리고 양초를 거기에 쑤셔 넣기도 했지만 어떤 것도 소용이 없었어. 항문이 그에게 말하길, '결국 입 닥치는 건 내가 아니라 당신일 거야. 왜냐하면 우리는 더 이상 당신이 필요 없거든. 나는 말도 하고 먹기도 **하고** 똥도 쌀 수 있다고.'

얼마 지나지 않아 남자가 아침에 잠에서 깨어 보면 입 주변이 올챙이 꼬리 같은 투명한 젤리로 범벅이 되어 있곤 했어. 이 젤리는 과학자들이 미조, 즉 미분화된 조직이라고 부르는 물질인데, 인간 육체의 어느 부분에서도 자랄 수 있어. 남자가 이걸 입에서 떼어 내면 그 조각이 마치 열을 가해 걸쭉해진 휘발유처럼 손가락에 달라붙어서 거기서 자라나기 시작했어. 남자의 몸에 물질 덩어리가 닿기만 하면 그곳에 붙어서 자랐지. 결국 그의 입이 봉해졌고 머리 전체가 저절로 절단되는 지경에 이르렀어. (혹시 이거 아나? 아프리카 일부 지역에서 흑인들에게만 발생하는 현상인데, 새끼발가락이 저절로 절단된다네.) **눈만** 빼고 말이야. 이해되나? 항문에게 **없는** 능력은 보는 능력이었어. 그래서 눈은 필요했지. 하지만 신경계는 모두 차단되고 공격받아 힘을 잃어 갔고, 결국 뇌가 어떤 명령도 내릴 수 없게 되어 버렸어. 뇌는 두개골 속에 갇힌 채 봉인되었지. 한동안 눈 뒤쪽에서 뇌가 조용히 절망적으로 고통받다가 결국에는 죽어 버렸던 것 같아. 왜냐하면 시력이 **상실되었거든**. 그리고 그의 눈은 가는 줄기에 달린 게의 눈알처럼 어떤 감각도 느낄 수 없게 되어 버렸어.

검열을 통과하고 관료주의 사이를 비집고 빠져나갈 수 있는 건 성이야. 왜냐하면 언제나 **틈새의** 공간이 있기 마련이거든. 대중음악과 B급 영화가 들춰 내는 미국의 일상적 부패는 찢어진 종기처럼 터져 나와 미분화된 조직 덩어리를 사방에 퍼뜨려서 저질의 암적 생명체로 성장하고, 흉물스러운 무작위의 이미지들을 재생산하지. 어떤 이미지들은 성기 같은 발기 조직으로만 구성되고, 또 어떤 이미지들은 피부가 거의 벗겨진 장기나 한데 모인 서너 개의 눈, 서로 교차하는 입과 항문, 뒤죽박죽 섞여서 되는대로 쏟아져 나오는 신체 부위를 보여 주지.

세포를 가장 완벽하게 재현한 결과물은 암이야. 민주주의는 암적 존재고, 관료주의는 암 덩어리야. 관료주의는 국가 어느 곳에든 뿌리를 내린 후 마약수사청과 같은 악성 세포로 변질되고, 성장을 거듭하면서 자신과 비슷한 세포들을 복제하다가 제때 통제나 제거가 이루어지지 않으면 종국에는 숙주를 죽이게 되지. 관료주의는 숙주 없이는 살아갈 수 없는, 진정한 의미의 기생충 조직이야. (반면 협동조합의 형태는 정부 없이도 **살아갈 수 있다. 이 방법을 지향해야 한다.** 각 조직의 역할에 참여하는 사람들의 요구를 충족시킬 수 있도록 독립적인 단위 조직들이 형성되어야 한다. 반대로 관료주의는 자기 존재를 정당화하기 위해 **사람들의 요구를 날조하는** 방향으로 움직인다.) 관료주의는 암처럼 문제투성이야. 그것은 끝없는 가능성과 차이, 독립적이고도 자발적인 행위로 이루어진 인간 진화의 방향을 외면하고 그 대신 바이러스의 완벽한 기생충이 되기를 선택하지.

(바이러스는 복잡한 생명체로부터 퇴화한 존재라고 알려져 있다. 한때는 독립적인 존재였을 수도 있다. 그러나 지금은 생물과 무생물을 구분하는 경계선까지 추락했다. 그것은 숙주라는 다른 살아 있는 생명체를 통해서만이 생물적 특성을 드러낼 수 있다. 생명 자체의 부정, 경직된 무생물 기계로의 **추락**, 죽음으로의 이행.)

국가의 구조가 무너질 때 관료주의는 사라지지. 관료주의는 독립적인 존재 방식에 부적합해지고 무력해져. 마치 엉뚱한 장소에 자리 잡은 기생충 혹은 숙주를 죽인 바이러스처럼 말이야.

팀북투[76]에서 항문으로 플루트를 연주하는 중동계 소년을 본 적이 있네. 동성애자들이 말하길, 침대에서 정말로 끝내주는 인물이라더군. 몸 위아래로 음악을 연주하면서 성적으로 가장 예민한 부분을 짚어 낸대. 물론 그 부분은 사람마다 다르겠지. 연인 각자에게 할당된 특별한 노래가 있어서 이들을 완벽하게 만족시키고 절정으로 이끈다네. 엄청난 예술가인 이 소년은 새로운 음의 조합을 즉흥적으로 만들어서 특별한 절정을 선사한다더군. 그 노래는 미지의 음률로, 불협화음을 결합해 서로 갑자기 떨어졌다가 부딪치게 해서 놀랍고도 뜨겁고 달콤한 효과를 가져온다더군."

"뚱보"가 오토바이를 타는 자줏빛 엉덩이의 원숭이 패거리를 조직했다. 사냥꾼들이라는 이름의 이 패거리는 예쁜 동성

---

76 아프리카 대륙의 말리 공화국에 있는 도시다.

애자들의 소굴인 스윔 바에서 사냥꾼 아침 식사라는 메뉴를 먹기 위해 모이곤 했다. 사냥꾼들은 검은 가죽 재킷에 징 박힌 벨트를 차고 동성애자들이 탐낼 만한 근육을 자랑하면서 백치와도 같은 자기애를 뿜어내며 거들먹거린다. 그들은 하나같이 성기 부근에 거대한 가짜 바구니를 넣었다. 가끔 그들 중 하나가 동성애자를 바닥에 때려눕히고 그에게 소변을 갈긴다.

이 패거리는 빅토리 펀치를 마신다. 이 술은 마약성 진통제, 최음제, 독한 블랙 럼, 나폴레옹 브랜디, 휴대용 알코올을 혼합한 음료다. 몸집이 거대하고 뺨이 홀쭉한 황금원숭이가 술을 만든다. 이 원숭이는 엄청난 공포감에 몸을 잔뜩 웅크리고는 옆에 놓인 창을 신경질적으로 만진다. 원숭이의 고환을 꼬집으면 성기에서 펀치가 흘러나온다. 가끔은 따뜻한 전채요리가 큰 방귀 소리와 함께 원숭이의 엉덩이에서 튀어나오기도 한다. 그럴 때면 사냥꾼들은 짐승같이 큰 소리로 웃어 젖히고, 동성애자들은 새된 소리를 지르며 몸을 꼬아 댄다.

사냥꾼의 우두머리는 에버허드 대령이다. 그는 스트립 포커를 치던 중 성기 보호대를 훔친 혐의로 여왕 소속 69사단에서 쫓겨났다. 오토바이들이 속력을 내고, 뛰어오르고, 회전한다. 침을 뱉으며 소리 지르고 변을 지리는 원숭이들이 사냥꾼들과 맨손으로 싸운다. 오토바이가 다친 곤충처럼 땅바닥에서 뱅뱅 돌면서 원숭이들과 사냥꾼들을 공격한다……

시끄러운 군중 사이로 당 대표가 차를 타고 개선장군처럼 도착한다. 위엄에 찬 노인이 그를 보고 변을 지리면서 자동차에 몸을 던져 자신을 희생하려 한다.

당 대표: "새로 뽑은 내 뷰익 로드마스터 컨버터블 자동차

에 그 늙어 빠진 몸을 던지지 말게. 이 차로 말할 것 같으면, 백태타이어에 유압식 창문과 각종 옵션이 장착되었거든. 자네가 하는 건 중동의 도박 기술일세.(아이반, 자네의 억양에 유의해야지.) 자네의 몸은 비료로나 쓰게…… 자네의 훌륭한 목적을 달성하기 위해 자네를 환경보존청으로 보내겠네……"

빨래판이 망가져서 침대보들을 세탁소로 보내 침대보에 묻어 있는 죄 많은 얼룩들을 지운다. 에마뉘엘은 신의 재림을 예언한다……

복숭아 같은 엉덩이를 가진 소년이 강 건너에 있다. 수영에 서툰 나는 슬프게도 나의 클레멘타인을 놓쳐 버린다.

마약 중독자가 바늘을 허공에 든 채 멈춰서 피의 전언을 듣고, 사기꾼은 부패한 영적 에너지가 흐르는 손가락으로 바늘 자국을 어루만진다……

화면이 어두워진다.

버거 박사의 정신 건강 시간

기술자: "잘 들어. 내가 천천히 한 번 더 말해 줄 거야." "네." 그는 고개를 끄덕인다. "그리고 웃어…… **웃으라고**." 그는 끔찍하게 희화화된 치약 광고 속 인물처럼 가짜 치아를 드러낸다. "'우리는 애플파이를 좋아하고, 우리는 서로를 좋아합니다. 그게 다예요.' 이렇게 말하면서 **단순하게**, 시골 사람처럼 단순하게 행동해…… 초식 동물처럼 보이는 게 좋아. 스위치보드[77]

77   앞서 「벤웨이 박사」 장에서 묘사된 가상의 고문 도구다.

를 또 경험하고 싶어? 아니면 양동이 처벌을 받을래?”

실험 대상(완치된 반사회적 범죄자): “아뇨!…… 아닙니다!…… 초식 동물이 뭔가요?”

기술자: “소 같은 동물.”

소의 머리를 한 실험 대상: “음매, 음매.”

기술자: (기겁해 물러서면서) “그건 너무 나갔어! 아냐! 그냥 정상적인 사람처럼 보이라고. 착하고 바보 같은 평범한 남자처럼……”

실험 대상: “아주 만만한 사람처럼요?”

기술자: “음, 만만한 사람까지는 아니고. 범죄 대상 같은 느낌은 아니야. 살짝 뇌진탕에 걸린 사람 같은…… 어떤 종류의 사람인지 알잖아. 텔레파시를 주고받는 능력이 제거된 사람. 물건 고쳐 주는 사람 같은 외모 말이야…… 액션, 카메라.”

실험 대상: “네, 우리는 애플파이를 좋아합니다.” 그의 위가 크고 길게 꾸르륵거린다. 그의 입에서 침이 실처럼 길게 흘러내린다……

공책을 보고 있던 버거 박사가 고개를 든다. 그는 검은 안경을 쓴 유대인 올빼미처럼 생겼다. 밝은 빛이 그의 눈을 찌른다. “이 남자는 실험에 그다지 적합하지 않은 대상이군…… 그를 ‘처리’ 부서로 보낼 수 있는지 알아보게.”

기술자: “어, 꾸르륵거리는 소리를 지우고 그의 입에 배수관을 물려 놓으면…….”

버거 박사: “아냐…… 이 남자는 **부적합해.**” 박사는 마치 그가 월들리 부인의 응접실에서 사면발니를 찾는 **무례한 실수**를 하기라도 한 것마냥 실험 대상을 못마땅한 눈초리로 쳐다본다.

기술자: (체념하고 지쳐서) "완치된 동성애자를 불러와."

완치된 동성애자가 들어온다…… 그는 눈에 보이지 않는 뜨거운 금속으로 만들어진 구조물을 통과해 들어온 뒤, 카메라 앞에 앉아서는 시골 사람처럼 팔다리를 뻗으며 몸을 정돈한다. 절단된 곤충의 몸이 제멋대로 움직이는 것처럼 그의 근육이 제자리를 찾는다. 텅 빈 우둔함이 그의 얼굴을 흐릿하고 부드럽게 만든다……

"네." 그는 고개를 끄덕이고 웃는다. "우리는 애플파이를 좋아하고 우리는 서로를 좋아합니다. 그게 다예요." 그는 고개를 끄덕이고 웃더니 다시 고개를 끄덕이고 웃고……

"컷!" 기술자가 소리친다. 완치된 동성애자는 끄덕이고 웃으면서 바깥으로 안내된다.

"필름을 뒤로 돌려 봐."

예술 감독이 머리를 가로젓는다. "뭔가가 모자랍니다. 정확히 말하자면, 건강미가 부족해요."

버거 박사: (벌떡 일어나며) "말도 안 되는 소리! 저건 건강의 화신이야!"

예술 감독: (깐깐하게) "버거 박사님, 박사님이 이 주제에 대해 저에게 뭔가를 가르쳐 줄 수 있다면 기쁘게 듣겠습니다만…… 박사님의 똑똑한 머리로 이 일을 혼자 할 수 있다면 굳이 예술 감독이 있을 필요가 없겠네요." 예술 감독은 허리에 손을 얹고 흥얼거리면서 퇴장한다. "당신이 잘린 뒤에도 나는 계속 살아남겠죠."

기술자: "완치된 작가를 들여보내…… 그가 뭐? 불교 신자가 됐다고?…… 아하, 그 사람이 말할 수가 없다고. 처음부터 그

렇게 설명하지 그랬어?" 기술자는 버거 박사에게로 몸을 돌린
다. "작가가 지금 말할 수가 없답니다…… 정신이 과하게 해방
되었다고 말할 수 있겠죠. 물론 우리는 그 부분에 자막을 입힐
수도 있습니다……"

버거 박사: (날카롭게) "아냐, 그건 안 될 말일세…… 다른
사람을 불러와."

기술자: "저 두 명이 제가 가장 선호하는 사람들입니다. 백
시간 동안 야근하면서까지 저들에게 투자했고 아직 보상조차
받지 못했어요……"

버거 박사: "세 번째 인물을 적용하지…… 양식 6090 서류
를 사용해."

기술자: "어떻게 적용하는지를 제게 가르치시는 건가요?
저기요, 박사님. 박사님이 예전에 말씀하셨잖아요. '건강한 동
성애자라는 표현은 간경화 말기의 환자가 완벽하게 건강하다
고 말하는 것과 다르지 않다.' 기억하십니까?"

버거 박사: "당연하지. 아주 훌륭한 문장이기도 하고." 박
사는 잔혹하게 내뱉는다. "나는 작가인 척하고 싶지 않아." 박
사가 내뱉은 말이 너무나도 추한 증오로 가득해서, 기술자는
질겁해 비틀대면서 뒷걸음친다……

기술자: (방백) "박사한테서 나는 냄새를 도저히 못 견디겠
어요. 썩은 복제 배양균의 냄새 같고…… 식인 식물의 방귀 냄
새 같고…… 셰이퍼 박사의 (크흠) 냄새 같고…… (학계의 매너
를 희화화하면서) 생경한 구렁이 같은 인간…… 박사님, 제가
하고 싶은 말은 세뇌된 사람이 어떻게 건강한 몸을 가질 수 있
겠냐는 겁니다…… 혹은 다르게 표현하자면, 실험 대상이 부

재중인데 어떻게 대리인을 통해 건강하다고 말할 수 있겠습니까?"

버거 박사: (벌떡 일어나며) "나는 건강을 책임져! 모든 건강을! 빌어먹을 세상 전체를 책임지고도 충분할 정도의 건강이야! 나는 세상 모든 사람을 치료할 수 있어!"

기술자는 짜증 난 표정으로 박사를 바라본다. 그러더니 과탄산소다를 섞어 마시고는 손으로 입을 가리고 트림한다. "전 이십 년 동안이나 소화 불량의 희생자였죠."

세뇌된 아빠인 사랑둥이 루가 말한다. "나는 생선이 지이이이인짜로 좋아…… 아가씨들, 이건 비밀인데 말이야, 나는 요코하마에서 생산된 강철의 대니를 사용해. 자기들은 안 그래? 강철의 대니는 절대 실망시키는 법이 없지. 더군다나 이게 훨씬 더 위생적이기도 하고, 하반신을 마비시키는 각종 끔찍한 성병으로부터 보호해 주지. 여자들의 몸에서는 독즙이 나오니까……"

그래서 내가 말했어. "버거 **박사님**, 끔찍하게 세뇌된 당신의 예쁜이들을 나한테 떠넘기려고 하지 마세요. 저는 윗동네 원숭이 똥구멍에서 가장 나이 많은 동성애자라고요……"

사기꾼 매춘부들이 포주를 위해 손님의 뒤통수를 치는 불법 술집에서 물건을 교환한다. 임질 걸린 여자들, 성욕을 채우지 못한 내 성기보다도 더 뿌리까지 썩어 있는 이 여자들에게 건강함이란 존재하지 않는다. 누가 울새를 쏘았는가?[78] 참새는

78 「누가 울새를 죽였는가?」는 18세기 영국에서 시작된 동요로, 작가는 원래 제목

나의 믿음직한 웨블리 권총에 맞아 추락한다. 피 한 방울이 부리에 맺힌 채……

파란색 배경 위에 피어나는 흰 연기처럼 새벽녘에 저물어 가는 비애의 달 아래에서 로드 짐은 밝은 노란색으로 변하고, 메리강 맞은편 석회암 절벽에서 불어오는 찬 봄바람에 셔츠가 펄럭거린다. 경찰에 쫓겨 바이오그래프 극장으로 도망치던 갱단 두목 딜린저[79]처럼 새벽이 두 조각으로 찢어진다. 네온사인과 퇴물 갱단이 풍기는 냄새. 예비 범죄자가 배짱 좋게 유료 화장실의 문을 따고 들어가 양동이에서 암모니아 냄새를 맡는다…… "한탕." 그가 말한다. "한통, 아니 한탕 크게 노려야지."

당 대표: (스카치위스키를 한 잔 더 만들면서) "다음번의 폭동은 풋볼 경기처럼 폭발할 걸세. 사료 먹인 푸른 리본을 단 라타들을 인도차이나에서 1000명가량 수입해 뒀지…… 이제 폭도 전체를 인솔할 우두머리만 찾으면 되네." 그의 눈이 책상 위를 훑는다.

중위: "하지만 대표님, 라타들이 폭동을 시작하도록 유도한 다음 그들이 연쇄 반응으로 서로를 모방하게 만드는 건 어떨까요?"

가수가 물결치듯 걸으면서 시장을 통과한다. "혼자인 라

인 '죽였는가'를 '쏘았는가'로 변형해 썼다. 다음 문장에 나오는 참새는 원곡의 첫 부분에서 자신이 울새를 죽였다고 고백한다.

79 존 딜린저(John Herbert Dillinger, 1903~1934). 20세기 초반 대공황 시절 시카고를 중심으로 활동한 갱단의 우두머리. 시카고의 바이오그래프 극장에서 FBI에 의해 사살되었다.

타는 뭘 할 수 있을까?"

당 대표: "그건 기술적인 문제일세. 벤웨이 박사와 의논해 봐야겠군. 내 개인적인 생각으로는, 누군가가 전체 상황을 세심하게 살펴봐야 할 것 같아."

벤웨이와 약속을 잡기에는 점수와 등급 모두 부족한 중위는 "잘 모르겠습니다."라고 대답했다.

"라타는 감정이 없어요." 환자를 갈가리 찢어 버리면서 벤웨이 박사가 말했다. "그저 반사 신경만 남아 있죠…… 주의를 자꾸 딴 데로 돌리는 게 좋습니다."

"말하는 법을 배우면 그게 곧 자발적 동의가 가능한 나이인 셈이죠."

"한 아동 성추행범이 다른 성추행범에게 말하는 것처럼, 당신의 문제가 작은 것들[80]이면 좋겠습니다."

"애들이 당신의 옷을 입어 보고 당신과 비슷한 느낌을 내기 시작하면 굉장히 불길해지죠……"

광기에 찬 동성애자가 떠나려는 소년의 운동용 재킷을 잡고 벗겨질 정도로 매달린다.

"내 200달러짜리 캐시미어 재킷." 동성애자는 새된 비명을 지른다……

"그래서 그 남자는 라타와 연애했지. 누군가를 완전히 지배하고 싶었던 거야. 바보 같으니라고…… 라타가 그 남자의 표정과 행동을 그대로 모방하면서, 마치 적대적인 복화술 인형

---

80 "little ones"는 말 그대로 '사소하고 작은 것들'인 동시에, 아동 성추행범에게는 '작은 아이들'이라는 이중적 의미가 있다.

처럼 그 남자의 인격을 고스란히 흡수해 버렸어…… '당신이 가진 것을 전부 내게 가르쳐 주었어요…… 이제 나는 새로운 친구가 필요해요.' 불쌍한 그 남자는 대답조차 할 수 없었어. 왜냐하면 자아가 더 이상 남아 있지 않았거든."

중독자: "그래서 우리는 기침 시럽도 팔지 않는 이런 시시한 마을에 와 있군."

교수: "신사 여러분, 분변애호증은…… (크흠)이라고 부를 수도 있습니다…… 잉여적인 악행인 셈이죠……"

"이십 년 동안 포르노 배우로 일하면서 가짜로 절정을 연기할 만큼 초라해지지는 않았어."

"형편없는 여자 중독자가 배 속의 아이를 죽였지…… 여자들은 하등 쓸모가 없다니까."

"그러니까 의식이 있는 평범한 성관계는…… 더러워진 옷을 세탁소에 가져가는 게 낫겠어……"

"그러다가 순간적으로 흥분해서 그가 말했지. '나무로 된 구두 틀 하나 더 있어?'"

"그 여자가 말하길, 마흔 명의 중동계 남자들이 그녀를 이슬람교 사원으로 끌고 가 순서대로 강간했대…… 비록 그들이 강제하는 데에는 서툴렀지만 말이야. '거기까지. 알리, 줄 제일 뒤로 가서 서.' 진짜로 내가 들어 본 것 중 가장 별로인 이야기였어. 차라리 미쳐 날뛰는 따분한 인간들에게 강간당하는 게 낫겠다니까."

기분이 언짢은 민족주의자들이 떼 지어 카페 앞에 앉아 동성애자들을 비웃으며 아랍어로 떠든다…… 공산주의 벽화에 등장하는 자본주의자처럼 차려입은 클렘과 조디가 입장한다.

클렘: "당신들의 후진성을 골수까지 빼먹으려고 여기에 왔죠."

조디: "불멸의 시인이 말한다. 저 무어인들의 돈으로 호의호식하라."

민족주의자: "돼지 같은 것들! 더러운 것들! 개자식들! 우리 민족이 굶주린 게 보이지도 않느냐?"

클렘: "굶주린 걸 보는 게 바로 내가 원하는 거죠."

민족주의자는 증오의 독이 온몸에 퍼져 그 자리에서 즉사한다…… 벤웨이 박사가 달려온다. "모두 뒤로 물러서세요. 공간을 확보해 주세요." 그는 혈액 검사를 시행한다. "이게 내가 할 수 있는 유일한 일입니다. 죽을 사람은 어차피 죽게 돼 있어요."

소년들이 자위하던 학교 화장실 건물의 폐허 더미 위에서 이상하게 생긴 이동식 크리스마스트리가 밝은 빛을 내며 불탄다. 닳아서 황금처럼 반질반질해진 나무로 된 낡은 변기 좌석 위에서 얼마나 많은 소년들이 절정에 몸을 떨었을까……

검은 창문과 소년의 뼈 모두에 거미줄이 쳐진 붉은 강의 계곡에서 오랫동안 잠들기를……

두 명의 흑인 동성애자가 서로 소리 지른다.

동성애자 1: "이 싸구려 종기 같은 계집애야 입 닥쳐…… 이 바닥에서 너는 끔찍한 루라고 불리거든?"

가수: "흥미로운 사타구니를 가진 여자."

동성애자 2: "야옹, 야옹." 그는 표범 무늬 옷을 입고 손가락에 강철 손톱을 달고 있다……

동성애자 1: "얼씨구. 사교계를 주름잡는 여인이네." 그는 소리를 지르면서 시장을 가로질러 도망가고, 꿀꿀거리고 으르 렁거리는 여장 남자가 그 뒤를 쫓는다……

다리가 불편한 경련 환자에 걸려 넘어진 클렘은 환자의 목 발을 빼앗아 버린다…… 몸을 꼬고 침을 흘리면서 그는 끔찍하 고 불쾌하게 환자를 흉내 낸다……

멀리서 들리는 폭동의 소음. 신경질적인 1000마리의 포메 라니안들이 내는 소리 같다.

가게 셔터가 단두대처럼 빠르게 내려간다. 공포에 찬 손 님들이 가게 안으로 빨려 들어가듯 순식간에 사라지고, 그들이 남긴 술잔과 쟁반은 바닥에 떨어질 틈도 없이 공중에 떠 있다.

동성애자 코러스: "우리는 전부 강간당할 거야. 틀림없어, 틀림없어." 이들은 마트로 몰려가 윤활제를 산다.

당 대표: (극적인 몸짓으로 한 손을 들어 올리며) "민중의 목 소리."

돈 바꿔치기 담당인 피어슨은 운명의 강압적인 명령에 사 로잡힌 채 풀을 뜯어 먹고, 얼룩무늬 뱀이 사는 공터에 숨어있 다가 탐지견에 의해 발각된다.

변기에 머리를 처박고 기절한 국적 불명의 늙은 고주망태 이외에는 시장에 아무도 없다. 폭도들은 "프랑스 놈들에게 죽 음을!"이라고 외치면서 시장으로 쏟아져 들어와 고주망태를 갈가리 찢어발긴다.

살바도르 하산: (열쇠 구멍 앞에서 꿈틀대면서) "저 표정들 을 봐. 아름다운 세포질의 존재들이 정확하게 전부 똑같이 생 겼잖아." 그는 액화주의자의 춤을 춘다.

끙끙거리는 동성애자 하나가 절정을 느끼면서 바닥에 쓰

러진다. "세상에, 너무 흥분돼. 100만 개나 되는 뜨겁고 맥박 치는 성기 같아."

벤웨이 박사: "저 사람들 전부 혈액 검사를 해 보고 싶네."

흰 수염과 잿빛 얼굴에 갈색의 낡고 긴 로브를 입은, 불길할 정도로 평범한 남자가 입을 다문 채 정확히 어느 지역 억양인지 알 수 없는 목소리로 노래한다. "오 인형들아, 크고 아름다운 너희 인형들."

얇은 입술에 큰 코, 차가운 회색 눈을 한 경찰 부대가 사방의 입구를 통해 시장 안으로 진입한다. 경찰들은 냉혹하고 기계적이며 야만적인 태도로 폭도들을 곤봉으로 때리고 발로 찬다.

폭도들은 트럭에 짐짝처럼 실려 간다. 가게 셔터들이 다시 올라가고 인터존의 시민들은 부러진 이빨과 신발이 뒹굴고 피로 미끄러운 광장으로 걸어 나온다.

죽은 사람의 유품함이 대사관에 보관돼 있고, 부영사가 모친에게 부고를 전달한다.

아침도…… 새벽도…… 없다…… **아무것도 존재하지 않는다**…… 내가 정답을 안다면 기꺼이 당신에게 말해 줬을 것이다. 어느 길이든 동쪽 별관으로 가기에는 좋지 않은 길이다…… 그는 보이지 않는 문을 통과해 사라져 버렸다…… 여기에는 없다…… 어디를 찾아봐도…… 소용없다…… **소용없다**…… 큼요일혜 다쉬 와.[81](마약에 오랫동안 찌든 늙은 헤로인 중독자들은

---

81 원문인 "No glot…… C'lom Fliday"는 "No got…… Come back Friday"의 뜻으로, 중국계 이민자들이 사용했던 문법에 맞지 않는 영어를 구사하고 있다. 소설의 가장 마지막 문장에서도 다시 한번 등장한다.

기억할 것이다…… 1920년대 들어 많은 중국계 마약 판매상들은 서양인이 부정직하고 믿을 수 없으며 부도덕하다는 걸 깨달은 후 자기들끼리만 뭉쳤다. 그래서 서양인 중독자가 마약을 구하러 찾아오면 이렇게 말했다. "업서…… 큼요일혜 다쉬 와……")

이슬람 주식회사 그리고 인터존의 분파들

나는 이슬람 주식회사라고 알려진 단체를 위해 일한 적이 있다. 이 단체는 악명 높은 '성행위의 상인'인 에이제이가 자본을 대고 있었다. 에이제이는 "절대 뚫리지 않아."라는 그의 좌우명이 새겨진 거대한 콘돔을 뒤집어쓰고 걸어 다니는 성기 차림으로 벤트레 공작의 무도회에 참석해 국제 사회의 공분을 산 바 있다.

"자네, 다소 추잡한 취향을 가지고 있군." 공작이 말했다.

이에 대한 에이제이의 답변. "인터존의 윤활제를 바르고 공작님의 엉덩이에." 윤활제 스캔들이라 불린 이 사건은 당시 아직 시작 단계에 불과했다. 에이제이는 주로 미래에 벌어질 사건들을 언급하는 식의 말재간을 부린다. 이런 식으로 그는 시간차를 두고 상대를 꼼짝 못 하게 만드는 데 능숙하다.

태반 사업으로 재벌이 된 살바도르 하산 올리리 역시 이슬람 주식회사와 관련 있다. 그의 산하 기업 중 하나가 알려지지 않은 금액을 이슬람 주식회사에 기부했고, 그의 산하 직원 중 하나가 표면적으로는 이슬람 주식회사의 정책이나 결의 사항, 목표와는 거리를 둔 채 이 조직의 고문 역할을 비밀리에 담당하고 있다. 독이 든 밀로 하산 공화국을 몰살한 맥각병[82] 형제인 클렘과 조디, 검시관 아메드, 그리고 과일 및 채소 판매상인 간염 보균자 헬 역시 언급되어야 마땅한 인물들이다.

물라, 무프티, 무에진, 카이드, 글라위, 셰이크, 술탄,[83] 성자들과 중동 내 각종 당파의 대표들로 이루어진 무리가 차례로 줄을 서서는, 높으신 분들은 보통 점잔 빼면서 참석하지 않는 모임에 참석한다. 참석자들에 대한 보안 검색이 입구에서 꼼꼼히 이루어졌지만 이 모임은 늘 폭동으로 변질된다. 발언자들은 종종 휘발유를 뒤집어쓴 채 불에 타 죽기도 하고, 세련되지 못한 일부 사막 출신 학자는 애완 양의 배에 숨겨서 들고 온 자동 소총으로 반대파를 사살한다. 수류탄을 항문에 숨겨서 들어온 민족주의 순교자들은 다른 참가자들과 잘 어울리다가 갑자기 폭발해 종종 엄청난 사상자를 발생시킨다…… 또한 언젠가는 라 대통령이 영국 수상을 땅바닥에 쓰러뜨린 후 강제로 성관계를 가진 적도 있는데, 이 장면이 중동권 전체에 생중계되었다. 스톡홀름에서는 기쁨에 찬 격렬한 울음소리가 들려왔다. 인터존에는 도시 반경 8킬로미터 이내에서 이슬람 주식회사의 모임을 금지하는 조례가 시행되었다.

에이제이는 원래 근동의 혈통이 살짝 섞였지만, 한때는 영국 신사인 척 가장했다. 그의 영국 억양은 대영제국의 몰락과 함께 시들었고, 2차 세계 대전 이후에는 의회법에 따라 미국인

---

82 보리 혹은 밀에 발생하는 치명적인 곰팡이다.

83 모두 이슬람 문화권에서 사용되는 명칭들로, 순서대로 이슬람의 경전 전문가, 법률가, 이슬람 사원에서 예배 시간을 알리는 성직자, 행정가, 부족장, 아랍어 학자, 왕을 칭한다.

이 되었다. 에이제이는 나와 같은 비밀 요원이지만, 누구를 위해 혹은 어떤 일을 하는 요원인지는 알려지지 않았다. 소문에 따르면 그는 다른 은하계에서 온 거대 곤충의 신탁 회사를 대리하는 일을 맡고 있다…… 내 생각에 그는 사실주의자 편에서 일한다.(나 역시 사실주의자 쪽을 대변한다.) 물론 그는 액화주의자 쪽의 비밀 요원일 수도 있다.(액화주의 프로그램은 세포질의 흡수 과정을 통해 모든 사람을 병합해 궁극적으로 '최후의 한 사람'을 만들어 내는 것을 목표로 삼는다.) 이 업계에서는 누가 어떤 일을 하는 사람인지 아무도 확신할 수 없다.

에이제이의 위장용 삶이 뭐냐고? 그는 국제적인 바람둥이이자 악의 없는 짓궂은 장난꾼이다. 서턴스미스 백작 부인의 수영장에 식인 물고기를 풀어놓고, 미국 대사관에서 주최한 독립기념일 행사에서 **야헤**와 대마초, 최음제를 음료에 섞어 넣어 난교 파티를 촉발한 것도 모두 에이제이의 작품이었다. 열 명의 훌륭한 미국 시민들이 결국 수치심으로 죽었다. 수치심으로 죽는 것은 콰키우틀 인디언과 미국인들에게만 특수하게 발생하는 현상이다. 그 외의 사람들은 "이런." 혹은 "**인생이 다 그런 거지.**" 혹은 "전지전능하신 알라가 나를 물 먹였다."라고 말할 뿐이다.

아무것도 함유되지 않은 생수를 지지하는 신시내티 불소 반대 협회가 승리를 자축하기 위해 모였을 때, 그들의 치아가 그 자리에서 모두 빠졌다.

"불소 반대 운동에 몸 바친 형제자매 여러분, 제가 여러분에게 이르노니, 우리는 오늘 순수한 생수를 위해 맞서 싸웠고, 절대 후퇴하지 않을 겁니다…… 저열한 외국산 불소는 물러가라! 우리는 위대한 이 땅을 어린 소년의 탱탱한 옆구리처럼 달콤하고도 깨끗하게 지킬 것입니다…… 이제 저는 우리의 주제가인 「오래된 나무바가지」에 발맞춰 여러분을 이끌 것입니다.”

주크박스의 끔찍한 색깔을 띤 형광 전구가 우물의 윗부분을 밝히고 있다. 불소 반대자들은 노래를 부르며 차례로 우물 옆을 지나면서 나무바가지로 뜬 우물물을 마신다……

오래된 나무바가지, 황금빛 나무바가지
우라라라라라라랄라……

에이제이는 잇몸을 곤죽으로 만드는 남미산 포도 덩굴을 물에 몰래 타 두었다.

(콜롬비아 파스토에서 요독증으로 죽어 가는 독일인 광산 시굴자에게서 포도 덩굴에 관한 이야기를 들은 적이 있다. 이 덩굴은 콜롬비아의 푸투마요 지역에서 자란다고 알려져 있다. 하지만 정확한 장소는 밝혀진 바 없으므로, 나는 찾아보려고 굳이 애쓰지 않았다…… 이 독일인은 슈쿠틀이라고 알려진 대형 메뚜기 같은 곤충에 대해서도 말해 줬다. “피부에 앉으면 엄청난 최음제 효과를 발산하기 때문에 여자랑 곧바로 하지 않으면 죽어. 이 곤충과 접촉한 후 미친 듯이 뛰어다니면서 머리를 쥐어뜯는 원주민들을 본 적이 있어.” 불행히도 나는 슈쿠틀을 본 적이 없다……)

뉴욕 메트로폴리탄 미술관의 개관일 밤 행사에서 에이제이는 온몸에 벌레 퇴치 약을 바르고는 슈쿠틀 떼를 풀어놓았다.

밴더블라이 여사가 벌레를 손으로 쳐내면서 비명을 지른다. “오!…… 오!…… 오오오오오오!” 여사의 비명 소리가 유리를 깨고 천을 찢는다. 불만의 소리, 새된 비명 소리, 신음 소리, 끙끙거리는 소리, 헉하고 숨을 들이마시는 소리가 점점 고조된다…… 정액과 성기, 땀의 악취와 삽입된 직장에서 나는 쿰쿰한 냄새…… 다이아몬드와 모피, 드레스, 난초, 연회복, 속옷이 사방에 흩어져 있고 그 위에서는 나체들이 미친 듯이 꿈틀거리면서 헐떡인다.

한번은 에이제이가 '셰 로베르'라는 식당에 일 년 전 예약을 미리 해 둔 적이 있었다. 이 식당은 몸집이 거대하고 냉철한 미식가가 세계 최고의 음식을 고민하는 곳이었다. 미식가의 시선이 너무나도 적대적이고 경멸을 담고 있어서, 손님들은 격렬한 감사의 마음을 표현하기 위해 그의 불같은 시선 아래에서 바닥을 굴러다니고 소변을 지렸다. 그래서 에이제이는 식사 중간중간에 코카잎을 씹는 볼리비아 원주민들 여섯 명과 함께 식당을 방문한다. 위대한 미식가 로베르가 자리에 다가왔을 때 에이제이는 고개를 들고 소리를 지른다. "야! 케첩 좀 가져와 봐."
(또 다른 시나리오. 에이제이가 요란하게 케첩 병을 꺼내더니 비싼 요리에 케첩을 끼얹는다.)
서른 명의 미식가 손님들이 동시에 음식 씹던 행동을 멈춘다. **수플레** 디저트가 떨어지는 소리가 들릴 정도였다. 로베르는 다친 코끼리처럼 분노의 고함을 지르더니 부엌으로 뛰어가 고기 써는 칼로 무장한다…… 흉측한 욕설을 내뱉는 소믈리에의 얼굴은 해괴한 무지갯빛 보라색으로 변한다…… 그는 브뤼 샴페인 병, 그것도 26년산을 깨뜨린다…… 수석 웨이터가 뼈 제거용 칼을 낚아챈다. 이 세 명은 분노에 차서는 인간 같지 않은 엉망진창의 고함을 지르면서 에이제이를 잡으러 식당을 누빈다…… 식탁이 뒤집히고 비싼 와인과 소중한 음식들이 바닥에 내팽개쳐진다……"저놈을 잡아 죽여!" 고함 소리가 사방을 울린다. 개코원숭이처럼 비정상적으로 충혈된 눈을 한 나이 지긋한 손님이 붉은 벨벳 커튼의 줄로 교수대의 목줄을 만든다…… 구석에 몰려 사지가 찢길 위험에 처한 에이제이는 필살기를 발동한다…… 그는 머리를 뒤로 젖히고 돼지들을 불러 모은다. 식당 주변에 포진되어 있던 100마리의 굶주린 돼지들이 식당 안으로 몰려와 비싼 음식을 우걱거리며 먹어 치운다. 뇌졸중이 온 로베르는 거대한 나무처럼 바닥으로 쓰러진 후 돼지들의 밥이 된다. "불쌍한 돼지 녀석들은 그의 요리를 제대로 평가할 능력이 없다니까." 에이제이가 말한다.

　　지역 정신 병원에서 은퇴 후 삶을 즐기던 로베르의 동생 폴이 식당을 인수해 '초월주의 요리'라는 이름의 음식을 팔기 시작한다…… 아무도 눈치채지 못하게 조금씩 음식의 질이 떨어지더니 결국에는 말 그대로 쓰레기 음식을 팔게 되었지만, '셰 로베르'의 명성에 주눅이 든 손님들은 항의하지도 못한다.

시식 메뉴:

삶은 지렁이를 곁들인 맑은 낙타 오줌 수프

———————

오드콜로뉴 향수를 끼얹고 쐐기풀로 장식한

자연 건조 가오리 필레

———————

쓰고 남은 자동차 윤활유로 요리한 최상급 송아지 태반에
으깬 빈대와 썩은 달걀노른자를 매콤한 소스에 버무려 곁들인 요리

———

단백뇨에 설탕을 넣어 절이고 깡통 연료를 끼얹어 요리한
벨기에산 림버거 치즈

결국 손님들은 식중독으로 조용히 죽어 간다…… 그러다가 에이제이가 중동 난민 한 무리를 이끌고 식당을 재방문한다. 그는 한 입 먹더니 소리친다.

"빌어먹을 쓰레기! 저 잘난 척하는 요리사를 이 사료랑 함께 조리해 버려!"

그리하여 웃기고 사랑스러운 괴짜로서의 에이제이의 명성은 전설처럼 점점 커져만 갔다…… 화면이 어두워지더니 베네치아로 전환된다…… 곤돌라 사공이 노래를 부르고 산마르코 광장과 해리스 바에서 들려오는 병적인 외침들.

이 다리와 관련한 매력적이고도 오래된 베네치아의 일화. 베네치아 선원들이 세계를 여행하면서, 선실의 심부름꾼 소년과 성관계를 맺는 것은 당연할 정도로 다들 동성애자가 되었다. 따라서 이들이 베네치아로 되돌아왔을 때, 여자들이 폐가 튀어나올 정도로 이 다리를 열심히 지나다녀 성적 취향이 애매해진 선원들의 이성애적 욕망을 다시 일깨울 필요가 있었다. 그래서 이 충격 요법을 시행할 대원들이 두 줄로 대열을 짜 산마르코 광장에서 출발했다.

"여성 여러분, 이 작전의 이름은 '갈·가', 즉 '갈 데까지 가'

입니다. 만약 젖꼭지를 노출해도 부족하다면 성기를 드러내 저 동성애자들을 혼란에 빠뜨리세요."

"오 거티, 사실이야. 정말 사실이라고. 그 남자들의 몸에는 멋진 거시기 대신 여자처럼 끔찍한 구멍이 있대."

"난 그거 못 쳐다봐."

"몸이 돌로 변할 정도로 끔찍해."

사악하고 늙은 폴은 둘이 함께 누워서 '불편한 짓'을 하는 남자들에 대해 설명할 때 실제로 아는 것보다 말만 번드르르하게 할 줄 아는 사람이었다. '불편한 짓'이 바로 그 행위를 암시하는 그만의 표현 방식이다. 세상에 어떤 사람이 여자랑 자러 가다가 넘어져서 우연히 남자랑 자게 된단 말인가? 남자가 여자랑 한창 즐기고 있을 때 처음 보는 악랄한 남자가 뛰어 들어와 그의 엉덩이에 대고 불편한 짓을 하는 게 말이 되는가?

에이제이는 단검을 휘둘러 비둘기 떼를 도륙하면서 산마르코 광장을 뛰어다닌다. "나쁜 개자식들!" 그가 외친다…… 그러더니 자줏빛 벨벳 돛을 달고 금박과 분홍색, 파란색으로 칠한 거대한 자기 배에 비틀거리며 승선한다. 그는 장식용 수술과 리본, 메달로 뒤덮인 우스꽝스러운 해군 제복을 입고 있다. 제복은 더럽고 너덜너덜하며, 코트는 단추가 잘못 잠겨져 있다…… 에이제이는 발기한 소년 모양의 황금상이 달린 거대한 그리스 항아리 복제품을 향해 걸어간다. 그가 소년의 고환을 꼬집자, 샴페인이 그의 입으로 분사된다. 그는 입을 닦은 후 주위를 둘러본다.

"내 누비아족 부하들은 도대체 어디 있는 거야?" 그가 소리 지른다.

에이제이의 비서가 읽고 있던 만화책에서 고개를 들며 말한다. "여자들 꽁무니 쫓아다니면서…… 즐기고 있어요."

"쓰레기 같은 것들. 누비아족 부하들 없이 내가 뭘 할 수 있겠어?"

"곤돌라를 타시는 게 어때요?"

"곤돌라?" 에이제이가 고함친다. "내가 저 쓰레기들 때문에 짜증 났다고 곤돌라를 타야 하나? 하이슬롭, 가장 큰 돛을 펼치고 노를 거둬들여…… 보조 기관으로 배를 움직일 거다."

비서인 하이슬롭은 체념한 듯 어깨를 으쓱한다. 손가락 하나로 배의 제어판을 누르기 시작한다…… 돛이 내려오고, 노가 선체 안으로 들어간다.

"그리고 향수 좀 뿌려 보지그래? 운하에서 악취가 나."

"치자꽃 향으로 할까요? 아니면 향나무 향은 어떠세요?"

"아냐. 앰브로시아 꽃으로 하지."

하이슬롭이 버튼을 누르자 탁한 연기 같은 향수가 배에 내려앉는다.

에이제이는 미친 듯이 기침하기 시작한다…… "환풍기 돌려!" 그가 소리친다. "숨 막혀 죽겠어!"

하이슬롭은 손수건을 입에 대고 기침한다. 그가 버튼을 누르자 환풍기가 작동하면서 앰브로시아 향이 희석된다.

에이제이는 높은 단 위의 방향키를 몸소 잡는다. "간다!" 배가 요동치기 시작한다. "빌어먹을, **돌격!**" 에이제이가 소리치자, 배가 운하를 가로지르며 무서운 속도로 출발하더니 관광객이 가득한 곤돌라들을 전복시키고 **수상 택시**를 아슬아슬하게 비껴가고 운하 한쪽 끝에서 반대쪽 끝까지 마구 움직이다가

(배가 일으킨 물결이 인도까지 넘쳐 지나가던 행인들을 쫄딱 적신다.) 정박한 곤돌라들 여러 대를 부수고는 결국 항구에 부딪힌 후 뱅뱅 돌면서 운하 중앙으로 날아간다…… 선체에 난 구멍에서 거의 2미터에 육박하는 물기둥이 공중으로 솟아오른다.

"하이슬롭, 펌프를 수동으로 작동시켜. 배에 물이 들어차고 있어."

배가 갑자기 기울더니 에이제이를 운하로 던져 버린다. "빌어먹을, 배를 버려! 모두 최선을 다해 살아남도록!"

화면이 어두워지더니 맘보 음악으로 넘어간다.

라틴 아메리카 출신의 비행 청소년들을 교화하기 위한 목적으로 에이제이가 설립한 에스쿠엘라 아미고 학교의 개교 기념식에 선생님들과 남학생들, 그리고 신문기자들이 참석했다. 미국 국기를 몸에 두른 에이제이가 비틀대며 단상에 오른다.

"플래너건 신부님[84]의 말씀대로, 세상에 악한 소년은 없습니다…… 동상은 어디 있는 거야, 젠장?"

기술자: "지금 당장 필요하세요?"

에이제이: "그럼 내가 도대체 지금 여기서 뭘 하고 있다고 생각하는 거야? **존재하지도 않는 빌어먹을 동상**을 제막하기라도 해야 하나?"

기술자: "알겠습니다…… **알겠다고요.** 곧바로 대령하죠."

그레이엄 하이미 회사의 트랙터가 동상을 끌고 와 단상 앞

84　에드워드 조지프 플래너건(Edward Joseph Flanagan, 1886~1948). 아일랜드 출신의 미국인 신부. 20세기 초 네브래스카주 오마하에 갈 곳 없는 소년들을 위한 복지 시설을 설립했다.

에 놓는다. 에이제이가 버튼을 누른다. 단상 아래에 있는 터빈이 돌기 시작하면서 귀가 먹먹할 정도로 소음을 낸다. 터빈이 내는 바람에 동상 위에 씌워 있던 붉은 벨벳 천이 날아간다. 날아간 천은 제일 앞줄에 앉아 있는 선생님들에게 날아가 엉킨다…… 먼지와 잔해로 이루어진 구름이 관객들을 덮친다. 사이렌 소리가 천천히 잦아든다. 선생님들은 엉킨 천을 걸어 낸다…… 조용한 침묵 속에서 모두가 동상을 바라보고 있다.

곤잘레스 신부: "세상에!"

《타임》기자: "믿을 수 없군."

《데일리 뉴스》기자: "너무 대놓고 동성애적 취향이잖아."

학생들은 휘파람을 연신 불어 댄다.

먼지가 가라앉자, 반짝거리는 분홍색 돌로 된 거대한 작품이 만천하에 드러난다. 나체의 소년이 잠든 친구 위로 몸을 숙이고는 플루트를 연주해 친구를 깨우려 하고 있다. 한쪽 손으로는 플루트를 잡고, 다른 손으로는 친구의 중요 부분을 가린 천을 걸으려 한다. 천은 의미심장하게 불룩 솟아 있다. 두 소년 모두 귀 뒤에 꽃을 꽂고는, 꿈꾸는 듯하면서도 잔인하고 사악하면서도 순진한 표정을 하고 있다. 동상 아래쪽에는 석회암 피라미드가 있고, 거기에는 분홍, 파랑, 금색의 모자이크 도자기를 사용해 학교 교훈이 새겨져 있다. **"그것과 함께, 그리고 그것을 위해."**

에이제이가 앞으로 튀어나오더니 소년의 탄탄한 엉덩이에 대고 샴페인 병을 깨뜨린다.

"학생 여러분들, 명심하세요. 여기서 샴페인이 나오는 거예요."

맨해튼 세레나데

에이제이와 일당들은 뉴욕의 나이트클럽으로 출발한다. 에이제이는 황금 사슬에 묶인 자주색 엉덩이의 개코원숭이를 끌고 간다. 그는 체크무늬 리넨 골프 바지에 캐시미어 재킷을 입고 있다.

매니저: "잠깐만요. 잠깐만요. 저게 뭡니까?"

에이제이: "얘는 일리리아[85] 푸들 종이에요. 인간이 길들일 수 있는 짐승 중 가장 뛰어나죠. 이곳의 분위기를 돋울 겁니다."

매니저: "내 눈에는 자주색 엉덩이의 개코원숭이처럼 보이는군요. 입장할 수 없습니다."

에이제이의 바람잡이: "이분이 누구신지 몰라요? 최후의 큰손인 에이제이라고요."

매니저: "그 큰손에게 자주색 엉덩이 녀석을 데려가서 다른 곳에서 돈을 펑펑 쓰라고 전해 주시길."

에이제이는 다른 나이트클럽 앞에 서서 안을 들여다본다. "우아한 동성애자들과 늙은 여자들만 득시글하군! 젠장! 제대로 찾아왔어. 다들 돌진!"

그는 바닥에 황금 말뚝을 박고 개코원숭이를 묶어 둔다. 그가 우아한 말투로 말하기 시작하자 일당들도 거든다.

"환상적입니다."

"대단하네요."

---

85   아드리아해 부근에서 발생한 고대 문명지다.

"천국같이 아름다워요."

에이제이는 긴 담배 곰방대를 입에 문다. 곰방대는 외설스럽게 휘어지는 물질로 만들어졌다. 징그러운 파충류의 생명력을 가진 것처럼 흔들리고 요동친다.

에이제이: "그래서 해발 900미터 되는 곳에서 내가 엎드려 있었거든."

근처에 있던 동성애자 몇 명이 동물적인 감각으로 위험을 감지하고는 머리를 쳐든다. 에이제이는 알아들을 수 없는 포효를 내지르며 벌떡 일어난다.

"자주색 엉덩이의 쓰레기 같으니라고!" 그가 고함친다. "바닥에 똥을 싸게 만들어 주마!" 에이제이는 가지고 있던 우산에서 채찍을 꺼내더니 개코원숭이의 엉덩이를 때린다. 원숭이가 비명을 지르며 묶여 있던 말뚝에서 도망치더니, 옆 탁자 위로 뛰어올라 나이 든 여자에게 기어오른다. 그 여자는 심장마비로 그 자리에서 즉사한다.

에이제이: "부인, 미안하오. 교육 중이오."

그는 개코원숭이를 미친 듯이 때리면서 바의 한쪽 끝에서 다른 쪽 끝까지 몰고 간다. 공포를 느낀 개코원숭이는 비명을 지르고 이빨을 드러내며 대변을 지리더니, 손님들에게 올라타고 바 위에서 사방으로 뛰어다니고 샹들리에와 커튼을 잡고 매달린다……

에이제이: "똑바로 대변을 보지 않으면 다시는 변을 보지 못하게 만들어 주마."

바람잡이: "에이제이가 너한테 어떻게 대해 줬는데. 그런 에이제이를 화나게 만들다니 부끄러운 줄 알아야지."

에이제이: "배은망덕한 녀석들 같으니라고! 다들 하나같이 배은망덕해! 늙은 동성애자한테서 좀 배워라."

물론 에이제이의 위장용 삶을 실제로 믿는 이는 아무도 없다. 에이제이가 말하는 "독립적인 태도"는 실제로는 "네 일이나 신경 쓰라."라는 뜻이다. 독립적인 개인은 더 이상 존재하지 않는다…… 인터존은 다양한 종류의 바보들로 넘쳐 나지만 그 중 중립을 지키는 사람은 없다. 에이제이 수준의 중립적 태도를 가진 사람은 당연히 상상할 수도 없다……

하산은 악명 높은 액화주의자이자 비밀 송신자라는 의심을 받는다. "제길." 그는 친근한 미소를 지으며 말한다. "난 그저 퍼져 나가고 증식해야 하는 암 덩어리일 뿐이야." 그는 말라 버린 구멍 더턴이라 불리는 댈러스 출신의 채굴 투기 사업가와 친하게 지내면서 텍사스 억양을 배웠고, 집 안팎에서 언제나 카우보이 부츠를 신고 거대한 카우보이모자를 쓰고 다닌다…… 하산의 눈은 검은 선글라스에 가려 보이지 않고, 얼굴은 왁스처럼 매끈하고 잡티가 없으며, 만기가 되지 않은 고액의 은행권 수표로 구매한 맵시 좋은 양복 차림을 하고 있다. (은행권 수표는 지폐와 거의 같지만, 만기에 도달한 후에야 현금처럼 사용할 수 있다…… 은행권 수표는 장당 100만 달러까지도 가능하다.)

"은행권 수표들이 내 주변에서 계속 알을 까고 있어." 그는 수줍게 말한다…… "마치, 아, 이걸 어떻게 말해야 할까. 마치 은행권 수표 아기들을 품고 다니는 엄마 전갈처럼 따뜻한 내 몸에서 아기들이 자라나는 느낌이라고나 할까…… 내 얘기가 너무 재미없지 않았으면 좋겠군."

친구들에게 샐리라는 애칭으로 통하는 살바도르는 주변
에 항상 몇 명의 '친구'들을 거느리고 이들에게 시급을 지급한
다. 그는 2차 세계 대전 당시 미숙아 송아지 사업으로 '치유'받
았다.(치유받았다는 말은 부자가 되었다는 뜻이다. 텍사스의 석유
산업 종사자들이 사용하는 표현이다.) 순수 식품의약품 부서[86]
에는 그의 사진이 파일에 보관되어 있는데, 피부에 파라핀을
주입해 방부 처리를 한 것처럼 매끈하고 반들거리며 모공이 없
는 둔한 얼굴을 하고 있다. 한쪽 눈은 생기 없는 회색빛에 상처
와 불투명한 자국들이 있는 대리석 구슬처럼 둥근 모양을 하고
있다. 반짝거리는 검은색의 반대쪽 눈은 차가운 곤충의 눈 같
다. 그의 눈은 대개 검은 선글라스에 가려져 있다. 그는 마치 유
충 상태의 비밀경찰처럼 악의적인 동시에 신비해 보이고, 그의
몸짓과 매너는 이해하기 어렵다.

살바도르가 흥분하면 문법에 안 맞게 영어를 쓰는 경향이
있다. 그럴 때 그의 억양은 이탈리아계 미국인 같다. 그는 에트
루리아 문자를 읽고 말할 줄 안다.

한 무리의 회계 조사관들이 살바도르의 국제 사업과 관련
된 서류들을 꼼꼼하게 조사한 적이 있었다…… 그의 사업은 산
하 회사들과 유령 회사, 수많은 가명 사이의 서로 긴밀히 연결
되어 변화하는 연결망 속에서 세계로 뻗어 나간다. 그는 스물
세 개의 여권을 보유하고 있으며 마흔아홉 번 추방당한 이력이
있다. 또한 쿠바와 파키스탄, 홍콩, 요코하마에서 현재 추방 절

---

86 1906년 제정된 「순수 식품의약품에 관한 법률」은 불순물이 첨가된 음식이나
    순도가 낮은 의약품 판매를 금지하는 법안으로, 미국 식품의약청(FDA)의 출
    발점이 되었다.

차가 진행 중이다.

살바도르 하산 올리리. 일명 신발 가게 청년, 일명 잘못된 길로 들어선 마브, 일명 태반 산업 리리, 일명 미숙아 송아지 판매상 피트, 일명 플라센타 후안, 일명 윤활제 아메드, 일명 짠돌이, 일명 볼기짝, 기타 등등, 기타 등등. 그의 범죄 기록은 열다섯 장을 꽉 채울 정도로 많다. 그가 처음으로 법망에 걸렸던 시기는 뉴욕에서 브루클린 경찰이 퉁퉁이 윌슨이라 부르던 인물과 어울려 지내던 때였다. 퉁퉁이 윌슨은 신발 가게에서 페티시가 있는 손님들을 등쳐 먹으며 돈을 벌던 사람이었다.

하산은 경찰관을 사칭한 혐의로 삼급 금품 갈취 및 모의로 기소되었다. 그는 사기꾼의 제1번 규칙인 가짜 배지 버리기를 배웠다. 이는 비행기 조종사에게 비행 속도 유지가 가장 중요한 규칙인 것과 마찬가지다…… 자경단원의 표현을 빌리자면, "경찰에게 걸렸을 땐 말이야, 가짜 배지를 버리지 못하면 삼켜야 해." 그래서 하산이 경찰에 잡혔을 때 그는 가짜 배지를 소지하고 있지 않았다. 그는 윌슨에게 불리한 증언을 했고, 그 대가로 불확정 형을 선고받았다. (뉴욕주 법에 따르면 불확정 형은 경범죄 중 복역 기간이 가장 길다. 불확정 형을 선고받으면 일반적으로 라이커스섬에서 삼 년 동안 복역한다.)

경찰은 하산에 대한 고소를 취하했다. "좋은 경찰을 못 만났으면 오 년은 족히 받았을 거야." 하산은 법에 걸릴 때마다 좋은 경찰을 만났다. 그의 범죄 기록 중 세 장은 그가 경찰에 협조적임을 보여 주는(경찰 은어로 "공놀이하기"라 불리는) 이름들로 빼곡하다. 경찰이 아닌 사람들은 하산을 다른 이름으로 부른다. 경찰 졸개 에이브, 밀고자 마브, 아부쟁이 유대인, 전서구

알리, 왕따 샐, 징징이 남미인, 불쾌한 이탈리아 놈, 브롱크스 오
페라 하우스, 짭새의 요정, 자동 응답 서비스, 꽥꽥이 시리아인,
아부하는 쓰레기, 뮤지컬 호모, 엉뚱한 똥구멍, 호모 첩자, 끄나
풀 리리, 잘난체하는 입이 싼 호모, 머저리 대왕.

그는 요코하마에서 성인용품 가게를 열었고, 베이루트에
서는 마약을 팔았고, 파나마에서는 포주 노릇도 했다. 2차 세계
대전 중에는 양지로 올라와 네덜란드에서 목장을 인수해서는
쓰고 남은 기계 윤활유를 버터에 넣어 판매하고, 북아프리카에
서는 윤활제 시장에 뛰어들었다가 결국에는 미숙아 송아지 시
장에서 떼돈을 벌었다. 그 후에도 그는 자투리 약품과 각종 싸
구려 위조품을 세계 곳곳에 판매하면서 크게 번창했다. 불순물
이 섞인 상어 퇴치제, 자투리 항생제, 망가진 낙하산, 유통 기한
이 지난 해독제, 효과 없는 약품과 백신, 물이 새는 구명보트 같
은 물건들.

예전에 희극 공연 무용수였던 클렘과 조디는 국가를 배신
하고 러시아 정부의 비밀 요원으로 활동했다. 이들의 유일무이
한 임무는 미국을 부정적으로 보이도록 만드는 것이었다. 인도
네시아에서 남색 혐의로 체포되었을 때 클렘은 사건을 맡은 치
안 판사에게 이렇게 말했다.

"내가 동성애자라서 그런 짓을 한 게 아닙니다. 어차피 상
대들은 전부 찢어진 눈의 아시아 놈들이었는데요."

그들은 검은 카우보이모자를 쓰고 붉은 멜빵을 멘 차림으
로 리베리아에서 목격되었다.

"늙은 검둥이를 썼는데 한쪽 다리를 공중에 들고 헛발질하

면서 옆으로 고꾸라지더군.”

“그렇군. 근데 검둥이를 불에 태워 죽여 본 적은 있냐?”

그들은 거대한 시가를 태우면서 항상 **판자촌** 일대를 어슬 렁거렸다.

“조디, 이 부근으로 불도저를 한 대 가져와야겠어. 이 쓰레 기 동네를 말끔하게 밀어 버려야지.”

미국의 엄청난 난동을 목격하고 싶어 하는 병적인 무리가 이들을 졸졸 따라다닌다.

“공연 산업에서 삼십 년을 종사했어도 이런 바쁜 일과는 도저히 소화할 수가 없어. **판자촌**을 쓸어 버려야 하고, 헤로인 을 한 대 맞고, 블랙스톤[87]에 소변을 갈기고, 돼지 차림을 하고 기도를 올리고, 임대차 계약을 취소하면서 동시에 항문 성교를 하고…… 내가 무슨 문어발이라도 되는 줄 아나?” 클렘은 불만 을 터뜨린다.

그들은 헬리콥터를 이용해 블랙스톤을 훔친 후 그 자리에 돼지우리를 놓으려고 작당 모의를 꾸민다. 돼지들은 순례자들 을 보면 혀를 내밀고 비웃도록 훈련되었다. “우리는 저 꿀꿀이 녀석들에게 노래를 가르치려 하고 있어. ‘미국 국기를 향해 혀 내밀고 비웃기 세 번’ 이런 식의 노래. 하지만 잘 안 되네……”

“밀 수입 건으로 파나마의 알리 왕 차풀테펙에게 연락했 지. 그가 말하길, 최상품 물건이 있는데 이걸 소유한 핀란드 선 장이 동네 선술집에서 죽으면서 이 물건을 어떤 여자한테 맡겼 대…… ‘그분은 제게 어머니 같으신 분이에요.’가 선장의 마지

---

87   이슬람 종교의 성물 중 하나다.

막 유언이었지…… 그래서 우리는 그 할망구에게서 물건을 좋은 가격에 샀어. 그 여자한테 헤로인 열 방을 놓아 줬지.”

“양질의 헤로인이었지. 알레포에서 구한 양질의 헤로인.”

“정신이 번쩍 들 만큼 충분한 양이었어.”

“물건이 제대로인지 확인해 봐야 하지 않아?”

“네가 하산에게 접근했을 때 말이야. 이슬람 지도자를 위한 연회를 열고 밀로 만든 쿠스쿠스를 대접했다는 게 사실이야?”

“당연. 사람들이 대마초에 너무 취한 나머지 연회 도중 광란의 파티를 벌이더군…… 난 빵과 우유만 먹었어…… 위궤양에 걸렸거든.”

“나도 그래.”

“그러더니 사람들이 꽁무니에 불붙은 듯 소리 지르면서 사방팔방으로 뛰어다녔고, 그들 중 상당수는 다음 날 아침에 죽었지.”

“그리고 살아남은 사람들은 그다음 날 아침에 죽었지.”

“그 사람들은 동양의 해악으로 스스로를 타락시킨 주제에 도대체 뭘 기대했던 거야?”

“재미있게도 그 사람들 모두 시꺼멓게 변하고 다리가 떨어져 나갔지.”

“대마초 중독의 끔찍한 결과야.”

“똑같은 일이 나한테도 벌어졌어.”

“그래서 우리는 유명한 라타인 이슬람 술탄과 직접 거래하지. 그 뒤에는 모든 게 순풍에 돛 단 듯 순조로워.”

“하지만 우리 사업하는 데까지 쫓아왔던 몇몇 불평분자가 있었잖아."

"다리 없는 장애인들."

"머리에도 문제가 있고."

(맥각병은 상한 밀에서 자라는 곰팡이 질환을 칭한다. 중세 유럽에서는 맥각병이 주기적으로 발발해 사회를 초토화했는데, 이 병을 '성 안토니우스의 불'이라 부르기도 했다. 종종 괴저병이 동반되며, 이 병에 걸린 사람은 다리가 검게 변한 후 떨어져 나간다.)

클렘과 조디는 망가진 낙하산 수화물을 하역해 에콰도르 공군에게 전달한다. 작전은 다음과 같다. 병사들이 찢어진 콘돔처럼 바람이 새는 낙하산을 메고 공중에서 수직 강하하고, 젊은이들의 피가 배불뚝이 장군들 위에 뿌려진다…… 클렘과 조디가 제트기를 타고 안데스산맥을 건너 사라질 때 멀리서 산산이 부서지는 메아리 소리가 들려온다……

이슬람 주식회사의 정확한 목표는 불분명하다. 당연하게도 이 회사와 관련된 모든 사람은 각자 다른 목적을 가지고 있으며, 언젠가는 상대를 속여 넘기겠다는 의도를 품고 있다.

에이제이는 이스라엘의 괴멸을 선동한다. "서구에 대한 적대감을 바탕으로 어떤 사람이 젊은 중동인들의 기분을 맞추면서 골칫거리가 되고 있습니다…… 현 상황은 폭발하기 일보 직전입니다…… 이스라엘은 너무나도 불편한 상황에 처해 있습니다." 에이제이의 전형적인 위장용 말투다.

클렘과 조디는 근동의 유전 지대를 파괴하는 데 관심이 있다고 공표한다. 이는 자신들이 소유한 베네수엘라 주식의 가치를 높이기 위한 전략이다.

클렘은「크로대드」[88]에 맞춰 가사를 짓는다.

석유가 모두 마르면 어떻게 할 거야?
그 자리에 주저앉아서 중동인들이 죽는 걸 구경해야지

살바도르는 적어도 일반 조합원들에게는 자신이 액화주의자로 활동한다는 사실을 감추고 싶어서 국제 금융의 두꺼운 장막 뒤에 숨는다…… 하지만 **야헤** 몇 모금만 하면 친구들에게 지나치게 솔직해진다.

"이슬람은 이미 걸쭉한 수프나 다름없어." 그는 액화론자의 춤을 추면서 말한다…… 그러다가 스스로를 제어하지 못하고 끔찍한 가성으로 노래하기 시작한다.

가장자리가 떨리고 있어
한 번만 밀면 가라앉겠지
이봐, 내 베일을 준비해 줘

"어떤 사람들은 자칭 무함마드의 재림이라고 주장하는 브루클린의 유대인을 모시고 있거든…… 이 유대인은 사실 벤웨이 박사가 메카에 있는 성인의 배에서 제왕절개로 꺼낸 사람이야. 만일 아메드가 태어나려 하지 않았다면…… 우리가 직접 가서 그를 꺼내야지."

이 후안무치한 이야기는 귀가 얇은 중동인들에게 아무 의

88 〔원주〕빅 빌 브룬지 재즈 밴드의 곡이다.

심 없이 받아들여졌다.

"중동 사람들은 좋은 사람들이야…… 착하고 무지한 사람들이지." 클렘은 말한다.

그리하여 이 사기꾼은 라디오로 매일 코란 말씀을 전파하면서 다음과 같이 발표한다. "라디오 청취자 여러분, 저는 여러분의 친절한 선지자 아메드입니다…… 오늘 저는 언제나 몸을 우아하게 가꾸고 깨끗하게 입맞춤하는 것이 얼마나 중요한지를 설파하려 합니다…… 여러분, 조디가 판매하는 엽록소 성분 약을 드시고 의심을 버리세요."

이제 인터존의 분파들에 관해 설명할 차례다……

'액화주의당'은 최후의 단 한 사람을 제외하고는 모두 바보들로 구성되어 있다는 사실을 금세 알아차릴 수 있다. 다만 최후의 흡수가 일어나기 전까지는 누가 바보인지 정확히 알 수가 없다…… 액화주의자들은 세상에 존재하는 모든 변태적 행위, 특히 사도마조히즘적인 행위에 상당히 노출되어 있다……

일반적으로 액화주의자들은 자신들이 무슨 행위를 하는지를 인지하고 있다. 반면 송신자들은 송신 행위의 특징이나 최종적 상태에 대해 무지한 것으로 악명이 높고, 야만적이고도 독선적인 태도에 더해 모든 종류의 **사실**에 광적인 공포를 느끼는 것으로도 악명이 높다. 사실주의자들이 제때 개입하지 않았더라면 송신자들은 아인슈타인을 정신 병원에 집어넣고 그의 이론을 폐기했을 것이다. 송신자 중 몇 명만이 자신의 행위를 인지하고 있으며, 이 최상위 송신자들은 세상에서 가장 위험하고 사악한 존재다……

송신 행위 기술은 처음에는 조잡했다. 화면이 어두워지더니 시카고에서 열리는 전국전기학회로 전환된다…… 발표자가 아르바이트생의 무심한 어조로 말한다.

"결론적으로 저는 경고하고 싶습니다…… 뇌파 검사 연구의 확장은 논리적으로 볼 때 생명 통제로 귀결됩니다. 다시 말해 실험 대상의 신경 체계에 생체 전기 신호를 주입함으로써 육체적 움직임, 정신 작용, 감정적 반응, **뚜렷한** 감각 처리를 통제하는 방식이죠."

"더 크고 더 재미있게!" 학회 참석자들이 먼지구름을 일으키면서 일사불란하게 나가 버린다.

"의사는 갓 태어난 아기의 뇌에 연결 장치를 삽입할 수 있습니다. 작은 라디오 송신기가 작동하면 실험 대상은 정부의 제어 송신기를 통해 통제됩니다."

텅 빈 넓은 학회장의 먼지가 잦아들자, 탁한 공기 속에서 뜨거운 쇠와 연기 냄새가 진동한다. 멀리서 난방 기구가 돌아가는 소리가 들린다…… 발표자는 노트를 뒤적이더니 종이에 쌓인 먼지를 털어 낸다.

"생명 통제 기구는 한쪽 방향으로만 작동하는 텔레파시 통제의 초기 모델입니다. 다른 기구를 삽입하지 않고도 약 혹은 기타 방식을 통해 실험 대상이 송신기에 익숙해지도록 만들 수 있습니다. 궁극적으로 송신자는 텔레파시 송신을 독점적으로 사용하게 될 겁니다……『마야 코덱스』[89]를 아시나요? 그 책은 아마도 이런 내용일 겁니다. 전체 인구의 약 1퍼센트를 차

---

89   고대 마야 문명의 책이다.

지하는 사제들이 노동자 계층에게 무엇을 언제 느낄지를 지시
하기 위해 한쪽 방향으로 작동하는 텔레파시 방송을 고안했습
니다…… 텔레파시 송신은 계속 보내져야 합니다. 반면 사제
는 수신할 수 없는데, 만약 수신할 경우 다른 누군가에게 그만
의 고유한 감정이 있다는 증거고, 그렇게 되면 사제가 보내는
송신의 지속성이 망쳐지기 때문입니다. 송신자는 계속해서 송
신해야 하지만 접촉을 통해 재충전할 수 없습니다. 곧 그는 송
신할 감정이 바닥나죠. 혼자서는 감정을 만들어 낼 수 없어요.
이 경우의 혼자는 송신자가 혼자인 것과는 차원이 다릅니다.
하나의 시공간 속에는 단 한 명의 송신자만이 존재해야 합니
다…… 결국 화면이 꺼지죠…… 송신자는 거대한 지네로 변합
니다…… 그러면 노동자들이 길을 제대로 찾아와 지네를 태워
죽이고는 대중의 동의하에 새로운 송신자를 선출하죠…… 고
대 마야인들의 한계는 마야 문명이 고립된 지역에 위치했다는
점입니다…… 현대에는 한 명의 송신자가 지구 전체를 통제할
수도 있습니다…… **통제라는 것은 어떠한 실용적인 목적도 달성
할 수 없는 도구입니다…… 통제는 더 심한 통제만 불러올 뿐입니
다…… 마치 마약처럼요……**"

　분열주의자들은 중간자적 위치를 차지하며, 실제로 온건
파라 할 수 있다…… 이 사람들이 분열주의자로 불리는 이유는
이들이 말 그대로 분열하기 때문이다. 몸의 작은 부분을 도려
내면 그 부분이 배아가 되어 정확히 똑같은 복제 인간이 만들어
진다. 분열 과정이 방해받지 않는다고 가정할 경우, 궁극적으
로 지구상에는 하나의 성별을 가진 하나의 복제 인간만이 존재

하게 된다. 즉 수백만 개의 몸을 가진 단 한 사람…… 이 몸들이 실제로 독립적인 개체인가? 시간이 지남에 따라 이들이 다양한 개성을 지닌 개체로 발전할 것인가? 그렇지 않을 것이다. 복제 인간들은 주기적으로 모세포로부터 재충전을 받아야 한다. 이것은 복제 혁명에 대한 두려움 속에 살고 있는 분열주의자에게는 절대적인 믿음의 가치다…… 일부 분열주의자들은 한 명의 복제 인간이 최종적으로 모든 것을 독점하기 바로 직전에 복제 과정을 멈출 수 있을 거라고 믿는다. 이들은 말한다. "사방에 내 복제 인간들을 더 많이 심어 두면 여행할 때 외롭지 않을 거야…… 또한 '바람직하지 않은 존재'의 분열은 엄격하게 통제되어야 해……" 자기의 복제 인간을 제외한 나머지 복제 인간들은 전부 궁극적으로 "바람직하지 않은 존재"로 치부된다. 특정 지역이 동일한 복제 인간으로 넘쳐 나기 시작하면 사람들은 무슨 일이 벌어지고 있는지 당연히 알아챈다. 이 경우 사람들은 '슐루핏'(동일 복제 인간을 한꺼번에 전부 학살하는 행위다.)을 선언한다. 자신의 복제 인간이 멸절되는 것을 피하려고 사람들은 복제 인간의 머리를 염색하고, 외형을 망가뜨리고, 얼굴과 몸매를 바꾼다. 사회로부터 배척된 가장 뻔뻔한 사람들만이 동일 복제 인간의 제작을 감행한다.

　지적 장애가 있는 알비노로 태어난 카이드는 대대로 이어져 온 열성 유전자의 산물(치아가 없는 작은 입은 검은 털로 덮여 있고, 대형 게의 몸에는 팔 대신 집게가 달려 있으며, 눈은 가는 줄기에 달린 채 툭 튀어나와 있다.)로, 2만 개의 동일 복제 인간을 생성했다.

　"사방에 보이는 것이라고는 복제 인간뿐이야." 테라스를 기어다니고 이상한 곤충 울음소리를 내며 카이드가 말한다. "나라고 이름 모를 놈팡이처럼 숨어 다니면서 오물 구덩이에서 복제 인간들을 키우고 개네를 배관공이나 배달원으로 변장시켜서 밖으로 내보내고 싶겠어? ……내 복제 인간들은 성형 수술로 만들어 낸 엄청난 미모나 야만적인 염색 혹은 탈색 따위는 안 해. 얘들은 태양 아래 당당히 나체로 서서는 빛나는 사랑스러운 몸과 얼굴, 영혼을 만천하에 공개할 거야. 내 모습을 따라 만든 아이들에게 명하노니, 기하학적으로 번성하여라. 너희는 이 땅을 물려받을 것이니."

시크 아라크니드의 복제 인간 배양체들을 영원히 불임으로 만들기 위해 전문적인 마녀를 초빙했다…… 마녀가 죽음의 에너지 한 방을 날리기 위해 준비하는 동안 벤웨이 박사는 말했다. "너무 열심히 하지 않아도 됩니다. 프리드리히의 운동실조증 덕에 그 복제 인간 소굴이 깨끗하게 소탕될 테니까요. 저는 빈의 핑거바텀 교수 아래에서 신경학을 배웠습니다…… 교수님은 몸에 있는 모든 신경에 통달한 분이었죠. 엄청난 분이셨어요…… 안 좋은 결말을 맞으셨지만요…… 교수님의 치핵이 밖으로 빠져나와 벤트레 공작의 자동차를 날려 버리고 뒷바퀴에 들러붙었죠. 교수님은 내장이 완전히 비워진 채로 빈 조개 껍데기처럼 기린 색깔의 좌석에 앉아 계셨죠…… 심지어 눈과 뇌도 꿀럭거리는 소리를 내면서 교수님의 몸에서 빠져나갔어요. 벤트레 공작은 그 **꿀럭거리는** 물질들을 교수님의 무덤까지 옮겨 주겠다고 했죠."

변장한 복제 인간을 식별할 수 있는 확실한 방법이 없으므로 (비록 모든 분열주의자는 자신만의 완벽한 방법이 있다고 믿지만) 분열주의자들은 병적으로 예민한 편집증에 걸려 있다. 누군가가 자유롭게 의견을 내기라도 할라치면 분열주의자들은 하나같이 민감한 반응을 보인다. "당신이 뭔데? 냄새 지독한 깜둥이의 탈색한 복제 인간이라도 돼?"

술집에서의 싸움에 휘말려 다친 사람들이 비틀거린다. 실제로 금발에 푸른 눈을 가진 흑인이 복제될 수 있다는 두려움은 전 지역의 인구 감소로 이어졌다. 분열주의자들은 하나같이 잠재적이거나 대놓고 동성애자다. 사악한 늙은 동성애자가 어린 소년들에게 말한다. "만약 여자들이랑 사귀면 네 복제 인간이 성장하지 않을 거야." 그리고 사람들은 타인의 복제 배양체에 늘 주술을 건다. "비디 블레어, 감히 내 배양체에 저주를 걸다니!"라는 외침과 함께 대혼란이 벌어지는 소리가 숙소 전체에 끊임없이 울려 퍼진다…… 분열주의자들은 일반적으로 흑마술에 능통하고, '세포질의 아버지'라고도 알려진 모세포를 파괴하는 데 다방면으로 효과적인 수많은 공식을 알고 있다. 모세포의 파괴는 복제 인간을 잡아다가 고문하거나 죽이는 방식을 통해 이루어진다…… 정부는 분열주의자 간의 살인 및 복제 인간의 불법 생산을 통제하려는 시도를 포기했다. 하지만 선거 직전 시기에는 복제 인간 밀매업자들이 숨어 사는 산간 지역에 경찰이 급습 작전을 벌여 광대한 양의 복제 배양체가 파괴되기도 한다.

복제 인간과의 성교는 엄격하게 금지돼 있지만 실제로는 광범위하게 행해진다. 동성애자 전용 술집에서는 수치를 모르는 사람들이 자기의 복제 인간과 연애한다. 주거 담당 형사가 호텔방마다 돌면서 묻는다. "여기 복제 인간이 혹시 있습니까?"

복제 인간과 연애하려는 저소득층으로 넘쳐 나는 술집은 안내문에 중복 부호를 사용해 이들의 출입을 막는다. "〃 〃 〃 는 입장이 불가능합니다."

분열주의자들의 평균적인 삶은 공포와 분노로 가득한 위기의 지속이라 할 수 있을 것이다. 그들은 송신자의 독선적인 자기만족이나 액화주의자의 여유로운 타락 중 어떤 것도 달성하지 못한다…… 하지만 이들 분파는 서로 독립적으로 지내지 않고 모두 한데 섞여 활동한다.

사실주의자들은 반액화주의자, 반분열주의자, 그리고 무엇보다도 반송신자다.

관리직 사실주의자들이 작성하는 게시글에는 복제 인간에 대해 다음과 같이 적혀 있다. "우리는 소위 말하는 '바람직한 복제 인간들'로 지구를 뒤덮는 손쉬운 해결책을 거부해야 한다. 바람직한 복제 인간들이 실제로 존재하는지도 심히 의문인데다 그런 존재들은 절차와 변화를 우회하려고 시도한다. 심지어 가장 지적이고 유전적으로 완벽한 복제 인간이라 하더라도 지구상의 생명체들에게 큰 위협이 될 가능성이 농후하다……"

액화주의자에 대한 임시 게시글. "우리는 우리가 가진 세포질의 핵심을 거절하거나 거부해서는 안 되며, 액화라는 진창에 빠지지 않으면서도 언제나 최대한의 유연성을 유지하도록 힘써야 한다……"

완성되지 않은 임시 게시글. "단호히 말하건대 우리는 텔레파시 연구를 반대하지 않는다. 실제로 텔레파시를 제대로 이해하고 사용할 경우, 압력 단체 혹은 개개인의 통제에 지나치게 매몰된 이들이 저지르는 조직적인 강압이나 독재에 저항하는 궁극적인 방어막이 될 수 있다. 핵전쟁을 반대하는 것과 같은 논리로 우리는 살아 있는 생명체의 개별성을 통제하고, 강제하며, 가치를 훼손하고, 착취하고, 파괴하기 위한 지식의 사용을 반대한다. 텔레파시의 본질은 한쪽 방향으로만 작동하지 않는다는 점에 있다. 한쪽 방향으로 작동하는 텔레파시 방송의 설치는 절대적인 죄악으로 여겨져야 마땅하다……"

최·게(최종 게시글). "송신자의 정의는 부정적인 내용으로 규정될 것이다. 저기압 지대, 혹은 주위의 모든 것을 빨아들이는 무의 공간처럼. 송신자는 얼굴도 개성도 없는, 놀라울 정도로 익명인 존재다. 송신자는 아마도 눈 대신에 매끈한 원반 모양의 피부를 하고 태어날 것이다. 마치 바이러스가 그러하듯 송신자는 자신이 하는 일을 언제나 잘 알고 있다. 따라서 눈이 필요하지 않다."

"송신자가 한 명보다 더 많을 수도 있을까요?"

"물론 처음에는 숫자가 많았습니다. 그러나 오래가지 않았죠. 지나치게 감상적인 몇몇 사람들은 송신 행위가 악하다는 사실을 모른 채 송신자들이 선한 목적으로 교화한다고 믿었습니다. 과학자들은 다음과 같이 말합니다. '송신 행위는 핵과 비슷합니다…… 만일 제대로 사용된다면 말이죠.' 이 시점에서 항문 기술자가 과탄산소다를 섞은 뒤 스위치를 작동시켜 지구를 우주의 먼지로 만든다. ('꺼어억…… 방귀 소리가 목성까지 들리겠구먼.')…… 예술가들은 송신을 창조와 혼동할 것이다. 이들은 한데 모여 '새로운 매체!'를 부르짖다가 작품 가치의 수직 하락을 겪을 것이다…… 철학자들은 **송신은 마치 마약처럼**

더 많은 송신 이외에는 어떠한 수단도 될 수 없다는 사실을 깨닫지 못한 채 목적과 수단을 혼동하며 끙끙댈 것이다. 다른 무언가를 위한 수단으로써 마약을 한번 시도해 보면 깨닫게 될 것이다…… '콜라와 아스피린'[90]을 조절하는 습관을 가진 사람들은 송신 행위의 사악한 현혹에 대해 목소리를 낼 것이다. 하지만 곧 아무도 목소리를 내지 않게 될 것이다. 송신자는 누가 목소리를 내는 걸 달가워하지 않는다."

송신자는 한 명의 인간이 아니다…… 그것은 인간 바이러스이다.

(모든 바이러스는 망가진 세포로, 신체 안에서 기생 세포로 살아간다…… 바이러스는 모세포를 특히 선호하며, 따라서 망가진 간세포는 간염 등을 발생시킨다. 모든 종은 마스터 바이러스를 보유하며, 이 바이러스가 해당 종의 망가진 이미지를 대변한다.)

인간의 망가진 이미지는 매 순간, 매 세포에 따라 변화한다…… 가난, 증오, 전쟁, 범죄자나 다름없는 경찰, 관료주의, 정신 질환. 이들은 인간 바이러스의 각종 증상이다.

인간 바이러스는 격리 후 치료가 가능하다.

90 20세기 중반 미국 사회에 널리 퍼졌던 근거 없는 이론으로, 콜라에 아스피린을 넣어 마시면 약물 효과를 낼 수 있다고 믿었다.

군청 직원

구법원으로 알려진 거대한 붉은 벽돌 건물 안에 군청 직원의 사무실이 있다. 실제로 이곳에서 민사 사건들을 심사하는데, 진행 속도가 끔찍할 정도로 느려서 원고가 죽거나 소송을 취하할 때까지도 해결되지 않는다. 그 이유는 거의 모든 일들과 관련된 방대한 양의 기록이 엉뚱한 장소에 보관되어 있기 때문인데, 군청 직원과 그의 부하 직원들만 유일하게 서류를 찾을 수 있고 그마저도 찾는 데 수년이 소요된다. 실제로 군청 직원은 1910년 법원 바깥에서 당사자들 간에 합의가 끝난 손해 배상 사건 관련 서류를 지금까지도 찾고 있다. 구법원 건물의 대부분이 폐허로 변했고, 남은 부분 역시 빈번한 함몰로 인해 상당히 위험한 상황이다. 군청 직원은 위험한 일들을 부하 직원들에게 맡겼고 이들 중 상당수는 일을 하다 목숨을 잃었다. 1912년에는 북북동 방향의 별관이 무너져 207명의 부하 직원이 안에 갇힌 적도 있었다.

인터존 도시의 시민을 상대로 소송이 제기되는 경우, 시민이 고용한 변호사들은 사건을 구법원으로 이관하기 위해 꼼수를 부린다. 이렇게 되면 원고가 패한다. 따라서 구법원에서 실제로 재판까지 가는 경우는 공청회를 원하는 괴짜들과 편집증 환자들이 제기한 사건들뿐이지만, 이마저도 거의 실행되지 않는다. 왜냐하면 정말로 뉴스거리가 없는 신문사들만이 기자를 구법원에 파견하기 때문이다.

구법원은 도심 바깥 피전홀이라는 이름의 구역에 자리 잡고 있다. 이 지역 및 주변의 늪지대와 벌목 지역에 사는 주민들은 너무나도 멍청하고 너무나도 야만적인 습성을 가지고 있어서, 행정 당국은 이 사람들을 강철 벽돌로 된 방사능 벽으로 둘러싸인 보호 구역 안에 격리하는 게 적절하다고 판단했다. 그에 대한 보복으로 피전홀 주민들은 구역 곳곳에 다음과 같은 글귀를 붙여 두었다. **"도시인들이여, 해가 지기 전에 이 마을에서 떠나라."** 이는 사실 불필요한 명령이다. 도시 사람들은 아주 긴급한 일이 있지 않은 한 피전홀에는 얼씬도 하지 않기 때문이다.

리의 경우는 비상 상황이었다. 그는 십 년 동안 집세를 내지 않고 버티던 집에서 강제로 퇴거당할 상황에 놓이자, 이를 피하려고 흑사병에 걸렸다는 서명 진술서를 긴급하게 작성한다. 그가 영원히 격리되어야 한다는 내용의 진술서다. 그래서 그는 진술서와 탄원서, 법원의 금지 명령서, 각종 증명서를 서류 가방에 챙겨 시의 경계로 향하는 버스를 탄다. 도심 쪽을 지키는 관세 담당자가 그를 통과시킨다. "그 서류 가방에 원자폭탄이라도 들어 있기를 바랍니다."

리는 진정제를 한 움큼 삼키고는 피전홀의 관세 건물로 들어선다. 담당자는 세 시간 동안 그의 서류들을 꼼꼼히 살피면서, 읽을 수도 없고 불길해 보이는 발췌록으로 가득한 낡은 규정집과 관세 목록을 뒤적거린다. 발췌록 마지막에는 이렇게 기록되어 있다. "상기 상황은 666 법령에 따라 벌금 및 처벌이 적용된다." 담당자들은 리를 의미심장하게 쳐다본다.

그들은 돋보기로 리의 서류를 검사한다.

"가끔 행간에 더러운 문구를 끼워 넣는 사람들도 있어."

"어쩌면 저 사람은 이 서류를 화장지 대용으로 팔려나 봐. 이 쓰레기는 당신이 개인적인 목적으로 사용하는 것입니까?"

"네."

"저 사람이 '네.'라고 대답하네."

"우리가 그걸 어떻게 확신할 수 있습니까?"

"저에게는 서명 진술서가 있습니다."

"똑똑하시군요. 신발을 벗으세요."

"그래, 그게 좋겠어. 발에 더러운 문신을 새겼을 수도 있으니까."

담당자들은 그의 몸을 구석구석 살펴보고 항문에 손을 넣어 밀수품 여부와 동성애 증거를 확인한다. 그의 머리카락에도 손을 넣어 물기를 짜낸 후 분석한다. "저 사람이 머리카락에 마약을 숨겼을 수도 있잖아."

마침내 그들은 리의 서류 가방을 압수하고, 리는 50파운드 무게의 서류 더미를 손에 든 채 비틀거리며 관세 건물을 빠져나온다.

한 무리의 교회 서기들이 썩은 나무로 된 구법원 계단에 앉아 있다. 그들은 건물로 다가오는 리의 모습을 연푸른색 눈으로 응시하면서, 주름진 목(목주름에는 먼지가 잔뜩 끼어 있다.)을 돌려 그가 계단을 올라 문으로 들어가는 모습을 주시한다. 건물 안 공기는 먼지로 가득한 안개와도 같다. 먼지는 천장에서 내려오기도 하고, 리가 걸을 때마다 바닥에서 구름을 일으키기도 한다. 그는 1929년에 이미 위험 진단을 받은 위태로운 계단을 오른다. 발이 닿을 때마다 마른 나무 조각이 튀어 올라 그의 다리 살을 찌른다. 계단이 끝나는 곳에는 페인트공이 사용하는 발판이 놓여 있고, 먼지 때문에 잘 보이지 않는 들보에서 뻗어 나온 해진 밧줄과 도르래가 발판과 이어져 있다. 리는 대관람차의 객실 안으로 조심스럽게 들어간다. 그의 몸무게로 인해 (물 흐르는 소리가 나는) 수압 기계가 작동을 시작한다. 관람차가 부드럽고 조용하게 움직이더니, 낡은 신발 밑창처럼 여기저기 닳아 있는 부식된 철 발코니에 정차한다.

그는 여러 개의 문이 늘어선 긴 복도를 따라 걷는다. 문들 대부분은 못질이 되어 있거나 판자로 막혀 있다. **근동 특산품**이라 쓰인 녹색 청동판이 붙어 있는 사무실에는 머그웜프가 길고 검은 혀로 벌레를 잡아먹고 있다. 군청 직원의 사무실 문은 열려 있다. 군청 직원은 여섯 명의 부하 직원에게 둘러싸인 채 담배를 씹고 있다. 리는 문간에서 멈춘다. 군청 직원은 쳐다보지도 않고 말을 이어 간다.

"저번에 테드 스피것을 우연히 만났어…… 좋은 사람이지. 인터존에서 테드 스피것보다 나은 사람은 없어…… 생각해 보니 그날이 금요일이었네. 그날 아내가 생리통으로 힘들어 해서 내가 돌턴 거리에 있는 파커 의사의 약국에 들렀거든. 약국 맞은편에는 예전에 제드의 말 대여소가 있었던 자리에 지금은 마 그린의 건전 마사지방이 들어서 있지…… 제드, 그 사람성이 뭐더라. 여하튼 제드는 왼쪽 눈에 안대를 차고 있었고 아내가 동쪽 어딘가의 출신이었지. 알제리였던 걸로 기억하는데.

제드가 죽은 후 후트 가문의 남자와 결혼했어. 내 기억이 정확하다면 클렘 후트였을 거야. 좋은 사람이었어. 결혼할 당시 마흔넷, 마흔다섯 살 정도였어…… 그래서 내가 파커 의사에게 말했지. '아내가 생리통이 진짜 심해서요. 마약성 진통제 50그램 정도 주세요.'

의사가 말하길, '아치, 이 공책에 서명해야 하네. 이름과 주소, 구매 날짜를 쓰게. 법이 그래.'

그래서 나는 의사한테 오늘이 며칠이냐고 물었고 그가 말하길, '13일의 금요일이야.'

그래서 내가 말하길, '내 몫의 불운은 이미 발생했죠.'

의사가 말하길, '오늘 아침에 어떤 남자가 찾아왔어. 시내에 사는 남자야. 요란하게 차려입었더군. 모르핀 처방전을 가지고 왔어…… 화장지로 된, 이상해 보이는 처방전이었지…… 그래서 내가 대놓고 물었어. '이봐요, 당신 마약 중독자죠?'

그가 말하더군. '선생님, 내성 발톱 때문에 너무 아픕니다.'

내가 말했지. '나도 확인할 건 확인해야 합니다. 하지만 손님이 합법적인 질병을 앓고 있고 진짜 의사가 처방한 정식 처방전을 가지고 있다면 당연히 약을 드릴 겁니다.'

그가 말했어. '그 의사는 진짜 면허가 있는 의사입니다.' ……한쪽 손이 하는 일을 다른 쪽 손이 모르게 하면서 나는 실수로 화장실 세제를 그에게 건넸지…… 그러니 그 남자 역시 오늘 몫의 불운을 아마도 겪었을 걸세.'

'피를 청소해 주는 물건을 팔았네요.'

'나도 똑같은 생각을 했지. 황산과 당밀시럽을 사용하는 것보단 훨씬 나을걸…… 자, 아치, 내가 너무 오지랖 부린다고

생각하진 말게나. 하지만 내가 늘 말하듯, 사람은 신과 약사 앞
에서는 절대로 비밀이 없어야 하네…… 자네 아직도 늙은 회색
암말이랑 자나?'

'세상에, 의사 선생…… 난 가정적인 사람이고 초교파 무
교단 교회의 장로요. 그리고 우리 둘 다 어렸을 시절 빼고는 한
번도 말 엉덩이를 탐낸 적이 없잖습니까.'

'그때가 좋았어, 아치. 내가 거위 기름을 겨자 소스에 섞었
던 거 기억나나? 나는 늘 엉뚱한 유리병을 잘못 선택하는 사람
이었지. 마치 고환이 떨어져 나간 담비의 비명처럼 자네가 내지
르는 비명 소리가 저 너머 컨트릭 마을에서도 들릴 정도였어.'

'의사 선생, 선생은 오해하고 있어요. 겨자 소스를 바른 건
선생이었고, 선생이 괜찮아질 때까지 기다렸던 건 나였어요.'

'그건 아치 자네 희망 사항이지. 역 뒤편의 녹색 화장실에
비치된 잡지에서 이 내용을 읽은 적이 있거든…… 어쨌든 아까
내가 한 말을 자네가 제대로 이해하지 못한 것 같네…… 늙은
회색 암말은 자네 아내를 지칭한 거라네…… 내 말은, 자네 아
내도 종기, 백내장, 염증성 동창, 치질, 구제역을 앓으면서 예전
과는 많이 변했으니까.'

'네, 리즈가 많이 아파요. 열한 번째로 유산한 이후에는 예
전 같지 않더군요…… 아내는 어딘가가 좀 이상해요. 페리스
선생님이 내게 단도직입적으로 말하더군요. '아치, 이제 더 이
상 저 생명체를 보지 않는 게 좋겠네.' 그러면서 날 오랫동안 쳐
다보는데, 소름이 쫙 끼치더라고요…… 뭐, 선생 말이 맞아요.
아내는 예전 같지 않아요. 그리고 선생이 주는 약으로도 크게
호전되지 않더군요. 실제로 지난달에 선생이 아내에게 판 안약

을 사용했더니 밤낮도 구분하지 못할 정도로 상태가 나빠졌어요…… 하지만 선생, 내가 늙은 암소인 리즈와 자지 않는다고 해서, 유산된 괴물들의 엄마를 모욕하려는 의도는 아니라는 걸 알아야 해요. 내가 그 열다섯 살짜리 예쁜이랑 사귀기 시작했을 때도 마찬가지고요…… 저 너머 검둥이 마을에 있는 메릴루의 일자 헤어 시술과 피부 표백 살롱에서 일하는 흑백 혼혈 여자애 아시죠?'

'자네 검은 살 닭고기를 먹고 있군? 검둥이 옥수수빵을 먹고 있네?'

'잘 먹고 있죠. 잘 먹고 있답니다. 사람들이 그러는데 의무감이 나를 몰아세우고 있대요. 늙은 아내에게 돌아가라고 말하네요.'

'자네 아내가 기름칠을 가장 원하고 있을 거라고 확신하네.'

'의사 선생, 내 아내는 진짜 바싹 마른 구멍이라…… 어쨌든, 진통제 고마워요.'

'우리 가게를 이용해 줘서 고맙네…… 헤헤헤…… 이봐, 만날 여자가 없어 심심하면 언제 들르게. 나랑 정력제 한잔 마시자고.'

'그러죠, 선생. 꼭 그러죠. 옛날 생각이 나겠네요.'

그런 후 집으로 돌아가 물을 데워서 진통제와 향신료, 계피, 월계수 이파리를 섞어 리즈에게 줬더니 상태가 좀 나아지더군. 적어도 내 화를 돋우지는 않더라고…… 나중에 콘돔을 사러 파커 의사의 약국에 다시 들렀어…… 물건을 사서 약국을 나오려고 할 때 로이 베인과 마주쳤지. 좋은 사람이야. 인터존에서 로이 베인보다 나은 사람은 없어…… 그가 말하길 '아치,

저기 공터에 있는 깜둥이 봤어? 시계를 맞춰도 될 정도로 규칙적으로 매일 밤 그 장소에 나타난다니까. 우라지게 확실해. 저기 풀숲 뒤편에 그 남자가 보이나? 매일 밤 8시 30분이 되면 저기 공터에 나타나서는 연마용 강철 솜으로 자위를 한다네…… 사람들이 그러는데, 깜둥이 목사래.'

그 남자 덕분에 나는 그때가 13일 금요일의 몇 시쯤인지 대강 알 수 있었지. 그러고 나서 이삼십 분도 지나기 전에 나는 의사 선생 가게에서 발정제를 샀고, 그레넬 습지를 따라 검둥이 마을로 향하는 동안 약효가 돌기 시작했어…… 가다 보면 습지에 구부러진 길이 나오는데, 예전에는 거기에 검둥이 오두막이 있었어…… 사람들이 컨트릭 마을에서 그 검둥이를 불태워 죽였지. 검둥이는 구제역에 걸려 눈이 완전히 먼 상태였어…… 하루는 텍사캐나 출신의 어떤 백인 여자가 냅다 소리를 질렀지.

'로이, 저 검둥이가 나를 역겨운 시선으로 쳐다보고 있어. 내 몸 구석구석이 더럽혀진 느낌이야.'

'예쁜아, 너무 스트레스 받지 마. 내가 친구들과 가서 저 검둥이를 태워 버릴 테니.'

'자기야, 천천히 태워 줘. 천천히. 저 인간 때문에 두통이 너무 심해.'

그래서 백인 남자들이 검둥이를 태웠고, 그 후 남자는 휘발유 비용도 내지 않은 채 아내와 함께 텍사캐나로 돌아가 버렸어. 주유소를 운영하는 목소리 작은 루는 가을 내내 이 말만 되풀이했어. '저 도시 놈들은 여기 와서 검둥이만 태우고 심지어 휘발윳값도 내질 않았네.'

체스터 후트가 그 검둥이의 오두막을 뜯어서는 블러드 벨리에 있는 자기 집으로 가져가 뒤뜰에 세워 두었어. 창문은 전부 검은 천으로 가렸고, 그 안에서 어떤 일이 벌어졌는지는 차마 말할 수 없어…… 체스터는 좀 이상한 행동을 하곤 했지…… 어쨌든 원래는 이 습지에 검둥이의 오두막이 세워져 있었고, 그 맞은편에는 매해 봄마다 범람하던 브룩 가족의 집이 있었어. 뭐 그 당시에는 브룩 소유의 집은 아니었지만…… 스크랜턴이라는 이름의 남자가 소유주였어. 그 땅의 측량 시기는 1919년으로 거슬러 올라가지…… 누가 측량을 담당했는지 자네들도 알 거야…… 꼽추 클래런스라는 사람인데 부업으로 우물에 이상한 주문을 거는 일도 했어…… 좋은 사람이야. 인터존에서 꼽추 클래런스보다 나은 사람은 없어…… 그 장소 부근에서 나는 테드 스피것이 대형 도롱뇽과 성교하는 걸 봤지."

리는 목청을 가다듬었다. 직원은 안경 너머로 올려다보았다. "젊은이, 내가 하던 말을 끝마칠 때까지 좀 기다려 줬으면 좋겠네. 곧 자네 일을 처리해 줄 테니."

그러고 나서 직원은 암소로부터 물공포증이 옮은 흑인에 대한 일화로 넘어갔다.

"그래서 우리 아버지가 내게 말했지. '집안일을 마치면 미친 검둥이를 보러 가자꾸나……' 사람들이 검둥이를 침대에 묶어 뒀는데, 마치 암소처럼 울부짖더군…… 나는 금세 그 검둥이에게 질려 버렸어. 자, 그럼 나는 비밀 자문기관실에 들어가 봐야 해서 이만 실례하겠네. 히히히!"

이 말을 들은 리는 경악했다. 군청 직원은 종종 몇 주 동안 자문기관실에 박혀서 전갈과 상품 주문 광고지만 먹으면서 지냈다. 때때로 그의 부하 직원들이 문을 억지로 열고는 상당히 심각한 영양실조 상태의 그를 끌어내야 했다. 리는 마지막 카드를 사용하기로 결심했다.

"앵커 씨, 같은 레이저 백 소속 단원으로서 당신에게 부탁합니다." 그리고 그는 치기 어린 좀도둑 시절의 기념품인 레이저 백 카드를 꺼냈다.

직원은 의심스러운 눈길로 카드를 쳐다보았다. "자네는 진짜 레이저 백 단원으로 보이지는 않는데…… 유대인에 대해 어떻게 생각하나?"

"앵커 씨, 유대인이란 기독교 여성들에게 찝쩍거리는 놈들이라는 걸 당신도 잘 알고 계시지 않습니까?…… 언젠가 우리는 남아 있는 놈들을 모두 쓸어 버릴 겁니다."

"도시 출신치고는 상당히 정신이 똑바로 박힌 친구로군…… 이분이 뭘 원하는지를 여쭤 보고 처리해 드려…… 이분은 좋은 사람이야."

인터존

　　인터존 토박이 중 동성애자도 아니고 이성 애인도 있는 유일한 사람은 앤드루 키프의 운전기사다. 이 사람을 고용한 이유는 키프가 가식적이거나 혹은 변태 기질이 있어서가 아니라, 그가 더 이상 원하지 않는 관계를 끊어 낼 때 유용한 핑곗거리가 될 수 있기 때문이다. "너 어젯밤에 아라크니드에게 찝쩍대더라. 더 이상 우리 집에 오지 않았으면 해." 인터존 사람들은 술을 마시든 마시지 않든 간에 필름이 끊기는 일이 다반사라, 매력적이지 않은 아라크니드에게 자신이 찝쩍댔는지를 아무도 확신할 수 없다.

　　아라크니드는 최악의 운전기사로, 운전을 거의 할 줄 모른다. 한번은 등에 석탄 한 짐을 지고 산에서 내려오는 임산부를 차로 친 적이 있었다. 그 여자는 거리에서 피투성이의 죽은 아기를 사산했고, 키프가 차 밖으로 나와 땅에 고인 피를 막대기로 저으면서 연석에 앉아 있는 동안 경찰은 아라크니드를 심문한 후 결국 공중위생법 위반으로 여자를 체포했다.

　　아라크니드는 음울하고 매력이 없는 젊은 남자로, 그의 긴 얼굴은 석판 같은 기묘한 안색을 띠고 큰 코에 치아는 말처럼 거대하고 색은 누렇다. 매력적인 운전기사는 사방에 널려 있지만, 앤드루 키프 같은 사람만이 아라크니드를 선택할 수 있다. 토박이 구역 홍등가 안에 자리 잡은 재건축 공중화장실에 살고 있는, 똑똑하고 퇴폐적인 젊은 소설가인 키프만이.

인터존은 거대한 단일 건물로 이루어져 있다. 플라스틱 재질의 시멘트로 지어진 방들은 사람들을 수용하기 위해 빵빵하게 불어나 있지만, 너무 많은 인파가 한 방에 몰리면 **팡** 하는 작은 소리와 함께 방 안의 누군가가 벽을 통과해 옆방으로 밀려난다. 옆방이 아니라 옆 침대가 더 정확한 표현인데, 방들은 대부분 침대로 이루어져 있고 그 위에서 인터존의 사업 계약들이 성사되기 때문이다. 성관계와 사업의 웅성거리는 소리가 마치 거대한 벌집처럼 인터존을 뒤흔든다.

"1퍼센트의 3분의 2. 설사 내 애인들이 원한다고 해도 이 이상은 절대 양보할 수 없어."

"하지만 자기야, 선하 증권은 어디 있지?"

"자기가 찾는 곳에는 없어, 귀염둥이. 너무 당연하잖아."

"안쪽에 가짜 바구니를 넣어 크게 부풀린 청바지 한 무더기. 할리우드산 제품."

"태국의 할리우드."

"그렇다면 적어도 미국 **스타일**."

"수수료는 얼마지?…… 수수료라…… 수수료."

"응 예쁜아. 진짜 고래 찌꺼기로 만든 윤활제 화물이 현재 남대서양에서 티에라델푸에고의 보건위원회로부터 검역을 받는 중이야. 자기야, 수수료가 대체 얼마냐고! 이 건만 잘 처리하면 우린 부자가 될 거야."

(고래 찌꺼기는 고래고기를 자르고 요리하는 과정에서 생기

는 부산물이다. 끔찍한 비린내가 몇 마일 떨어진 곳까지 퍼진다. 이 찌꺼기의 용도는 지금까지 알려진 바 없다.)

불운한 리프와 마비가 운영 중인 책임 한도 없는 인터존 수입 회사는 윤활제 거래를 시작했다. 실제로 이들은 의약품을 전문으로 취급하는 동시에, 부업으로는 앞뒤로 다양한 방식을 제공하는 이십사 시간 성매매 점포를 운영한다.

(현재까지 여섯 가지의 서로 다른 성병이 확인된 바 있다.)

리프와 마비는 거래에 무작정 달려든다. 그들은 근육 강직을 앓는 그리스 선박 회사 대리인과 세관원 한 팀 전체에게 차마 입에 담을 수 없는 서비스를 제공한다. 리프와 마비는 사이가 소원해져서 결국에는 대사관에서 서로를 비난하며 싸운다. 이들은 대사관의 '듣고 싶지도 않아 부서'로 이관된 후, 뒷문을 통해 대변이 뒹굴고 독수리들이 물고기 대가리를 놓고 싸우는 공터로 안내된다. 그곳에서 그들은 극도로 흥분한 채 서로에게 덤벼든다.

"네가 내 수수료를 떼먹어서 날 엿 먹이려 했잖아!"

"네 수수료라고? 이 좋은 거래를 물어 온 게 누군데!"

"하지만 선하 증권은 내 소유지."

"나쁜 놈! 하지만 수표는 내 이름으로 지급되지."

"악독한 놈! 내 몫의 돈이 결제 대금 예치가 될 때까지는 선하 증권에 손도 못 대게 할 거야."

"흠, 그렇다면 화해하자. 내가 일부러 비열하거나 쪼잔하게 굴려던 건 아니었어."

그들은 마지못해 악수하고 서로의 뺨에 뽀뽀한다.

그 거래는 몇 개월에 걸쳐 지지부진한 상태다. 리프와 마비는 일을 빨리 진행하기 위해 공정 관리자를 고용한다. 마침내 마비는 42터키쿠루시 금액이 찍혀 있는 수표를 남아메리카의 이름 모를 은행에서 발급받은 후 암스테르담에서 현금으로 바꾼다. 이 모든 과정은 약 십일 개월 정도 소요된다.

이제 마비는 광장 카페에서 느긋하게 쉴 수 있다. 그는 사람들에게 수표의 복사본을 보여 준다. 당연히 원본을 보여 줄 리는 없다. 질투에 찬 어떤 사람이 잉크 지우는 액을 서명란에 뿌리거나 혹은 다른 방식으로 수표를 훼손할 수 있기 때문이다.

모두 그에게 축하주를 사라고 성화지만 그는 즐겁게 웃으며 말한다. "사실 내가 술 사 먹을 돈도 없어요. 알리가 성병에 걸려 항생제를 사는 데 돈을 다 썼거든요. 알리는 앞뒤로 돌아가며 성병에 잘 걸려요. 한번은 그 녀석을 벽으로 차 버려서 옆 침대로 보내 버릴 생각까지 했다니까요. 하지만 내가 얼마나 감상적인 남자인지 다들 잘 알잖아요."

마비는 작은 잔으로 맥주를 사서 마신 후, 새까매진 동전을 바지 지퍼에서 꺼내 탁자 위에 올려놓는다. "잔돈은 필요 없어." 웨이터는 동전을 빗자루로 쓸어 쓰레기통에 넣은 후 탁자에 침을 뱉고 다른 곳으로 가 버린다.

"왜 저렇게 신경질이야! 내 수표가 탐나나 보군."

마비는 그의 표현을 빌리자면 "첫해 이전 해"부터 쭉 인터존에 살고 있다. 그는 정부 부서의 알려지지 않은 직위에서 일하다 "비명예" 은퇴를 했다. 대학생처럼 짧게 머리를 친 그는 한때 분명히 잘생겼을 외모지만, 이제 얼굴은 처졌고 턱 밑에는 녹아내리는 촛농처럼 혹이 나 있다. 엉덩이 주변에도 군살이 붙고 있다.

불운한 리프는 키가 크고 깡마른 노르웨이 사람으로, 한쪽 눈에 안대를 차고 얼굴에는 늘 남의 환심을 사려는 능글맞은 웃음을 짓고 있다. 그의 인생은 실패한 사업들로 이루어진 한 편의 대서사시와도 같다. 개구리 양식, 친칠라, 태국산 격투 물고기, 모시섬유 풀, 양식 진주 사업에 모두 실패했다. 연인이 함께 하나의 관에 묻히는 공동묘지를 기획하고, 고무 공급이 부족할 때 콘돔 사업에 뛰어들고, 우편으로 신청하는 매춘부 사업을 운영하고, 페니실린에 특허를 신청하는 등 다양한 실패를 경험했다. 재앙과도 같은 유럽 카지노의 도박 산업과 미국의 경마 도박에 발을 담근 적도 있다.

사업에서의 불운은 그가 사생활에서 겪은 불운과 우열을 가리기 힘들 정도다. 브루클린에서는 사나운 미국 선원들에게 맞아 앞니가 몽땅 부러졌다. 파나마시티 공원에서 마약성 진통제를 먹고 기절했을 때는 독수리들이 그의 한쪽 눈을 파먹었다. 층 사이에서 망가진 엘리베이터 안에 갇혀 닷새 동안 타오르는 듯한 마약 금단 증상을 견딘 적도 있고, 사물함에 숨어 밀항할 당시에는 알코올 금단 증상으로 고통받기도 했다. 카이로에서 내장이 꼬이고 위궤양과 복막염이 심해져 기절했을 때는 병원이 너무 붐벼 화장실을 병상으로 이용했는데, 그리스인 의사가 실수로 살아 있는 원숭이를 그의 배 속에 넣고 봉합했고, 중동인 간호조무사들에게 윤간당했으며, 병원 직원이 그의 항생제를 훔치고는 화장실 세제를 대신 채워 넣었다. 항문에 성병이 옮았을 때는 독선적인 영국인 의사가 뜨거운 황산으로 관장해 치료했다. 기술 의학 출신의 한 독일인 의사는 녹슨 캔 따개와 양철가위로 그의 맹장을 제거했다. (이 의사는 세균 감염

이론을 "말도 안 되는 소리"로 치부한다.) 성공에 취한 이 의사는 눈에 띄는 모든 것을 잘라 내기 시작했다. "인간의 신체는 불필요한 장기들로 가득 차 있소. 신장은 하나만 있어도 충분하오. 왜 두 개씩이나 필요하지? 바로 그게 신장이오…… 신체 내부는 이렇게 많은 장기로 붐벼서는 안 되오. 장기들은 나치 독일의 영토 팽창처럼 넓은 공간이 필요하오."

마비와 리프가 고용한 공정 관리자는 아직 임금을 받지 못했고, 따라서 마비는 수표가 현금화되는 십일 개월 동안 시간을 끌어야 하는 상황에 직면했다. 공정 관리자는 인터존과 섬 사이를 왕복하는 페리 배 안에서 태어났다고 알려져 있다. 그가 하는 일은 상품 배달을 최대한 빠르게 추진하는 것이다. 그가 하는 일이 실제로 도움이 되는지 아닌지는 아무도 확신하지 못하며, 그의 이름을 언급하는 순간 항상 언쟁이 뒤따른다. 마법 같은 효율성을 주장하는 사례와 전혀 쓸모가 없다는 사례가 팽팽히 맞선다.

인터존의 정확히 맞은편에 위치한 섬에는 영국 해군 기지가 있다. 영국이 이 섬을 무료로 대여해 사용 중인데, 매년 대여 및 거주 승인이 공식적으로 갱신된다. 섬의 모든 주민은 의무적으로 지역 쓰레기장에 모여야 한다. 섬의 대통령은 관습에 따라 쓰레기 더미 사이를 기어가, 멋진 제복을 차려입고 서 있는 영국 총독에게 모든 주민의 서명을 받은 대여 및 거주 승인서를 전달해야 한다. 총독은 승인서를 받아 외투 주머니에 쑤셔 넣는다.

딱딱한 미소를 지으며 총독이 말한다. "그러니까 당신은 우리가 여기 일 년 더 머물도록 해 주는 겁니까? 아주 친절하시네요. 그리고 주민들 모두 만족하고요?…… 이 결정에 대해 불만 있는 주민이 있습니까?”

군용차에 탄 군인들이 차에 장착된 기관총을 앞뒤로 천천히 감시하듯 움직이면서 군중을 훑는다.

“모두 만족하는군요. 그렇다면 다행입니다.” 총독은 엎드려 있는 대통령 쪽으로 유쾌하게 돌아선다. “돈이 부족해질 때를 대비해 이 승인서를 잘 보관하겠습니다. 하하하.” 총독의 시끄러운 금속성 웃음소리가 쓰레기장을 울리고, 감시하는 총구 앞에서 주민들도 따라 웃는다.

이 섬에서는 민주주의 형식이 엄격하게 실천된다. 상원 의회와 국회에서는 쓰레기 처리와 야외 화장실 점검 문제를 논하는 회의가 끝도 없이 열린다. 국회는 이 두 문제에 대해서만 행정 권한을 가지고 있다. 19세기 중반에 아주 짧은 기간 동안 국회는 개코원숭이 관리 부서를 관장한 적이 있지만, 이 특권은 상원 의회의 장기 부재로 인해 소멸했다.

17세기에 해적들이 자줏빛 엉덩이의 트리폴리 개코원숭이들을 이 섬으로 들여왔다. 전설에 따르면 개코원숭이들이 이 섬을 떠나는 순간 섬은 멸망할 것이다. 누구에게 혹은 어떤 방식으로 이 일이 발생할 것인지는 구체적으로 밝혀진 바 없다. 개코원숭이들의 행동으로 인해 주민들이 견딜 수 없을 정도로 괴롭힘을 당하고 있지만, 그럼에도 개코원숭이를 죽이는 것은 일급 범죄에 해당한다. 가끔은 누군가가 미쳐서 개코원숭이들을 몇 마리 죽인 후 자살하기도 한다.

특별히 성격이 더럽고 인기가 없는 주민이 언제나 강제로 대통령직을 맡는다. 대통령으로 선출되는 것은 섬 주민들에게는 최악의 불운이자 망신스러운 경험이다. 수치와 불명예의 감정이 너무도 커서 대부분의 대통령이 임기를 채우기도 전에 죽는다. 대개는 대통령이 된 지 일이 년 내로 정신이 피폐해져 죽게 된다. 공정 관리자는 대통령직을 맡아 오 년 임기를 채운 바 있다. 그 후 그는 불명예스러운 기억을 최대한 없애기 위해 이름을 바꾸고 성형 수술을 감행했다.

"네 물론이죠…… 당연히 돈을 지불할 겁니다." 마비가 공정 관리자에게 설명한다. "그렇지만 조금만 기다려 주세요. 다소 시간이 걸릴 수도 있는지라……"

"기다려 달라고요? 시간이 걸린다고!"

"저기 그게……"

"네 저도 다 압니다. 금융 회사가 당신 아내의 인공 신장을 압류한다면서요…… 당신 할머니가 사용 중인 철제 인공호흡기도 떼어 버리고요."

"이봐요, 말이 좀 심하군요……"

"솔직히 이 일에 처음부터 얽히지 않았으면 좋았을걸. 그 빌어먹을 고래기름에는 페놀 성분이 너무 많이 함유돼 있소. 지난주에 세관 쪽에 가 봤지. 빗자루 손잡이를 기름 드럼통에 찔러 넣었더니 기름이 손잡이를 곧장 다 분해해 버리더군. 게다가 악취는 어찌나 심한지. 당신도 한번 항구 쪽에 가 보는 게 좋을 거요."

"난 그런 일은 절대 하지 않습니다!" 마비가 새된 소리를 지른다. (자신이 파는 물건을 만지거나 물건 근처에 가지 않는 행위는 인터존에서 계급을 나타내는 징표다. 이러한 행위를 하면 소매상, 즉 평민 행상꾼으로 의심받기 일쑤다. 인터존의 상품 중 상당수는 거리의 행상꾼이 판매한다.) "왜 그런 말을 하는 거요? 너무 모욕적이군요! 그런 건 소매상들이나 하는 일입니다."

"오, 당신들은 문제가 없겠지. 도망치면 되니까. 하지만 나는 명예가 걸려 있단 말이오…… 이 문제와 관련해 성가신 상황이 곧 닥칠 거요."

"뭔가 **불법적인** 문제가 있다는 뜻입니까?"

"딱히 **불법적인** 건 아니지만 부도덕한 게 있어요. 절대적으로 부도덕한 무언가가."

"그 일이 벌어지기 전에 당신 섬으로 돌아가 버리지그래요! 우린 당신이 광장 화장실에서 5페세타를 받고 푸르딩딩한 당신 엉덩이를 팔던 시절부터 알던 사이니까."

"그리고 그걸 사려는 사람도 별로 없었지." 리프가 끼어든다. 그는 '없다'를 '어없다'로 발음했다.

자신이 섬 출신이라는 사실을 언급하는 것은 공정 관리자에게는 더는 참을 수 없는 모욕이었다…… 그는 몸을 곧추세우고, 자신이 할 수 있는 최대한의 냉담함으로 영국 귀족 흉내를 내면서 차갑고도 분명한 발음으로 "경찰"이라 말하려 했지만, 실제로는 발에 차여 낑낑대는 개의 신음 소리가 그의 입에서 흘러나왔다. 작열하는 증오의 불빛 속에서 성형 수술 이전의 그의 얼굴이 드러났다…… 공정 관리자는 섬의 사투리를 쓰면서 흉측하고 목이 막히는 듯한 후두음으로 욕설을 뱉어 내기 시작했다. (섬 주민들은 자신들이 사투리를 쓴다는 사실을 인지하지 못하거나 혹은 사투리를 쓰지 않는다고 부인한다. "우리는 여어엉국인이야. 우리는 빌어먹을 새투리 따위 안 쓴다고.") 거품이 그의 입가에 고였다. 그는 목화솜 같은 침 덩어리를 뱉어 냈다. 그의 주변으로 역겨운 영혼의 악취가 녹색 구름처럼 떠다니고 있었다. 마비와 리프는 놀라 뒤로 물러나면서 대화한다.

"이 남자 **미쳤는데**." 마비가 말한다. "빨리 여기를 **뜨자**."

손을 맞잡은 채 그들은 마치 차가운 터키식 목욕탕처럼 겨울의 인터존을 감싼 안개 속으로 깡충거리며 사라진다.

진찰

칼 피터슨은 우편함에서 엽서를 한 장 발견했다. 엽서에는 벤웨이 박사를 만나러 10시까지 정신 건강 및 질병 예방 부서로 오라는 내용이 적혀 있었다…… "도대체 나한테 뭘 원하는 거지?" 짜증을 내면서 그는 생각했다…… '아마 실수일 거야.' 그러나 그들이 실수한 게 아님을 그는 잘 알고 있었다…… 사람을 혼동하는 실수는 절대 일어나지 않는다……

부름에 응하지 않아도 처벌받지는 않지만, 그런데도 가지 않겠다는 생각은 애초 고려의 대상이 아니었다…… 이곳 자유의 땅은 복지 국가다. 비료부터 성적 파트너까지 시민이 원하는 것이라면 무엇이든 효과적으로 도와줄 수 있는 정부 부서가 존재한다. 이러한 광범위한 복지 정책 내부에 숨겨져 있는 위협은 저항의 개념을 원천 봉쇄한다……

칼은 시청 앞 광장을 가로질러 걸어갔다…… 2미터 높이의 니켈로 된 거대 나신상들이 청동 성기를 드러낸 채 반짝이는 물줄기 아래에서 몸을 적신다…… 유리벽돌과 구리로 된 시청의 둥근 돔은 하늘을 향해 치솟아 있다.

동성애자임이 분명한 미국인 여행객의 시선을 칼이 맞받아치자, 여행객이 눈을 내리깔면서 라이카 카메라의 빛 필터를 만지작거렸다……

칼은 강철과 에나멜의 미로처럼 복잡한 건강 부서로 들어선 후 안내 창구로 성큼성큼 다가갔다…… 그리고 엽서를 내밀었다.

"5층입니다…… 26호실이요."

26호실에 도착하니 간호사가 그를 차가운 심해의 눈으로 바라보았다.

"벤웨이 박사가 기다리고 계십니다." 간호사는 웃으며 말했다. "곧바로 들어가세요."

"날 기다리는 것 말고는 딱히 할 일도 없는 사람 같군." 칼은 생각했다……

벤웨이 박사의 사무실은 고요 그 자체였고 희뿌연 빛으로 가득 차 있었다. 벤웨이 박사가 칼과 악수하는 동안 그의 시선은 칼의 가슴에 고정돼 있었다……

'이 사람 어디선가 본 적이 있는데.' 칼은 생각했다…… '어디였는지 기억나질 않네.'

칼은 다리를 꼬고 자리에 앉은 후, 책상 위에 놓인 재떨이를 흘긋 쳐다보고는 담배에 불을 붙였다…… 그는 질문하는 듯한 차분한 시선으로 벤웨이 박사를 바라보았는데, 그 시선에는 거만함 이상의 무언가가 담겨 있었다.

박사는 당황하는 것 같았다…… 그는 몸을 이리저리 꿈틀대면서 헛기침하다가…… 종이를 만지작거렸다.

"크으음." 박사가 마침내 입을 열었다. "성함이 칼 피터슨이죠?" 마치 우스꽝스러운 학자처럼 박사의 안경이 코끝에 걸려 있었다…… 칼은 조용히 고개를 끄덕였다…… 박사는 그를 보고 있지 않았지만 그의 움직임을 인지하는 것 같았다…… 박사는 손가락으로 안경을 밀어 올리고는 에나멜 칠을 한 흰 책상 위에 놓인 파일을 열었다.

"ㅎㅇㅇㅇㅇ음. 칼 피터슨." 박사는 애무하듯 그의 이름을 다시 부르더니 입술을 삐죽이면서 여러 번 고개를 끄덕였다. 그는 갑자기 말을 이어 갔다. "당연히 아시겠지만, 우리는 최선을 다하고 있습니다. 우리 모두가 노력하고 있어요. 물론 가끔 성공하지 못할 때도 있죠." 그의 목소리가 가늘고 희미하게 잦아들었다. 그는 이마를 짚었다. "도구에 불과한 국가 정부를 개별 시민의 요구에 맞춰 조정하기." 쩌렁쩌렁 울리는 그의 목소리가 예상치 못하게 크고 굵어서 칼은 깜짝 놀랐다. "이게 정부의 유일한 역할입니다. 우리가 가진 지식은…… 당연히 불완전하죠……" 벤웨이 박사는 비난의 몸짓을 가볍게 취했다…… "예를 들어…… **예를 들어**…… 음, **성도착**의 문제를 한번 생각해 봅시다." 그는 의자에 앉은 채 몸을 앞뒤로 흔들었다. 안경이 코끝으로 흘러내렸다. 칼은 갑자기 불편함을 느꼈다.

"우리는 그걸 불운이라 여깁니다…… 일종의 질병이죠…… 당연히 비난받거나 승인받거나 할 문제가 아닙니다. 예를 들자면…… 결핵보다 더 비난받을 이유가 없어요…… 네 그렇습니다." 그는 마치 칼이 이의를 제기하기라도 한 것처럼 여러 번 강하게 말했다…… "결핵. 반면 **어떤** 질병이라도 일종의, 그러니까 **의무**가 따르기 마련입니다. 혹은 공중위생을 담당하는 정부 기관의 입장에서는 예방 차원에서 특정한 **필수 조치**가 필요하죠. 당연하게도 이러한 필수 조치로 인해, 그러니까 본인의 잘못은 절대 아니긴 하지만 어쨌든, 음, 감염된 불운한 개인은 불편함과 어려움을 최소한이나마 감수할 수밖에 없습니다…… 수두 예방 접종을 의무화한다고 해서 그게 불합리하다고 생각하지는 않잖아요…… 특정 전염병에 걸렸을 경우 격리되는 것 역시 그렇게 불합리한 일은 아닙니다…… 분명 당신도 같은 생각일 겁니다. 으흠, 프랑스 사람들이 **신사의 병**이라고 부르는 것에 감염된 사람은 말이죠, 킥킥킥, 자발적으로 당국에 보고하지 않는다면 그 사람은 강제로라도 치료를 받아야 한다는 걸요." 박사는 기계 장치 인형처럼 의자에 앉은 채로 몸을 흔들며 킥킥거렸다…… 칼은 자신이 무언가 대답할 차례임을 눈치챘다.

"합리적이라고 생각합니다." 칼이 말했다.

박사는 킥킥거리기를 멈추더니 갑자기 미동도 없이 가만히 있었다. "이제, 음, 성도착 문제로 되돌아가 봅시다. 솔직히 말하자면 우리는 일부 남녀가 왜 동성에 끌리는지 그 이유를 알지 못합니다. 적어도 완전히 알지는 못해요. 우리가 아는 사실은 그, 음, 현상이 제법 일반적이라는 점, 그리고 특정한 상황에서는 그것이 이 부서가, 음, 우려할 만한 문제라는 점입니다."

처음으로 박사의 시선이 칼의 얼굴을 훑고 지나갔다. 따스함이나 증오, 혹은 칼이 자기 자신이나 타인을 통해 경험해 본 그 어떤 감정의 흔적도 박사의 눈에는 담겨 있지 않았다. 그 눈은 차가우면서도 동시에 강렬하고, 육식 동물의 포악함이 있으면서도 개인적인 감정은 전혀 없는 눈이었다. 갑자기 칼은 온기나 확신을 주는 것들로부터 완전히 단절된 채 고요한 수중 동굴 같은 방 안에 갇혀 있는 듯한 느낌을 받았다. 방 안에 앉아 있는 자기 모습, 침착하고 주위를 잘 살피면서도 예의 바른 경멸을 살짝 내비치는 자신의 모습이 점차 희미해졌다. 그것은 마치 생명력이 그의 몸으로부터 빠져나와 방 안의 뿌연 잿빛 물질과 섞여 버리는 듯한 느낌이었다.

"이러한 질병에 대한 치료는 현재로서는 흐흐흐, 증상입니다." 박사는 갑자기 의자에서 몸을 뒤로 젖히더니 금속성의 웃음을 터뜨렸다. 칼은 경악하며 박사를 바라보았다…… '이 사람 미쳤구나.' 그는 생각했다. 박사의 얼굴은 도박사처럼 멍해졌다. 칼은 엘리베이터가 갑자기 정지할 때 배 속에서 느껴지는 이상한 감각을 느꼈다.

박사는 앞에 놓인 서류를 살피고 있었다. 약간의 우월한 즐거움이 깃든 말투로 그는 말했다.

"젊은이, 그렇게 무서워하지 않아도 됩니다. 이 분야 종사자끼리 하는 농담이에요. 치료가 증상이라고 말하는 것은 환자를 최대한 편안하게 해 주는 것 말고는 치료법이 없다는 뜻입니다. 그리고 바로 이것이 우리가 이런 경우에 하려는 것입니다." 다시 한번 칼은 냉담한 관심의 시선이 자신을 향하는 것을 느꼈다. "다시 말해, 확신이 필요할 때 확신을 주는 것…… 그리고 당연하게도, 비슷한 경향을 가진 다른 개인들과 어울리면서 적당한 정도의 감정 분출을 허용하는 것. 격리는 고려하고 있지 않습니다…… 이 질병은 암만큼 직접적인 전염이 일어나는 건 아니니까요…… 암, 내 첫사랑……" 박사의 목소리가 사그라들었다. 실제로 그는 책상 앞에 앉아 있는 빈 껍데기의 몸만 남긴 채 보이지 않는 문을 통해 방 밖으로 사라진 것 같았다.

갑자기 박사가 쨍한 목소리로 말하기 시작했다. "그래서 당신은 우리가 왜 이 문제에 이토록 관심을 가지는지 궁금하시죠?" 그는 햇빛 아래의 눈과 같이 차갑고 눈부신 미소를 지었다.

칼은 어깨를 으쓱했다. "제가 상관할 일은 아니니까요…… 제가 궁금한 건, 왜 절 여기 부르셔서 이런 이야기를 제게 하시는가입니다…… 이런 식의……"

"말도 안 되는 이야기요?"

칼은 얼굴이 붉어지는 걸 느끼고는 기분이 상했다.

박사는 뒤로 몸을 젖히고는 손가락들을 서로 마주 댔다.

"청년들은," 그는 너그러운 말투로 말했다. "언제나 서두르죠. 언젠가 당신도 인내심의 의미를 배울 날이 올 겁니다. 아니요, 칼…… 칼이라 불러도 되죠? 저는 당신의 질문을 회피하려는 게 아닙니다. 결핵이 의심되는 환자의 경우, 우리 유관 부서에서는 엑스레이 검사를 받으라고 권유 혹은 **요청**을 합니다. 이게 일반적인 절차예요. 대부분의 진찰 결과는 음성으로 판명됩니다. 당신은 이곳에 와서 일종의 심리 엑스레이 검사를 받으라는 요청을 받으셨죠? 덧붙이자면, 당신과 대화해 보니 결과가 음성으로 나오리라고 **비교적** 확신하는 바입니다……"

"하지만 이건 전부 말도 안 됩니다. 저는 평생 여자들에게만 성적으로 끌렸는데요. 지금은 여자 친구도 있고 곧 결혼할 계획입니다."

"네, 압니다. 바로 그 이유로 당신이 여기 와 있는 겁니다. 결혼 전에 받는 피 검사, 이 정도면 합리적이지 않습니까?"

"선생님, 제발 솔직하게 말씀해 주세요."

박사는 그의 말을 듣지 못한 것 같았다. 그의 정신은 의자에서 흘러나와 칼의 뒤쪽을 서성이고, 그의 목소리는 바람 부는 거리를 휘도는 음악처럼 나른하면서도 간헐적으로 들려왔다.

　"당신에게만 털어놓자면, 이 문제는 유전적 요소가 원인이라는 절대적인 증거가 있습니다. 사회적인 압박으로 인해 동성애자들은 자신의 정체성을 공개했든 안 했든 간에 결혼을 선택합니다. 불행한 일이죠. 그런 결혼의 결말은 대개…… 유아기적인 환경 요인으로 이어지죠." 박사의 말은 계속 이어졌다. 그는 조현병, 암, 시상 하부의 유전적 기능 장애에 관해 설명했다.

　칼은 깜빡 졸았다. 꿈에서 그는 녹색 문을 열고 있었다. 폐부를 찌르는 끔찍한 냄새에 놀라 그는 화들짝 깨어났다. 박사의 목소리는 기이할 정도로 단조롭고 생기 없이 속삭이는 마약 중독자의 목소리였다.

　"블롬버그-스타니슬로스키 정액 응집 검사는…… 진단 도구인데…… 적어도 음성 증상에는 효과가 있습니다. 특정한 경우에 효과적이죠. 큰 그림의 일부로 보자면요…… 지금, 음, **이와 같은 상황**에서는요." 박사의 목소리가 높아지더니 병적인 소리를 내지른다. "간호사가 당신의, 음, **검체**를 채취할 겁니다."

　"이쪽으로 오세요……"

　간호사가 흰 벽으로 이루어진 텅 빈 방의 방문을 열고 그에게 유리병을 건넸다.

　"이걸 사용하세요. 끝나면 부르세요."

　유리 찬장에는 윤활제 병이 놓여 있었다. 칼은 마치 엄마가 그를 위해 손수건을 펼쳐 놓은 것처럼 수치심을 느꼈다. 윤활제 병에는 은밀한 한마디가 적혀 있었다. "내가 여자 성기라면 건조한 물건들을 파는 가게를 열었을 텐데."

윤활제를 무시한 채 그는 간호사를 유리벽돌 벽에 세우고 잔인하게 성교하는 장면을 상상하면서 병 안에 사정했다. "늙은 유리 같은 년." 그는 경멸의 말을 내뱉었고, 색유리 조각들로 가득한 여자의 성기가 오로랏빛 아래에서 빛나는 모습을 눈앞에 그렸다.

그는 성기를 씻고 바지의 단추를 잠갔다.

냉혹하고 적대적인 증오에 찬 무언가가 칼의 생각과 움직임, 고환의 흔들림, 직장의 수축을 전부 주시하고 있었다.

그는 녹색 빛으로 환한 방 안에 있었다. 방 안에는 얼룩진 이인용 나무 침대, 그리고 전신 거울이 달린 검은 옷장이 있었다. 칼은 자기 얼굴을 볼 수 없었다. 누군가가 호텔용 검은 의자에 앉아 있었다. 그 사람은 가슴팍에 풀을 먹여 빳빳한 흰 셔츠를 입고 더러운 종이 넥타이를 매고 있었다. 그의 얼굴은 마치 머리뼈가 없는 듯 퉁퉁 부어 있고 눈은 불타는 고름 종기와도 같았다.

"뭐가 잘못되었나요?" 간호사가 무신경하게 물었다. 간호사는 물 한 잔을 칼에게 건넸다. 무심한 경멸의 눈초리로 그녀는 칼이 물을 마시는 것을 지켜보더니, 뒤돌아서서 명백하게 불쾌한 표정을 지으면서 정액이 든 병을 집어 들었다. 그런 다음 그에게 몸을 돌리고는 날카롭게 말했다. "특별히 뭔가 원하는 거라도 있는 거예요?"

칼은 성인이 된 뒤로 한 번도 이런 식의 말을 들어 본 적이 없었다.

"그러니까, 아뇨……"

"그러면 이제 가세요." 간호사는 병을 향해 되돌아서서는 더럽다는 듯 작게 탄식하면서 정액 덩어리를 손에서 닦아 냈다.

칼은 방을 가로질러 걸어가 문 앞에 섰다.

"추가 진찰을 받게 될까요?"

간호사는 못마땅한 놀란 표정으로 칼을 바라보았다. "당연히 연락이 갈 거예요." 간호사는 방 문턱에 서서는 그가 대기실로 걸어가 문을 여는 것을 지켜보았다. 그가 몸을 돌려 명랑하게 손을 흔들었다. 간호사는 표정 하나 변하지 않은 채 미동도 없이 서 있었다.

계단을 내려가면서, 그의 얼굴에 남아 있는 가짜 미소가 그의 얼굴을 수치심으로 붉게 물들였다. 동성애자 여행객이 그를 쳐다보면서 다 안다는 듯이 한쪽 눈썹을 치켜올렸다.

"뭐가 **잘못되었나요?**"

칼은 공원으로 달려가 심벌즈를 든 반인반수 청동상 옆의 비어 있는 벤치에 몸을 던졌다.

"다 털어놔 봐요, 겁쟁이. 기분이 훨씬 나아질 거요." 여행객이 그를 향해 몸을 굽히자, 그의 카메라가 덜렁거리는 거대한 유방처럼 칼의 얼굴 앞에서 흔들렸다.

"당장 꺼져!"

칼은 거세된 동물 같은 동성애자의 갈색 눈에 반사되는 비열하고 추악한 무언가를 보았다.

"오! 나라면 그런 욕은 안 할 텐데, 겁쟁이야. 너도 꼼짝없이 잡혔잖아. 저 병원에서 걸어 나오는 걸 내가 직접 봤거든."

"그게 무슨 뜻이지?" 칼은 캐물었다.

"오, 아무것도 아니야. 아무것도."

"이봐요, 칼." 칼의 입 주변에 시선을 고정한 채 웃으면서 박사가 말하기 시작했다. "좋은 소식이 있습니다." 박사는 책상에서 파란색 종이를 집어 들고는 종이에 집중하는 듯한 몸짓을 과장되게 연기했다. "당신이 받은, 음, 검사는…… 그러니까 로빈슨-클레이버그 정액 응집 검사는……"

"블롬버그-스타니슬로스키 검사라고 알고 있는데요."

박사는 낄낄거렸다. "이런, 아닙니다…… 젊은이, 너무 앞서가네요. 오해하신 것 같습니다 . 블롬버그-스타니슬로스키는…… 완전히 다른 종류의 검사예요. 이 검사까지는 필요 없기를…… **진심으로 바랍니다.**" 그는 다시 낄낄거렸다. "나의, 크흠, 똑똑한 젊은 동료가 귀엽게 끼어들기 전에 제가 하던 말로 돌아가 보자면, 당신의 검사 결과는……" 그는 팔을 쭉 뻗은 상태로 결과지를 보았다. "……완전히, 어, 음성이군요. 아마도 우리가 당신을 귀찮게 할 일은 더 이상 없을 겁니다. 그러니……" 그는 결과지를 조심스럽게 접어 파일에 보관한 후, 파일을 훑어보다가 멈추더니 인상을 쓰며 입을 삐죽였다. 그 후 파일을 덮고 그 위에 손을 얹은 다음 몸을 앞으로 기울였다.

"칼, 당신이 군대에 복무하던 시절에…… 어떤 일이 발생했었을 텐데요…… 당신이, 음, 여자들이 나오는 **시설**에서, 음, 위로를 받지 못한 기간이 **상당히 길었던** 게 사실입니다. 의심할 바 없이 힘들고 어려웠던 이 시기를 당신은 잡지의 야한 여자 사진으로 버텼나요? 아니면 야한 여자들의 단체 사진으로? 헤헤헤……"

칼은 혐오감을 숨기지 않은 채 박사를 쳐다보았다.

"네, 물론입니다." 그는 대답했다. "군인들 모두가 그랬었죠.”

“그렇다면 이제 제가 야한 여자 사진을 몇 개 보여 드릴 겁니다.” 박사는 서랍에서 봉투를 꺼냈다. “그리고 당신은 그중에서 가장 하고 싶은, 헤헤헤, 여자를 골라 주시면 됩니다.” 그는 갑자기 몸을 앞으로 기울이더니 칼의 얼굴 앞에 대고 사진들을 흔들었다. “아무 여자나 하나 골라 봐요.”

칼은 무감각한 손을 뻗어 사진 한 장을 만졌다. 박사는 그 사진을 사진 더미에 넣고 다시 섞은 후 칼의 파일 위에 올려놓고는 사진들을 손으로 찰싹 때렸다. 그런 다음 사진들을 칼 앞에 펼쳤다.

“아까 고른 여자가 여기 있나요?”

칼은 고개를 가로저었다.

“당연히 아니겠죠. 그 여자는 자기가 속한 장소에 있죠. 여자가 있을 법한 장소, 그게 어디냐?” 박사는 파일을 열고 로르샤흐 검사지에 붙어 있는 여자의 사진을 꺼내 보였다. “이 여자가 맞습니까?”

칼은 묵묵하게 고개만 끄덕였다.

“안목이 높군요. 이건 비밀인데, 여기 있는 여자들 중 일부는……” 도박사의 손놀림으로 박사는 사진들을 쓰리 카드 몬테 마술처럼 배열한다. “사실 **남자들**입니다. 아마도, 음, **드래그**라는 용어로 불리던가요?”

박사의 눈썹이 엄청난 속도로 위아래로 움직였다. 칼은 뭔가 이상한 걸 본 것도 같았지만 확신할 수 없었다. 맞은편에 있는 박사의 얼굴은 미동도 없고 표정 변화도 전혀 없었기 때문이었다. 다시 한번 칼은 갑자기 엘리베이터가 멈출 때처럼 성기와 배 속이 울컥하는 느낌을 받았다.

"그래요, 칼. 당신은 우리의 하찮은 장애물 경주를 성공적으로 통과하는 것 같군요…… 지금 행하는 검사가 모두 바보 같다고 생각하고 있죠?"

"음, 솔직하게 말하면…… 그렇습니다……"

"당신은 솔직하군요…… 좋은 겁니다…… 그럼 이제…… 칼……"

올드 골드 담배를 한 개비 건넨 후에(어째서인지 올드 골드 담배를 피우는 경찰처럼) 본격적인 행동에 돌입하는 달콤한 사기꾼과도 같이 박사는 칼의 이름을 마치 애무하듯 길게 끌며 말했다……

사기꾼 경찰이 조금씩 춤추기 시작한다.

"주인공에게 제안을 한번 해 보는 건 어때요?" 언제나 "주인공" 혹은 "중위" 같은 삼인칭으로 불리는 자신의 작열하는 초자아를 향해 박사는 머리를 까닥였다.

"이게 중위의 방식입니다. 당신이 정정당당하게 경기에 임하면 그도 정정당당하게 대할 겁니다…… 우리는 당신을 적당히 봐주고 싶거든요…… 만약 당신이 협조적이라면 말입니다."

그의 말은 황량하게 버려진 카페와 거리의 외진 구석, 간이식당으로 퍼져 나간다. 마약 중독자들은 파운드케이크를 우물거리며 시선을 피한다.

"게이 녀석은 틀렸어."

게이 녀석은 신경 안정제에 취해 혀를 길게 내민 채 정신을 잃고 호텔 의자에 쓰러져 있다. 신경 안정제에서 깨어나자

마자 그는 혀를 계속 내민 상태로 표정 하나 바뀌지 않은 채로 목을 맨다.

사기꾼 경찰이 뇌물을 받으면서 사기를 친다.

"마티 스틸 아나?" 사기.

"네."

"그 사람 등쳐 먹을 수 있나?" 사기? 사기?

"그 사람은 의심이 많아서요."

"그래도 등쳐 먹을 수 있잖아." 사기 사기. "지난주에도 그 놈한테 한탕 하지 않았어?" 사기?

"그랬죠."

"그렇다면 이번 주에도 할 수 있겠네." 사기…… 사기…… 사기…… "오늘 당장 해 봐." 안 사기.

"안 돼요! 안 돼! 그건 안 됩니다!"

"이봐, 자네 협조할 건가 말 건가." (세 번의 악의적인 사기) "아니면 '주인공'더러 자네 엉덩이를 덮치라고 할까?" 그는 신비한 눈썹을 치켜올린다.

"자 그래서, 칼, 당신이 어떤 상황에서 얼마나 여러 번에 걸쳐 그, 음, 동성애 행위를 했는지 말씀해 주시겠습니까?" 박사의 목소리가 멀어지며 사라진다. "만약 한 번도 그런 행위를 한 적이 없다면 당신을 비전형적인 청년으로 간주할 겁니다." 박사는 교활하게 책망하는 듯한 손가락을 들어 올린다. "어쨌든……" 그는 파일을 손가락으로 톡톡 두드렸다. 지분거리는 불쾌한 시선이 칼의 얼굴을 잠깐 훑고 지나갔다.

칼은 파일의 두께가 족히 15센티미터는 된다는 사실을 알아챘다. 실제로 그 파일은 칼이 이 방에 들어온 이후로 엄청나게 두꺼워진 느낌이었다.

"음, 제가 군대에 있을 때…… 동성애자들이 제게 제안한 적이 있었고 가끔씩…… 제가 돈이 떨어졌을 때……"

"물론 그렇죠, 칼." 박사는 기운차게 떠들기 시작했다. "저라도 그런 상황에 놓이면 똑같이 했을 거라고 당신에게 거리낌이 없이 말할 수 있습니다. 헤헤헤…… 그런 거래를 통해, 음, **지갑을 두둑하게 채우는** 그런 이해할 만한 방법은 지금은, 음, **중요하지 않은 문제로 치부합시다.** 그렇다면 아마도 그런 (손가락 하나로 파일을 두드리자, 곰팡이 낀 성기 보호대와 소독약 냄새가 희미하게 피어올랐다.) 상황이 있었을 겁니다. 어떤, 음, 경제적인 요소와도 상관없는 그런 상황이요."

녹색의 불꽃이 칼의 뇌 속에서 폭발했다. 한스의 날씬한 갈색 몸이 뒤틀린 채 그를 향해 다가오고 그의 어깨에 밭은 숨결을 내뱉던 장면이 눈앞에 떠올랐다. 불꽃은 곧 꺼졌다. 거대한 곤충 한 마리가 그의 손에서 꿈틀대고 있었다. 극심한 혐오감으로 인해 그의 몸 전체가 전류가 흐르듯 격렬하게 경련했다.

분노로 몸을 떨면서 칼은 벌떡 일어섰다.

"도대체 뭘 쓰고 있는 겁니까?" 그는 캐물었다.

"종종 그렇게 졸기도 합니까? 대화 도중에요?"

"저는 졸지 않았어요. 그러니까……"

"졸지 않았다고요?"

"**이 모든 일이** 그저 너무 비현실적입니다…… 전 여기서 나갈래요. 상관없습니다. 저더러 억지로 여기 머물라고 강요할 순 없습니다."

　그는 방을 가로질러 문을 향해 걸어갔다. 오랜 시간 동안 걸었다. 점차 퍼지는 저린 감각이 그의 다리를 무겁게 만들었다. 문은 저 멀리 뒷걸음질 치는 것만 같았다.

　"당신이 어디로 갈 수 있을 것 같습니까?" 박사의 목소리가 먼 곳에서 들려왔다.

　"밖으로…… 저 멀리…… 문을 통과해……"

　"녹색 문인가요?"

　박사의 목소리는 거의 들리지 않았다. 방 전체가 폭발해 우주로 변했다.

아편 아가씨를 본 적이 있나요?

"아편 아가씨를 본 적이 있소?" 늙은 마약 중독자가 말했다…… "길거리를 둘러볼 시간이요." 검은 외투를 입고 광장으로 향했다…… 우범 지대를 지나 마켓 스트리트에 있는 미술관으로 향하는 길에는 온갖 종류의 자위와 자해 행위가 펼쳐져 있다. 젊은 남자들이 특히 심했다……

콘크리트에 암매장된 깡패의 시체가 강줄기를 따라 굴러 내려간다…… 그들은 사우나실에서 그를 죽였다…… 겁쟁이 잔심부름꾼인 지오인가? 아니면 웨스트민스터 궁전의 늙은 고모님인 길릭 수녀님인가? 단지 죽은 자의 손가락만이 점자로 말을 건넨다……

미시시피강은 고요한 좁은 수로를 따라 거대한 석회암을 흘려보낸다.

「움직이는 땅」의 선장이 고함을 질렀다. "울타리 친 땅을 열어젖혀라!"

멀리서 위장이 꾸르륵거리는 소리…… 독을 먹은 비둘기들이 오로랏빛을 배경 삼아 비 오듯 떨어진다…… 저수지들은 텅 비어 있다…… 입을 벌린 도시의 굶주린 광장과 골목에서 청동상들이 굉음을 내며 쓰러진다……

아침이면 찾아오는 마약 중독의 부작용을 견디며 정맥을 손가락으로 더듬어 찾는다……

기침 시럽만을 사용해 만든……

1000명의 마약 중독자들이 석회성 척추염 전문 병원을 급습해 헤로인을 조제한다……

모자 상자 안에 메두사의 머리를 보관한 남자를 석회암 동굴에서 만났고, 세관원에게 "조심히 다뤄 주세요."라고 부탁했다…… 가방 안 비밀 공간 3센티미터 떨어진 높이에서 손이 영원히 멈춰 있다……

가게 진열장의 장식가가 역이 떠나가라 소리를 지르고, 동성애자 허풍선이와 함께 가게 점원을 폭행한다. (허풍선이는 잔돈을 가지고 점원을 속이는 사기꾼이다…… '지폐'라는 이름으로도 불린다.)

"다발성 골절입니다." 유명한 의사가 말했다……"내가 꽤 손기술이 좋아서……"

정액으로 미끄러운 주랑 현관에서는 과시용 소비가 만연하다……

수많은 동성애자의 소변으로 녹슬어 검은 종잇장처럼 얇게 변한 철문을 지네가 주둥이로 더듬는다……

이것은 노다지 광맥이 아닌 쓸모없는 먼지 부스러기. 재사용한 솜이 마약에 전 뼈를 훑고 지나간다……

코카인 벌레

선원의 회색 펠트 모자와 검은 외투가 마약에 대한 갈망
이 쪼그라든 상태로 구겨진 채 걸려 있다. 아침 햇살 속에서 그
의 몸 윤곽이 노랑과 주황빛을 한 마약 중독자의 불꽃 모양으로
드러난다. 그는 커피잔 아래 휴지를 깔아 두었다. 세계 곳곳의
광장, 식당, 터미널, 대기실에 오랫동안 앉아 커피를 마시는 사
람의 표식이다. 마약 중독자들은 심지어 선원 정도의 수준이라
하더라도 자신만의 마약 시간을 가지며, 타인의 마약 시간을
끈질기게 침범하려 할 때도 그 역시 다른 사람들과 마찬가지로
기다려야 한다. (한 시간에 커피를 얼마나 많이 마셔야 할까?)

한 소년이 카페에 들어와 바에 앉았다. 바에는 금단 증상
에 시달리며 마약을 기다리는 긴 줄이 드문드문 이어져 있었
다. 선원은 몸을 떨었다. 몸서리쳐지는 갈색 안개 속에서 그의
얼굴은 초점이 나가 있었다. 그의 손이 탁자 위에서 움직이면
서 소년의 점자를 읽었다. 작은 점들과 원들을 따라 움직이던
그의 눈이 느리게 탐색하듯 소년의 목에 난 갈색 털의 소용돌이
로 옮겨 갔다.

소년은 몸을 움찔하더니 목뒤를 긁기 시작했다. "조, 나 무
언가에 물렸어요. 왜 이렇게 가게가 지저분해요?"

“코카인 벌레란다, 꼬마야.” 달걀을 빛에 비춰 보면서 조가 말했다. “아이린 켈리와 여행할 때였지. 그 여자는 활동적인 사람이었어. 몬태나주의 버트라는 곳에서 아이린이 코카인 환각에 시달렸는데, 중국인 경찰들이 고기 써는 칼을 들고 자기를 쫓아온다고 소리를 지르면서 호텔을 뛰어다니더군. 시카고에서 내가 알고 지내던 경찰이 있었는데, 파란색 결정으로 된 코카인을 주로 흡입하던 사람이었지. 어쨌든 아이린이 미쳐서는 연방 정부가 그 경찰을 추적한다고 소리를 지르더니 골목으로 달려가 쓰레기통에 머리를 처박더군. 그래서 내가 물었지. ‘너 도대체 뭐 하는 거야?’ 그랬더니 그 여자 대답이, ‘꺼지지 않으면 총으로 쏴 버리겠어! 난 잘 숨어 있는 중이거든.’ 나중에 신이 우리 이름을 부를 때 우리 모두 천국에 갈 수 있겠지?”

조는 선원을 바라보면서 중독자다운 몸짓으로 손을 펼치고 어깨를 으쓱했다.

선원은 머릿속에서 재구성되는 감상적인 목소리로 말하면서, 차가운 손가락으로 단어를 써 내려갔다. “꼬마야, 너의 마약 연결책은 다 사라졌어.”

소년은 놀라 몸을 뒤로 물렸다. 거리의 소년 같은 그의 얼굴은 마약의 검은 상처로 인해 망가졌지만 깨져 버린 야생의 순수함이 아직 남아 있었다. 잿빛 아라베스크 모양의 공포를 느끼며 몰래 쳐다보는 겁먹은 동물처럼.

“잭, 난 당신 말을 못 믿겠어요.”

선원은 마약 중독자의 날카로운 집중력을 즉시 발휘했다. 그는 자기 외투의 상표를 뒤집어 곰팡이와 푸른 녹으로 덮인 청동 주삿바늘을 보여 주었다.

"난 비명예 제대를 했지…… 여기 앉아서 블루베리 파이를 먹어. 내가 비용 계정으로 처리해 줄 테니. 네 안의 원숭이가 좋아할 거야…… 이게 원숭이 털을 윤기 나게 만들어 주거든."

아침의 간이식당에서 소년은 2.5미터의 거리를 가로질러 누군가가 자기 팔을 만지는 걸 느꼈다. 그러다 갑자기 귀에 들리지 않는 **슈룩** 하는 소리와 함께 그는 식당의 칸막이 자리로 옮겨졌다. 소년은 선원의 눈을 쳐다보았다. 그 안에는 차갑고 검은 소용돌이가 몰아치는 녹색의 우주가 담겨 있었다.

"선생님은 혹시 중개인인가요?"

"나는…… 매개자라는 단어를 더 선호하지." 그의 큰 웃음소리가 소년의 몸을 관통해 울렸다.

"마약 좀 가지고 있나요? 돈은 있는데……"

"자기야, 자기가 가진 돈은 필요 없어. 난 자기의 시간이 필요해."

"무슨 말인지 모르겠어요."

"마약 하고 싶어? 지금 즉시? 한 대 맞고 나서 꾸벅거리면서 졸고 싶지?" 선원은 분홍색의 무언가를 손으로 감싸더니 눈에 보이지 않을 정도로 흔들었다.

"네."

"우리는 인디펜던트로 갈 거야. 거기에는 특별히 고용된 경찰들이 있는데, 총 대신 곤봉을 소지하지. 내가 기억하기로, 게이 녀석이랑 나랑 퀸스 플라자에서 잡힌 적이 있었어. 퀸스 플라자는 가지 마…… 거긴 경찰들이 출몰해. 계단도 정말 많고. 마치 작열하는 사자처럼 암모니아 냄새가 코를 찌르는 청소 도구함에 숨어 있던 경찰이 갑자기 덮치거든…… 뼈에 닿을 정도로 정맥을 찔러 대던 늙은 소매치기를 만난 적이 있었는데, 그 여자는 일주일 내로 피부가 터져 죽거나 아니면 뉴욕시가 은혜롭게도 소매치기 중독자들에게 무료로 제공하는 5-20-9 감옥살이, 둘 중 하나를 마주할 운명이었어…… 그러니 게이 녀석, 끄나풀, 아일랜드인, 선원 모두 똑똑히 명심해! 마약을 구하러 거기에 가기 전에 아래를 내려다보면서 조심 또 조심해야 해……"

지하철이 강철의 검은 굉음을 내며 빠르게 지나간다.

(퀸스 플라자는 소매치기들에게는 좋지 않은 곳이다…… 계단이 너무 많고 지하철 경찰이 숨어 있기 좋은 장소도 많으며, 소매치기를 하려고 손을 뻗을 때 손을 가릴 수 없다……)

(오 개월 이십구 일: '소매치기', 즉 소매 부분을 의도적으로 뒤지는 행위에 주어지는 형량…… 무고한 사람이 살인죄로 기소될 수는 있어도 소매치기 죄로 기소되지는 않는다.)

(게이 녀석, 끄나풀, 아일랜드인, 선원: 내가 알고 지내던 마약 중독자 및 소매치기들…… 예전의 108번가 사교 모임 구성원들…… 선원과 아일랜드인은 뉴욕의 감옥에서 목을 맸다…… 끄나풀은 마약 과다 복용으로 죽었고 게이 녀석은 자살했다……)

해충 박멸업자가 깔끔하게 일을 처리하다

참나무에 새겨진 완만한 나선 장식을 따라 선원이 문을 조심스럽게 만지자, 무지갯빛 손자국이 희미하게 생겼다. 팔꿈치 길이까지 팔을 뻗어 문 안쪽의 걸쇠를 당긴 후 그는 소년이 먼저 들어갈 수 있도록 옆으로 비켜섰다.

색깔 없는 묵직한 죽음의 냄새가 빈방을 가득 채우고 있었다.

"해충 박멸업자가 코카인 벌레를 없애려고 연기를 피워 소독한 뒤로 환기를 못 했어." 선원은 사과하듯 말했다.

소년의 날 선 감각이 방 안 곳곳을 미친 듯이 살피기 시작했다. 조용히 흔들리는 철로 옆 아파트 방. 부엌의 한쪽 벽에는 길쭉한 금속 그릇(금속이 맞나?)이 어항 혹은 수조와 연결돼 있고, 수조 안에는 반투명 녹색 액체가 반 정도 차 있었다. 용도를 알 수 없는 곰팡이 낀 물건들이 바닥에 널브러져 있었다. 납작한 부채 모양의 섬세한 신체 기관을 보호하는 성기 보호대, 다층으로 구성된 뼈대들, 구조물들, 붕대. 다공성의 분홍빛 돌로 만든 유(U) 자 모양의 큰 명에. 끝부분이 잘려 있는 작은 납 튜브들.

두 육체의 움직임이 발생시키는 기류가 고여 있는 악취의 웅덩이를 휘저었다. 먼지투성이인 라커룸과 수영장의 소독약, 말라붙은 정액에서 나는 희미한 소년의 냄새. 그 밖의 다른 냄새들이 분홍색 소용돌이를 일으키며 미지의 문들을 스쳐 지나갔다.

선원은 세면대 아래로 손을 뻗어 꾸러미를 꺼냈다. 꾸러미를 감싼 종이는 선원의 손길이 닿자 찢어지더니 누런 먼지가 되어 그의 손가락 사이로 떨어졌다. 선원은 씻지 않은 그릇들이 가득한 식탁 위에 투약기와 바늘, 숟가락을 펼쳐 놓았다. 하지만 어두움의 빵 조각을 감지한 바퀴벌레는 나타나지 않았다.

"해충 박멸업자가 깔끔하게 일을 처리했네." 선원이 말했다. "가끔은 지나칠 정도로 잘 처리한단 말이야."

그는 살충제 가루가 든 네모난 양철 상자 안에 손을 넣더니 붉은 금색의 중국산 종이로 감싼 납작한 꾸러미를 꺼냈다.

'폭죽 꾸러미같이 생겼네.' 소년이 생각했다. 그는 열네 살 무렵 손가락 두 개를 잃었다…… 7월 4일 불꽃놀이 당시 생긴 사고였다…… 나중에 병원에 입원했을 때, 조용하게 소유권을 주장하는 마약을 소년은 난생처음 접했다.

"여기서부터 느껴질 거야." 선원은 소년의 머리 뒤쪽에 손을 댔다. 외설스러운 몸짓을 과장되게 연기하며 그는 칸막이와 덮개들로 복잡하게 이루어진 꾸러미를 열었다.

"순도 100퍼센트의 헤로인이지. 이걸 아는 사람은 살아 있지 않을 테니…… 전부 네 거야."

"그럼, 제가 뭘 드려야 하나요?"

"네 시간."

"무슨 말인지 모르겠어요."

　“난 네가 원하는 걸 가지고 있어.” 선원의 손이 꾸러미를 어루만졌다. 거실로 향하는 그의 목소리는 멀리서 불분명하게 들려왔다. “너는 내가 원하는 걸 가지고 있고…… 오 분 동안 여기 있다가…… 다른 곳에서 한 시간…… 두 시간…… 네 시간…… 여덟 시간…… 어쩌면 내가 너무 앞서가는 걸지도…… 매일 조금씩 죽어 가고 있어…… 시간을 차지하면서……”

　선원은 부엌으로 되돌아왔고, 그의 목소리는 이제 크고 선명해졌다. “한 번에 오 년. 거리에 나가도 이것보다 더 나은 거래는 없을 거야.” 그는 소년의 인중에 손가락을 댔다. “딱 중간이지.”

　“무슨 말인지 잘 모르겠어요.”

　“곧 알게 될 거야, 자기야…… 적당한 때가 오면.”

　“알겠어요. 그러면 제가 뭘 해야 하죠?”

　“거래를 받아들이는 건가?”

　“네, 아마도요……”

　그는 꾸러미를 힐끗 쳐다보았다. “아 나도 모르겠다…… 거래를 받아들일게요.”

　소년은 고요하고 검은 쾅 하는 소리가 그의 몸을 관통하는 걸 느꼈다. 선원은 소년의 눈에 손을 대더니 맥박이 뛰는 감긴 눈에서 분홍색의 음낭을 끄집어냈다. 음낭의 투명한 살 안쪽에는 검은 털이 요동치고 있었다.

　선원은 누가 봐도 인간 같지 않은 손으로 음낭을 어루만졌다. 검붉은색의 두껍고 섬유질이 많은 손에 달린 짧은 손가락에는 길고 흰 촉수가 자라나 있었다.

　죽음에 대한 두려움과 취약함이 소년을 강타해 숨이 가빠지고 피가 멈추는 것만 같았다. 벽에 기댔더니 벽이 살짝 안으로 꺼지는 것같이 느껴졌다. 그는 마약 중독자의 집중력을 다시 회복했다.

선원은 주사를 놓을 준비를 하고 있었다. "나중에 신이 우리 이름을 부를 때 우리 모두 천국에 갈 수 있겠지?" 다정한 노파 같은 손길로 소년의 정맥을 어루만지고 팔에 돋은 소름을 잠재우며 선원이 말했다. 그리고 바늘을 찔러 넣었다. 투약기 아랫부분에서 붉은 난초가 피어올랐다. 선원은 투약기의 고무 부분을 누른 후, 소리 없이 굶주린 피가 빨아들인 약이 싱싱한 정맥으로 흘러 들어가는 것을 지켜보았다.

"세상에!" 소년은 탄식했다. "이런 마약은 처음이에요!" 그는 담배에 불을 붙인 후, 당분 부족으로 몸을 경련하면서 부엌을 둘러보았다. "당신은 안 할 거예요?" 그가 물었다.

"저런 우유 설탕 덩어리로? 마약은 한쪽 방향으로만 작동해. 유턴은 없어. 이제 넌 되돌아올 수 없는 강을 건넌 거야."

사람들은 나를 해충 박멸업자라고 부른다. 잠시나마 실제로 그 일을 하면서 바퀴벌레가 노란 살충제 가루에 괴로워하며 배를 까뒤집는 광경을 보았다. ("숙녀분, 이 약은 이제는 구하기 어려워요…… 바퀴벌레 전쟁이 시작됐거든요. 약간의 돈…… 2달러에 드릴게요.") 노스클라크 구역에 있는 허름한 극장 호텔의 장밋빛 벽지에서 통통한 빈대들을 씻어 내기도 했고, 가끔 인간 아기들을 먹기도 하는 끈질긴 쥐를 독살해 본 적도 있다. 누군들 그렇지 않겠는가?

현재 나의 목표. 살아 있는 것들을 찾아 **박멸하라.** 해충의 몸이 아니라 "사회의 곰팡이들." 무슨 말인지 이해하지? 당신이 이해하지 못한다는 사실을 난 자꾸만 잊어버린다. 우리는 일부 곰팡이들을 제외하고 거의 전부를 박멸했다. 하지만 음식을 담은 쟁반에 한 놈이라도 나타나면 괴롭기는 마찬가지다. 늘 그렇듯 위험은 변절한 요원들로 인해 발생한다. 에이제이, 자경단원, 검은 아르마딜로.(샤가스병의 보균자로, 1935년 아르헨티나에서 발생한 감염병 유행 시기부터 지금까지 한 번도 목욕하지 않았다.) 리, 선원, 벤웨이 박사. 그리고 어느 요원이 보이지 않는 어딘가에서 나를 찾고 있다는 것도 잘 알고 있다. 왜냐하면 모든 요원은 변절하고 모든 저항은 배신하므로……

욕망의 대수학

　‘뚱보’는 도심의 가스 저장 탱크 지역 출신이다. 그 지역에서는 다양한 삶의 흐름이 백만 가지 형식으로 분출하고, 즉시 먹히며, 먹은 이는 다시 악독한 경찰의 손에 죽는다……

　끈적한 독극물, 살을 썩게 만드는 검은 곰팡이, 폐를 그슬리고 위장을 뒤트는 녹색 냄새 같은 생존의 방어 수단으로 무장한 존재들을 강의 조수가 저장 탱크에서 플라자까지 실어 나른다. 하지만 여기까지 무사히 도달하는 존재는 거의 없다……

　뚱보는 경련하는 죽음의 고비를 수없이 넘기면서 신경이 거칠어지고 닳을 만큼 닳은 후에…… 욕망의 대수학을 깨우쳐 살아남았다……

　어느 금요일에 뚱보는 플라자로 향했다. 반투명한 회색의 태아 같은 원숭이 모습을 하고, 작고 부드러운 적회색 손에는 빨판이 달려 있고, 메기같이 넓적한 입에는 차가운 잿빛 연골과 뻣뻣한 검은색 치아가 듬성듬성 나 있고, 마약 투약으로 생긴 상처를 손으로 어루만지면서……

　부유한 남자가 지나가다 이 괴물을 빤히 쳐다보았다. 그러자 뚱보는 공포에 차 데굴데굴 구르면서 대소변을 지린 후 대변을 먹었다. 부유한 남자는 자신의 강력한 시선이 이러한 찬사를 불러왔다는 데 감동한 나머지, 들고 있던 금요일용 지팡이에서 동전을 꺼냈다.(금요일은 이슬람교의 일요일로, 부자들이 자선을 베풀어야 하는 날이다.)

그렇게 뚱보는 검은 고깃덩어리를 판매하는 법을 배웠고, 민물 지네로 가득한 거대한 수족관을 키워 나갔다…… 그리고 그의 텅 빈 망원경 같은 눈은 세상을 훑었다…… 그가 마약을 끊으면 반투명한 회색 원숭이들이 물고기를 쫓는 창처럼 잽싸게 마약 목표물로 달려가 거기 붙어서 빨아 대고, 그러면 마약이 고스란히 뚱보에게 전달되었다. 그래서 그의 몸은 점점 커져 세상 곳곳의 광장과 식당들, 대기실을 잿빛의 마약 분비물로 가득 채웠다.

정당의 중앙 본부가 작성한 게시글에는 파과형 조현병, 라타, 유인원들이 일으키는 외설스러운 행동들이 자세히 기록되어 있다. 그 외에도 솔루비들의 방귀 신호, 흑인들이 금니로 신호를 보내기 위해 입을 여닫는 행위, 나긋나긋한 거세된 남자들(이들을 태우면 새까맣고 두툼한 최상의 연기를 얻을 수 있다.)을 쓰레기 더미에 던지고 휘발유를 뿌려서 연기로 신호를 보내는 중동인 폭도들, 파편화된 노래들 등 굽은 거지의 슬픈 파이프 연주, 침보라소산[91]의 엽서에서 불어오는 차가운 바람, 라마단 시기에 들리는 플루트 소리, 바람 부는 거리를 휘감는 피아노 음률, 갑자기 뚝 끊긴 경찰 호출 소리, SOS가 난무한 거리의 싸움과 뒤얽혀 하나가 된 광고지 전단.

두 명의 비밀 요원이 외부의 마이크를 막고 각자 선호하는

91　에콰도르에 있는 안데스산맥의 일부다.

성생활을 밝힘으로써 서로의 정체성을 확인하고, 너무도 복잡해서 세상에서 단 두 명의 물리학자만 이해하는 척하면서 서로의 존재를 부인하는 원자 폭탄의 비밀을 위험하게 주고받는다. 후에 이들 중 비밀을 전달받은 요원은 성기에 부착된 전극에서 전해진 절정의 경련 메시지를 거꾸로 읽고 신경 시스템을 불법으로 소유했다는 죄목으로 처형당할 것이다.[92]

늙은 심박의 숨 쉬는 박동, 벨리 댄스 무용수의 쿵쿵거림, 기름진 물 위를 달리는 모터보트의 **팟 팟 팟** 하는 소리.

웨이터는 회색 플란넬 양복을 입은 남자에게 마티니 한 방울을 떨어뜨리고, 남자는 **자신의 신분이 발각된 걸 눈치채고** 6시 12분발 기차를 타러 도주한다.

한바탕 소동이 지나간 후, 마약 중독자들이 찹 수이 가게의 화장실 창문을 넘어 빠져나간다.

왈도프 호텔에서 "카우보이를 당한" 김프는 **쥐 떼를 낳았다.**

(뉴욕 은어로 카우보이는 발견 즉시 그 빌어먹을 인간을 죽인다는 뜻이다. 쥐는 쥐고 쥐고 쥐다.[93] 말 그대로 밀고자를 의미한다.)

아무리 멍청한 처녀들이라도, 비명을 지르는 **멧돼지**를 창에 꿴 채 말을 타고 돌아다니는 영국인 대령을 조심히 대한다.

---

92 1950년대 미국과 소련 간의 핵 개발 전쟁이 무르익던 상황에서, 동성애자는 단순히 성 정체성의 문제를 넘어 반미국적인 배신자로 낙인찍히는 분위기가 팽배했다. 해당 문단에 등장하는 "원자 폭탄", "선호하는 성생활"을 통한 "정체성 확인", "처형" 같은 표현은 이러한 당시 미국 사회의 정치적 분위기를 반영한다.

93 거트루드 스타인의 시 「성스러운 에밀리」에 등장하는 시구 "장미는 장미는 장미는 장미다."를 차용한 문장이다.

우아한 동성애자는 죽은 엄마와 접선해 새 소식을 받으려고 동네 공중화장실을 애용하고, 뇌의 신경 시스템에 의존해 살아가며, 언젠가는 동성애자를 때리는 흥분한 사람을 소환하게 될 것이다.

학교 화장실에서 자위하는 소년들은 서로가 엑스 은하에서 온 요원임을 알고 있다…… 밤이면 삼류 극장 주변으로 몰려가 초라하고 불길하게 모여 앉아서는 포도주 식초에 레몬을 곁들여 마시면서 테너 색소폰 연주자(파란색 안경을 쓴 멋진 중동인)를 적이 보낸 스파이로 오인한다.

세상에 존재하는 모든 말라리아가 떨리는 세포질 안에 모여 있다…… 설형 문자로 쓰인 고약한 메시지를 두려움이 밀봉한다. 낄낄거리는 폭도들이 불타고 있는 흑인의 절규에 맞춰 몸을 섞는다. 외로운 사서들은 구취가 심한 영혼의 입맞춤으로 대동단결한다.

형제여, 그 불쾌한 기분이 뭔지 압니까? 무더운 오후의 바람처럼 목구멍이 계속 쓰라리고 불편합니까? 국제 매독 숙박 시설에 온 것을 환영합니다. "감니교 선공회, 덴장." (전형적으로 매독성 뇌 손상으로 인한 언어 장애를 검사하기 위해 사용되는 구절이다.) 매독균에 감염되는 순간 당신은 당당한 회원이 됩니다.

깊은 숲과 우주 에너지가 축적된 장소에서 들려오는 소리 없는 콧노래의 진동, 중독자가 마약을 하고 심지어 도시로 통근하는 이마저도 마약과의 접촉을 갈망하면서 콜레스테롤로 꽉 막힌 혈관을 떨어 뗄 때면 발생하는 도시의 갑작스러운 침묵. 성적 절정의 신호를 알리는 불꽃이 폭발해 세상으로 퍼져 나간다. 마약 중독자가 "난 두려워!"라고 소리치며 펄쩍 뛰어오르더니, 세상의 모든 뇌를 망가뜨리는 멕시코의 밤을 향해 달려간다. 사형 집행인은 사형수를 보고 공포에 사로잡혀 대변을 지린다. 고문관은 꿈쩍도 하지 않는 고문 대상의 귀에 대고 소리 지른다. 칼잡이들은 아드레날린을 기꺼이 받아들인다. 노래하는 전보[94]와 함께 암은 문 앞까지 다가와 있다……

94 축하받는 대상을 직접 방문해 노래를 불러 주고 축하해 주는 전문적인 공연 예술가다.

하우저와 오브라이언

그날 아침 8시에 그들이 갑자기 나를 찾아왔을 때, 나는 이게 나의 마지막 기회이자 유일한 기회임을 알아차렸다. 그러나 정작 그들은 몰랐다. 어떻게 알겠는가? 나를 체포하는 건 그들에게는 일상의 일과에 불과한데. 하지만 실제로는 일상의 일과가 아니다.

하우저가 아침 식사를 하고 있을 때 경위의 전화가 걸려왔다. "자네 파트너와 같이 가서 시내로 오는 길에 리라는 이름의 남자를 잡아 오게. 윌리엄 리. 램프리 호텔에 머물고 있네. 브로드웨이 부근 103번가야."

"네, 어딘지 압니다. 그 남자가 누구인지도 알고 있습니다."

"잘됐군. 606호야. 조용히 데려오게. 호텔에서 소란을 피우지는 말고. 다만 올 때 그 방에 있는 책과 편지, 원고는 전부 가져오게나. 출판된 글, 그가 쓴 글 가리지 말고 **전부**. 알겠나?"

"네 알겠습니다. 하지만 무슨 일인지…… 책이라뇨……"

"잠자코 그냥 하게나." 경위는 전화를 끊었다.

하우저와 오브라이언. 이들은 지난 이십 년간 뉴욕 경찰 마약 단속반 소속으로 일해 왔다. 나처럼 잔뼈 굵은 사람들이다. 나도 마약에 손댄 지 십육 년이 지났으니까. 그들은 법 집행

자치고는 나쁘지 않은 사람들이다. 적어도 오브라이언은 그렇다. 오브라이언은 사기꾼이고 하우저는 거친 남자다. 마치 죽이 잘 맞는 공연팀 같다. 하우저는 초면부터 말보다 주먹이 먼저 나가는 유형이다. 그 후 오브라이언이 올드 골드 담배 한 개비를 건네고(어째서인지 경찰이 올드 골드를 피운다.) 경찰이 할 법한 최고급 수준의 사기를 치기 시작한다. 그가 나쁜 사람은 아니라서 그 일을 하는 게 나는 썩 내키지 않았다. 하지만 그건 내게 주어진 유일한 기회였다.

그들이 만능 열쇠로 문을 따고 들어왔을 때 나는 마침 마약을 맞을 준비를 하고 있었다. 그 열쇠는 특수 제작된 종류라 안쪽에서 자물쇠에 열쇠를 걸어 두어도 문을 딸 수 있었다. 내 앞의 탁자 위에는 마약 봉지와 주삿바늘, 주사기(멕시코에 머물 때 일반 주사기를 사용하는 버릇이 생긴 이후로는 투약기를 사용하지 않았다.), 소독용 알코올, 솜, 그리고 물 한 잔이 놓여 있었다.

"이런, 이런." 오브라이언이 말한다…… "진짜 오랜만이군?"

"리, 외투 챙겨." 하우저가 말한다. 그는 총을 꺼내 들었다. 심리적 효과를 내고 싶거나 혹은 상대방이 화장실, 싱크대, 창문으로 갑자기 튀는 걸 방지하기 위해 그는 항상 총을 꺼내 들고 있다.

"마약 한 대만 맞고 가면 안 될까요?" 내가 물었다…… "어차피 여기에는 증거가 차고 넘치는데……"

만약 경찰들이 안 된다고 한다면 어떻게 내 서류 가방에 손을 뻗을 수 있을지 나는 머리를 굴리고 있었다. 가방은 잠겨 있지 않았지만 하우저가 총을 들고 있었다.

"한 대 맞고 싶다는데?" 하우저가 말했다.

"빌, 우리가 그걸 허락할 수 없단 걸 잘 알잖아." 달콤한 사기꾼의 목소리로 끈적끈적하게 친밀함을 암시하듯 내 이름을 길게 늘여 부르면서, 잔혹하고도 외설스럽게 오브라이언이 말했다. 당연하게도 그의 말뜻은 "빌, 그러면 우리한테 뭘 해 줄 건데?"였다. 그는 나를 바라보며 미소 지었다. 그 미소는 너무 오래 지속되었다. 끔찍한 날것의, 낡아 칠이 벗겨진 변태의 미소. 오브라이언의 애매모호한 역할에서 뿜어져 나오는 모든 부정적인 악을 한데 모은 듯한 미소.

"마티 스틸 잡는 걸 도와줄게요." 나는 말했다.

그들이 마티를 간절하게 원한다는 걸 나는 잘 알고 있었다. 마티는 지난 오 년 동안 마약을 거래해 왔지만 경찰들은 한 건도 그와 연루시키지 못했다. 마티는 잔뼈가 굵어서 아무하고도 거래하지 않았다. 상대방의 돈을 받기 전에 그 사람을 충분히 알아야만 거래를 시작했다. 나 때문에 경찰에게 잡혀 들어간 사람은 아무도 없다. 내 평판은 완벽한데도, 마티는 아직 나를 충분히 알지 못한다는 이유로 여전히 나와 거래하지 않았다. 마티가 얼마나 의심이 많은지를 보여 주는 사례다.

"마티?" 오브라이언이 말했다. "마티한테서 물건 살 수 있어?"

"당연하죠."

그들은 미심쩍어했다. 평생 경찰 일을 하는 사람들은 특별한 종류의 감이 있기 마련이다.

"좋아." 마침내 하우저가 입을 뗐다. "하지만 일 처리를 제대로 해야 할 거야.”

“당연히 제대로 할게요. 진심으로 감사합니다.”

나는 주사를 놓기 위해 팔을 묶었다. 서두르는 내 손은 떨리고 있었다. 전형적인 마약 중독자처럼.

“경찰분들, 저는 그냥 평범한 중독자예요. 아무에게도 해를 끼치지 않는, 손을 떠는 늙은 중독자죠.” 그런 식으로 나는 말했다. 내가 바란 대로였다. 하우저는 내가 정맥을 더듬기 시작하자 고개를 돌려 버렸다. 그건 조금도 아름답지 않은 광경이니까.

오브라이언은 의자 팔걸이에 걸쳐 앉아서는 올드 골드 담배를 피우면서, 퇴직 연금을 받으면 무얼 할까를 꿈꾸는 눈빛으로 창밖을 바라보았다.

나는 즉시 정맥을 찔렀다. 피 한 줄기가 주사기 속으로 뿜어져 나와서는 곧바로 날카롭고 뚜렷한 모양의 붉은 실을 만들어 냈다. 주사기 끝부분을 엄지손가락으로 누르자, 마약이 정맥을 통해 힘차게 고동치면서 마약에 굶주린 백만 개의 세포들로 전달되고 내 몸 곳곳의 신경과 근육에 힘과 활력을 불어넣는 게 느껴졌다. 그들은 나를 보고 있지 않았다. 나는 주사기에 알코올을 주입했다.

하우저는 형사용으로 특수 제작된 입구가 뭉툭한 콜트 권총을 만지작거리면서 방 안을 둘러보았다. 그는 동물과 같은 감각으로 위험을 감지했다. 왼손으로 옷장 문을 열어젖히고 안쪽을 탐색했다. 내 위가 두려움으로 조여들었다. ‘만약 그가 서류 가방 안에 뭐가 들었는지 발견한다면 난 망하는데.’라고 생각했다.

하우저는 갑자기 내게로 몸을 돌렸다. "아직도 안 끝났나?" 그는 으르렁거렸다. "마티와 관련해 우리를 엿 먹이지 않는 게 좋을걸." 말투가 너무 험악해서 하우저 자신도 놀라고 충격받을 정도였다.

나는 알코올로 가득 찬 주사기를 들고, 바늘을 돌려 고정했다.

"잠깐만요." 내가 말했다.

나는 주사기를 옆으로 흔든 다음 가느다란 알코올 물줄기를 그의 눈에 뿌렸다. 그는 고통의 외마디 소리를 질렀다. 내가 한쪽 무릎을 꿇고 서류 가방으로 손을 뻗는 사이에, 그는 마치 눈에 보이지 않는 붕대를 떼어 내려는 듯 왼손으로 눈가를 마구 긁어 댔다. 나는 서류 가방을 열고서는 왼손으로 권총의 손잡이 부분을 움켜쥐었다. 나는 오른손잡이지만 총은 왼손으로 쏜다. 내가 하우저의 총소리를 듣기도 전에 총성의 충격이 먼저 느껴졌다. 그가 쏜 총알이 내 등 뒤쪽의 벽을 때렸다. 나는 바닥에서 총을 쐈고, 하우저의 방탄조끼가 위로 들리면서 흰 셔츠가 드러나는 배 부분에 총알을 두 방 박아 넣었다. 그의 신음 소리를 들으니 내 배에 총알이 박힌 것처럼 사실적으로 느껴져서 나도 모르게 몸이 반으로 접혔다. 공포로 몸이 뻣뻣해진 오브라이언은 어깨에 걸린 총집에서 총을 허둥지둥 빼 들었다. 먼 곳을 조준하면서 나는 오른손으로 총신을 감싸 고정했고(내 총은 공이치기 부분이 둥글게 잘려 있어서 더블 액션 방식으로만 사용할 수 있다.) 오브라이언의 은색 머리카락으로부터 5센티미터 정도 내려온 불그스름한 이마의 정중앙을 겨냥했다. 십오 년 전에 내가 그를 마지막으로 만났을 때도 그는 벌써 흰머리가 나고 있었다. 내가 처음 체포됐을 때였다. 그는 눈에 초점을 잃은 채 의자에서 떨어져 바닥에 얼굴을 박았다. 내 손은 이미 필요한 물건들을 향하고 있었다. 나는 공책과 작업물들, 마약, 탄약 한 상자를 서류 가방에 쓸어 담았다. 총을 허리춤에 꽂고 외투를 입은 다음 복도로 나왔다. 호텔 접수대 직원과 짐 들어 주는 직원이 계단을 쿵쿵거리면서 올라오는 소리가 들렸다. 나는 손수 엘리베이터를 타고 내려가 비어 있는 로비를 지나 거리로 나섰다.

아름다운 늦여름 날이었다. 내가 이길 확률은 높지 않지만 그래도 확률이 전혀 없는 것보다는 나았고, ST(6)던가 뭐 그런 머리글자로 불리는 마약의 실험 대상이 되는 것보다는 훨씬 나았다.

마약을 확보하는 게 급선무였다. 공항에서부터 R. R. 지하철역, 버스 정류장에 이르기까지 마약 거래 지역과 거래인들은 전부 경찰의 감시하에 있을 것이다. 나는 택시를 타고 워싱턴 스퀘어로 향한 후, 내려서 4번가를 걷다가 길모퉁이에서 닉을 발견했다. 판매자 찾기는 언제든지 가능하다. 마약을 향한 나의 갈망은 판매자를 마치 유령처럼 소환해 낸다.

"이봐, 닉. 나는 곧 이 도시를 떠날 거야. 헤로인 한 봉지가 필요한데. 지금 당장 구해 줄 수 있을까?"

우리는 4번가를 따라 걷고 있었다. 닉의 목소리는 어딘지 모를 곳으로부터 내 의식 속으로 흘러 들어오는 듯 느껴졌다. 괴이하고, 이 세상 것이 아닌 듯한 목소리였다.

"가능할 거야. 하지만 시 외곽 주거 지역으로 나가야 해."

"같이 택시를 타고 가자."

"좋아. 그렇지만 넌 그 판매상이랑 만날 수는 없을 거야. 이해하지?"

"당연하지. 가자."

우리는 택시를 타고 북쪽으로 향했다. 닉은 특유의 단조롭고 죽은 목소리로 말했다.

"최근 좀 이상한 물건들이 시중에 돌아다녀. 약한 건 아닌데…… 모르겠어…… 그냥, 좀 달라. 합성물을 약에 넣는 건지도…… 합성 아편이나 뭐 그런 거 말야……"

"뭐라고? 벌써?"

"응…… 하지만 우리가 가는 곳은 괜찮아. 내가 아는 거래처 중 최고거든…… 여기에서 세워 주세요."

"빨리 처리해 줘." 내가 부탁했다.

"십 분이면 돼. 물건이 없어서 판매상이 다른 곳에서 구해와야 하지 않는 한은 말이야…… 저기 앉아 커피 마시면서 기다려…… 이 동네 끝내주거든."

나는 바에 앉아 커피를 주문하면서 플라스틱 덮개 아래에 보관된 데니시페이스트리 한 조각을 손으로 가리켰다. 오래되어 고무 같은 빵을 커피와 함께 삼키며 기도했다. 신이시여, 제발 닉이 성공하기를, 물건이 없어서 판매상이 이스트오렌지나 그린포인트까지 가야 하는 일은 제발 없기를.

닉이 돌아와 내 등 뒤에 서 있었다. 나는 차마 물어보지 못하고 그를 쳐다만 보았다. 재미있네, 라는 생각이 들었다. 앞으로 이십사 시간 동안 내가 살아 있을 확률은 백분의 일에 불과한데, 나는 자수한 후 사형을 기다리면서 삼사 개월을 갇혀 있지는 않겠다고 이미 결심한 터였다. 그런 주제에 여기 앉아서 마약 구하는 걸 걱정하고 있다니. 하지만 내게는 겨우 다섯 번 분량의 마약만이 있었고, 마약이 다 떨어지면 나는 꼼짝도 할 수 없게 된다……

닉이 고개를 끄덕였다.

"여기서 건네주지 마." 내가 말했다. "택시를 타자."

택시를 타고 도심을 향해 출발했다. 나는 손을 뻗어 마약 봉지를 움켜쥔 후, 50달러 지폐를 닉의 손바닥에 찔러 넣었다. 그는 지폐를 흘긋 보더니 잇몸을 한껏 드러내며 이빨 빠진 미소를 보였다.

"고마워…… 이 돈이면 당분간 안심이야……"

나는 좌석에 등을 기댄 채 생각이 마음대로 흘러가게 내버려두었다. 지나치게 생각하려 할수록 우리의 정신은 과부하에 걸린 제어판처럼 망가지거나 우리에게 반기를 든다…… 그리고 나는 실수를 할 여유가 없다. 미국인들은 통제할 수 없는 상황, 개입 없이 사건이 자연히 흘러가게 놔두는 상황을 특히 두려워하는 경향이 있다. 미국인들은 무슨 문제든 곧바로 위에 삼켜서 소화한 후 변으로 내보내고 싶어 한다.

우리가 긴장을 풀고 대답을 기다리는 법을 배울 때에야 비로소 우리의 정신은 대부분의 질문에 대답할 것이다. 생각 기계를 다룰 때처럼 질문을 넣고 물러서서 기다려야 한다…… 나는 어떤 이름을 떠올리려 하고 있었다. 내 정신은 여러 이름들을 훑으면서 동시에 지워 내고 있었다. ㄱ ㅈ ― 경찰 졸개. ㅅ ㅈ ― 선천적 장애. ㅁ ㄱ ㄴ ― 멋지지만 겁쟁이인 남자.

이름들을 재고하고, 추려 내고, 걸러 내고, 되새기면서, 대답을 구한다.

"저 판매자는 가끔 날 세 시간씩 기다리게 해. 가끔은 오늘
처럼 즉시 물건을 주기도 하고."

닉은 비하하는 듯한 짧은 웃음을 마침표 대신 사용했다.
양의 문제(가격이 얼마지? 마약 양은 얼마야?)만이 유일하게 언
어화될 수 있는 중독자의 텔레파시 세계에서 말 자체를 꺼냈다
는 사실을 마치 사과라도 하듯이. 그도 나도 기다림에 대해 잘
알고 있었다. 마약 거래의 모든 단계는 사전 계획 없이 진행된
다. 우연한 경우를 제외하고는 그 어떤 사람도 마약을 제시간
에 배달하지 않는다. 중독자들은 마약 시간에 따라 움직인다.
그의 몸이 곧 시계고, 마약은 마치 모래시계처럼 그의 몸을 따
라 흐른다. 시간은 그가 느끼는 갈망과 관련해서만이 비로소
유의미해진다. 그러다가 그는 갑자기 타인의 시간에 끼어들기
도 한다. 비(非)마약의 시간과 우연히 조우하지 않는 한 그도
다른 외부인들처럼, 청원인들처럼 차례를 기다려야 한다.

"내가 뭐라고 말할 수 있겠어? 저쪽은 내가 기다릴 거라는
걸 당연히 알고 있는데." 닉이 웃으며 말했다.

나는 에버허드 목욕탕에서 하룻밤을 보냈다. (동성애는 비
밀 요원들이 사용할 수 있는 최고의 위장술이다.) 그 목욕탕에서
는 공격적인 이탈리아인 직원이 어둠 속에서도 보이는 적외선
안경을 끼고 침대방들을 돌면서 분위기를 무섭게 만든다.

("거기 북동쪽 구석! 다 보이거든!" 강력하고 밝은 조명등을
켜고 바닥이나 개인실의 벽에 달린 비밀 문에서 머리를 빼꼼 내밀
면서 소리를 지르면, 많은 동성애자는 구속복을 입은 채로 밖으로
잡혀갔다……)

위쪽이 뚫린 칸막이 방에 누워 천장을 쳐다보면서…… 무

작위의 망가진 욕정이 빚어낸 악몽 같은 어스름한 불빛 아래에서 신음하고 끙끙거리고 비명을 내지르는 소리를 들었다……

"꺼져!"

"넌 제대로 보지도 못하니, 안경을 두 개는 써야겠네!"

아침에 벼락같이 나가서 신문을 샀다…… 아무런 뉴스도 없었다……

약국의 공중전화에서 전화를 걸어…… 마약 단속 부서를 연결해 달라고 요청했다.

"곤잘레스 경위입니다…… 누구십니까?"

"오브라이언과 통화하고 싶은데요."

연결선이 잠시 잡음을 내며 끊겼다……

"그런 이름을 가진 사람은 이 부서에 없습니다…… 누구시죠?"

"그렇다면 하우저와 통화하고 싶습니다."

"선생님, 이 부서에는 오브라이언도 하우저도 없습니다. 원하는 게 뭡니까?"

"이봐요, 이건 중요한 문제라고요…… 다량의 헤로인을 실은 선박이 입항한다는 정보를 입수했습니다…… 하우저나 오브라이언과 통화하고 싶어요…… 다른 사람은 싫습니다……"

"잠시만요…… 앨시비아즈에게 연결해 드리겠습니다."

마약 단속 부서에는 앵글로색슨 혈통의 성을 가진 사람이 아무도 없는 건지 궁금해졌다.

"하우저 혹은 오브라이언과 통화하고 싶습니다."

"이 부서에는 하우저도 오브라이언도 없다고 몇 번을 말씀드립니까? 누구신데 이러세요?"

　나는 전화를 끊은 후 택시를 타고 그 지역을 벗어났다……
택시 안에서 나는 무슨 일이 벌어진 건지 비로소 깨달았다……
아무것도 먹지 않은 채 사르가소해를 향해 헤엄치는 장어의 항
문이 폐쇄되는 것처럼 나도 시공간으로부터 폐쇄되었던 것이
다…… 시공간의 바깥에 갇힌 채로…… 열쇠, 즉 시공간이 교
차하는 지점을 나는 다시는 확보할 수 없을 것이다…… 시공간
의 바깥에 있는 동안 경찰은 내게서 떨어져 나갔다…… 하우저
와 오브라이언과 함께, 탈출구 없는 마약의 과거 속으로 물러
났다. 헤로인은 언제나 온스 당 28달러고 수폴스의 중국인 세
탁소에서 아편정을 구할 수 있는 그 과거 속으로…… 세계의 거
울 안쪽 깊숙한 곳으로, 하우저와 오브라이언과 함께 과거 속
으로 이동했다…… 아직 도래하지 않은 텔레파시 부서, 시간의
독점, 마약의 조절, 끈적한 체액의 중독자들에게 매달리면서.
　"난 그걸 삼백 년 전에 생각했었지."
　"네 계획은 그때는 불가능했고 지금은 쓸모없어졌어……
마치 다빈치의 하늘을 나는 기계 설계도처럼 말이지……"

쓸모없어진 서문

누군들 그렇지 않겠습니까?

이 쓸모없는 글은 어째서 사람들을 한 장소에서 다른 장소로 옮겨 다니게 만드는가? 갑작스러운 공간 이동이 주는 스트레스로부터 독자를 보호하고 안온함을 유지하기 위해? 어찌 되었든 차표를 샀고, 택시를 불렀고, 비행기에 올랐다. 그 여자(당연히 항공사 승무원)가 우리 쪽으로 몸을 기울이면서 껌이나 멀미약, 신경 안정제를 권할 때, 우리는 따뜻한 복숭아 같은 굴곡이 슬쩍 비치는 것을 볼 수 있다.

"예쁜 아가씨, 마약성 진통제에 관해 이야기해 봐요. 들어줄 테니."

나는 아메리칸 익스프레스가 아니다…… 만약 나 같은 사람이 평범한 옷차림을 하고 뉴욕을 걷는 장면이 등장한 후 이어지는 바로 다음 문장이 팀북투에서 가젤의 눈을 한 청년을 주제로 한 남자들의 대화라면, 우리는 그(팀북투에 살지 않는 사람)가 일반적인 이동 방법을 통해 그곳으로 이동했을 거라고 짐작하기 마련이다……

비밀 요원 리(44816)는 마약 재활 치료를 받는 중이다……

마약 중독자에게 시공간 여행은 중독자들이 길모퉁이에서 마약을 구하는 것만큼이나 불길하게 친숙한 일이다…… 재활 치료를 통해 과거와 미래의 장면은 한데 뒤섞여서, 가속화된 시간의 조용한 바람에 떨고 있는 유령과도 같은 그의 육체를 흔들며 지나간다…… 약을 선택해라…… 어느 약이든 간에……

경찰서 유치장에서 맞았던, 관절을 물어뜯고 바닥을 뒹굴게 만드는 주사들…… "빌, 헤로인 주사랑 비슷한가?"

"하 하 하."

빛 속에 녹아 없어지는, 찰나의 반쪽짜리 이미지들…… 마약 부작용으로 괴로운 아침에 기침과 침을 뱉어 내는 늙은 중독자는 썩은 영적 에너지로 가득 찬 주머니들을 쓸어 내 버린다……

햇빛 아래의 진흙처럼 갈라지고 가장자리가 말린 빛바랜 적갈색 사진들 속의 파나마시티…… 중국인 약사를 속여 마약성 진통제를 갈취하던 빌 게인스.

"경주용 개들을 키우고 있소…… 혈통 있는 그레이하운드 여러 마리…… 모두들 이질을 앓고 있소…… 열대 기후의 병…… 똥을 싸고…… 당신, 똥 알아?…… 내 휘핏 개들이 죽어 가고 있다고!" 그가 외쳤다……

그의 눈은 푸른색 불꽃으로 이글거렸다…… 불꽃이 꺼졌다…… 금속이 타는 냄새…… "안약을 투약하세요…… 누군들 그렇지 않겠어요?…… 생리통…… 아내가…… 생리대…… 나이 든 어머니…… 치질…… 살이 쓸려서…… 피나는……" 그는 계산대에 기댄 채로 꾸벅거리며 졸고 있었다…… 약사가 입에 물고 있던 이쑤시개를 빼서 끝을 살펴보더니 고개를 가로저었다……

　마약성 진통제에 취한 채로 게인스와 리는 다비드부터 다리엔에 이르기까지 파나마 공화국 전체를 불태워 버렸다…… 슈룩 하는 소리와 함께 그들은 서로에게서 떨어졌다…… 중독자들은 하나의 육체로 융합하는 경향이 있다…… 특정 지역들에서는 특히 주의해야 한다…… 게인스는 멕시코시티로 되돌아갔다…… 코데인과 신경 안정제로 번들거리면서 해골 같은 웃음을 필사적으로 짓고 있는 만성 중독자…… 목욕 가운에 난 담배 구멍…… 바닥의 커피 얼룩 자국…… 매캐한 연기가 나는 등유 난로…… 녹슨 주황빛 불꽃……

　대사관은 미국인 공동묘지 내의 묘지 위치 이외에는 어떠한 세부 정보도 제공하지 않았다……

　그리고 리는 성관계, 고통, 시간, 그리고 아마존의 쓰디쓴 영혼의 덩굴 식물인 **야헤**로 되돌아갔다……

　언젠가 마준[95]을 과다 복용했을 때가 기억난다. 룰루의 방인지 조니의 방인지 아니면 아들 방인지(예전의 유아기와 화장실 교육의 냄새)에서 나와 탕헤르 외곽에 있는 빌라의 거실을 둘러보고 있었는데, 갑자기 내가 어디에 있는지 알 수 없었다. 아마 남의 집 문을 열고 들어왔고, 이곳을 먼저 선점한 이 집의 소유자가 언제든 뛰쳐나와 소리를 지를 것만 같았다.

　"당신 여기서 뭐 하는 거요? 당신 누구요?"

　내가 그곳에서 뭘 하고 있는지 혹은 내가 누구인지 나도

95　〔원주〕 대마초를 말린 뒤 녹색의 설탕 가루만큼 곱게 갈아서 까칠까칠한 자두 푸딩 맛이 나는 단 감미료와 섞은 것. 단 감미료는 원하는 대로 선택할 수 있다……

모른다. 나는 침착하게 대응하기로 마음먹는다. 어쩌면 주인이 오기 전에 여기가 어디인지 알게 될 수도 있으니까…… 그래서 "여기가 어디지?"라고 소리 지르는 대신 진정하고 주위를 살핀다면 대충이라도 알 수 있을 것이다…… 태곳적부터 여기 있었던 건 아닐 테니까. 세상의 종말이 올 때도 여기 있지는 않을 테니까…… 무슨 일이 벌어지고 있는지에 대한 이해는 추상적이고 상대적이다…… 정제되지 않은 아편으로 연명하는, 물집투성이의 누런 얼굴을 한 내 눈앞의 젊은 중독자는 내가 아는 사람인가? 그에게 이렇게 말해 주고 싶었다. "언젠가 아침에 일어나 보면 당신 간이 무릎까지 튀어나와 있을 거요." 그런 후에, 완전 독이나 다름없는 비정제 아편을 정제하는 방법을 알려 줘야지. 하지만 번들거리는 눈을 한 그 남자는 알려고 들지 않는다. 중독자들 대부분은 알려고 들지 않는다…… 그래서 그들에게 말을 걸기란 어렵다…… 대마초를 피우는 자들은 피우는 행위 이외의 것을 알려 하지 않는다…… 헤로인 중독자도 다를 바 없다…… 마약의 급격한 치솟음에만 관심이 있고 그 외의 다른 것들은 신경 쓰지 않는다……

그래서 내 생각에 그는 1920년에 지어진 탕헤르 외곽의 스페인풍 저택에 지금도 여전히 앉아서는 쓰레기와 돌과 짚으로 가득한 비정제 아편을 흡입하고 있을 것이다…… 무언가를 잃을지도 모른다는 두려움에 사로잡혀서……

작가가 쓸 수 있는 내용은 딱 한 가지가 있다. 글을 쓰는 순간 그의 감각 앞에 놓여 있는 바로 그것…… 나는 기록하는 장치다…… 나는 감히 '이야기', '줄거리', '연속성'을 부여할 만큼 건방지지 않다…… 심리 과정의 특정한 부분을 즉물적으로 기록하는 것에 성공하고 있는 한, 나는 제한적이나마 제 역할을 하는 것이리라…… 나는 어릿광대가 아니다……

　사람들은 그걸 '소유'라고 부른다…… 가끔 어떤 실체가 내 몸속에서 날뛰고(노란 주황빛 반액체 속에서 몸의 윤곽은 흔들린다.) 손은 만성적인 주택난을 해소하기 위해 지나가는 창녀의 내장을 꺼내거나 지나치는 아이를 교살하려고 움직인다. 마치 내가 늘 거기에 존재하면서 가끔씩만 정신이 떠도는 것처럼 생각할 수도 있겠으나…… **아니다! 나는 절대로 여기에 존재하지 않는다**…… 이 몸을 절대로 **온전하게** 소유하지 않지만 잘못된 행동을 어떻게든 미리 방지하는 역할을 맡고 있다…… 실제로 순찰이 나의 주된 업무다…… 경비가 아무리 삼엄해도 나는 언제든지 어떻게든 **외부적으로는** 명령을 내리고 **내부적으로는** 구속복 같은 반액체에 갇혀 있다. 이 반액체는 잘 늘어나지만 어떠한 움직임과 생각, 충동이 발생하기 전에 나를 늘 교정한다. 외부의 검사 도장이 찍힌 채로……

　작가들은 죽음이 내뿜는 달콤하고도 역겨운 냄새를 노래하지만, 중독자라면 죽음에는 어떤 냄새도 나지 않는다는 사실을 잘 알고 있다…… 숨을 틀어막고 피를 멈추게 만드는 냄새…… 색깔 없는 죽음의 냄새 없음…… 살 내부의 꼬여 있는 분홍빛 창자들과 검은 피의 여과 장치에서 죽음을 냄새 맡을 수 있는 사람은 아무도 없다…… 죽음의 냄새는 틀림없이 냄새이기는 하나 냄새의 완전한 부재다…… 모든 유기체는 냄새가 나기에 냄새의 부재는 제일 먼저 코에서 느껴진다…… 냄새가 나지 않는 상황은 눈에는 어둠처럼, 귀에는 고요처럼, 균형 및 방향 감각에는 스트레스와 무게가 없는 상태처럼 느껴진다……

금단 증상이 찾아올 때면 늘 죽음의 냄새가 날 뿐만 아니라 타인에게도 죽음의 냄새를 풍기게 된다……

금단 증상으로 괴로워하는 중독자가 내뿜는 죽음의 냄새는 집 전체를 도저히 살 수 없는 곳으로 바꿔 버리기도 한다…… 그러나 환기를 잘 시켜도 그 장소는 중독자가 들이마실 수 있는 악취로 다시 가득해진다…… 갑작스러운 산불처럼 기하학적으로 뛰어오르기 시작하는 극도로 심각한 헤로인 중독에서도 죽음의 냄새를 맡을 수 있다……

치료법은 언제나 똑같다. **그냥 저질러 버려! 뛰어내려!**

친구 중 한 명은 정신을 차려 보니 마라케시[96]의 호텔 2층에서 나체 차림으로 있었다…… (그는 어릴 때 여자애 옷을 입혔던 텍사스 엄마의 방식을 따르고 있다…… 영아의 세포질에 대한 조악하지만 효과적인 행위다……) 그 방에는 세 명의 아랍인들도 있다…… 손에는 칼을 들고…… 그를 주시하면서…… 검은 눈동자에 비치는 금속의 번쩍임과 빛…… 글리세린 속의 오팔 부스러기들처럼 천천히 떨어지는 살인의 조각들…… 느려진 동물적 반응은 그에게 결정할 수 있는 일 초의 시간을 준다. 창문으로 곧바로 뛰어들어 붐비는 거리로 마치 유성처럼 떨어지는 동안 그가 깬 유리가 햇빛을 받아 반짝거린다…… 부러진 발목과 다친 어깨로 지탱한다…… 커튼 봉이 매달려 있는 투명한 분홍색 커튼을 몸에 두르고 경찰을 향해 절뚝거리며 사라진다……

자경단원, 시골뜨기, 비밀 요원 리, 에이제이, 맥각병의 쌍

---

96   모로코의 도시다.

등이 클렘과 조디, 태반 산업 재벌 하산 올리리, 선원, 해충 박멸업자, 앤드루 키프, '뚱보', 벤웨이 박사, '손기술 좋은' 셰이퍼 박사는 언젠가는 똑같은 언어를 사용해 똑같은 내용을 말하고, 교차로에 머물면서 시공간 내의 똑같은 장소를 차지하려 할 것이다. 신진대사 장치가 완비된 공통의 음성 기구를 사용하는 것, 다시 말해 똑같은 사람이 되는 것은 **인지**[97]를 표현하는 가장 부정확한 방법이다. 햇빛 아래에서 나체로 있는 중독자처럼······

작가는 언제나 거울을 보며 자기 자신을 관찰한다······ 그는 '분리 행위의 범죄'가 발생한 적도 없고, 발생하지도 않았고, 발생할 수도 없다는 사실을 재확인하기 위해 거울을 자주 확인해야만 한다······

거울을 본 적이 있는 사람이라면 이 범죄가 어떤 것인지 잘 알 것이다. 거울에 비친 자신이 더 이상 순종하지 않을 때 통제력의 상실이 어떤 의미인지를······ **겨엉차알**에게 전화 걸기에는 너무 늦었다······

개인적으로 나는 작가로서의 행위를 이 시점 이후로 종료하고 싶다. 그러면 더 이상 날것의 죽음을 계속해서 팔 수 없게 될 테니······ 선생님, 당신의 경우는 희망도 없고 해로운 상황입니다.

"우리의 현 지식 수준에서 방어란 아무 의미가 없어요." 전

---

97   작가는 개인과 개인 간의 진정한 관계, 특히 남성들 사이의 진솔한 관계를 사랑 대신 '인지'라 부르는 경향이 있다. 작가의 인터뷰에 따르면 "남성 간의 성적 관계의 핵심은 우리가 사랑이라고 부르는 것이 아니라 인지(recognition)라고 부르는 것에 가깝다."

자 현미경에서 눈을 들며 '방어'가 말했다……

월그린[98]에 가서 일을 처리하라

우리는 책임이 없다

눈에 띄는 것은 뭐든 훔쳐라

백인 독자에게 이걸 어떻게 돌려줘야 하는지 난 모르겠다

그것에 대해 쓰거나 소리 지르거나 애원할 수도 있다…… 그걸 그림으로 그릴 수도 있고…… 그걸 연기할 수도 있고…… 이동하면서 그걸 배설해 버릴 수도 있다…… **도망가지 않고 그걸 계속하기만 한다면**……

바이러스를 갈망하는 확고한 권위를 가진 상원 의원들이 벌떡 일어서서는 큰 소리로 사형 제도를 주장한다…… 마약에 중독된 악마들에게 죽음을, 동성애자(즉 악마들)에게 죽음을, 깨져 버린 동물적 순수함을 가지고 나긋하게 움직이는, 겁먹고 품위 없는 육체를 공격하는 정신 이상자에게 죽음을……

죽음을 알리는 검은 바람개비가 지면에 파문을 일으킨다. 두려움에 얼어 버린 채 광활한 확률 곡선 아래에서 떨고 있는 육체를 움직이는 자들이 저지르는 범죄인 분리된 삶을 느끼고 냄새 맡으면서……

인종 말살을 노리는 체스 게임으로 인해 인구의 상당수가 사라진다…… 어떤 숫자도 가능하다……

진보적인 언론과 그렇게 진보적이지 않은 언론, 보수 반동적인 언론이 다 같이 승인을 외친다. "무엇보다도 다른 층위의 경험이라는 신화는 반드시 박멸되어야 한다……" 그러고서 잔

---

98   미국의 유명한 약국 및 잡화 가맹점이다.

혹한 특정 현실을 부정적으로 이야기한다…… 구제역에 걸린 소들…… 질병의 예방책……

권력을 가진 세상의 단체들은 연결선을 미친 듯이 잘라 낸다……

지구는 무작위적인 곤충 같은 멸망을 향해 가고 있다……

열역학은 아주 느린 속도로 승리했다……

우주의 생명 에너지는 결승점에서 주춤거렸다…… 예수는 피를 흘렸다…… 더 이상 시간이 없다……

『네이키드 런치』는 어느 부분이든 상관없이 펼쳐서 읽을 수 있는 책이다…… 나는 서문을 여러 번 시도했다. 그 서문들은 즉흥성을 시들게 하고 절단해 버린다. 마치 흑인에게 한정된 서아프리카 질병으로 인해 새끼발가락이 절단되는 것처럼. 그리고 금발 여자는 청동 발목을 드러내면서 지나가고, 그녀가 키우는 아프간하운드는 클럽 테라스를 가로질러 사라진 그녀의 매니큐어 칠한 발가락을 주워다가 그녀의 발치에 되돌려 놓는다……

『네이키드 런치』는 청사진이자 길잡이 책이다…… 곤충의 검은 욕정은 광활한 다른 행성의 지형으로 향하는 문을 연다…… 대수학처럼 추상적이고 상상력이 결여된 개념들은 검은 똥이나 늙어 가는 **고환** 한 쌍으로 축소된다……

길잡이는 긴 복도의 끝에 있는 문을 열어젖힘으로써 경험의 층위를 확장한다…… 오직 **침묵** 속에서만 열리는 문들…… 『네이키드 런치』는 독자의 침묵을 요구한다. 그러지 않으면 독자는 자기 자신의 맥박만을 느끼는 것이다……

로버트 크리스티는 응답 서비스를 잘 알고 있었다…… 늙은 여자들을 죽이고…… 여자들의 음모를 목걸이 장신구 안에 보관한다…… 누군들 그렇지 않겠는가?

로버트 크리스티, 여성을 상대로 한 연쇄 살인범(데이지 화환처럼 들린다.)은 1953년 사형당했다.

잭 더 리퍼, 1890년대의 말 그대로 칼잡이로 이름을 날렸고, 바지를 내린 채로 잡힌 적이 없었던 사람. 그가 언론에 편지를 썼다.

"다음번에는 재미 삼아 귀를 같이 보내겠소…… 누군들 그러지 않겠소?"

"오, 조심해! 쟤네 또 그런다!" 줄이 끊어져 공들이 바닥에 흩어지자 늙은 동성애자가 소리쳤다…… "제임스, 쟤네 좀 그만하게 만들어 봐. 이 쓸모없는 늙은 놈팡이야! 그냥 우두커니 서서 주인님의 공들이 석탄통에 굴러 들어가게 내버려두지 말고!"

딜로디드가 불쌍한 나를 구원해 준다. (딜로디드는 강화 건조 모르핀이다.)

검은 조끼의 보안관이 사형 집행 영장을 타자기로 친다. "이 약을 한외마약으로 합법화해야 합니다……"

공중위생법 제334조 위반…… 사기를 통해 성적 절정을 초래하는 행위……

조니는 네 발로 기어다니고, 메리는 그를 빨면서 손가락을 허벅지 뒤쪽으로 찔러 넣고, 야구장 외야 쪽으로는 불이 환하게 밝혀져 있다……

망가진 의자 너머 창고의 창문 바깥으로는 흰 액체가 차가운 봄바람의 채찍질을 견디면서 강 위의 석회암 절벽에 부서진다…… 뿌연 달의 조각이 검푸른 하늘에 걸려 있다…… 먼지 낀 마룻바닥을 가로질러 긴 정액 자국이 나 있다……

모텔…… 모텔…… 모텔…… 망가진 아라베스크 문양의 네온…… 기름이 떠 있는 고요한 조수 간만의 강들 위로 울리는 안개 경적처럼, 고독은 대륙을 가로지르며 신음한다……

고환 쥐어짠 레몬 껍질 전염병 항문을 애무함 물담배용으로 쓰려고 칼로 대마초 끝부분을 잘라 냄.(부글부글) 이것들은 예전의 내 모습을 반영한다.

"선생님, 강은 준비가 되었습니다."

죽은 나뭇잎이 분수를 채우고 제라늄꽃은 박하와 섞여 잡초처럼 자라나 잔디밭 반대편의 자판기까지 넘쳐 난다……

늙어 가는 바람둥이는 1920년산 비옷을 입고, 절규하는 아내를 쓰레기 분쇄기에 넣어 버린다…… 머리카락, 분비물, 피가 벽에 뿌려져 1963이라는 글자를 만든다……"그렇습니다, 선생님, 여러분. 진짜로 이런 게 1963년에는 유행했죠." 지치고 늙은 예언자의 말은 시공간의 방향에 상관없이 사람들을 지루하고 분노하게 만든다……

"이 년 전이었지. 정확히 기억해. 볼리비아에 있는 연구실에서 개발 중이던 인간 구제역이 캔자스시티에서 소득세법이 실행된 친칠라 모피를 매개 삼아 퍼졌던 때니까…… 어떤 여자가 원죄 없는 잉태를 주장하더니 배꼽에서 170그램 무게의 거미원숭이를 출산했지…… 사람들이 그러는데, 그 장난에 연루된 사기꾼이 원숭이를 늘 등 뒤에 업고 다녔다고 하더군……"

나 윌리엄 수어드, 술에 절어 대마초를 피우는 인간들로 가득한 지하철의 선장은 네스호의 괴물을 살충제로 진압하고

백경을 죽일 것이다. 나는 사탄을 굴복시켜 자발적으로 복종하도록 할 것이며, 그 산하의 악마들을 승화시킬 것이다. 나는 너의 수영장에서 흡혈어를 모두 쫓아낼 것이다.

나는 원죄 없는 피임에 대한 거짓된 글을 발행할 것이다……

"어떤 일이 자주 발생할수록 더더욱 독보적으로 훌륭한 일이 되는 거지." 잘난 체하는 젊은 북유럽인이 공중그네를 탄 채 프리메이슨에 관한 숙제를 하면서 말했다.

"클렘, 유대인은 예수를 믿지 않아…… 그들이 원하는 거라고는 기독교 여성들에게 찝쩍거리는 것뿐이야……"

사춘기의 천사들이 세계의 변소 벽에서 노래한다.

"어서 사정해……"1929년.

"절름발이가 쓰레기 같은 우유 설탕을 주사하고 있어……" 조니는 최근 목을 맸다. 1952년.

(코르셋을 착용한 늙어 빠진 테너 가수가 여장을 한 채「대니 디버」를 부르고 있다……)

품위 있는 이 지역에서는 노새들이 짝짓기하지도 않고, 머리에 두건을 뒤집어쓰고 죽은 인간들이 재 구덩이 안에서 횡설수설하지도 않는다…… 공중위생법 제334조 위반.

그래서 조각상과 백분율은 어디에 있지? 누가 알겠어? 나에게는 '적당한 언어'가 없어…… 내 주사기가 곧 내 집일 뿐…… 왕은 화염 방사기를 든 채 오리무중이고, 노숙자 1000명을 본뜬 모형을 사용해 고문당한 왕의 시해범은 우범 지대를 미끄러져 내려가 석회암으로 만든 공놀이 터에 변을 본다.

젊은 날의 딜린저가 집에서 곧장 걸어 나온 뒤 절대 뒤돌아보지 않았다……

"절대 뒤돌아보지 마…… 늙은 암소가 핥는 소금 기둥으로 변하게 될 테니."

골목에는 경찰의 총탄…… 이카로스의 부러진 날개, 늙은 중독자가 들이마시는 탄내 속에서 불타고 있는 소년의 절규…… 광활한 평원같이 텅 빈 눈…… (독수리는 건조한 대기 중에 날개깃을 흩날린다.)

좀도둑 단체의 늙은 단체장인 '게'는 갑각류 양복을 입고 배회하면서 야간 근무를 서다가…… 입을 벌린 채 잠든 노숙자의 금니와 보철물을 강철 집게로 뽑는다…… 만약 노숙자가 덤벼들면, 게는 뒤쪽 집게로 서서 딱딱거리면서 정체 모를 퀸스 평원 전투를 제안한다.

장기 복역으로 인생이 망한 소년 강도는 회비를 내지 않아 묘지에서 퇴출당하자, 횡설수설하면서 게이 술집으로 걸어 들어온다. 거세된 외판원이 IBM 노래를 부르는 텐트촌의 물건을 되찾기 위한 낡은 전당포 티켓이 그의 손에 들려 있다.

게들이 그의 숲에서 시끄럽게 뛰어놀았다…… 밤새도록 발기한 동성애자와 씨름하고, 동성애자들 간의 싸움에 휘말리고, 뒷길을 따라 우중충한 석회암 동굴로 향한다.

심지어 맨드레이크마저 자라지 못하는 소금기 어린 습지 위로 검은색의 갈망이 사정한다……

평균의 법칙…… 닭 몇 마리…… 살아남기 위한 유일한 방법……

"안녕, 캐시."

"여기가 확실해?"

"물론 확실하지…… 너랑 같이 들어갈게."

시카고로 향하는 밤 기차…… 기차 복도에서 약에 취한 여자를 우연히 만나, 어디서 약을 구했는지 물어본다.

"들어와."

젊은 여자는 아니지만 몸매가……

"우선 한 대 맞을래?"

"아니, 너는 맞을 상태가 아닌 것 같은데."

도합 세 번을 맞고…… 오한에 떨면서 아픈 채로 깨어난다. 창문을 통해 따뜻한 봄바람이 불고, 물이 마치 산처럼 눈을 화끈거리게 만든다……

그녀는 나체로 침대에서 나온다…… 코브라 모양의 램프에 놓여 있는 마약 봉지…… 마약 맞을 준비를 한다……

"뒤돌아봐…… 엉덩이에 놔 줄 테니."

그녀는 바늘을 깊게 찔러 넣고 뺀 후 볼기를 문지른다……

그녀는 손가락에 묻은 피 한 방울을 혀로 핥는다.

그는 마약의 잿빛 분비물에 녹아 버리면서 발기한 채로 몸을 돌린다.

코카인과 순수함, 슬픈 눈의 청춘들, 사라진 대니 보이를 위한 노래가 한데 섞인 강줄기 속에……

우리는 밤새도록 코카인을 흡입했고 네 번 관계를 가졌다…… 칠판 아래의 손가락들이…… 흰 뼈를 긁어 낸다. 집이란 바다에서 탄생한 헤로인의 집이자 지폐에서 탄생한 사기꾼의 집이다…….

판매원이 조바심 내며 몸을 움직인다. "이봐, 이거 안 살래? 원숭이와 관련해 만나야 할 사람이 있거든."

언어는 단위들로 나뉘며, 단위들은 하나의 큰 덩어리로서 이해되어야 마땅하다. 하지만 언어의 조각들은 순서에 상관없이 앞뒤로 안팎으로 위아래로 묶일 수 있다. 마치 성관계의 흥미로운 배열처럼. 이 책의 각 페이지는 모든 방향으로 흘러 나간다. 만화경을 통해 보는 풍경, 음악과 거리의 소음이 한데 섞인 소리, 방귀와 폭동의 울부짖음과 상점들의 강철 셔터가 세게 닫히는 소리, 고통과 정념의 절규, 그리고 그저 병적일 뿐인 절규, 짝짓기하는 고양이와 물 밖으로 나온 물고기의 퍼덕이는 분노, 육두구의 황홀경에 빠진 마법사가 읊조리는 예언, 부러지는 목과 절규하는 맨드레이크, 성적 절정에서 우러나오는 한숨, 목마른 세포에 새벽처럼 조용하게 퍼지는 헤로인, 광란의 담배 경매처럼 소리 지르는 라디오 카이로,[99] 녹색의 접힌 자국을 섬세한 손으로 더듬는 새벽녘 회색 지하철 안의 소매치기처럼 병든 중독자를 훑고 지나가는 라마단의 플루트 소리……

이것은 정액 안테나가 달린 1920년도의 라디오 세트에서 흘러나오는 에프엠 방송 없이도 내가 수신할 수 있는 계시이자 예언이다…… 점잖은 독자여, 우리는 성적 절정의 번쩍이는 전구 아래에서 우리의 항문을 통해 신을 본다…… 이 구멍을 통해 우리의 몸은 변화한다…… **바깥으로 나가는 문은 안으로 들어오는 문이다.**

이제 나 윌리엄 수어드는 내가 쟁여 둔 언어를 해방시킬 것이다…… 내 바이킹의 심장은 정글의 새벽 속에서 모터가 풋풋거리고 가지에 거대한 뱀들을 매단 나무가 떠다니고 슬픈 눈

99　1950년대 이집트의 라디오 방송이다.

의 여우원숭이들이 강가 너머의 미주리 평원을 응시하는 거대한 갈색 강을 건넌 후 멀리서 들리는 기차의 기적 소리를 따라 항해하다가 (소년은 분홍색의 화살촉을 발견한다.) 신의 선물인 엉덩이를 팔 줄도 모르는 거리의 소년처럼 굶주린 채로 나에게 되돌아온다…… 점잖은 독자여, 강철 발톱을 지닌 표범 사나이와 함께 언어가 당신을 덮칠 것이다. 언어는 기회를 엿보는 민물 게처럼 손가락과 발가락을 잘라 버릴 것이고, 모든 것을 이해할 수 있는 개처럼 당신을 목매단 후에 당신의 정액을 받아 낼 것이고, 독사처럼 당신의 허벅지에 똬리를 틀고서는 썩은 영적 에너지 한 방을 주입할 것이다……

왜 모든 것을 이해할 수 있는 개인가?

예전에 우리 인생이 늘 그렇듯 입에서 항문까지 이어지는 긴 점심을 마치고 돌아오는 길에 나는 뒷발로 서서 걸을 줄 아는 희고 검은색의 작은 개를 데리고 있는 아랍인 소년을 만났다…… 노란색의 큰 개가 애정을 갈구하며 소년에게 다가가자 소년은 개를 밀어 버렸고, 노란 개는 으르렁거리더니 그 작은 아이를 공격했다. 마치 인간에게 주어진 언어의 능력을 사용해 "이건 자연에 대한 범죄야."라고 말하듯 으르렁거리면서.

그 후로 나는 그 노란 개를 모든 것을 이해할 수 있는 개라고 부른다…… 그리고 지나가면서 하나만 언급하고 싶다. 나는 정직한 흑인처럼 늘 지나가며 이야기한다. 이해할 수 없는 동쪽에서는 문제를 해결하기 위해 많은 양의 소금이 필요하다는 것을…… 당신에게 언어를 전달하는 이는 매일 30그레인의 모르핀을 주사하고는 마치 똥처럼 이해할 수 없는 상태로 여덟 시간을 앉아서 보낸다.

"뭘 생각하고 있는 거죠?" 몸을 꿈틀대며 미국인 여행객이 묻는다…… 그러면 나는 이렇게 대답한다. "모르핀이 감정과 성적 자극을 담당하는 나의 시상 하부를 비활성화했는데, 뇌의 앞부분은 뒷부분의 자극을 통해 간접적으로만 활성화되기 때문에 이러한 대리 형태의 구조 안에서 인간이 얻을 수 있는 자극은 뒷부분에서만 발생합니다. 따라서 나는 뇌의 활동이 전적으로 부재한 상태임을 알려 드립니다. 나는 당신의 존재를 인지하고는 있으나 그 사실은 어떠한 감정적 의미도 내게 전해 주지 않습니다. 비용을 내지 않았다는 이유로 마약이 내 감정의 연결선을 끊어 버렸기 때문에, 나는 당신이 하는 일에 전혀 관심이 생기질 않습니다…… 가든지 오든지, 배설하든지 이놈 저놈이랑 자든지 맘대로 하세요. 모두 동성애자에게 적합한, 문제 없는 일들이니까요. 하지만 죽은 자와 중독자는 상관하지 않을 겁니다……" 이들은 **이해할 수 없는** 존재들이다.

"화장실로 향하는 복도는 어느 쪽인가요?" 나는 금발의 여자 안내인에게 질문했다.

"선생님, 이리로 오시면 됩니다…… 안쪽에 한 명 더 들어갈 공간이 있어요."

"아편 아가씨를 본 적이 있나요?" 검은 외투를 입은 나이든 중독자가 물었다.

텍사스의 보안관은 헤로인 불법 거래에서 그의 공범이자 수의사였던 '불안정한 브루벡'을 살해했다.

구제역에 걸린 말의 고통을 경감시키기 위해서는 약간의 헤로인이 필요하다. 어쩌면 이 헤로인의 일부는 고독한 초원을 가로질러 워싱턴 스퀘어에서 기분 좋은 콧소리를 낼지도 모른다…… 중독자들이 소리치며 달려든다. "이봐, 아, 은빛이야."

"그런데 그 **조각상**은 도대체 어디 있는 건가요?" 멕시코 시티 후아레즈 거리에 있는 대나무로 장식한 다실의 칵테일 라운지에서 정념의 원형(原型)이 새된 소리를 질렀다…… 멍청한 놈의 강간 사건 때문에 그곳에서 길을 잃었다…… 여자가 손톱으로 당신의 바지를 끌어내렸고, 형제여 당신은 의제 강간을 저지른 셈이야……

시카고가 부른다…… 여기로 들어오세요…… 시카고가 부른다…… 여기로 들어오세요…… 내가 왜 판초를 입고 고무로 된 방수 덧신을 신었겠는가? 독자들이여, 그곳은 엄청나게 축축한 장소다……

"벗어! 벗어!"

늙은 동성애자가 사춘기 시절의 희극 속에서 반대편으로 돌아오는 자기 자신을 대면하고, 하워드 극장가에 두고 온 그의 유령이 그 앞에 무릎을 꿇는다…… 우범 지대를 지나 마켓 스트리트에 있는 미술관으로 향하는 길에는 온갖 종류의 자위와 자해 행위가 펼쳐져 있다. 젊은 남자들이 특히 심했다……

따먹기 좋게 잘 익은 것들이 저 멀리 옥수수 구멍에서 잊혔다…… 기쁨의 작은 조각들과 불타는 두루마리 속에서 길을 잃었다……

눈먼 손가락으로 더듬어 전이(轉移)되었는지 만져 본다.

관절염을 알리는 화석의 메시지……

"마약을 파는 게 하는 것보다 더 습관적인 중독이야."

———롤라 라 차타, 멕시코시티.

* * *

바늘로 생긴 상처를 통해 공포를 빨아들이고, 물 아래에서 입 모양으로만 소리치는 마비된 신경은 갈망이 곧 느껴질 거라 경고하고, 광견병을 옮기는 물린 자국에서는 맥박이 뛰고……

"만약 신이 좋은 걸 창조했다면 그걸 혼자서만 간직했겠지." 스무 알의 신경 안정제를 삼킨 후 속도가 느려진 선원은 종종 이렇게 말하곤 했다.

(살인의 조각들은 글리세린을 통과하는 오팔 부스러기들처럼 느리게 떨어진다.)

네가 「조니가 장에 간 뒤 돌아오지 않아」를 반복해서 흥얼거리는 모습을 지켜본다.

우리의 습관을 유지하기 위해 작은 규모로 마약을 판매한다……

"이 알코올을 **사용해.**" 알코올이 들어간 램프를 탁자 위에 쾅 하고 내려놓으며 내가 말한다. "기다릴 줄도 모르는 굶주린 빌어먹을 너희 중독자 놈들은 항상 내 숟가락을 성냥으로 그을려 놓지…… 경찰이 아지트에서 검게 그을린 숟가락을 발견하는 것. 불확정형을 받는 데 그것만큼 확실한 방법이 있겠어?"

"너는 끊은 줄 알았는데…… 네 치료법을 망치는 건 옳지 않은 것 같아."

"이봐, 마약 중독을 끊는 건 진짜 용감한 일이라고."

녹아내리는 살 속에서 정맥 찾기. 마약의 모래시계가 마지막 남은 검은색의 알갱이를 신장으로 내려보낸다……

"이 부분은 심각하게 감염됐어." 끈을 맨 부분을 바꾸면서 그가 투덜댔다.

마야 법전을 읽던 엄마가 고개를 들며 말했다. "죽음은 이 사람들의 문화적인 영웅이었단다. 그들은 죽음으로부터 불과 말과 옥수수 씨를 얻었어…… 죽음은 옥수수 씨로 변화하지."

오우압의 날들[100]이 다가온다

거칠게 살을 에는 증오와 불운의 바람이

모든 것을 파괴한다.

"이 빌어먹을 야한 사진들 좀 여기서 치워." 내가 그녀에게 말했다.

늙은 헤로인 중독자는 마약과 신경 안정제에 취한 채로 의자 등받이에 기대 있었다…… 그의 피에 대한 모독이다.

"당신, 신경 안정제 사기꾼이라도 된 거예요?"

그가 경찰에게 손바닥을 보여 주는 중독자의 몸짓을 하자, 우범 지대에서 부는 바람과 막힌 간에서 나는 노란 냄새가 그의 옷에서 흘러나왔다……

칠리 음식점과 축축한 외투

그리고 퇴화한 고환의 냄새……

그는 영적 에너지를 내뿜는, 잠정적으로 치료된 내 육체를 꿰뚫어 보았다…… 마약을 끊었더니 몸무게가 한 달 만에 14킬로그램이 늘었다…… 마약의 조용한 손길이 닿자마자 부드러운 분홍빛의 살덩이가 사라진다…… 직접 본 적이 있다…… 십 분 사이에 4.5킬로그램이 빠졌다…… 한 손에 주사기를 든 채

---

100 오우압은 마야력에서 매년의 끝에 남는 닷새를 칭하는 단어다. 부록에 첨부된 작가의 편지를 참조하라.

서 있었고…… 다른 손으로는 바지를 추켜올리고……

　　세균으로 가득한 금속의 날카로운 악취

　　하늘까지 쌓여 있는 쓰레기 더미 사이를 걷기…… 사방에 흩어져 있는 휘발유 불꽃들…… 분비물처럼 시꺼멓고 진한 연기가 적체된 대기 중에 머무른다…… 한낮의 열기로 인한 백색의 얇은 막을 더럽히면서…… D. L.이 나와 함께 걷는다…… 치아가 다 빠진 내 잇몸과 머리털이 다 빠진 두개골이 만드는 그림자…… 느리고 냉혹한 불에 전부 타 버린 채 썩어 가면서 빛을 뿜어내는 뼈에 붙어 있는 얼룩진 살점…… 그는 개봉한 연료통을 들고 있고 휘발유 냄새가 그를 휘감는다…… 녹슨 철 언덕을 넘어 우리는 원주민들을 마주친다…… 시체 청소부 물고기 같은 펑퍼짐하고 납작한 얼굴들……

　　"저들에게 휘발유를 뿌리고 불을 붙여……"

어서 빨리……

백색의 섬광…… 몸이 잘린 곤충은 절규한다……

나는 죽은 자로부터 다시 돌아와 입안에 쇠 맛을 느끼며 잠에서 깨어났다.

죽음의 색깔 없는 냄새가 남긴 흔적

시들어 버린 회색 원숭이의 태반

사지 절단이 주는 가짜 고통……

"택시 운전사들이 손님을 기다리고 있어." 마드리드에서 마약 과다 복용으로 죽은 에두아르도가 말했다……

부풀어 오른 살의 분홍색 자국들을 따라 타는 듯한 연쇄 반응이 일어난다…… 성적 절정의 번쩍이는 전구가 켜진다…… 정지한 찰나를 담은 사진들…… 담뱃불을 붙이려고 몸을 비튼 매끈한 갈색 옆구리……

누군가가 준 1920년산 밀짚모자를 쓴 채 그는 거기 서 있었다…… 어두운 거리의 죽어 버린 새들처럼, 구걸하는 듯한 부드러운 말들이 쏟아져 내린다……

"아니…… 더 이상은 아니야…… 더 이상은 아니라고……"

하수구 가스처럼 썩은 금속 냄새로 얼룩진 적갈색의 어스름 속에서 무겁게 움직이는 압축 공기 망치의 바다…… 탄화물

랜턴의 노란 빛무리 속에서 초점이 흐려지며 떨리는 젊은 노동자의 얼굴들…… 바깥으로 노출된 깨진 파이프들……

"도시를 재건하는 중이야."

리는 무심히 고개를 끄덕였다…… "그렇군…… 늘 그렇지……."

어느 길이든 동쪽 별관으로 가기에는 좋지 않은 길이다…… 내가 정답을 안다면 당신에게 기꺼이 말해 줬을 텐데…… "소용없어…… **소용없다고**…… 나 자신을 파는 건……"

"업서…… 큼요일헤 다쉬 와."

탕헤르, 1959년

초판 머리말 및 작가의 첨부 문헌

초판 머리말 및 작가의 첨부 문헌

증언 녹취: 어떤 병에 관한 증언

나는 마흔다섯 살이 되어서야 그 병에서 깨어났다. 제정신을 갖춘 침착한 상태로, 그리고 그 병을 앓은 이들이라면 누구든 시달리는 약해진 간과 다른 사람의 육체를 빌려 온 듯한 피부를 제외하고는 비교적 양호한 건강 상태로…….

이 병을 이겨 낸 사람들 대부분은 마약 복용에 따른 환각을 정확하게 기억하지 못한다. 당연하게도 나는 이 병과 그에 따른 환각을 자세히 기록해 두었다. 현재 『네이키드 런치』라는 이름으로 출간된 그 기록을 쓰던 순간이 정확하게 기억나지는 않는다. 소설의 제목은 잭 케루악의 제안을 따랐다. 나는 최근에야 이 제목의 의미를 이해하게 되었다. 이 제목은 단어의 뜻 그대로다. **벌거벗은** 점심, 즉 모든 포크의 끝에 무엇이 있는지를 모두가 볼 수 있는, 얼어붙은 그 순간.

이 병은 마약 중독을 의미하고, 나는 십오 년 동안 중독자였다. 중독이라는 단어를 나는 마약(아편 혹은 데메롤부터 팔피움에 이르기까지 모든 종류의 합성 파생물이다.) 중독의 뜻으로 사용한다. 나는 모르핀, 헤로인, 딜로디드, 유코돌, 판토폰, 디오코디드, 디옥산, 아편, 데메롤, 돌로핀, 팔피움 같은 다양한 형태의 마약을 사용해 본 경험이 있다. 또한 나는 마약을 피워도 봤고, 섭취도 해 봤고, 코로 흡입하기도 했으며, 정맥, 피부, 근육에 주사하기도 했고, 항문용 좌약으로 삽입도 해 봤다. 주삿바늘은 중요하지 않다. 코로 흡입하든 피우든 섭취하든 혹은 항문에 밀어 넣든 결과는 같다. 바로 중독이다. 내가 마약 중독이라고 언급할 때 여기에는 키프, 대마초, 마리화나 혹은 해시시 계열, 메스칼린, **바니스테리옵시스 카아피**, LSD6, 신성한 버섯 혹은 여타의 환각 계열 약물은 포함되지 않는다…… 환각 계열 약물이 신체적 의존 증상을 초래한다는 증거는 없다. 이들 환각 약물의 기전은 마약의 기전과는 생리적으로 정반대라 할 수 있다. 미국 및 그 외 국가의 마약 부서들이 지나치게 적극적으로 문제에 접근한 나머지 이 두 계열의 마약이 서로 혼동되는 유감스러운 결과가 발생했다.

중독자로 살던 십오 년 동안 나는 마약 바이러스가 어떻게 작동하는지를 정확히 이해하게 되었다. 마약의 피라미드는 한 층이 바로 아래층을 잡아먹는 구조(높은 층에 있는 중독자들이 언제나 뚱뚱하고 거리의 중독자들이 언제나 빼빼 마른 이유가 있다.)로 이루어지며, 이는 제일 꼭대기 층까지 이어진다. 혹은 꼭대기 층들까지 이어진다고도 말할 수 있는데, 전 세계 사람들을 잡아먹는 마약 피라미드의 수가 많기 때문이다. 이 피라미드들은 모두 독점이라는 기본 원칙을 바탕으로 세워졌다.

1 절대 아무것도 공짜로 내주지 말아라.

2 줘야 하는 것보다 절대 더 많이 주지 말아라.(구매자가 굶주릴 때 접근하고 그를 기다리게 만들어라.)

3 가능하다면 언제나 모든 것을 다시 가져와라.

마약 판매자는 언제나 모든 것을 다시 빼앗아 간다. 중독자는 인간의 형태를 유지하기 위해 점점 더 많은 양의 마약이 필요해진다…… 자기 안의 원숭이를 떨쳐 버리기 위해 마약을 사야 한다.

마약은 독점 및 소유의 형태를 취한다. 마약에 취한 다리가 저절로 마약의 빛 속으로 걸어 들어가 중독이 재발하는 동안, 중독자 자신은 그저 옆에서 관망할 뿐이다. 마약은 양(量)적이며 정확한 측정이 가능하다. 더 많은 양의 마약을 사용할수록 내가 보유한 마약의 양은 더 줄어들며, 더 많이 보유할수록 더 많이 사용하게 된다. 환각 계열 약물을 사용하는 사람들은 약물을 숭배한다. 예를 들어 페요테[101] 숭배, 바니스테리옵시스 숭배, 해시시 숭배, 버섯 숭배("멕시코산 신성한 버섯을 사용하면 신을 영접할 수 있다.") 등이 있다. 반면 마약이 신성하다고 주장하는 사람은 아무도 없다. 아편 숭배란 존재하지 않는다. 아편은 마치 돈처럼 신성 모독인 동시에 양적인 것에 불과하다. 예전에 인도에서는 중독되지 않는 유익한 마약이 있었다는 이야기를 들은 적이 있다. **소마**라는 마약으로, 푸르고 아름다운 파도처럼 묘사된다. 만약 **소마**가 실제로 존재한다면, 마약 판매상들은 그걸 병에 담아 독점으로 판매할 것이고 결국에는 기존의 평범하고 뻔한 **마약**으로 변질될 것이다.

마약은 이상적인 물건이자…… 궁극적인 상품이다. 판촉 행위도 전혀 필요 없다. 고객은 하수구를 기어 와서는 제발 팔아 달라고 애원할 것이다…… 마약 판매상은 물건을 소비자에

101 　중남미에서 자생하는 선인장의 종류다.

게 파는 게 아니라 반대로 소비자를 물건에게 판다. 판매상은 물건의 가치를 개선하거나 단순화하지 않는다. 오히려 고객의 가치를 떨어뜨리고 단순하게 만들어 버린다. 그는 마약으로 직원들의 월급을 대신한다.

마약은 '사악한' 바이러스의 기본 공식에 충실하다. **욕망의 대수학**이 그것이다. '사악함'의 얼굴은 언제나 간절한 욕망의 얼굴을 하고 있다. 마약의 악마는 간절하게 마약을 욕망하는 사람이다. 특정한 빈도수를 넘어서는 욕망은 한계나 조절이라는 개념을 전혀 알지 못한다. 간절한 욕망의 말을 빌리자면, **"누군들 그렇지 않겠는가?"** 그렇다, 당신 역시 그럴 것이다. 간절한 욕망을 만족시키기 위해서라면 당신도 거짓말을 하고, 속이고, 친구들을 밀고하고, 훔치고, **무엇이든** 할 것이다. 왜냐하면 당신은 절대적인 질병의 상태, 절대적으로 소유된 상태에 처해 있고, 그것 외에는 다른 행동을 할 만한 위치에 있지 않기 때문이다. 마약의 악마는 그들이 하는 행동 이외의 행동이 불가능한, 아픈 사람들이다. 광견병에 걸린 개는 무는 것 외에는 선택의 여지가 없다. 마약 바이러스가 계속 활동하도록 장려하는 게 목적이 아닌 이상, 독선적인 입장을 취하는 것은 갱생의 목적에 전혀 도움이 되지 않는다. 또한 마약은 거대 산업이다. 멕시코의 구제역 위원회에서 일하는 미국인과 대화한 적이 있었다. 월급은 업무 추진비를 제외하고 매달 600달러였다.

"구제역이 얼마나 오래 지속될까요?" 내가 물었다.

"우리가 원하는 만큼 지속시킬 수 있죠…… 그렇습니다…… 구제역이 어쩌면 남미에서도 발생할지 모르겠네요." 그는 꿈꾸듯이 말했다.

만약 연속적으로 붙어 있는 숫자로 구성된 피라미드를 변형하거나 파괴하려면 제일 아래쪽의 숫자를 바꾸거나 지우면 된다. 만약 마약으로 구성된 피라미드를 파괴하려면 피라미드의 바닥부터 시작해야 한다. 바로 **거리의 중독자들**이다. 그 위의 이른바 "높은 층들"에 무모하게 덤비지는 말아야 한다. 이들은 언제든지 대체될 수 있는 사람들이다. 반면 **살아남기 위해 마약에 의존하는 거리의 중독자들은 마약 방정식에서 유일하게 대체 불가능한 존재들이다.** 마약을 사려는 중독자가 없으면 마약 밀매도 사라질 것이다. 마약에 대한 수요가 존재하는 한 누군가는 마약을 공급할 것이다.

중독자들은 치료받거나 혹은 격리된다. 즉 장티푸스 보균자처럼 최소한의 감시하에 모르핀을 매일 일정량 배급받게 된다. 이 방법이 실행된다면 세계의 마약 피라미드는 붕괴할 것이다. 내가 아는 한 영국은 마약 문제를 해결하기 위해 이 방법을 적용한 유일한 국가다. 영국에는 약 500명의 중독자가 격리돼 있다. 세대 교체가 일어나 현재 격리된 중독자들이 모두 죽고 비마약 원칙에 따른 진통제가 개발된다면, 마약 바이러스는 수두처럼 의학적 호기심만 남기고 사멸한 질병이 될 것이다.

마약 바이러스를 과거로 추방해 봉쇄해 버릴 수 있는 백신이 존재한다. 이 백신은 영국의 한 의사가 개발한 아포모르핀 치료제인데, 그 의사의 이름을 사용하거나 혹은 삼십 년 동안 아포모르핀 치료제를 사용해 마약과 알코올 중독자들을 치료한 내용이 담긴 그의 책을 인용하려면 그의 허락이 필요하므로 여기서는 그의 이름을 밝히지 않겠다. 혼합 아포모르핀은 모르핀과 염산을 섞은 후 끓인 물질로, 중독자 치료에 사용되기 훨씬 전에 발견되었다. 마약 성분 혹은 진통 성분이 없는 아포모르핀은 독극물 섭취 시 구토를 유발하는 구토 유발제로만 오랫동안 사용됐다. 이 약물은 뇌의 후방에 있는 구토 조절 부위에 직접적으로 작용한다.

마약 중독 시절의 끝 무렵에 나는 이 백신의 존재를 알게 되었다. 탕헤르의 구시가지에 있는 방에 살던 때였다. 그때의 나는 일 년 내내 목욕도 하지 않았고, 섬유질투성이의 잿빛 나무 같은 말기 중독자의 살갗에 매시간 바늘을 찌를 때를 제외하고는 옷을 갈아입거나 벗지도 않았다. 방을 청소하거나 먼지를 턴 적도 없었다. 빈 주사약 상자들과 쓰레기가 천장까지 쌓여 있었다. 요금 미납으로 전기와 상수도가 이미 오래전에 끊겨 있었다. 나는 말 그대로 아무것도 하지 않았다. 여덟 시간 내내 신발 끝부분만 쳐다볼 수도 있었다. 마약의 모래시계가 다 되었을 때에만 일어나서 움직였다. 친구가 방문하면(방문할 만한 사람도 사건도 거의 없었다.) 그가 내 시야에 들어왔다는 사실을 신경도 쓰지 않은 채 그저 앉아만 있었다.(언제나 점점 더 비어 가고 더더욱 흐려지는 회색의 스크린.) 그러다가 그가 내 시야에서 사라져도 신경 쓰지 않았다. 만약 친구가 그 자리에서 죽어 버렸다고 해도 나는 그의 주머니를 뒤질 준비를 하면서 자리에 앉은 채 신발만 바라봤을 것이다. 누군들 그렇지 않겠는가? 왜냐하면 내 수중에는 충분한 양의 마약이 없었기 때문이었다. 충분한 양의 마약을 보유한 중독자란 세상에 존재하지 않는다. 하루에 모르핀 30그레인을 소비했지만 그래도 충분하지 않았다. 게다가 약국 앞에서의 오랜 기다림. 지연은 마약 산업의 규칙이다. 마약 판매상은 절대 제시간에 나타나는 법이 없다. 그건 우연이 아니다. 마약 세계에서는 우연이란 존재하지 않는다. 중독자는 마약을 제때 구하지 못하면 무슨 일이 발생하는지를 매번 새롭게 배운다. 마약을 살 돈을 구해 오든지, 아니면 끝장나든지. 그러다가 내 습관이 갑자기 심해졌다. 날마다 40, 60그레인씩 소비했다. 그럼에도 여전히 충분하지 않았다. 그리고 나는 더 이상 마약을 살 돈이 없었다.

　나는 선 채로 손에 마지막 수표를 들고는, 이게 내가 가진 마지막 수표라는 사실을 깨달았다. 그 후 가장 빠른 런던행 비행기에 몸을 실었다.

　의사의 설명에 따르면, 아포모르핀은 뇌의 후방에 작용해 신진대사를 조율하고 혈류를 정상화해서 치료를 시작한 지 사오 일 내로 중독의 효소 시스템을 파괴한다. 뇌의 후방이 조율되기 시작한 이후에는 재발 상황을 제외하고는 아포모르핀을 더 이상 사용할 필요가 없다. (마약 효과를 내기 위해 아포모르핀을 사용하는 사람은 없다. **아포모르핀 중독 사례는 지금까지 단 한 건도 보고된 바 없다.**) 나는 치료에 동의하고 요양소에 입원했다. 첫 이십사 시간 동안 나는 심각한 금단 증상에 시달리는 중독자들이 그렇듯 말 그대로 제정신이 아니었고 망상에 시달렸다. 이십사 시간 동안 아포모르핀을 집중적으로 투약하자, 망상이 점차 옅어졌다. 의사가 내게 병상 기록을 보여 줬다. 심각한 금단 증상인 다리 경련 및 위경련과 고열이 내 경우에는 발생하지 않았고 그 대신 특이한 증상인 저온 화상증(두드러기가 난 상태의 온몸을 박하로 문지르는 듯한 증상이다.)이 발생했는데, 내게 처방된 소량의 모르핀은 이러한 증상의 원인이라 보기 어려웠다. 모든 중독자는 통제를 넘어서는 각자만의 특이한 증상을 경험한다. 나의 경우 금단의 방정식에 무언가가 빠져 있었다. 그것은 아포모르핀일 수밖에 없었다.

나는 아포모르핀 치료가 정말로 효과가 있음을 경험했다. 여드레 만에 나는 잘 먹고 잘 자는 상태로 요양소를 떠났다. 그 후로 이 년 동안 나는 마약을 완전히 끊었다. 십이 년 만의 기록이었다. 통증과 질병으로 인해 몇 달 동안 중독이 재발하기도 했다. 두 번째의 아포모르핀 치료 덕분에 나는 이 글을 쓰는 지금까지도 마약에서 자유로운 상태다.

아포모르핀 치료는 여타의 치료법과 질적으로 차이가 있다. 나는 다양한 치료법을 모두 시도해 보았다. 짧은 시간에 투약량을 축소하거나, 조금씩 천천히 축소하거나, 코르티손, 항히스타민, 마취제를 각각 맞아 보거나, 수면 치료를 받거나, 톨세롤 혹은 레세르핀을 맞거나. 이들 치료법 중 첫 번째 재발 이후까지 효과가 나타난 것은 없었다. 아포모르핀 치료를 받기 전까지는 **신진대사**의 측면에서 치유된 적이 단 한 번도 없었다고 자신 있게 말할 수 있다. 렉싱턴 마약 병원이 발표한 재발 관련 통계의 압도적인 숫자를 기반으로, 의사들은 중독이 고칠 수 없는 병이라고 단언한다. 렉싱턴의 의사들은 돌로핀을 이용한 경감 치료법을 실행 중이며, 내가 아는 한 지금까지 아포모르핀은 사용하지 않고 있다. 실제로 이 치료법은 대체로 간과되어 왔다. 변형 아포모르핀 처방이나 합성물과의 혼합 처방에 관한 연구가 이루어지지 않고 있다. 아포모르핀보다 50배는 강력하고 구토의 부작용이 없는 약물이 분명 개발될 수 있을 텐데 말이다.

아포모르핀은 신진대사 및 심리 조절을 담당하며, 소기의 목적을 달성한 후에는 곧바로 단약이 가능하다. 세상은 진정제와 활력제로 넘쳐 나지만, 이 독특한 조절제는 충분한 관심을 받지 못하고 있다. 대형 제약 회사 중 이 약물을 연구하는 곳은 없다. 내 생각에, 변형 아포모르핀과 그 합성물의 연구는 첨단 의학 분야에서 새로운 장을 열어 중독 문제 이외의 많은 문제로 확장될 수 있을 것이다.

수두 백신은 광기 어리고 목소리 큰 백신 반대론자 단체의 반대에 직면했다. 마약 바이러스가 공격당하면 갈 곳이 없는 관련자들 혹은 정신이 불안정한 자들은 분명 큰 소리로 항의할 것이다. 마약은 대규모 사업이고, 그 안에는 광신도와 운영자가 언제나 존재한다. 그들이 접종 치료법 및 격리와 같은 핵심적인 일들을 방해하도록 놔둬서는 안 된다. **마약 바이러스는 오늘날 세계에서 가장 중요한 공중 보건 문제다.**

『네이키드 런치』는 이러한 건강 문제를 다루고 있으며, 따라서 필연적으로 잔인하고 외설스러우면서도 역겨울 수밖에 없다. 질병은 비위가 약한 이들을 괴롭히는 혐오스러운 세부 묘사를 동반하기 마련이다.

이 소설에서 외설적이라는 평가를 받은 특정 부분들은 조너선 스위프트의『겸손한 제안』기법을 따라 사형 제도에 반대할 목적으로 작성된 글이다. 이 부분들은 사형 제도가 외설스럽고 야만적이며 역겨운 시대착오적 행위임을 증언한다. 언제나 그렇듯, 점심은 벌거벗는다. 만약 문명국가가 신성한 숲[102]에서 드루이드 살해 의식으로 되돌아가려 한다거나 아니면 아

102　숲과 자연을 경외하고 신성시했던 문화적 전통의 일부다.

즈테카인들과 함께 피를 마시고 그들의 신에게 인간 제물의 피를 바치기를 원한다면, 그들이 실제로 먹고 마시는 것이 무엇인지 보게 해야 한다. 신문으로 만들어진 긴 숟가락 끝에 정확히 무엇이 있는지를 직시하도록 해야 한다.

『네이키드 런치』의 후속작이 거의 완성 단계에 와 있다. 마약 바이러스를 넘어선 욕망의 대수학을 수학적으로 확장할 것이다. 세상에는 다양한 형태의 중독이 있고, 내 생각에 이것들은 모두 기본적인 법칙을 따른다. 하이젠베르크[103]의 말대로, "가능한 모든 우주에서 이것이 비록 최고는 아닐지라도 가장 단순한 것 중 하나일 것이다." 만약 인간이 **제대로 볼 수만** 있다면.

— 윌리엄 S. 버로스
1960년

103　Werner Heisenberg(1901~1976). 독일의 이론물리학자다.

추신: 누군들 그렇지 않겠는가?

개인적인 의견을 말하는 것 이외의 다른 방법으로 말하는 사람이 있다면 그 사람의 세포질 아버지와 모세포를 찾아보기 시작하는 게 좋을 것이다…… **나는 지치고 늙은 중독자의 이야기와 마약 사기꾼의 이야기를 더 이상 듣고 싶지 않다**…… 똑같은 이야기가 100만 번 이상 반복되었으므로 더 이상 말할 필요가 없다. 왜냐하면 마약 세계에서는 **어떤 일도 발생하지 않기** 때문이다.

이러한 뻔한 죽음의 길에 대한 유일한 변명은 **마약이 돌기 시작하는 느낌**뿐이다. 요금을 내지 않아 마약 회로가 끊기고 마약에 전 피부는 마약 부족과 시간의 과다 복용으로 죽어 가고, 늙은 피부는 마약의 장막 아래에서 피부가 해야 마땅한 단순한 작업을 망각한다…… 마약에 취한 중독자가 냄새 맡고 귀를 기울이는 것밖에 할 수 없을 때면 완전한 노출 상태가 몰아친다…… 자동차에 치이지 않도록 조심해라……

마약이 세계를-돌아서-아편-가루에-코를-들이미는 과정이라는 사실은 분명하다. 정확히는 풍뎅이들, 즉 실패자이자 노숙자인 중독자 무리에 해당된다. 그리고 그런 식으로 보고되어 처분되는 존재들. 이런 것들을 보는 건 신물이 난다.

중독자들은 그들의 표현대로 **추위**에 대해 늘 불평하면서, 검은 외투 깃을 올리고 시든 목을 움켜쥔다…… 완전한 마약 사기다. 중독자는 몸을 따뜻하게 만들고 싶어 하지 않는다. 그들은 '시원함 ─ 더 시원함 ─ **차가움**'을 원한다. 하지만 추위에 대한 선호는 마약에 대한 선호와 비슷하다. 도움이 전혀 되지 않는 **바깥쪽** 대신 **안쪽**에 머무르면서, 얼어붙은 유압기 같은 척추에 의지한 채 앉아 있고 싶어 한다…… 그의 신진대사는 절대적인 **영점**에 가까워진다. **말기** 중독자는 종종 두 달 동안 변을 보지 못하고, 내장은 미동도 하지 않은 채 유착되어(누군들 그렇지 않겠는가?) 사과 씨 제거 기구나 그에 준하는 수술적 방법으로 변을 파내야 한다…… '늙은 얼음집'의 삶이란 이런 것이다. 왜 돌아다니면서 **시간**을 낭비하는가?

선생님, 한 명 더 들어갈 공간이 있습니다.

어떤 존재들은 열역학적 자극을 추구한다. 그들은 열역학을 개발했다…… 누군들 그렇지 않겠는가?

우리 중 일부는 다른 종류의 자극을 추구하는데, 이것은 만천하에 알려져 있다. 마치 내가 먹는 것을 내 눈으로 직접 보고 싶거나 혹은 그 반대에 준용하는 상황들처럼. **빌[104]의 벌거벗은 점심 식당**…… 어서 따라오도록…… 젊은이와 노인, 인간과 동물 가릴 것 없이 모두에게 좋은 일이다. 뱀 기름으로 바퀴에 기름칠하고 트랙 잭[105] 위에서 묘기를 선보이는 것만큼 즐거운 일은 없다. 당신은 누구의 편인가? 얼어-붙은 유압기의

---

104 버로스 자신을 의미한다.
105 선로 보수 작업에서 궤도를 들어올릴 때 사용하는 기구다.

편? 아니면 정직한 빌과 함께 한번 둘러보겠는가?

바로 이것이 내가 앞선 글에서 언급한 '세계의 공중 보건 문제'다. 내 친구들 앞에 펼쳐진 전망. 이건 개인적인 면도날이 웅얼거리는 소리인가? 그리고 지폐를 발명했다고 알려진 삼류 사기꾼의 소리도? 누군들 그렇지 않겠는가? 면도날은 오컴이라는 사람의 것이고, 그는 면도날 상처의 수집가는 아니었다. 루트비히 비트겐슈타인의 『논리철학 논문』에 따르면, "만일 어떤 명제가 **불필요하다면** 그 명제는 **무의미한** 동시에 **영의 의미**에 가까운 것이다."

"만약 마약을 원하지 않는 사람이라면, 마약보다 더 **불필요한** 것은 무엇이겠는가?"

대답. "중독자들. 물론 당신이 마약에 **취하지** 않았다는 전제하에."

장담컨대, 나는 여러 가지의 뻔한 이야기들을 들어 봤지만 어떤 **직업군**이라 할지라도 마약의 오래된 열역학적 **감속**의 발끝에도 따라갈 수 없다. 헤로인 중독자는 거의 말이 없는데, 이건 견딜 만하다. 하지만 아편 '흡연가'는 더 활동적인데, 그 이유는 이들에게는 아직 텐트와 램프가 있기 때문이다…… 일곱, 아홉, 열 명이 동면하는 파충류처럼 한데 누워서는 대화할 수준 정도의 체온을 유지한다. 그들의 대화 내용은 다음과 같다. 다른 중독자들은 저열하고, **우리-우리에게는** 이 텐트와 이 램프와 이 텐트와 이 램프와 이 텐트가 있고 이 안은 따뜻하고 좋고 따뜻하고 좋고 **이 안에서는 좋고 바깥은 추워**…… **추운 바깥에서는** 쓰레기를 주워 먹는 자들과 주삿바늘 소년들이 이 년도 버티지 못할 거야 여섯 달도 버티기 힘들 거야 실패자들은 끝까지 버티지 못할 것이고 그들에게는 품위라곤 없지…… 하지만 **우리는 여기 앉아서** 절대로 **마약량을** 늘리지 않아…… 절대- 절대 마약량을 늘리지 않지만, **오늘 밤처럼 특별한 날은** 예외지. 쓰레기를 먹는 자들과 주삿바늘 소년들이 바깥에서 추위에 떨고 있는 오늘 밤에는…… 우리는 마약을 절대 섭취하지 않아 절대로 절대로 절대로 입에 넣지 않아…… 내가 살아 있는 물방울의 근원으로 여행을 다녀올 동안 잠시 실례할게. 그들은 주머니에 물건을 넣고는 아편 가루를 항문에 밀어 넣고 가족 대대로 내려온 보석과 다른 쓰레기와 함께 손가락 보호대를 차고 있더군.

선생님, 한 명 더 들어갈 공간이 있습니다.

기록이 몇백만 광년의 시간 동안 녹음되기 시작해도 그 테이프는 우리를 바꿀 수 없을 것이고, 비(非)중독자들은 극단의 조치를 취하고 사람들은 마약쟁이들에게서 떨어져 나간다.

이 끔찍한 위험으로부터 자신을 보호할 유일한 방법은 **여기로 건너와** 카리브디스[106]와 성관계를 맺는 것이다…… 이봐, 스스로에게 선물을 줘…… 사탕과 담배.

나는 그 텐트 안에서 십오 년을 보냈다. 들어갔다 나갔다 들어갔다 나갔다 들어갔다, **나갔다. 완전히 손을 털고 나갔다.** 그러니 빌 버로스 아저씨의 말을 잘 새겨들어라. 그는 유압잭 원칙에 기반해 아무리 손잡이를 흔들어도 주어진 좌표 안에서 늘 똑같은 결과가 나오는 '버로스 계산기 조율기 기계'를 발명했으니.[107] 나는 어릴 때부터 훈련되었다…… 누군들 그렇지

---

106 그리스 신화에 등장하는 괴물이다.
107 실제로 작가의 할아버지인 윌리엄 수어드 버로스 1세(1857~1898)는 계산기의 기반이 되는 기술을 발명했다.

않겠는가?

전 세계의 진통제 아이들이여, 단결하라.[108] 우리는 우리가 거래하던 마약 판매상을 제외하고는 잃을 게 아무것도 없다. 그리고 그들은 **불필요한** 존재들이다.

마약의 길을 여행하면서 '잘못된 사람들'과 어울리기 전에 마약의 길을 주의 깊게 보아라 **주의 깊게 보아라**……

현명한 자에게 보내는 전언일지니.

—윌리엄 S. 버로스
1960년

---

108 『공산당 선언』의 마지막 문구인 "만국의 노동자여, 단결하라."를 변형한 표현이다.

'증언 녹취' 후기

내가 『네이키드 런치』를 쓸 당시의 기억이 나지 않는다고 말한 것은 당연히 과장이었다. 다양한 영역의 기억들이 머릿속에 남아 있다. 마약은 진통제고, 통증을 죽이는 동시에 의식 속에 내포된 기쁨 역시 죽여 버린다. 중독자가 갖는 사실적 기억이 매우 정확하고 광범위한 반면 감정적 기억은 불충분하고, 특히 중증 중독의 경우에는 감정적으로 영점에 가깝다.

앞서 "마약 바이러스는 오늘날 세계에서 가장 중요한 공중 보건 문제"라는 표현을 통해 내가 의도한 바는 아편류가 개인의 건강에 끼치는 실제 부정적인 효과(마약량을 통제하면 이를 최소화할 수 있다.)뿐만 아니라, 마약 사용이 종종 특정 인구 집단(미디어와 마약 단속반이 비정상적으로 거부 반응을 보일 준비가 되어 있는 대상)과 연결됨으로써 발생하는 히스테리까지도 포함한다.

현재의 마약 문제는 1914년 미국에서 공포된 해리슨 마약법으로 거슬러 올라간다. 마약 반대라는 미명으로 히스테리는 이제 세계적 현상이 되었으며, 개인의 자유와 그에 따른 모든 장소에서의 법의 보호에 대한 심각한 위협이 되고 있다.

—윌리엄 S. 버로스

1991년 10월

위험 약물에 중독된 전문 중독자의 편지[109]

의사 선생님께,

보내 주신 편지 잘 받아 보았습니다. 제가 사용해 본 다양한 약물들의 효과를 다룬 글을 동봉합니다. 이 글이 선생님의 출판 방향에 적합한지 잘 모르겠습니다. 제 이름을 사용하셔도 괜찮습니다.

술을 마시는 일은 큰 문제가 없습니다. 마약을 하고 싶은 욕구는 전혀 없습니다. 전체적으로 건강은 아주 양호합니다.

---

109 〔원주〕 아편 및 아편 파생물의 사용은 한계가 뚜렷한 '중독' 상태로 이어진다.('중독'이라는 용어는 개인이 습관적으로 사용하거나 혹은 원하는 것을 뜻하는 광의적 맥락에서 사용되고 있다. 사탕, 커피, 담배, 따뜻한 날씨, 티브이, 탐정 소설, 십자말풀이에도 일반적으로 중독이라는 용어가 사용된다.) 이런 식으로 이 용어를 잘못 적용하면 의미의 정확도와 그에 따른 유용성이 사라진다. 모르핀을 사용하면 신진대사의 측면에서 모르핀에 의존하게 된다. 모르핀은 물처럼 몸이 생물학적으로 원하는 대상으로 변하며, 사용자가 갑자기 모르핀을 사용할 수 없게 되면 죽을 수도 있다. 당뇨병 환자는 인슐린이 없으면 죽지만, 그렇다고 해서 그 사람이 인슐린에 중독된 것은 아니다. 그가 느끼는 인슐린의 필요성은 인슐린 사용으로 인한 것이 아니다. 그는 정상적인 신진대사를 유지하기 위해 인슐린이 필요하다. 중독자는 모르핀 신진대사를 유지하기 위해 모르핀이 필요하며, 정상적인 신진대사로 되돌아가는 말할 수 없이 고통스러운 과정을 회피하고 싶어 한다. 나는 이십여 년에 걸쳐 다양한 종류의 '마약성' 약물을 사용했다. 이 약물 중 일부는 앞서 설명한 맥락에서 중독적이었다. 하지만 대부분의 약물들은 그렇지 않았다.(《영국 중독 학술지》53권 2호에 재발간됨.)

○○○씨에게 안부 인사를 전해 주시기를 바랍니다. 그가 제안한 운동을 매일 하고 있으며, 결과도 아주 만족스럽습니다.

　　기술적 측면을 잘 다룰 수 있는 적절한 사람을 구할 수 있다면 마약에 관한 책을 써 볼 생각입니다.

윌리엄 카를로스 드림

1956년 8월 3일

베네치아

　　아편. 십이 년 동안 나는 아편을 사용했다. 아편을 피워도 보고 경구 복용도 해 봤고(피부로 약물을 주입하면 농양이 생긴다. 정맥 주입은 불쾌한 데다 위험할 수도 있다.) 헤로인을 피부와 근육, 정맥에 주입해 봤고, 코로 흡입도 해 봤으며(주사기가 없을 경우) 모르핀, 딜로디드, 판토폰, 유코돌, 파라코데인, 디오닌, 코데인, 데메롤, 메타돈도 사용해 봤다. 이 약물들은 정도의 차이만 있을 뿐 하나같이 중독을 초래한다. 이 약물이 어떤 방법으로 투약되는지, 즉 담배 형태로 피우는지, 코로 흡입하는지, 주사로 주입하는지, 경구 투약인지, 좌약 형태로 삽입되는지에 상관없이 결과는 동일하다. 바로 중독이다. 그리고 마약을 피우는 습관은 정맥 주사 습관만큼이나 끊기 힘들다. 정맥 주사 방식이 특히 위험하다는 관념은 바늘에 대한 비이성적인 두려움에서 비롯된다.("주사를 맞으면 혈류가 오염된다."라는 생각. 위나 폐, 점막을 통해 흡수된 약물은 혈류의 오염이 덜할 거라는 착각이다.) 데메롤은 아마도 모르핀보다는 덜 중독적일 것이다. 동시에 그것은 중독자에게는 덜 만족스러우며, 진통제로서도 덜 효과적이다. 데메롤이 모르핀보다 끊기 쉬운 반면, 데메롤은 모르핀보다 건강, 특히 신경계에 더 해롭다. 삼 개월간 데메롤을 사용했을 때 나는 다양한 부정적 증상들을 겪었다. 수전증,(모르핀의 경우 수전증이 전혀 없다.) 점차 심해지는 균형 감각 상실, 근육 수축, 망상증적 집착, 정신병에 대한 두려움. 결국 나는 적절한 시기에 (분명 자기 보존의 한 방편으로) 데메롤 불내증으로 판명되었고 메타돈으로 갈아탔다. 그러자 내가 겪었던 증상들이 순식간에 모두 사라졌다. 하나만 더 첨언하자면, 데메롤은 모르핀만큼 심한 변비를 초래하지만, 입맛과 성행위의 측면에서 모르핀보다 훨씬 더 부정적인 영향을 끼친다. 그러나 동공을 수축시키지는 않는다. 오랜 시간 동안 나는 소독하지 않은 바늘, 솔직히 말하자면 오염된 바늘을 사용했지만, 데메롤 사용 전에는 한 번도 감염된 적이 없었다. 데메롤을 사용하면서 일련의 농양들로 고생했고 그중 하나는 칼로 찢어서 고름을 빼내야만 했다. 정리하자면 내 생각에 데메롤은 모르핀보다 더 위험한 약물이다. 메타돈은 중독자에게는 완전히 만족스러운 약물로, 효과 좋은 진통제며 적어도 모르핀만큼이나 중독성이 있다.

　　나는 급성 통증을 치료하기 위해 모르핀을 사용했다. 아편류는 통증을 효과적으로 경감시키는 것과 같은 수준으로 금단 증상을 경감시킨다. 결론은 자명하다. 통증을 경감시키는 아편은 습관적인 사용을 초래하며, 약물이 통증의 경감에 효과적일수록 더욱 쉽게 중독된다. 모르핀에 포함된 습관적 사용을 초래하는 분자와 통증을 없애는 분자는 아마도 동일할 것으로 추측되며, 모르핀이 통증을 없애는 과정은 약물에 대한 수용과 중독으로 이어지는 과정과 같다. 중독성이 없는 모르핀의 제조는 현대 사회의 현자의 돌[110]이라 할 수 있다. 반면 아포모르핀의 파생물은 금단 증상의 조율에 극도로 효율적일 수 있다. 하지만 이 물질이 진통제 역할까지 하기를 기대해서는 안 된다.

모르핀 중독 현상은 잘 알려져 있으므로 이 글에서 설명할 필요는 없다. 내 생각에 충분한 관심을 받지 못하는 몇 가지 사실만 지적하려 한다. 신진대사 측면에서 모르핀과 알코올이 충돌한다는 사실은 이미 알려졌지만, 내가 알기로는 지금까지 아무도 그 기전을 설명한 적이 없었다. 모르핀 중독자가 술을 마시면 전혀 즐겁지도 행복하지도 않은 감각이 느껴진다. 느리게 올라오는 불편한 느낌에 더해 주사를 한 대 더 맞고 싶은 욕망이 생긴다. 알코올은 아마도 간을 거쳐 빠르게 대사되는 것 같다. 언젠가 황달에서 완전히 회복하지 못한 상태로 술을 마신 적이 있었다.(그때는 모르핀을 맞지 않은 상태였다.) 신진대사의 측면에서 똑같은 감각이 느껴졌다. 한 경우는 황달로 인해 간이 온전히 기능하지 못하는 상태였고, 다른 경우는 모르핀 대사로 인해 간이 말 그대로 허덕이던 상태였다. 두 경우 모두 간이 알코올을 분해하지 못했다. 만약 알코올 중독자가 모르핀에 중독될 경우, 언제나 모르핀이 알코올을 완전히 대체하게 된다. 모르핀을 사용하기 시작한 알코올 중독자를 여럿 알고 있다. 그들은 다량의 모르핀(주사 한 대당 1그레인이다.)을 부작용 없이 즉각 수용할 수 있었고, 며칠 내로 술을 끊었다. 반대의 경

---

110 현자의 돌(Philosopher's Stone)은 금속을 금으로 바꾸거나 생명의 영약을 만들 수 있다고 믿어진 신화적 연금술이다.

우는 절대 발생하지 않는다. 모르핀 중독자가 모르핀을 사용 중이거나 혹은 모르핀 금단 증상에 시달릴 때는 알코올을 받아 들일 수 없다. 알코올 수용 능력은 모르핀 효과가 사라졌다는 확실한 신호다. 결과적으로 볼 때 알코올은 모르핀을 직접적으로 대체할 수 없다. 물론 모르핀을 투약하지 않은 중독자는 술을 마시기 시작하고 알코올 중독자가 될 수도 있다.

금단 시기 동안 중독자는 주변 상황을 민감하게 인지한다. 감각적 자극은 극도로 날카로워져 환각 수준까지 도달한다. 익숙한 사물들이 요동치는 비밀스러운 생명력을 가지고 움직이는 듯한 느낌이 든다. 중독자는 외부적, 내부적 감각의 홍수에 노출된다. 그는 순간적인 아름다움과 향수의 감정을 경험하지만 전체적인 느낌은 극도로 고통스럽다. (감각이 고통스러운 이유는 감각의 격렬함 때문일 것이다. 특정 수준의 격렬함에 도달한 후에는 즐거운 감각마저도 참을 수 없어진다.)

나는 초기 금단 증상과 관련해 두 가지의 특별한 반응이 있음을 알아차렸다. 첫째, 주위 사물이 모두 위협적으로 다가온다. 둘째, 경증 망상 장애. 의사와 간호사가 사악한 괴물처럼 느껴진다. 몇 가지 치료 과정을 거치는 동안 나는 위험한 광인들에 둘러싸여 있다고 느꼈다. 언젠가 덴트 박사의 환자 중 페치딘 중독에서 막 벗어난 사람과 대화할 기회가 있었다. 그도 나와 똑같은 경험을 겪었고, 이십사 시간 동안 의사와 간호사들이 "잔인하고 역겹게 느껴졌다."라고 털어놓았다. 그리고 주위가 전부 푸른빛을 띤다. 나와 같은 반응을 경험한 중독자들과도 대화해 본 적이 있었다. 금단 시기에 찾아오는 망상적 사고가 심리적 요소에 기반한다는 사실은 자명하다. 이 반응들 사이의 구체적인 유사성은 공통된 신진대사적 기원이 있음을 암시한다. 약물 중독의 특정 상태와 금단 증상 사이의 유사성은 눈에 띄게 두드러진다. 해시시, **바니스테리옵시스 카아피**(하르말린), 페요테(메스칼린)는 격렬한 민감함을 초래하는 동시에 환각을 보게 만든다. 모든 것이 살아 있는 듯 느껴진다. 망상적인 생각들이 자주 발생한다. 특히 **바니스테리옵시스 카아피** 중독은 금단 증세를 재생산한다. 모든 것이 위협적으로 느껴진다. 망상증은 특히 과다 복용의 경우에 발생한다. **바니스테리옵시스 카아피**를 투약한 뒤 나는 의사 선생과 그의 조수가 나를 살해하려 공모하고 있다고 확신했다. 몸의 대사 상태가 약물의 다양한 효과를 재생산할 수 있는 것으로 보인다.

미국의 마약 판매상들은 우유 설탕과 바비튜레이트를 섞어 헤로인을 묽게 만들어 팔기 때문에, 헤로인 중독자들은 거의 반강제적으로 약물 축소 치료를 받고 있다. 그 결과 치료받기를 원하는 중독자 중 다수가 경증 중독 상태며, 따라서 단기간 내에 (칠팔 일) 약물로부터 완전히 자유로워질 수 있다. 이들은 치료 약물 없이도 빠르게 회복한다. 반면 신경 안정제, 알레르기 약물, 진정제 계열을 주사로 투약하면 어느 정도 효과를 볼 수 있다. 낯선 약물이 자신의 혈류를 타고 돌고 있다는 사실은 중독자를 심리적으로 안정시킨다. 톨세롤, 소라진 및 이와 관련된 '신경 안정제들', 각종 바비튜레이트, 클로랄 하이드레이트와 파라알데히드, 항히스타민, 코르티손, 레세르핀에 더해 충격 요법(전두엽 절제술이 과연 먼 이야기일까?)에 이르기까지, 이들의 사용은 일반적으로 '고무적'이라 묘사되는 결과로 이어졌다. 개인적인 경험에 따르면, 이러한 결과는 약간의 단점을 제외하고는 용인할 만하다. 물론 증상 완화를 노리기도 하지만, 이 약물들(아마도 가장 일반적으로 사용되는 바비튜레이트를 제외하고)은 모두 금단 현상의 치료 분야에서 한자리씩 차지하고 있다. 하지만 이들은 그 자체로는 금단에 대한 해답이 될 수 없다. 금단 증상은 개인의 신진대사 및 육체적 유형에 따라 다양하다. 새가슴 같은 흉부가 새가슴처럼 돌출되거나 알레르기로 인한 고열 및 천식에 취약한 개인들은 금단 시기 동안 콧물, 재채기, 따갑고 진물 흐르는 눈, 호흡 곤란 등의 심각한 알레르기성 반응에 시달린다. 이 경우 코르티손 및 항히스타민 약물은 증상 완화에 절대적인 도움이 된다. 구토 증상은 소라진 등의 항구토제로 조절이 가능하기도 하다.

나는 열 번의 '치료' 과정을 겪었으며, 그 과정에서 이 약물들을 모두 사용해 보았다. 약을 급속히도 줄여 보고, 천천히도 줄여 보고, 수면 시간을 늘려도 보고, 아포모르핀이나 항히스타민을 투약해 보고, '아모르핀'이라는 효과 없는 약물을 사용한 프랑스식 치료도 해 보고, 충격 요법을 제외한 모든 종류의 치료법을 시도해 보았다.(충격 요법 실험이 앞으로 어떤 결과를 낳게 될지 알고 싶다.) 치료법의 성공은 중독의 정도와 기간, 금단 증상 단계,(가벼운 금단 증상 혹은 금단 말기에 효과적인 약물은 급성 상태에는 오히려 독이 될 수도 있다.) 개개인이 느끼는 증상, 건강 상태, 나이 등에 따라 다르다. 치료 방법은 어떤 환자에게는 전혀 효과가 없어도 다른 환자에게는 훌륭한 결과를 초래할 수도 있다. 혹은 나에게 전혀 도움이 되지 않은 치료법이 다른 사람에게는 도움이 되기도 한다. 나는 건방지게 어떠한 최종적 판단을 내리려는 것이 아니라, 다양한 약물 및 치료 방법에 대한 나만의 반응을 이야기하고 싶은 것이다.

감소 치료법. 가장 일반적인 치료법으로, 중증 중독의 경우 이 치료법을 완전히 대체할 만한 방법이 아직 개발되지 않았다. 환자는 소량의 모르핀을 투여받는다. 모든 중독 상황에 적용되는 단 하나의 규칙이 있다면 바로 이것이다. 하지만 모르핀은 가능한 한 빠르게 끊어야 한다. 나는 천천히 양을 줄이는 치료법을 시도했는데, 할 때마다 결과가 좋지 않았고 결국에는 재발로 이어졌다. 알아챌 수 없이 작은 양을 줄이는 것은 결국 감소 치료가 절대 끝나지 않는다는 뜻이다. 중독자가 치료법을 원할 때면 대개의 경우 그 사람은 이미 금단 증상을 수없이 많이 경험한 이후다. 그는 불쾌한 시련을 각오하고 있으며 그걸 감내할 마음의 준비가 되어 있다. 그러나 금단의 고통이 열흘 대신 두 달에 걸쳐 지속된다면 그걸 견뎌 내기는 힘들다. 마약에 대한 저항 의지를 꺾는 것은 고통의 강도가 아니라 고통의 기간이다. 만약 중독자가 금단 말기에 경험하는 기운 없음, 불면증, 지루함, 불안함을 줄이기 위해 아주 작은 양의 마약을 습관적으로 복용할 경우, 금단 증상의 기간은 기약 없이 늘어날 것이고 완전한 재발은 거의 확실한 수순이다.

수면 시간 증대. 이 치료법은 이론적으로는 효과적으로 보인다. 잠든 후 깨어나면 치료가 끝나 있다. 상당히 많은 양의 클로랄 하이드레이트와 바비튜레이트, 소라진을 복용하면 반(半) 의식 상태에서 악몽을 꾸게 된다. 오 일 후에는 진정제의 금단 증상으로 인한 심각한 쇼크 상태가 발생한다. 급성 모르핀 결핍에 따른 증상이 수반된다. 결과물은 견줄 수 없을 정도로 다양한 공포증의 발현이다. 통증이 없다고 주장하는 이 치료법은 내가 겪어 본 것 중 가장 고통스러운 치료법이었다. 금단 기간 내내 잠을 자고 깨어 있는 주기가 심각하게 교란된다. 다량의 진정제를 사용해 문제를 더 악화시키는 것은 가장 순화해서 말하자면 '금기시되는 의료 행위'다. 모르핀의 금단 증상은 그 자체로도 충분히 괴로운데, 여기에 바비튜레이트의 금단 증상이 더해지면 더욱 괴로워진다. 병원에서 지낸 이 주 동안(그중 닷새는 진정제 투여, 열흘은 '휴식'이었다.) 나는 너무나 기운이 없던 나머지 몸을 약간 앞으로 숙이며 걸어가려다 기절했다. 수면 시간 증대는 금단 증상을 치료하는 최악의 방법이라고 생각된다.

항히스타민. 항히스타민 사용은 금단 증상의 알레르기 이론에 기반한다. 모르핀을 갑자기 끊게 되면 히스타민 생산이 급격히 치솟으면서 알레르기 증상이 나타난다. (급성 통증을 동반한 외상성 부상으로 인한 쇼크 상태가 발생하면 다량의 히스타민이 혈액으로 배출된다. 중독 등의 급성 통증이 발생할 경우, 우리 몸은 치명적인 양의 모르핀을 기꺼이 수용한다. 토끼의 핏속에는 높은 수치의 히스타민이 들어 있는데, 그 이유로 모르핀에 대한 저항력이 상당히 강하다.) 항히스타민의 효능에 대해 나는 아직 결론을 내리지 못했다. 항히스타민만을 사용한 치료법을 딱 한 번 경험해 보았고 결과는 좋았다. 하지만 당시 나는 경증 중독이었고, 치료가 시작되기 전에 이미 칠십이 시간 동안 모르핀을 맞지 않은 상태였다. 그때 이후로 나는 금단 증상이 발생할 때 종종 항히스타민을 사용해 봤지만, 결과는 늘 실망스러웠다. 실제로 항히스타민은 우울함과 초조함을 촉진하는 것 같다. (나는 전형적인 알레르기 증상은 없다.)

아포모르핀. 아포모르핀은 내가 경험해 본 금단 증상 치료법 중 확실히 최고의 방법이다. 아포모르핀은 금단 증상을 완전히 없애지는 못하지만 견딜 만한 수준까지 경감시킨다. 위경련 및 다리 경련, 경련 발작, 조증 상태와 같은 급성 증상들을 완벽하게 조절할 수 있다. 실제로 아포모르핀 치료법은 축소 치료법보다 덜 불편하다. 회복 속도는 더 빠르고 더 완전하다. 아포모르핀 치료를 받기 전까지 나는 모르핀에 대한 갈망이 완전히 치료되었다고 느낀 적이 한 번도 없었다. 어쩌면 치료 후에도 지속되는 모르핀을 향한 '심리적' 갈망은 심리적인 것이 아니라 육체적 신진대사에서 비롯되는 것일지도 모른다. 더 강력한 아포모르핀 변형체를 사용할 경우, 모든 종류의 중독을 치료하는 데 질적인 효과를 볼 수 있을 듯하다.

코르티손. 코르티손은 특히 정맥 주사로 투약되었을 때 금단 증상이 완화되는 것 같다.

소라진. 금단 증상을 완화하나 효과는 약하다. 우울증, 시각 장애, 소화 불량 등의 부작용은 이 약의 애매한 효능을 상쇄한다.

레세르핀. 약간의 우울증을 제외하고는 이 약의 효능을 전혀 경험할 수 없었다.

톨세롤. 무시해도 좋을 만한 결과.

바비튜레이트. 금단 증상 중 불면증을 치료하기 위해 일반적으로 바비튜레이트가 처방된다. 실제로 바비튜레이트를 사용하면 정상적인 수면 주기의 회복이 늦어지고 금단 시기가 전체적으로 길어지며, 결국에는 재발로 이어지기도 한다.(중독자는 넴부탈[111] 복용 시 약간의 코데인이나 진통제를 함께 복용하고 싶어 한다. 극소량의 아편은 일반인에게는 해가 되지 않지만, 치료가 끝난 중독자는 즉각적으로 다시 중독된다.) 내 경험에 비추어 볼 때 바비튜레이트를 환자에게 사용하면 안 된다는 덴트 박사의 주장에 나는 전적으로 동의한다.

클로랄 하이드레이트와 파라알데히드. 진정제가 필요할 경우 바비튜레이트보다 더 나은 선택지지만, 대부분의 중독자들은 파라알데히드를 곧바로 토해 버릴 것이다. 금단 시기 동안 나는 나 스스로 원해서 아래의 약물들을 시도해 보았다.

알코올. 금단 시기 내내 절대적으로 금지되어야 한다. 알코올 섭취는 예외 없이 금단 증상을 악화시키고 재발로 이끈다. 몸의 대사가 정상이 된 이후에야 알코올 수용이 가능해진다. 중증 중독의 경우 이는 약 한 달 정도 소요된다.

벤제드린. 금단 말기에 찾아오는 우울증을 일시적으로 완

111 바비튜레이트의 한 종류다.

화할 수 있지만, 급성 금단 증상의 경우에는 참담한 결과를 초래한다. 신경과민 상태(생리학적으로 모르핀이 안정시켜 주는)를 유발하므로 금단의 모든 단계에서 금지되어야 한다.

코카인. 상기 내용은 코카인의 경우 두 배로 심해진다.

카나비스 인디카(대마초). 가벼운 금단 증상이나 금단 말기에 사용하면 우울증을 경감시키고 식욕을 증진하지만, 급성 금단 상황에서는 심각한 상황을 불러온다.(금단 초기에 대마초를 피워 본 적이 있는데 악몽 같은 결과로 이어졌다.) 카나비스는 몸의 감각을 예민하게 만든다. 이미 기분이 좋지 않은 상태에서 대마초를 피우면 기분이 더 나빠진다. 금기시되는 의료 행위다.

페요테와 바니스테리옵시스 카아피. 이들 약물을 차마 실험해 보지는 못했다. 급성 금단 증상에 더해 바니스테리옵시스 중독까지 발생하는 상황은 생각만 해도 머리를 어지럽게 만든다. 중독 말기에 이르러 모르핀에 대한 갈망에서 해방되었다고 주장하면서 모르핀 대신 페요테를 사용한 사람이 있었는데, 결국 페요테의 독성 탓에 죽었다. 중증 중독의 경우, 육체적이고도 명백한 금단 증상이 적어도 한 달 동안 지속된다.

나는 정신 질환을 앓는 모르핀 중독자, 다시 말해 아편에 중독된 상태로 정신 질환 증상을 보이는 사람을 직접 보거나 소문을 들어 본 적이 없다. 실제로 중독자들은 끔찍할 정도로 제정신이다. 어쩌면 조현병과 아편 중독 사이에는 신진대사의 측면에서 서로 양립할 수 없는 무언가가 있는지도 모른다. 반면 모르핀 금단 증세는 종종 정신 질환과 관련된 반응(주로 가벼운 망상증)을 촉발하곤 한다. 항히스타민, 신경 안정제, 아포모르핀, 충격 요법 등 조현병 치료에 효과가 있는 약과 치료법이 금단 증상에도 똑같이 사용된다는 사실은 흥미롭다. 찰스 셰링턴 경은 통증을 "피할 수 없는 보호성 반사에 따른 정신적인 부가물"이라고 정의한다.

자율 신경계는 신체 내부의 리듬과 외부 자극에 반응하는 과정에서 확장하고 수축하며, 성관계, 음식, 기분 좋은 인간관계 등 쾌락 경험으로 인지되는 자극을 향해 확장하고 고통, 불안, 두려움, 불편함, 지루함을 피해 수축한다. 이러한 확장과 수축, 긴장과 이완 시스템을 모르핀이 변형시킨다. 성기능은 비활성화되고, 소화 기관의 연동 운동은 억제되며, 동공은 빛과 어둠에 반응하지 않는다. 몸의 유기적 시스템은 더 이상 고통을 피해 수축하지도, 일반적인 쾌락을 향해 확장하지도 않으며, 그 대신 모르핀 주기에 맞춰 조정된다. 중독자는 지루함에 대한 면역력이 생긴다. 그들은 몇 시간씩 신발만 쳐다보거나 침대에 그냥 누워 있을 수 있다. 성적 분출구도 필요 없고 인간관계나 일, 심심풀이, 운동도 전혀 필요하지 않으며, 그저 모르핀만을 원하게 된다. 모르핀은 일종의 식물 같은 특성을 몸의 유기적 시스템에 전달하고 이를 통해 통증을 경감시키기도 한다.(식물은 대개 한곳에 고정돼 있고 보호성 반사 작용이 없기 때문에 통증이 별다른 역할을 하지 못한다.)

과학자들은 마약이 주는 쾌락 없이 통증만 경감시키는 비(非)중독성 모르핀을 찾고, 중독자들은 중독될 위험 없이 마약이 주는 희열을 느끼기를 원한다. 혹은 원한다고 스스로 믿고 있다. 나는 이러한 모르핀의 두 가지 효능이 서로 분리될 수 없다고 생각한다. 모든 효과적인 진통제는 성기능을 억압하고 희열을 일으키며 중독을 초래한다. 완벽한 진통제는 아마도 복용하는 즉시 중독 습관을 형성할 것이다.(만약 이러한 약물을 개발하려는 이가 있다면 디하이드로-옥시-헤로인은 좋은 출발점이 될 것이다.)

중독자는 통증도 성욕도 시간도 없는 상태에 머무른다. 동물적 삶의 리듬으로 되돌아오는 과정에는 금단 현상이 수반된다. 내 생각에 이 과정은 절대 편안할 수가 없다. 고통 없는 금단 증상은 도달하고 싶은 이상적인 지점일 뿐이다.

코카인. 코카인은 내가 사용해 본 것 중 가장 짜릿한 약물이다. 마약이 주는 희열은 머리를 중심으로 퍼진다. 아마도 이 약물은 뇌의 쾌락 연결점에 직접적으로 작용하는 것 같다. 뇌의 같은 지점에 전류를 흘려보내도 똑같은 효과를 얻지 않을까 생각한다. 정맥 주사는 코카인의 희열을 온전히 느낄 수 있는 유일한 방법이다. 쾌락의 효과는 오 분에서 십 분 정도 유지된다. 만약 코카인을 피하 주사할 경우 약물의 효과가 급속도로 사라져 그 효과를 상쇄시킨다. 코로 흡입하는 경우는 이보다 두 배는 빨리 효과가 사라진다.

표준적으로 코카인 사용자는 밤새도록 일 분 단위로 코카인을 주사하는데, 헤로인과 번갈아 사용하거나 혹은 한 주사기에 코카인과 헤로인을 섞은 '스피드 볼'을 제조해 사용한다.(모르핀 중독에 걸리지 않은 코카인 중독자를 본 적이 없다.)

코카인에 대한 갈망은 때로는 강렬하다. 나는 코카인 처방전을 받기 위해 수만 군데의 약국을 하루 종일 돌아다녔다. 코카인을 강렬하게 원할 수는 있으나 실제로 육체적 신진대사의 측면에서 코카인이 필요한 것은 아니다. 만약 코카인을 구할 수 없다면 한숨 자고 잊어버린다. 코카인을 몇 년 동안 사용했던 이들과 대화해 보면 갑자기 코카인을 구하지 못한 경우가 많았는데, 이 경우 금단 증세를 겪은 사람은 한 명도 없었다. 실제로 전뇌를 자극하는 약물은 중독성이 있기가 쉽지 않다. 중독성은 독점적으로 신경 안정제의 몫이다.

코카인을 지속적으로 사용할 경우 불안, 우울증, 때로는 망상적 환각을 동반한 약물 정신증으로 이어진다. 코카인 사용으로 인한 불안과 우울증은 더 많은 양의 코카인을 사용한다고 해서 경감되지 않는다. 모르핀을 사용하면 이 증상들을 효과적으로 해소할 수 있다. 모르핀 사용자가 코카인을 사용하면 필연적으로 더 많은 양의 모르핀을 더 자주 투약하게 된다.

카나비스 인디카(해시시, 대마초). 이 약물의 효과는 종종 소름 끼치게 기분 나쁜 방식으로 묘사되곤 한다. 예를 들어 왜곡된 시공간 인식, 사물을 인지함에 있어 극도의 민감함, 생각의 폭주, 웃음이 터지는 기간, 바보짓. 대마초는 감각을 민감하게 만드는 약물이며, 그 결과는 언제나 긍정적이지만은 않다. 대마초는 안 좋은 상황을 더 악화한다. 우울증은 절망으로 변하고, 불안감은 공황 상태로 악화한다. 모르핀의 급성 금단 증상을 견디는 동안 내가 겪었던 대마초의 끔찍한 경험을 이미 앞서 언급했다. 무언가에 대해 살짝 불안해하던 손님(그의 말을 빌리자면 "엉덩이를 걷어차는 무언가")에게 언젠가 대마초를 건넨 적이 있었다. 그는 반 개비 정도를 피운 후 갑자기 벌떡 일어나더니 "무서워!"라고 외치면서 집 밖으로 뛰쳐나갔다.

대마초 약효 중 특히 무서운 요소는 감정적 동인의 왜곡이다. 내가 어떤 대상을 좋아하는지 아닌지, 특정한 감각이 쾌락을 주는지 불쾌한지를 구분하지 못한다. 대마초 사용은 개개인에 따라 크게 차이가 난다. 대마초를 계속 피우는 이들도 있고, 어떤 이들은 가끔 피우며, 적지 않은 수의 사람들은 대마초를 진심으로 싫어한다. 특히 굳건한 모르핀 사용자들에게는 대마초의 선호도가 낮은데, 이들 중 다수는 대마초 흡입에 대해 청교도적 관점을 취한다.

대마초의 부정적 효과는 미국 내에서 지나치게 과장되었다. 우리나라를 대표하는 약물은 알코올이며, 그 외의 약물 사용은 특별히 끔찍한 일로 치부된다. 외국의 사악한 약물들에 넘어간 사람들은 몸과 마음이 완전히 망가져도 싸다고 여겨진다. 사람들은 진실을 확인하지도 않은 채 믿고 싶은 대로 믿는다. 대마초는 중독성이 없다. 적당히 사용했을 때 부정적 효과를 초래한다는 증거는 어디에도 없다. 약물로 인한 정신증은 오랫동안 너무 많은 양을 사용했을 때 발생한다.

바비튜레이트. 바비튜레이트 계열은 기간에 상관없이 다량을 복용하면 반드시 중독으로 이어지는 약물이다.(하루에 약 1그램 정도 사용하면 중독된다.) 금단 증상에는 뇌전증 형태의 경련을 동반한 환각이 포함되며, 이는 모르핀 금단 증상보다 훨씬 위험하다. 중독자들은 종종 콘크리트 바닥에서 몸부림치다가 다치기도 한다.(콘크리트 바닥은 급성 금단 증상에 따른 일상적인 결과다.) 모르핀 중독자는 부족한 모르핀의 양을 보충하기 위해 종종 바비튜레이트를 복용한다. 이들 중 일부는 모르핀에 더해 바비튜레이트에도 중독된다. 언젠가 나는 넴부탈 캡슐 두 알(각각 1.5그레인)을 넉 달 동안 매일 밤 복용한 적이 있었는데, 그 후 금단 증세가 전혀 나타나지 않았다. 바비튜레이트 중독은 양의 문제다. 바비튜레이트는 모르핀처럼 신진대사 측면에서 중독성 있는 약물이 아니라, 전뇌 부위를 지나치게 진정 상태로 만듦으로써 발생하는 기계적인 중독 반응에 기반한다.

바비튜레이트 중독자는 엄청난 소란을 만들어 낸다. 몸은 균형 감각을 잃고 비틀거리고, 등받이 없는 높은 의자에서 떨어지고, 문장을 말하는 중간에 갑자기 잠들고, 입에서 음식을 흘린다. 혼란을 느끼고, 까칠해지며, 멍청해진다. 또한 바비튜레이트 중독자는 언제나 또 다른 약물을 사용한다. 알코올, 벤제드린, 아편, 대마초 등 그가 손에 넣을 수 있는 약물이라면 뭐든지 사용하고 본다. 바비튜레이트 사용자는 중독자 사회에서도 얕보이는 대상이다. "신경 안정제 먹는 애들. 개네는 품위라고는 없어." 그 아래 단계는 석탄 가스와 우유를 섞은 것 혹은 양동이에 담긴 암모니아를 코로 흡입하는 것, 즉 "청소부 여자의 마약"이다. 바비튜레이트는 중독 중에서도 가장 최악의 형태로, 외관상으로도 추하고, 상황이 점점 나빠지며, 치료하기에도 까다로운 중독이라 여겨진다.

벤제드린. 벤제드린은 코카인과 마찬가지로 뇌를 자극하는 약물이다. 다량을 복용하면 고양된 기분이 들면서 오랫동안 불면증이 발생한다. 약물로 인한 희열의 순간이 끝나면 끔찍하게 우울한 감정이 뒤따른다. 이 약물은 불안을 심화시키는 경향이 있다. 소화 불량과 식욕 부진을 초래한다.

심각한 수준의 벤제드린 금단 증상을 딱 한 번 본 적이 있다. 여성 지인이 육 개월에 걸쳐 엄청나게 많은 양의 벤제드린을 복용했다. 이 시기 동안 그 여자에게는 약물로 인한 정신증이 발현되었고 그 결과 열흘 동안 병원 신세를 졌다. 병원 측에서도 한동안 벤제드린을 사용하다 갑자기 사용을 금했다. 그녀는 천식 형태의 발작에 시달렸다. 숨을 쉴 수가 없었고 온몸이 푸르게 변했다. 내가 건넨 항히스타민(테포린)을 복용하자 즉시 증상이 호전되었다. 그 후에는 이 증상이 다시 반복되지 않았다.

페요테(메스칼린). 의심할 바 없는 자극 약물이다. 동공을 확장하고 불면증을 유발한다. 페요테는 극도로 심한 구토를 동반한다. 페요테 사용자들은 너무 자주 구토 증세를 겪는 나머지, 이 약물의 효과가 어느 정도 대마초와 유사하다는 점을 인지하지 못한다. 사물을 인지하는 민감성, 그중에서도 특히 색깔에 대한 민감성이 증대한다. 페요테 중독은 식물의 의식 혹은 식물과의 동일시라는 특이한 증상을 불러온다. 주위의 모든 것들이 페요테 식물처럼 보인다. 왜 인디언들이 페요테 선인장에 영혼이 담겨 있다고 믿었는지를 쉽게 이해할 수 있다.

페요테의 과다 복용은 호흡기 마비 및 죽음으로 이어질 수 있다. 그런 경우를 하나 알고 있다. 페요테가 중독성이 있다고 믿을 만한 근거는 없다.

바니스테리옵시스 카아피(하르말린, 바니스테린, 텔레파신).
바니스테리옵시스 카아피는 빠르게 자라는 덩굴 식물이다. 유효 성분은 갓 자른 덩굴 숲 전체에서 손쉽게 얻을 수 있다. 껍질 안쪽이 가장 많이 사용되고 이파리 부분은 버려진다. 약물 효과를 내기 위해서는 상당히 많은 양의 덩굴이 필요하다. 일인당 약 20센티미터 길이의 덩굴 다섯 개가 필요하다. 덩굴을 으깬 후, 꼭두서닛과(科)의 팔리코레아 나뭇잎과 함께 두 시간 이상 끓인다.

야헤 혹은 아야와스카(바니스테리옵시스 카아피를 부르는 가장 일반적인 인디언 이름들이다.)는 환각을 일으키는 마약성 물질로, 오감을 심각하게 교란한다. 과다 복용 시 이 물질은 경련성 독이 된다. 해독제는 바비튜레이트 혹은 그 외 강력한 항경련성 진정제이다. 야헤를 처음 접하는 이는 혹시 모를 과다 복용에 대비해 진정제를 준비해야 한다.

주술가들은 주술의 힘을 증진할 목적으로 야헤의 환각 작용에 의존했다. 또한 다양한 질병에 대한 치료제로도 사용되었다. 야헤는 체온을 낮추기 때문에 고열 치료에 어느 정도 효과가 있다. 또한 강력한 구충 효과가 있어서 위 혹은 장에 있는 기생충 치료에도 사용된다. 야헤는 의식이 있는 상태의 마취를 유도하며, 매듭진 덩굴로 채찍질하거나 개미의 공격에 노출되는 등의 고통스러운 시련을 수반하는 제례 의식에서 사용된다.

지금까지 내가 관찰한 바로는 갓 자른 덩굴에서만 유효 성분을 얻을 수 있다. 유효 성분을 말리거나 추출하거나 보존하는 방법은 내가 알기로는 없다. 에탄올에 보존하는 방식 역시 불가능하다고 판명되었다. 마른 덩굴은 전혀 효과가 없다. **야헤**를 약학적으로 접근하려면 연구실에서의 연구가 필요하다. 작금의 조잡한 추출물이 그토록 강력한 환각 약물로 작용한다면, 다양한 합성물들이 개발될 경우 현재보다 훨씬 더 엄청난 결과를 얻을 수 있을 것이다. 이 문제는 분명 연구가 더 필요하다.[112]

야헤 사용과 관련된 부작용은 지금까지 관찰된 바 없다. 직업상 **야헤**를 지속적으로 사용하는 주술사들은 정상적인 건강 상태를 유지하는 것으로 보인다. 약물에 대한 내성이 금세 생겨서, 구토 혹은 그 외의 부작용 없이도 **야헤** 추출액을 마실 수 있게 된다.

야헤는 독특한 마약이다. **야헤** 중독은 어떤 측면에서는 해시시 중독과 유사하다. 두 경우 모두, 관점의 변화와 일상적 경험을 넘어서는 인식의 확장을 경험할 수 있다. 하지만 **야헤**를 복용하면 실제로 환각이 보이고 해시시보다 오감이 한층 더 교란된다. 눈앞에 번쩍이는 푸른빛은 **야헤** 중독 특유의 현상이다.

야헤를 바라보는 다양한 관점들이 존재한다. 많은 인디언과 대부분의 백인 사용자는 이 약물을 단순히 술 같은 하나의 중독성 물질로 여긴다. 다른 이들에게 이 약물은 제례 의식용으로서의 의미가 있다. 히바로 지역[113]의 젊은이들은 조상을 영접해 미래를 의논하기 위해 **야헤**를 복용한다. 고통스러운 시련이 동반되는 성인식에서 마취의 목적으로 사용되기도 한다.

112 〔원주〕이 글이 출간된 후 나는 바니스테리옵시스 알칼로이드가 LSD6와 상당한 연관성이 있다는 사실을 발견했다. LSD6는 실험적인 정신증을 유발하는 데 사용된다. 이미 LSD25까지 나온 것으로 알고 있다.
113 원주민들이 모여 사는 페루 북부 지역이다.

모든 주술사는 미래를 예언하고, 잃어버렸거나 도난당한 물건을 찾고, 범죄를 저지른 이를 지목하고, 병을 진단하고 치료할 목적으로 이 약물을 사용한다.

피셔 카데나스는 1923년에 **바니스테리옵시스 카아피**의 알칼로이드를 추출했다. 이 물질을 그는 알칼로이드 텔레파신 혹은 바니스테린이라 명명했다. 럼프는 텔레파신이 **페가눔 하르말라**의 알칼로이드인 하르민과 동일하다는 사실을 증명했다. **바니스테리옵시스 카아피**가 중독성 물질이 아님은 자명하다.

육두구. 죄수들과 선원들은 종종 육두구에 의존한다. 테이블스푼 한 숟가락의 양에 물을 섞어 삼킨다. 결과는 대마초와 대략 유사하며, 두통과 구토의 부작용이 발생할 수 있다. 중독되기 전에 사망에 이르게 된다. 만약 이러한 형태의 중독이 가능하다면 말이다. 나는 육두구를 딱 한 번 시도해 보았다. 남아메리카 인디언들이 사용하는 육두구 계열 식물 중 다수에서 마약 성분이 검출된다. 일반적으로 식물의 말린 가루를 코로 흡입하는 방식을 취한다. 주술사는 이 독극물을 흡입하고 경련 상태에 빠진다. 몸을 비틀면서 중얼거리는 주술사의 행동은 예언의 일부로 여겨졌다. 내 친구는 남아메리카의 육두구 계열 마약을 시험해 본 후 사흘 동안 심하게 아팠다.

독말풀. 스코폴라민 계열. 모르핀 중독자가 스코폴라민과 모르핀을 함께 투약하면 독성에 노출된다. 언젠가 독말풀이 든 앰풀 용기를 구한 적이 있었는데, 한 통당 모르핀 6분의 1그레인과 스코폴라민 100분의 1그레인이 들어 있었다. 100분의

1그레인은 무시할 만한 양이라고 생각해 나는 한 번에 여섯 통의 앰풀을 투약했다. 결과는 몇 시간 동안 지속된 정신증적 상태였고, 내가 오랫동안 괴롭혔던 집주인이 마침 다행히도 나를 제지했다. 나는 다음 날까지 아무것도 기억하지 못했다.

독말풀 계열의 약물은 남아메리카 및 멕시코의 인디언들이 주로 사용한다. 사망률은 높은 편으로 알려져 있다. 러시아인들은 스코폴라민을 자백용 약물로 사용했었는데, 결과는 모호했다. 심문 대상은 자신의 비밀을 자백할 용의가 있었으나 그 내용을 기억해 내지 못했다. 많은 경우 위장용 거짓말과 비밀 정보가 심각하게 훼손되는 결과로 이어졌다. 심문 대상으로부터 정보를 빼내는 데에는 메스칼린이 매우 효과적이라고 알고 있다.

모르핀 중독은 모르핀 사용으로 인해 초래되는 신진대사의 질병이다. 내 생각에 심리적 치료법은 효과가 없을 뿐 아니라 오히려 치료에 방해가 된다. 통계적 측면에서 보자면, 모르핀에 중독된 이들은 모르핀에 접근할 수 있는 사람들이 많다. 예를 들어 의사나 간호사, 혹은 암시장에 연줄이 있는 사람들은 누구나 해당된다. 페르시아에서는 아편이 어떠한 제재도 없이 아편 가게에서 판매되며, 그 결과 성인 인구의 70퍼센트가 중독된 상태다. 그렇다면 우리는 700만 명의 페르시아인들을 심리 분석해 그들이 아편을 사용하게 된 심리적 갈등과 불안의 원인을 밝혀야 할 것인가? 아닐 것이다. 내 경험에 따르면 중독자 대부분은 정신적인 문제가 없으며 심리 상담이 필요하지 않다. 아포모르핀 치료 및 재발 시 아포모르핀에 대한 접근이 허

용된다면, 어떠한 '심리학적 재활 의학' 프로그램보다 효과적
으로 영구적 치료에 도달할 수 있을 것이다.

편집자들이 첨부한 버로스의 텍스트

편집자의 말

　　『네이키드 런치』는 작가 윌리엄 수어드 버로스의 삶에서 구 년이라는 격동의 시간에 걸쳐 느리게 그리고 예상치 못한 방식으로 진화했다. 이 소설은 미리 정해진 플롯이나 계획에 따라 집필된 것이 아니라 네 대륙을 오가는 십 년 동안의 여행과 혼돈이 켜켜이 쌓여 만들어진 작품이자, 작가와 그의 절친들인 앨런 긴즈버그와 잭 케루악이 끊임없이 편집에 재편집을 거친 결과물이다. 이 소설은 대부분 모로코의 탕헤르에서 작성된 수많은 부분 원고와 '최종' 원고에 기초하며, 1959년 6월 모리스 지로디아스가 파리 올랭피아 출판사에서 영어로 출판할 목적으로 버로스에게 이 주 내로 탈고된 원고를 요청하면서 현재의 최종 모습을 갖추게 되었다. 따라서 소설 자체의 특성상 『네이키드 런치』는 고정된 텍스트라는 개념에 저항하며, 편집자들은 해당 소설의 창작 및 편집의 역사를 다시 쓰기 위해 여러 보관 기록을 살피고 서로 다른 다양한 원고들을 주의 깊게 다루었다. 여기에는 1959년(올랭피아 출판사)과 1962년(그로브 출판사)에 출간된 내용이 서로 굉장히 상이한 두 가지 판본이 포함된다. 『네이키드 런치』가 어떻게 창작되었는가를 이해하려면 이 책이 탄생하기 전의 시간 동안 작가의 인생이 어떠했는지를 살펴볼 필요가 있다.

1950년 봄에 멕시코시티에서 버로스는 본격적인 그의 첫 작품(현재는 『정키』로 알려진)에 착수했다. 『정크』(그가 붙인 원래 이름이다.)를 제대로 끝맺지 못한 상태에서(일 년 전에 앨런 긴즈버그가 이 책을 출간할 출판사를 구해 줬었다.) 버로스는 1950년에서 1952년 사이에 다음 프로젝트인 『퀴어』에 착수하기 시작했다. 『퀴어』 역시 미완성으로 남겨 둔 채 작가는 1953년 1월부터 7월까지 육 개월에 걸쳐 남미 지역을 여행했다. 이 기간 동안 긴즈버그에게 꾸준히 편지를 쓰면서, 이 편지들을 자신의 다음 프로젝트인 "야헤"의 출발점으로 간주했다. 1953년 여름에 버로스의 첫 번째 책인 『정키』가 뉴욕 페이퍼백 출판사를 통해 출판되었고, 같은 해 가을 뉴욕에서 그는 남미 여행 중 썼던 편지들을 긴즈버그와 함께 정리했다. 그가 꿈꿨던 긴즈버그와의 연애가 실현되지 않자, 버로스는 12월에 배를 타고 지중해로 출발해 로마에 잠깐 들른 후 탕헤르에 정착했다. 이곳에서 그는 긴즈버그에게 자주 편지를 썼고, 긴즈버그 역시 버로스의 장거리 편집자이자 에이전트 역할을 자처하면서 그를 격려했다. 긴즈버그가 보여 주는 관심을 생명 줄 삼아 버로스는 그들 사이의 공통된 문학 프로젝트를 강조하면서 그가 가진 재능을 최선을 다해 편지에 쏟아부었다. 1954년 6월 24일 자 편지에 쓴 것처럼, "이 소설을 계속 진행하자. 어쩌면 진짜 소설은 너에게 쓰는 이 편지들일지도 모르겠다."

'앨런이 빌과 함께 샌프란시스코에서 동거하고 싶어 한다.'라는 케루악의 말을 믿어 버린 버로스는 1954년 말 긴즈버그와 재회하기 위해 뉴욕으로 잠시 돌아왔다가 플로리다 팜

비치에 있는 부모님 집에 들렀다. 그러나 그는 캘리포니아까지는 가지 못했다. 긴즈버그가 편지로 그를 거절했고, 결국 버로스는 자존심만 구긴 채 탕헤르로 되돌아갔다. 1954년 12월 13일 긴즈버그에게 보낸 편지에서 버로스는 소설의 제목을 처음으로 언급했다. "만약 『네이키드 런치』를 출간할 가능성이 있다면 그 책에 들어갈 만한 코카인에 대한 글이 있어. 『정크』 부분에 들어갈 만한 글이야." 『윌리엄 버로스의 편지들, 1945~1949』의 편집자인 올리버 해리스는 다음과 같이 설명한다. "이 당시 버로스는 『네이키드 런치』(케루악의 도움으로 생각해 낸 제목이다.)를 '정크', '퀴어', '야헤'의 삼부작으로 생각하고 있었다. 그의 새로운 작업은 결국에는 『네이키드 런치』라는 제목으로 출간되었지만, 그 당시에는 이 삼부작 시리즈와는 별개의 작품으로 간주되었다."

버로스의 소설 프로젝트를 지칭할 최종 제목이 마침내 탄생했으나 여전히 불안정한 상태였으며, 이는 여러 번의 수정을 거쳐 1958에서 1959년 사이에 최종적으로 『네이키드 런치』로 확정된다. 이 제목이 어떻게 처음 탄생했는가에 대해 약간씩 서로 다른 이야기들이 있지만, 버로스는 제목과 관련해서는 한결같이 케루악에게 공을 돌렸다. 1955년 7월 14일 케루악이 긴즈버그에게 쓴 편지에는 "'벌거벗은 점심'에 속한 원고 전부를 **벌거벗은 점심**이라는 제목으로 [맬컴 카울리에게] 보내라."라고 재촉하는 내용이 있다. 케루악은 이어 자신이 카울리에게 "어떻게 이 제목을 선택했는지를 모두 설명했다."라고 말하면서, "그 원고를 **하나의** 소설로 보내. 쓸데없이 삼부작 계획에 매달리지 마. 그건 **하나의** 소설, 하나의 큰 비전이야…… '정크' 부분은 독자를 이보다 더 복잡한 **퀴어**와 **야헤**로 이끌 것이니까.”
라고 말한다.

　몇 년 후 1960년 6월에 작성된 편지에서 케루악은 긴즈버
그에게 책 제목의 기원을 상기시킨다. “〔최근 들어〕 버로스와
연락을 주고받지는 않았지만, 내가 ‘벌거벗은 점심’의 제목을
이름 붙였다고 그가 언급했다니 기분이 좋군.(정확히 말하자면,
원고를 읽으면서 ‘벌거벗은 욕정(Lust)’을 ‘벌거벗은 점심(Lunch)’
으로 잘못 읽은 사람은 너였고, 나는 그저 그걸 관찰했을 뿐이야.
하지만 문학사의 흥미로운 한 조각이지.)” 이 편지에 따르면 “벌
거벗은 점심”은 케루악과 긴즈버그가 협력해서 만들어 낸 것이
라 할 수 있다. 하지만 이 사건이 언제 어디에서 발생했는지는
여전히 불분명하고, 어떤 원고와 관련된 것인지도 분명하지 않
다. 정확한 상황은 올리버 해리스의 『윌리엄 버로스와 비밀스
러운 매혹』에 구체적으로 적시되어 있다. “벌거벗은 욕정”이라
는 구절은 『퀴어』에 등장하는데, 긴즈버그가 1953년 가을에 버
로스의 악필을 잘못 읽고 케루악이 이 실수를 목격하면서 그렇
게 책의 제목이 탄생했다.

　1955년 10월 긴즈버그와 케루악에게 쓴 편지에서, 버로스
는 이름 짓는 ‘과정’ 자체를 즉흥적으로 보여 주었다. 그는 대
서양 장어가 매년 짝짓기를 위해 버뮤다 인근의 사르가소해로
향하는 동안에 항문이 막힌다는 사실을 지나가면서 언급한다.
“내 인터존 소설의 제목으로 이게 『무지한 군대』(매슈 아널드
의 「도버 해협」에 등장한다.)보다 나을 것 같아. **사르가소에서 나
와 만나; 사르가소에서 보자; 사르가소의 자취; (……) 사르가소
행 차표; 사르가소에서의 만남; 사르가소로 향하는 길; (……) 사**

르가소의 갈망; 사르가소의 시간; 사르가소의 약효; 사르가소 블루스; (……) 사르가소 교차로; 사르가소로의 변경; 사르가소로의 환승; 사르가소로의 우회 (……) 아마 사르가소가 들어간 제목으로 정할 것 같아.” 비트 세대에 속한 세 명의 핵심 주자들의 대표작이 『길 위에서』, 『하울』, 그리고 『사르가소 교차로』가 될 뻔했다고 생각하니 꽤나 흥미로운 일이다.

1945년에서 1959년 사이의 편지들에 첨부된 해리스의 서문과 편지들을 읽어 보면 탕헤르 시기 내내 『네이키드 런치』 프로젝트의 내용이 매주, 매달 계속 변화했음을 알 수 있다. 또한 긴즈버그에게 보낸 편지의 홍수 속에는 소설 최종본의 정수가 담겨 있다는 점 역시 알아챌 수 있다. 버로스는 소설의 ‘형식’과 변덕스럽게 씨름했다. 그러나 점차 글을 써 내려가고 매일 새로운 방향으로 나아가는 과정에서, 그는 탕헤르의 뮤니리아 호텔에 있는 그의 정원 방에 쌓여 가는 종이들, 손으로 쓰거나 타자기로 친 이 종이들의 혼돈을 통제할 수 없었다. 또 다른 장애물은 1940년대 중반 뉴욕에 머물 때부터 버로스가 싸워 온 마약 습관이었다. 1956년 봄에 그의 마약 습관은 바닥을 치며 최악의 상황에 직면했다. 부모님이 주신 돈으로 그는 런던으로 건너가 존 덴트 박사의 병원에서 ‘아포모르핀 치료’를 받은 후, 친구인 앨런 앤슨이 머물던 베네치아로 건너가 재활을 계속했다.

그해 가을에 탕헤르로 돌아온 버로스는 샌프란시스코에 있는 긴즈버그에게 새로운 ‘방식’과 편지들을 꾸준히 보냈다. 이 당시 긴즈버그는 새 연인인 피터 오를로브스키와 함께 멕시코와 탕헤르, 파리를 경유하는 두 번의 장기 여행을 계획 중이었다. 버로스는 긴즈버그를 다시 만나서 함께 직접 얼굴을 맞대고 편집하는 예전의 관계를 회복하고 싶어 했다. 케루악이나 긴즈버그에게 보내는 편지에서 "그 소설" 혹은 "그 원고," 혹은 단순히 "그 작업"이라고만 지칭하던 프로젝트가 점차 거대해지고 있었고, 버로스는 도움이 필요했다. 11월에 긴즈버그 일행이 멕시코시티에 있는 잭 케루악을 방문했을 때, 케루악 역시 동행하기로 결심했다. 그는 1957년 2월 15일에 배를 타고 모로코로 출발했고, 삼 주 후 긴즈버그와 오를로브스키 역시 바다를 건넜다.

에이전트인 스털링 로드에게 3월 말에 보낸 편지에서 케루악은 "빌 버로스의 원고"를 타자로 쳐 주고 밥값을 벌고 있다고 언급했다. 그로부터 사 년 후 『데솔레이션의 천사들』의 두 번째 부분에서 그는 당시 버로스의 원고가 자신에게 "끔찍한 악몽"을 선사했다고 회고했다. 맬컴 카울리에게 버로스가 "주네의 『꽃피는 노트르담』 이후 가장 끝내주는 책을 집필 중이고 그 제목은 『언어 쟁여 두기』다."라고 말한 후 이 주가 지난 시점에 케루악은 런던과 뉴욕을 향해 출발했고, 긴즈버그와 버로스는 뒤에 남아 작업을 계속했다. 곧 앨런 앤슨이 베네치아를 출발해 이들과 합류했다. 1957년 5월의 세 번째 주에 긴즈버그는 뤼시앵 카에게 다음과 같은 편지를 썼다.

앤슨이 베네치아에서 여기로 와 빌의 책 작업을 돕고 있네. 우리는 엄청난 양의 원고를 번갈아 가며 편집하거나 타자로 옮기고 있어. 일부 타이핑은 외주를 주기도 하면서, 압도적인 양의 작업이 진행되었다네. 120쪽 분량의 한 챕터가 마무리되었고 비슷한 양의 챕터가 이번 주에 마무리될 예정이네. 그 후에는 자료들과 자서전, 그의 일상, 조각 기록들을 통합하고 외삽하면서 1953년에서 1956년에 걸친 그의 편지들을 정리해야 하는 어려운 작업이 남아 있네. 엄청난 작업이야. 매일 여섯 시간 이상 작업하고, 쉬다가, 술 마시고, 점심을 먹고, 내가 진수성찬을 요리하고, 만과 스페인이 내려다보이는 널찍하고 오래된 잭의 베란다 방에 머물고 있어. (……) 원고가 거의 끝나 가면 여행을 시작할 계획이네. 아마도 가을쯤 베네치아와 파리에서 마지막 작업을 마친 후 올랭피아 출판사에 원고를 넘길 걸세. 엄청난 작품이야. 빌의 에너지와 산문, 거기에 더해 우리 모두의 정리 정돈과 질서의 노력이 한데 합쳐져서, 글이 연속적이고도 읽을 만하게 해독 가능해졌어. 한 달 내로 견본을 잡지사들에 보내기 시작할 걸세.

1957년 4월에서 5월 사이에 이들이 집필하고 (잠정적 제목을 붙인) 원고는 살아남았다. 긴즈버그는 첫 쪽에 "인터존 인덱스"라는 글과 함께 열한 개의 장(章) 목록(전체 175쪽)을 기록했다. 앤슨은 그 아래에 "인터존의 잠정적 목차", 그리고 긴즈버그와 약간 다른 열두 개의 장 목록을 부록과 함께 써넣었다.(몇 년 후 케루악은 중간 부분에 큰 글씨로 "앨런 긴즈버그의 소유물, 170 이스트 2번가, 아파트 16호, 뉴욕시 9"라고 적었다.)

그해 여름 버로스는 오랜 친구인 켈스 엘빈스가 덴마크의 영화배우인 세 번째 아내와 살고 있는 코펜하겐으로 여행을 떠났다. 그곳에서 그는 소설의 「자유의 땅」 장을 집필했고, 8월 28일 긴즈버그에게 다음과 같이 편지를 썼다. "스칸디나비아 반도에서만이 위대한 작품이 현실화될 수 있네……." 앤슨에게 그는 「단어」 장을 30쪽으로 축소했다고 말했다. 12월쯤 해당 장은 20쪽으로 줄었으며, 1958년 4월 들어 버로스는 긴즈버그의 출판사인 샌프란시스코 시티라이츠북스의 로런스 펄링게티에게 이 장을 세 쪽으로 줄였고, "「단어」라는 제목의 마지막 장은 모두 무시할 계획"이라고 밝혔다.

1957년 탕헤르로 돌아온 버로스는 삼부작 계획을 최종적으로 포기한 듯 보인다. 그는 파리에 머물고 있던 긴즈버그에게 9월 20일 자 편지를 썼다. "원고를 시간 순서대로 정렬하는 것은 극도로 좋지 않은 방식이라 생각되네. 내 생각에 '퀴어'와 ['야헤'] 부분은 현재 원고에 들어맞지 않아. (……) 작년에 진행되었던 현재의 작업물과 그 이전에 진행되었던 작업물 사이의 간극이 너무 커서 이전 작업물이 더 이상 의미가 없고, 원래 계획에 그걸 꿰맞추려 노력하면 할수록 원고를 망가뜨릴 뿐이네. 지금은 벤웨이와 스칸디나비아를 작업 중이고, 모르핀 중독 이론 부분 역시 손보는 중이야."

1958년 1월 16일 버로스는 파리의 '비트 호텔'(질커 거리 9번지)에서 긴즈버그와 만난 후 여러 주에 걸쳐 원고를 다듬고 최근에 수정한 부분들을 합쳤으며, 드래곤 거리에 있는 프랑스 의학 도서관에서 조사한 내용에 기초한 새로운 장을 추가했다. 이제 소설은 상당 부분 완결되었고, 긴즈버그의 제안으로 버로스는 4월 18일에 「인터존」 원고를 시티라이츠북스의 펄링게티에게 보내면서 「단어」 장의 제목을 "아편 아가씨를 본 적이 있나요?"로 바꿀 것이라고 언급했다.(버로스는 독점 약물인 아편 정제의 철자를 자주 틀려서, 이 편집본에서는 옳은 철자로 수정했다.) 펄링게티는 원고를 마음에 들어 하지 않았고, 시티라이츠는 소설이 아닌 시만 발간해 온 출판사였기 때문에 원고를 거절했다.

그 후 십팔 개월 동안, 주로 긴즈버그의 노력에 힘입어 원고의 일부가 소규모 문학 잡지들에 실리기 시작했다.《블랙마운틴 리뷰》의 편집자이자 시인인 로버트 크릴리는 1957년 가을호에「네이키드 런치, 3권: 야헤를 찾아서」라는 제목의 글을 출간했다.(실제로는 1958년 봄에 출간되었다.) 이는 최종 제목을 단 소설이 언급된 최초의 원고였다. 1958년 르로이 존스는「아편 아가씨를 본 적이 있나요?」장을《유겐》에 실었다. 또한 당시 시카고 대학교의 대학원생이었던 어빙 로젠탈은 자신이 편집을 맡고 있는 대학 내의 문학 잡지《시카고 리뷰》의 1958년 봄호와 가을호에 소설의 발췌본을 실었다. 시카고 출신의 촌평 칼럼니스트는 1958년 가을호에서 "다음 호에 계속"이라는 도발적인 문구를 써 가며「시골뜨기」장을 비판했고, 그 결과 학생 출판을 감사하는 교수 위원회가 잭 케루악, 에드워드 달버그, 버로스를 다룰 예정이었던 1958년 겨울호 진행을 중단하기로 결정했다.

로젠탈과 시 편집자인 폴 캐럴, 그리고 네 명의 학생 편집자들이 항의의 의미로 사임한 후, 금지 도서에 주력하는《빅테이블》이라는 새 잡지를 창간했다. 1959년 3월, 1만 부의 초판 중 600~700부가 외설을 이유로 시카고의 미국 우편국에 의해 압류되었다. 미국 시민자유연맹은 우편국을 상대로 미국 연방법원에 소를 제기했고, 1960년 6월 최종적으로 승소했다. 소가 진행되는 동안, 이 사건을 다루는 언론 기사들이 파리 올랭피아 출판사의 모리스 지로디아스의 레이더망에 포착되었다. 그 이

전에 두 번(첫 번째는 1956년)이나 원고를 거절했는데도 지로디아스는 1959년 6월 직원인 싱클레어 베일스를 올랭피아 출판사 사무실에서 멀리 떨어지지 않은 비트 호텔로 보내 버로스와 만났다. 그 만남에서 지로디아스는 이 주 내로 원고를 받아야 한다는 점을 강조했다. 그는 법원 사건으로 인한 즉각적인 홍보를 최대한 이용하고 싶어 했다.

브라이언 가이슨과 베일스의 도움으로 소설은 마감일까지 편집과 타이핑을 모두 마친 상태였다. 1978년, 자신의 자서전에 쓰일 서문에서 버로스는 다음과 같이 밝힌다. "그 책의 대부분을 앨런 앤슨과 앨런 긴즈버그가 탕헤르에서 타자로 다시 쳤다. 그들은 타이핑을 끝내자마자 원고를 인쇄소로 보냈고, 교정본이 왔을 때 최종적으로 장의 순서를 결정하는 것은 내 몫이었다. 싱클레어가 교정본을 한번 훑어보더니 내게 말했다. '이 순서가 제일 나은 것 같습니다.' 각각의 장들은 기적적으로 제자리를 찾아갔으며, 「하우저와 오브라이언」 장을 원래의 위치인 제일 앞에서 제일 뒤로 보낸 것이 유일하게 변경된 부분이었다. 싱클레어가 찾아온 지 한 달 후 『네이키드 런치』가 서점에서 판매되기 시작했고 기록적인 초동 판매량을 기록했다." 버로스가 편지를 쓸 때 『네이키드 런치』라는 제목을 일관되게 사용했음에도 불구하고, 올랭피아의 편집본에서는 『그(The) 벌거벗은 점심』을 제목으로 사용했다.

편집본이 7월 말에 인쇄되는 틈을 타 버로스는 긴즈버그에게 편지를 썼다. "원고를 준비해 인쇄소로 넘기기까지 겨우 열흘의 말미가 주어졌어. 시간의 압력이 진실로 유기적인 연속성을 책 전체에 부여했지. 그전에는 없었던 연속성을 말이야.

책은 이번 주에 출간될 예정이야. 지난달 내내 나는 원고 전체를 편집하고, 교정본과 최종본을 수정하고, 겉표지를 디자인했어. 그리고 마침내 책이 인쇄기에서 찍혀 나오고 있어." 8월이 시작되고 며칠 지나지 않아 5000부가 인쇄되었다. 이처럼 편집 과정을 서두른 데다 인쇄용 활자를 입력하는 이들이 영어에 익숙하지 않았기 때문에, 필연적으로 많은 수의 오타가 생겼다. 몇 주 후 소설이 재판되는 시기에 버로스는 쉰여 개의 오타를 바로잡았으나 여전히 많은 수의 오타가 그대로 남아 있었으며, 이들 중 대부분은 인쇄 과정 이전에 버로스의 원고 자체에 이미 들어 있던 오타들이었다.

지로디아스의 출판사는 헨리 밀러의 『북회귀선』 같은 문학 서적부터 포르노 시장을 정확히 겨냥한 '마르쿠스 반 헬러'의 『로마의 난교 파티』까지, 검열에 저항하는 노골적인 언어로 쓰인 책들에 특화된 출판사였다. 그리고 뉴욕에는 이와 비슷한 목표를 가진 바니 로셋이라는 경쟁자가 있었다. 1959년 당시 갓 성장 중이던 그의 그로브 출판사는 D. H. 로런스의 『채털리 부인의 사랑』을 베스트셀러 반열에 올려 놓았다. 로런스의 금서에 내려진 검열에 저항해 승소하자마자 로셋은 『북회귀선』의 판권에 달려들었고, 지로디아스는 『네이키드 런치』를 출판하도록 그를 독려했다. 『네이키드 런치』의 판권과 관련해 그로브가 올랭피아와 접촉한 시기는 1959년 11월이었다.

어빙 로젠탈은 앨런 긴즈버그의 도움을 받아 로셋의 미국판 편집을 담당하게 되었다. 긴즈버그는 『네이키드 런치』 속 「인터존」 장의 긴 예전 버전을 숙지하고 있었기 때문에(그리고 펄링게티가 돌려보낸 원고를 아직 가지고 있었기 때문에) 버로스에게 편지를 써서 올랭피아 편집본에서 삭제된 부분 중 일부를 그로브 편집본에 사용해도 되는지 문의했다. 버로스는 이것이 책의 길이를 늘일 수 있는 좋은 방안이라고 여겨 원칙적으로 동의했다. 그가 1960년 7월 3일 긴즈버그에게 보낸 편지에 따르면, "지워진 부분의 삽입. 자네의 제안은 훌륭한 해결책일 것 같아. 우선 그렇게 한 후에 내가 확인해 볼게." 같은 편지에서 버로스는 자신이 《영국 중독 학술지》에 일인칭 형식으로 보냈던 긴 글 「위험 약물에 중독된 전문 중독자의 편지」 역시 포함하는 데 동의했다. 이 글은 편집자인 존 덴트 박사의 요청에 따라 1957년 1월 학술지에 실렸으며, 『네이키드 런치』의 올랭피아 편집본에는 여러 개의 주석으로 쪼개진 상태로 실렸다. 1960년 초 버로스의 글 「증언 녹취: 어떤 병에 관한 증언」이 그로브의 문학 잡지인 《에버그린 리뷰》에 실렸고, 이 글 역시 작가는 그로브 편집본에 포함하기로 합의했다.

로젠탈이 느끼기에는 소설의 길이가 여전히 짧았기 때문에, 그는 그 밖에 더 포함할 원고가 없는지를 버로스에게 문의했다. 1960년 7월 20일 버로스가 긴즈버그에게 보낸 답신을 보면, 「인터존」 장의 복원에 동의한 이후 그의 입장은 비록 혼란스러울지는 몰라도 오해의 여지가 없었다. "현실적인 오타의 실수를 제외하고 올랭피아 편집본은 이 소설이 탄생하고 체화된 방식을 대변해. 이 형식이 바뀐다면 책의 생명력을 잃게 되는 걸세. 나는 다른 어떤 부분도 책에 더 포함되면 절대 안 된다고 생각하네." 버로스가 올랭피아 편집본에서 행했던 수백 건의 삭제와 수정의 효용성을 토론하는 대신, 긴즈버그와 로젠탈 혹은 그로브의 여타 편집자들은 1958년 「인터존」 원고를 올랭피아 편집본의 순서에 맞춰 재배열하고, 올랭피아 편집본에 나온 새 장들을 추가하고, 1958년의 원고에서 명백하게 수정이 필요한 부분들을 고쳤다. 그 결과, 1962년에 최종 출간된 그로브 편집본은 1959년 7월 출간된 올랭피아 편집본보다 더 초기 단계의 원고에 충실한 흥미로운 상황이 연출되었다.

1961년 로셋은 새 편집본 1만 부를 인쇄하고 책으로 묶어 냈다. 하지만 그가 그로브에서 1961년 4월에 출간한 후속작인 『북회귀선』은 그를 수많은 검열 재판의 피고인으로 만들었으며, 그 결과 상황이 정리될 때까지 『네이키드 런치』 1만 부는 창고에 방치되어 있었다. 1962년 초 그로브는 시카고에서 열린 중요한 반(反)검열 재판에서 승소했고, 8월에 영국의 아방가르드 출판업자인 존 칼더가 스코틀랜드에서 조직한 '에든버러 작가 학회'에서 버로스의 소설은 다시 한번 입소문에 올랐다.(열띤 논쟁 속에서) 노먼 메일러, 알렉스 트로키, 메리 매카시를 위시한 많은 이들이 버로스의 소설을 옹호했다. 이 시점에 로셋은 움직이기로 결심했다. 그는 『네이키드 런치』를 몇천 부 더 인쇄했고, 10월 들어 그가 주로 계약을 맺는 인쇄업자와 제본업자가 제기한 도덕적 반대를 피하면서 11월 말에 이 소설을 미국 서점에 배포했다. 한 달이 채 안 되어 8000부가 팔렸다.

그러나 검열이 또다시 시작되었다. 소설의 검열을 둘러싼 재판이 실행되기 이 년 전인 1963년 1월, 보스턴 경찰은 책을 판매했다는 이유로 한 서점 주인을 체포했다. 반면 존 칼더는 1964년 11월 『그 벌거벗은 점심』(지금까지도 영국에서는 이 이름으로 알려져 있다.)이라는 제목으로 올랭피아 편집본을 사용해 자신이 손본 편집본을 런던에서 출간했다.《타임스 문학 부록》에 실린 존 윌렛의 가차 없는 리뷰는 이 잡지의 독자 의견란에서 큰 논쟁을 불러일으켰다. 칼더는 이 의견들을 모아 「'우엑' 반응들」이라는 글로 정리한 후 추후 영국 편집본에 이를 첨부했다. 번역본들이 독일(1962년)과 프랑스, 이탈리아(1964년)에서 차례로 출간되었다.

1965년 초, 메일러와 긴즈버그, 시인 존 치아르디가 법정에서 그로브 출판사 편집본의 문학적 가치를 옹호했으나 판사는 이 소설이 외설이라고 판결했고, 이에 로셋은 매사추세츠 대법원에 상고했다. 또한 로셋은 1965년 6월《에버그린 리뷰》에 "『네이키드 런치』의 보스턴 재판"이라는 재판 증언의 편집본을 출간했다. 1966년 7월 7일, 이 소설은 "갱생할 수 있는 사회적 가치"를 지니고 있으며 따라서 외설이 아니라는 대법원의 판결에 힘입어 로셋은 소설을 재발간했다. 또한 이 결정은 미국에서 직접적인 문학 검열의 종말을 상징하는 이정표기도 했다.

1966년 10월에 출간된 그로브의 차기 편집본에는 추후 있을지도 모를 기소를 방지하기 위해《에버그린 리뷰》에 실렸던 재판 증언의 발췌본이 포함되었다. 1974년 봄 즈음에는 그로브의『네이키드 런치』가 20만 부 이상 팔렸다. 일본(1965년), 노르웨이와 스웨덴과 덴마크(1967년), 핀란드와 스페인(1971년), 네덜란드(1972년)에서 각각 번역본이 출간되었다. 이 편집본은 포르투갈과 브라질, 크로아티아, 중국, 러시아, 이스라엘에서도 출판되었다. 세계적으로 100만 부 이상의 판매를 올린『네이키드 런치』는 전후 미국 문학에서 영원한 위상을 확보하게 되었다.

1998년 여름 제임스 그로어홀츠는 오하이오 주립대학교 도서관에서 버로스의 원고 컬렉션을 살펴보고 있었다. 이들 원고 대부분은 십 년 전 버로스가 '특별 컬렉션 도서관'과 맺은 판매-보증 계약에 따라 이곳에 보관 중이었다. 거의 즉흥적으로 그로어홀츠는 1998년 이전부터 학교가 소장해 온 버로스의 자료를 볼 수 있을지를 도서관장인 제프리 스미스에게 문의했다. 이 자료들을 살펴보던 중 그로어홀츠는 1960년대 중반에 도서관이 입수해 목록 분류가 정확하지 않은 자료 중에 놀랍게도 『네이키드 런치』의 올랭피아 편집본의 출발점이 된 1959년 타자 원고가 포함되어 있음을 발견했다. 버로스는 이 타자 원고를 모리스 지로디아스가 분실했다고 늘 주장했다. 원고의 발견은 새롭게 복원된 현재의 이 편집본으로 이어졌다. 1962년 이래로 그로브 편집본에 대한 두 번의 형식적인 개정판이 발간되었는데,(하나는 그로어홀츠가, 다른 하나는 스티븐 로우가) 이들 개정판은 오타와 제본상의 명확한 오류들을 수정하는 데 그쳤다. 그러나 추후 영어 판본과 외국어 판본에 사용될 '확정적인' 텍스트를 제공할 목적으로 면밀히 텍스트를 분석한 경우는 지금까지 한 번도 없었다. 편집과 관련해 1959년 이후 내려진 버로스 자신의 결정을 확인하기 위해 우리는 그로브 편집본과 올랭피아 편집본을 비교하기 시작했다. 우리는 1958년 「인터존」 원고와 이들을 대조했다. 1958년의 「인터존」 원고는 1980년대 초반 배리 마일스가 콜롬비아 대학교의 버틀러 도서관에 소장된 앨런 긴즈버그 컬렉션에서 발견했으며, 펄링게티에게 보내는 버로스의 편지에 "동봉된 원고"로만 분류되어 있었다. 우리는 친절한 부사서 매릴린 워즈버거의 도움을 받아 애리조나 주립 대학교의 특별 컬렉션 도서관 내 로버트 H. 잭슨 컬렉션에 보관되어 마구 뒤섞여 있는 『네이키드 런치』 초안을 검토했다. 오하이오 주립대학교의 제프 스미스 및 동 기관의 분류 담당자인 존 M. 베넷은 친절하게도 우리에게 큰 도움을 주었다. 또한 우리는 1962년 그로브 출판 이전 문학 잡지들에 출간됐던 책의 부분들을 모두 비교했으며, 이 초기 잡지들의 내용을 보관 중인 도서관 관련 서류들 역시 가능한 한 모두 살펴보았다. 두세 가지의 개인 컬렉션에는 현재로서는 접근 불가능한 자료들이 더 있을 것으로 보이며, 의심할 바 없이 버로스 자신이 그 외 많은 원고 조각들을 잃어버리거나 혹은 폐기했다. 어쨌든 텍스트 원전에 대한 우리의 리뷰는 최대한 포괄적으로 진행되었다.

우리가 1960년대 초반에 이 일을 진행했더라면 훨씬 더 간단명료한 작업이 되었을 것이다. 올랭피아 편집본에 나타난 수많은 구두점 및 철자 오류를 수정하고, 책의 내용을 풍부하게 만들 단어와 문구, 문단들을 되살렸을 것이다. 하지만 1960년 로젠탈이 소설을 재가공한 상태 그대로 『네이키드 런치』는 정전의 반열에 올랐다.(칼더 편집본과 그로브 편집본 사이의 유일한 차이점은 주요 텍스트를 둘러싼 부수적인 자료들에서만 드러나며, 모든 외국어 번역본은 그로브 편집본을 따른다.) 우리는 학문적 순수함을 위험하게 추구한다는 명목으로 오랫동안 학적 논문들에 인용되어 온 소설의 부분을 삭제할 수는 없었고, 오래된 독자들 역시 자기가 가장 좋아하는 부분이 사라지는 것을 달가워하지 않을 것이다. 무엇보다 슬픈 점은, 자신의 명작에 관련된 수정을 최종 승인할 수 있는 우리의 오랜 친구 윌리엄이 더 이상 우리와 함께하지 않는다는 사실이다. 그러나 버로스 자신은 오랫동안 그로브 편집본에 의존했다. 그는 공식 행사에서 그 판본을 낭독했으며, 실물 녹음 역시 그 판본으로 진행되었다. 따라서 그로브 편집본은 우리의 길잡이였다.

마일스는 언젠가 버로스에게 소설 속 반복적인 문구들이 의도적인지 물어본 적이 있었다. 버로스는 그 문구들이 지로디아스에게 원고를 빨리 넘기려는 와중에 발생한 실수였다고 대답했다. 이 장들의 대부분은 뿔뿔이 흩어져 있는 초안을 바탕으로 한 「인터존」 원고를 기준으로 편집되었다. 편집자의 재량으로 우리는 너무나도 분명하게 잘못된 부분에 삽입된 반복 문단들 여러 개를 삭제한 반면, 소설에 두 번 등장하더라도 매끄럽게 맥락이 통하는 문단들은 내버려두었다.

우리는 여러 개의 오타, 즉 대부분 부족의 이름이나 약의 이름, 인류학과 관련된 언급들을 수정했으며 문단 사용 방식을 표준화했다. 제임스 그로어홀츠는 이십삼 년 동안 버로스의 편집 조수로 일했다. 이 시기 동안 버로스의 글을 타자로 치고, 편집하고, 그와 함께 퇴고한 경험은 작가가 어떻게 자신의 글이 읽히기를 원하는지를 잘 알고 있다는 점에서 소중한 자산이다.

앨런 긴즈버그의 『하울』에 등장하는 시구는 부분적으로 버로스를 지칭하는 것으로 보인다. "(……) 변수의 측정과 떨리는 평면을 결합해 활용한 생략의 연금술이 주는 갑작스러운 불꽃에 사로잡힌 채 얼음으로 덮인 거리를 질주한 자." 우리는 버로스가 루이 페르디낭 셀린의 『밤의 끝으로의 여정』과 『할부금으로 인한 죽음』에서 차용한 생략 기법을 복원했다. 셀린의 소설들은 버로스가 대학생이던 1934년과 1938년에 존 마크

스가 영어로 번역했으며, 버로스는 이 책들을 읽었다고 알려
져 있다. 그의 원고에는 흥미롭게도 두 개의 생략 부호(마침표
를 뜻하는 하나의 점도 아니고 생략을 뜻하는 세 개의 점도 아니었
다.)가 사용되었는데, 우리는 이를 표준적인 생략 부호로 바꾸
었다.

　1959년 여름 버로스는 올랭피아 번역본의 「인터존」 원고
중 상당 부분의 문법을 변경했다. 그 후 「인터존」에 기반한 그
로브 편집본에는 이러한 변경이 반영되어 있지 않은 반면, 우
리는 1959년의 변경된 내용을 작가의 최종 버전으로 유지했다.
주로 시제와 숫자와 관련된 이러한 변경이 우리의 새 편집본에
서 가장 눈에 띄는 차이점이 될 것이다.

　진정으로 "벌거벗는" 대신 이 책은 오랫동안 점차 증가해
온 논문들과 편지들, 법원의 속기록, 그 외 기타 서류들로 뒤덮
여 있었다. 올랭피아 편집본은 이러한 글들로부터 자유롭다.
버로스가 「증언 녹취: 어떤 병에 관한 증언」을 그로브 편집본
에 포함하기로 동의했을 때 그는 이 부분이 부록으로 사용되기
를 원한다고 정확하게 말했다. 따라서 우리는 이 글을 책의 뒤
쪽으로 옮겼다. 1966년 이래로 대부분의 미국 판본에는 『네이
키드 런치』의 보스턴 재판 내용이 포함되었지만, 현재는 이 내
용이 더 이상 소설과 직접적인 연관이 없다고 판단한다. 우리
는 이 글을 삭제했지만, 관심 있는 학자들은 원한다면 찾아볼
수 있다. 영국 판본은 1964년 첫 출간 이후로 《타임스 문학 부
록》의 「'우엑' 반응들」을 실었지만, 우리가 보기에 이 글은 현재
에는 역사적 흥미 이외에 큰 의미가 없다는 판단으로 이를 싣지
않았다.

원본에 포함된 부분과 조각들, 특히 1998년 오하이오 주립 대학교에서 발견된 긴 장들을 기준으로 삼는 동시에, 우리는 새로운 「부록」을 첨부했다. 이 부록에는 이전의 버려진 '삭제본', 최종 원고가 올랭피아 편집본으로 넘어가는 과정에서 아마도 실수로 소실된 글 조각들, 잘 알려진 문장들의 또 다른 버전, 그리고 버로스가 쓴 동시대 글들이 포함되어 있다. 『네이키드 런치』의 일부로 쓰인 것은 아니지만 그럼에도 소설과 밀접히 연관되고 통찰력을 제공한다. 우리는 이 글들을 소설의 뒷부분에 모아 두었는데, 각 글과 관련된 최종 텍스트의 순서와 대략 동일한 순서로 정리했다. 이들 초고 원고의 여백에는 다량의 메모, 올바른 표현을 찾기 위해 여러 번 반복적으로 쓴 글귀들, 취소선, 위치 이동을 염두에 둔 불분명한 시도들 등이 기록되어 있다. 또한 언어의 의미상 공백이 종종 발견되는데, 작가가 퇴고했다면 반드시 수정했을 법한 부분들이다. 우리는 반복적인 표현과 철자 오류만 조용히 수정했다. 그 외의 모든 편집상의 내삽, 언어적 의미의 변경, 단어 순서의 변경, 취소된 부분의 복원은 대괄호로 표기해 두었다.

두 명의 편집자 중 이 책을 객관적으로 접근할 수 있는 이는 없다. 1960년대에 이루어진 이 책과의 조우는 우리 각자에게 엄청난 영향력을 행사했다. 여전히 사라지지 않은 그 꿈, 책의 마지막 쪽을 덮어도 끝나지 않는 그 소망은 가능한 한 모든 미발간된 『네이키드 런치』의 부분들을 정성스럽게 합치는 우리의 노력을 통해 어쩌면 마침내 실현되었을지도 모르겠다. 만약 그렇다면 버로스의 소설이 아우를 수 있는 최대한의 텍스트적 한계까지 도달했다는 사실이 주는 슬픔 역시 존재한다. 하지만 우리가 여러 번에 걸쳐 원본을 다시 읽을 때마다 우리는 이 소설의 사라지지 않는 환희와 통찰력, 그리고 예언에 놀라게 된다. 『네이키드 런치』는 그 이전과 그 이후에 들었던 어떠한 목소리와도 다른 목소리로 우리에게 지금도 말을 건다.

―2001년 1월
배리 마일스와 제임스 그루어홀츠

참고 문헌

윌리엄 S. 버로스, 제임스 그루어홀츠 편집, 『인터존』(뉴욕: 바이킹 펭귄, 1989).

윌리엄 S. 버로스, 올리버 해리스 편집, 『윌리엄 S. 버로스의 편지들, 1945~1959』(뉴욕: 바이킹 펭귄, 1993).

스티븐과 로드니 필립스 클레이, 『로어 이스트 사이드의 비밀스러운 장소』(뉴욕: 뉴욕 공공 도서관과 그레너리 북스, 1998).

앨런 긴즈버그·배리 마일스 편집, 『하울, 팩시밀리 원본』(뉴욕: 하퍼 앤 로, 1986).

마이클 배리 굿맨, 『동시대 문학 검열: 버로스의 『네이키드 런치』 사례 연구』(뉴저지: 스케어크로 출판사, 1981).

올리버와 이안 맥패든 해리스 편집, 『네이키드 런치@50: 50주년 기념 에세이들』(카본데일, 일리노이: 서던 일리노이 대학 출판사, 2009).

잭 케루악, 앤 차터스 편집, 『편지 선집, 1940~1956』(뉴욕: 바이킹 펭귄, 1995).

잭 케루악, 앤 차터스 편집, 『편지 선집, 1957~1969』(뉴욕: 바이킹 펭귄, 1999).

조와 배리 마일스 메이나스, 『윌리엄 S. 버로스: 서지 목록, 1953~

1973』(샬러츠빌: 버지니아 대학 서지회 출판사, 1978).

배리 마일스, 『비트 호텔: 파리의 긴즈버그, 버로스, 코르소, 1957~
　　1963』(뉴욕: 그로브 출판사, 2000).

배리 마일스, 『긴즈버그의 일생』(뉴욕: 사이먼 & 슈스터, 1989. 개정
　　판. 런던: 버진북스, 2000).

배리 마일스, 『윌리엄 버로스, 보이지 않는 남자: 초상화』(뉴욕: 히페
　　리온, 1993).

테드 모건, 『문학의 무법자: 윌리엄 S. 버로스의 삶과 시간』(뉴욕: 헨
　　리 홀트 컴퍼니, 1988).

어빙 로젠탈에게 보내는 편지(1960년)

1960년 7월 20일 현재
아메리칸 익스프레스 화물
런던, 영국

어빙에게

우선 『네이키드 런치』와 관련한 전반적인 정책을 알려 드리고 싶습니다. 올랭피아 편집본은 명백한 오타를 제외하고는 이 책이 구상되고 현실화된 형태를 대변합니다. 이 형태가 변하면 책의 생명력이 손상됩니다. 텍스트에는 어떠한 자료도 절대 덧붙여서는 안 됩니다. 현재 저는 『네이키드 런치』의 후속작인 『브래들리 씨와 마틴 씨』를 집필 중이며, 앨런(긴즈버그)이 가지고 있는 원고 중에 중요하다고 여겨지는 부분들을 이 글에 사용할 계획입니다. 그러나 다시 한번 말하지만, 그 자료 중 어떤 것도 현재의 텍스트에 첨부되어서는 안 됩니다. 특히 그중에서도, 소설의 끝부분은 현재 상태에서 절대 수정되지 말아야 합니다. 예전 자료 중 제가 다른 책에서 사용할 수 있는 부분은 거의 없습니다. 당연하게도 그것은 시대와는 맞지 않는 글입니다.

공백을 중간에 삽입하거나 혹은 장의 제목을 덧붙이지 않은 상태로 소설이 처음부터 끝까지 흘러가도록 만드는 것이 제 명백한 의도입니다. 여백의 장 제목은 충분히 그 역할을 수행한다고 생각합니다. **이 책은 소설이 아닙니다.** 또한 소설처럼 보여서도 안 됩니다. 텍스트의 내용을 단순히 반복하기만 하는 장 제목이 도대체 무슨 의미가 있을까요? 정리하자면, 저는 **어떠한 장 제목을 덧붙이는 것에도 반대합니다.**

반면《에버그린》에 실렸던「증언 녹취: 어떤 병에 관한 증언」과 중독학회지에 실린 글을 포함하는 것은 훌륭한 생각입니다. **부록에 실어 주시기 바랍니다.** 또한『해충 박멸자』와『가야 할 시간』(둘 다 미국에서 현재 출간된)에서 묘사되었고 후속작에서도 사용될 '컷-업 기법'에 대해 제가 설명한 동봉 노트역시 부록에 넣어 주시길. 후속작에서는 언어의 형식 문제에 천착할 계획입니다. 만약 삽화가 사용될 경우(아주 좋은 제안이라 여겨집니다.) 브라이언 지신이 그린 그림을 사용해 주기를 바랍니다. 제가 그린 그림은 그의 그림에 기반하니까요. 지신과 제가 그린 엄선된 그림들이 부록 앞 책의 끝부분에 들어가는 것을 제안합니다. 그로브가 브라이언의 그림들을 사용할 용의가 있다면 제게 알려 주십시오. 그에게 연락하겠습니다. 제 그림들이 지신으로부터 파생되었다는 사실을 알리지 않은 채 제 그림만 사용할 수는 없습니다.

18 (오타) 인샤 알리는 "알라의 뜻이라면"을 의미함.

19 M. S.는 모르핀 설페이트. 병원에서 사용되는 은어임.

20 베가닌은 코데인 아스피린 계열 약으로, 영국에서는 파

이브 앤 다임 가게에서 판매함. 그 외 유럽에서는 처방전 없이 구매할 수 있음.

21 트랙(Trak)은 '성과 꿈의 공공시설'에 내가 임의로 붙인 이름임. 현재 준비 중인 후속작에서 자세히 설명할 계획임.

22 코데이네타. 남미에서 판매하는 코데인 알약.

23 소브라 델 라 플로.

24 우드(Oud)는 기타처럼 두 줄로 이루어진 악기의 이름. 혹은 만돌린. 니문은 반대편 소년의 이름. 누가 알겠는가.

25 '어떤 구멍도 막혀 있지 않다.'가 정확함.

26 '푸구에(Fugue) 상태'는 불면증 시기를 뜻함. 화자는 그의 전설에 관해 말실수하는 중임.

27 렉(reg)은 사막을 의미함.

28 '만남 장소 부족'은 말 그대로 만남의 장소 부족임. 만날 장소가 부족하다는 뜻임. 만남 장소는 말 그대로 만남의 장소임. 누군가를 만나는 장소를 의미함.

29 침보라소는 에콰도르에 있는, 봉우리가 눈으로 덮인 유명한 산. 세계 절경 중의 하나.

30 쥐는 쥐이고 쥐이며 쥐이다. 쥐는 밀고자를 뜻함.

31 '유모를 때리는 사람(nanny beater)'은 동성애자들을 때리는 사람.

32 현재 사본을 가지고 있지 않음. 맥락? **살로 된 코르셋.** A.〔앨런 긴즈버그의 손글씨〕

33 맥락? **M. I.는 당 대표의 머리글자.** — A. G. 〔긴즈버그〕

34 사바스는 마녀들의 모임.

35 수상 택시(motoscafi)는 베네치아 운하를 운행하며 승객

들을 운반하는 배를 뜻함.

36 코스크(Cosq)는 길거리를 둘러볼 준비를 한다는 뜻임.

38 반복은 의도된 것임.

39 "울타리 친 땅을 열어젖혀라.(Clutter the glind.)" 현재에는 더 이상 존재하지 않는 방식의 항해를 의미하며, 구체적인 의미는 알려져 있지 않음.

40. "분홍색의 음낭"은 음낭을 의미함.

41. 샤가스 질병을 옮기는 곤충.

42. 작가가 만들어 낸 마약 이름. 원래 의도는 ST(6)가 더 정확함.

43. "지나치는(Nabor)"은 "~를 통과하는(thru)"처럼 감각적인 단어임. 그러나 의미는 중요하지 않음.

44. 검은 갈망은 정확한 표현임.

45. 코브라 형태의 램프. 1920년대 유행했던 만행이며, 종종 스페인의 세분화된 가짜 건축 양식과도 연결됨.

46. 이봐요, 어빙. "오 오 문제가 뭘까 조니가 장에 간 뒤 돌아오지 않아?" 이 노래를 당신도 수없이 많이 들어 봤잖습니까. 우리 모두가 들어 봤죠. 구전 민요는 아니지만 오랫동안 사랑받은 옛날 노래죠.

47. 소설은 "엎서…… 큼요일헤 다쉬 와."로 끝나야 함. 주석 설명 참조.

48. 오우압(Ouab)은 마야력에서 매년의 끝에 남는 닷새를 칭하는 단어. 해당 연도의 불운이 전부 오우압 기간에 응축된다고 믿어짐.

동봉한 컷-업 기법 설명서는 「증언 녹취」의 끝에 삽입되어야 하고, 그 뒤에는 작가 소개란에 인쇄된 글의 잘라 낸 부분이 들어가야 합니다. 올랭피아 편집본에 등장하는 오류 중 일부는 의도된 것임을 명심하기를 바랍니다. 2쇄본은 제가 직접 고쳤고, 쉰 개 이하의 오류를 찾아냈던 것으로 기억합니다.

사랑을 담아,
윌리엄 버로스

삭제본: 웨이터 멜의 죽음
(날짜 미상, 손으로 쓴 부분, 약 1953년 후반으로 추정)

내가 이 책을 어떻게 쓰게 되었는지 기억난다. 웨이터 멜이라는 친구가 있었다. 아니, 친구라기보다는 고객이라는 표현이 더 정확하다. 마약을 한 판 뜰 때면 마치 성관계 묘사처럼 들린다. 마약과 관련된 표현들 대부분은 묘하게 성적인 측면이 있다. 그의 방에서 거래했다. 그는 제인 스트리트에 있는 붉은 벽돌로 된 낡은 공유 형태의 집 중 한 곳에 살고 있었다. 우연히도, 내가 앤더슨에게 넣거나 혹은 반대로 그가 나에게 넣던 그 시절 나도 같은 집에 머문 적이 있었다. 사람들이 말하듯 엄청난 우연의 장난이었다.

그래서 내가 기억하는 대로 언젠가 멜이 한 대 맞고 있었을 때(뒤돌아보니 피로 가득 찬 투약기를 팔에 매단 채 그가 기절해 있었다.) 나는 투약기를 빼낸 뒤 젖은 수건으로 그의 뺨을 때렸다. 그런 후에 리치가 그의 뺨을 때렸다. 나는 멜을 그렇게 잘 알지 못했으니까(무슨 말인지 이해되는가?) 어떤 남자의 뺨을 젖은 수건으로 때리려면 먼저 그 남자를 잘 알고 있어야 한다. 무슨 말인지 알겠는가?

내가 지금으로부터 1000년 뒤에 갑자기 나타난다고 가정해 보자. 그때쯤이면 새로운 약과 새로운 방식들이 생겨나겠지. 나는 그냥 앉아서 듣기만 할 것이다. 그러니까 사람들의 대화를 이해할 수 있다면 말이다. 그리고 새로운 방식들이나 그것들을 부르는 이름을 이해하게 되겠지. 예를 들어 경찰을 부르는 단어는 언제나 있게 마련이니까. 페이 화이트가 일요일마다 필에 대해 말하던 말투가 생각난다. "필은 지금 집에 없어요, 시내로 나갔어요." 혹은 "필은 볼일 때문에 렉싱턴에 갔어요."

그러니까 나는 멜이 언젠가는 죽을 거라고 생각했다. 그리고 실제로 그랬다.

치료를 받고 마약을 끊은 상태로 렉싱턴에서 나왔다. 이건 많은 수의 선한 사람들에게 일어나는 일이다. 멜이 어느 구석이든 쓸모가 있었다는 말은 아니다. 리치는 언젠가 친구 한 명이 시카고에서 그의 품(물론 리치의 품)에서 죽었다는 이야기를 해 준 적이 있다. 그들은 대충 마약을 끊은 상태에 가까웠다. 그러다가 사우스사이드의 중독자에게서 마약을 구했고, 다른 노숙자의 친구가 갑자기 눈을 까뒤집으면서 정신을 잃었다. 그런 일이 늘 발생하는 법이다. 나도 용커스에서 한 번 과다 복용을 한 적이 있었다. 제인이 말하길, 부엌 식탁 맞은편에 앉아 있던 내 눈이 까뒤집히면서 흰자가 백내장처럼 드러났다. 그러나 두려워 말게, 자네 결혼식 하객이여, 이 몸은 쓰러지지 않았으니.(그러니까 그때는 안 쓰러졌다.) 어디에서? 언제? 텍사스였나? 뉴올리언스였던가? 아니면 멕시코?

어쨌든 나는 스탠 켄턴[114]의 「조를 위한 점프」를 떠올리고 있었고, 이 노랫소리가 검고 뿌옇게 변하더니 비어 있는 큰 헛

---

114 미국의 재즈 연주자다.

간에서 점점 팽창하고 또 팽창했다. 마치 방 밖으로 나가 우주로 향하듯.

그래서 나는 웨이터 멜을 만난다. 누군가가 내게 편지를 썼다. 아냐, 내가 뉴욕에 있을 때였다. 겨울이었고, 환영이 지하철 바닥에 쏟아지자 앨이 열받았다.(내가 말했다. "제발, 앨, 그거 다 주워. 우리는 공공장소에 있잖아, 그건 그림자야.") 내 말은, 누군가가 "뭐가 문제야? 너 열받은 거야 뭐야?"라고 말한다면 그럴 만한 이유가 있는 것이다. 그리고 갑자기 그가 열받는 상황이 발생했다.

멕시코에서 비슷한 일이 있었다. 내가 머물던 곰팡이 긴 5번가 건물의 안뜰로 가버가 찾아왔다. 머리에는 매독균과 유사한, 초짜가 만든 불순물 헤로인이 가득한 채로. 나는 자고 있어서 그가 오는 소리를 듣지 못했다. 맑고 쨍한 멕시코의 아침 11시였다.

그래서 검푸른 외투를 입고 시체 같은 얼굴을 한 그가 내 침대 옆에 서 있었다. 어두운 푸른색 외투였다. 그의 눈은 내가 본 것 중 가장 번쩍이고 있었다. 차양이 쳐진 어둠 속에서도 번들거리는 눈, 무슨 말인지 알겠지, 나는 자고 있었고, 그가 말한다. "선적 화물이 들어오고 있는데 침대에 계속 누워 있을 거야?" 그리고 나는 말한다. "그러면 안 돼? 아니면 어쩌라고? 여기가 무슨 농장이라도 되는 줄 아나." 그러자 그는 외투와 신발을 신은 채로 곧장 내 침대로 들어왔다. 그리고 나는 말했다. "뭐가 문제야? 너 미쳤냐?" 그리고 나는 그의 번쩍이는 눈을 들여다보았고 그가 진짜 미쳤음을 알아차렸다.

지하철에서 앨과의 사건 역시 마찬가지였다. 앨이 나에게

멜에 대해 이야기해 줬다. 그 지하철에서 말이지. 아마도 이 대화 주제가 시작되었던 약국 앞으로 가기 전이었던 것 같다. 그가 내게 웨이터 멜이 죽었다고 알려 주었다. 비록 내가 알려 주기 전까지 멜의 이름을 기억하지 못했지만. 멜은 렉싱턴에서 치료받은 후 과다 복용으로 죽었다.

그러니까 더 나중이었던 것 같다. 내 생각에 뉴올리언스에서였다. 나는 대마초에 취해 스탠 켄턴을 연주하다 웨이터 멜이 침대 위에서 푸르딩딩해지는 걸 보았다. 입 주변이. 아니다, 뉴올리언스가 **아니었다.** 왜냐하면 앨이 그 자리에 있었으니까. 아닌가? 그가 거기에 있을 수가 **없는**데. 하지만 거기에 있는 그의 존재를 나는 **느낄** 수 있었다.

푸르딩딩한 색, 그리고 방은 우주로 확장되고, 창문 바깥의 네온사인은 붉은 자줏빛을 멜의 얼굴에 깜빡거리며 쏟아 내고, 켜졌다 꺼졌다, 켜졌다 꺼졌다. 피로 가득 찬 투약기는 네온과 사인의 일부인 양 그의 팔에 매달려 있었다.

그래서 그게 전부다. 멋진 끝, 혹은 뭐 그런 비슷한 거. 하지만 막상 내가 글을 쓰기 시작했을 때에는 이 이야기를 거의 사용하지 않았다.

삭제본: 자경단원

제인 거리에 사는 그의 모델 여자 친구를 만나러 간다……
문을 두드린 후 "나야, 빌."이라고 말하자, 안쪽에서 열쇠를 돌
리는 소리가 들렸다……

그 여자는 나를 쳐다보면서 문간에 서 있었다. 툭 튀어나
온 얼굴 뼈들, 고통스러운 〔동공의〕 검은 구멍 주변에 있는 황
금색 고리로 된 홍채…… 나는 고개를 끄덕였다…… 그리고 그
녀는 심각한 타격의 희생양이 되었다……

"어르신 먼저." 내가 말했다……

"그건 내 일이야."

"대개는 내 밥벌이지, 자기야…… 네가 잊을까 봐 알려 주
는 거야, 잊을까 봐……" 나는 투약기에 내용물을 채운 후 내 넥
타이를 그 여자에게 던졌다…… "어서…… 묶어."

그녀의 팔을 따라 더듬어 올라가다 바늘을 밀어 넣었다……
투약기 안에서 피가 붉은 난초처럼 피어올랐다…… 그런 후 그
녀가 넥타이를 느슨하게 푸는 동안 나는 고무 부분을 천천히 눌
러 마약이 몸속으로 빨려 들어가는 것을 지켜보았다. 매끈한
피부에 처진 눈꺼풀을 한 그녀의 젊은 얼굴은 나이를 가늠할 수
없는 중독자의 모습을 하고 있었다…… 그녀는 더 이상 여자가

아니었다……

그 후 그것은 나를 덮쳤다. 가뭄의 땅에 물이 스며들 듯 비명을 지르는 살에 스며드는 달콤한 물질, 폐는 아프고, 다리는 경련하며, 산성 눈물이 눈을 찌른다…… 〔이제〕 G.O.M 〔마약〕의 마법과도 같은 손길에 〔고통과 괴로움은 모두 사라졌다.〕

〔내가 성호를 그으며 무릎을 꿇고 마약의 성찬을 경험하는 동안 조앤은 마약 춤을 추면서 방 안을 돌아다녔다……〕

나는 일어서서 마약 춤을 췄다.

내가 말했듯, 그녀는 유럽에서도 마약을 꾸준히 했다…… 스위스의 진보적인 학교 화장실에서 코카인 파티를 열고, 탕헤르에서 마준을 피우며 난교 파티에 참여하고, 코펜하겐의 운하 옆에서 빠르고도 위험한 마약 연결책과 접선했다. 위험한 스웨덴의 연결책을 제외하고는 위험한 덴마크의 연결책만큼 위험천만한 존재는 없다. 그녀의 첫 남자 친구는 오슬로에서 마약 과다 복용으로 죽었다.

"그는 4분의 1그레인만 해도 잠에 곯아떨어지곤 했어…… 신진대사가 뭔가 이상했지."

나는 고개를 끄덕였다…… 죽은 모든 이들이 방 안을 거닐고 있었다. 선원은 신경 안정제를 과다 복용했을 때 혀를 내밀던 모습 그대로 감방의 문에 매달려 있다…… "내가 중독된 것들 중에 일부는 이제부터 끊어 보려고 생각 중이야." 한번은 그가 내게 이렇게 말했다…… 내가 양성애자이던 시절의 이야기다…… 재활 후에 또다시 과다 복용을 했던 웨이터 멜은 싸구려 호텔의 네온사인 아래에서 입 주변이 푸르딩딩해졌고, 정신이 들었다 기절했다를 반복하는 동안 투약기는 유리로 된 거머리처럼 피를 잔뜩 머금은 채 그의 팔에 매달려 있었다……

마약의 약효가 돌기 시작하면 들려오는 한숨 소리와 끙끙대는 소리를 나는 얼마나 많이 들었던가. 그리고 마약에 따른 성적 절정으로 반쯤 단단해진 성기를 경찰서 감방의 매끈한 나무 가장자리에 대고 비비면, 곁에 있던 만취자가 소리를 지르곤 했다. "야 당신, 뭐 하는 거야?"

〔그러면 나는 신진대사에서 우러나오는 증오로 가득한 눈으로 그 남자를 쳐다본 후, 그에게서 물러섰다.〕

"빌어먹을, 날 좀 내버려둘래?"

그러면 그 남자는 나를 때려 구석으로 몰았고, 내 입은 피투성이가 되었으며, 〔나는〕 그를 쳐다보려 하지 않았다…… 이제 그는 창살을 부여잡고 소리 지른다. "여기서 내보내 줘!" 해충 부서 감옥으로 보내 달라는 걸까…… 그 후 붉은 머리의 나이 든 중독자가 손수건과 물 한 컵을 들고 다가와 내 옆에 앉아서는 도둑질하듯 부드러운 노파의 손가락으로 내 피를 닦아 주었다…… 그러면 나는 그들 모두에게 졸린 축복을 내려 주었고…… 마약의 포근한 품에서 잠에 빠져들었다……

이때쯤 나는 렉싱턴 출신의 불법 판매자인 이탈리아인 재단사이자 불법 판매자인 남자를 알고 지냈는데, 그에게서 헤로인을 좋은 가격에 구했다…… 적어도 처음에는 좋았는데, 양이 점차 줄어들기 시작했다…… 우리는 그를 "짧은 단위의 토니"라고 불렀다…… "토니한테 양복을 맞추면 바지가 무릎 길이까지만 올걸."

하지만 우리는 줄어든 양만큼 우유 설탕으로 채워 넣어 '중국인'에게 소량씩 팔기 시작했다. 중국인의 고객은 어린 중독자 아이들로, 거래하던 마약 판매상이 자기 정맥에 산성 헤로인을 주사해 자살하면서 도시의 유통망을 말라붙게 한 이후 갈 곳 없는 처지에 놓인 아이들이었다……

중국인은 이 거친 아이들을 만지고 싶어 했다…… 마약의 침투에 사로잡혀 푸른 알코올 불꽃에 휩싸인 어린 얼굴들……

"하지만 정맥에 약을 맞을 수만 있다면 다른 건 상관없잖아? 너희 어린애들을 위한 멋진 마약 장소를 내가 제공하는데, 그렇다고 나한테 고마워하지도 않잖아? 너희가 신경 쓰는 건 정맥에 약 맞는 것뿐이지……"

중국인 판매상은 젊은 피를 먹어 치운다. 깜빡이는 푸른 빛에 비친 그의 얼굴은 잔인하고 욕구가 채워졌으며 성별이 없다. 마치 마약의 사제이자 대리인인 아스테카의 지구 어머니처럼……

"이봐 꼬마, 잘생겼네…… 마약에 손대지 않는 건 너 스스로에게 좋은 일이지…… 최근에 진짜 좋은 물건이 들어왔는데…… 약간 노란빛의 갈색 물건 기억나? 코담배랑 비슷한 거 말이야. 가열하면 투명한 갈색으로 변하는……"

"아니에요, 전 이제 끊었고……"

"당연히 끊었겠지…… 내가 이제 여기 살고 있으니…… 즐거운 한 방을 살짝 맞아 볼래? 한 방 맞는다고 해서 다시 중독되는 건 아니니까…… 언제 어디서 멈춰야 할지만 알고 있으면 절대 중독될 일이 없지…… 이봐, 바로 여기야……"

* * *

말라리아와 간염으로 얼룩진 얼굴을 하고 뉴욕으로 돌아
왔더니, 마약은 심각하게 줄어들어 있고 마치 등대처럼 모든
중독자의 눈이 번쩍이며 공포가 흘러나온다……

중독자여, 배를 타고 이 고난으로부터 탈출하라. 미국은
모래 폭풍[115]으로 불타 버렸고, 먹을 것이 부족한 가축과 중독
자는 말라비틀어진 아편 담뱃대와 빈 껍데기를 뒤진다……

모두 육지로, 갈 사람은 모두 육지로…… 딸깍거리는 지하
철 문을 활짝 열어 두어라……

예전의 세계……

들어가기는 쉬워도 나오기는 어려운, 바로 그 장소…… 컨
트롤 상자 옆에는 마약 부작용이 서서 기다리고, 지껄이는 소
년의 요구는 서둘러 공항으로 향하는 동성애자를 가로막고, 지
브롤터에서는 육군 범죄 수사대의 영장이 기다리고 있다……

점점 밝아 오는 마약의 잿빛 여명 아래에서…… 매 시간마
다 약을 맞고, 온종일 내 신발만 쳐다보았다…… 잿빛 화면에
떠 있는 잿빛의 사진들이 느리게 더 느리게 희미해진다……

나의 시간은 점점 끝나 가고 거의 사라졌다는 공포에 사로
잡혀 나는 향수병에 마약 용액을 가득 담고 공항으로 가 비행기
에 올라탄다…… 파리의 공항 화장실에서 마약을 맞고, 회색의
〔런던 거리로〕 나선다……

---

115 1930년대 미국 중서부 지역을 강타한 대규모 모래 폭풍은 심각한 수준의 가뭄
과 기아를 불러왔다. 여기에서 작가는 미국 정부의 마약 단속에 따른 마약의 감
소를 모래 폭풍에 빗대고 있다.

　내 안의 원숭이를 피투성이 상태로 대야에 토하게 만든 아포모르핀의 효과가 나타났다…… 아무도 살지 않는 육체의 뼈에 살점이 매달려 있다가, 움직이고 있는 몸 안으로 갑자기 정신이 돌아오고 나는 하이드 파크를 가로질러 걸어갔다……

　베네치아…… 깊은 돌 협곡과도 같은 거리에 떠다니는 진한 노란빛과 푸른빛의 대마초 연기, 푸른 문들과 노란빛들…… 스페인 출신의 늙고 처연한 술주정뱅이가 우울하게 코로 마약을 들이마시는 작은 술집들…… **타파스** 음식, 축구 경기 점수가 기록된 벽……

삭제본: 시골뜨기

공은 그런 식으로 튀어 오르기 마련이다. 나는 늘 제일 먼저 들어가 의사에게 병원 주소라든가 아무 질문이나 던지면서 그의 얼굴을 보고 그의 말을 듣는다…… 그런 후에 작전을 짜는데, 내 작전은 틀린 적이 거의 없었다…… 의사의 약점을 실수 없이 정확하게 짚어 내면서. 그가 백작이었던가? 칼은 남작이었지…… 마르크스주의자인가? 시골뜨기는 마약을 계속했고, 뇌 병변 및 기타 질병에 걸렸다.

나는 인습을 타파하는 종류의 의사들 일부를 목표로 삼았다. 의사들 대부분은 그릇된 생각으로 만들어진 매개체 안에 자신을 가두고, '의사'라는 단어가 주변에 마법의 아우라를 발산한다고 믿는다. 그들은 특정한 사기꾼들의 목표물이 되기 십상이다……

우리가 시카고에 도착했을 때…… 시카고에는 머리가 이상해진 이탈리아 놈들의 위계질서, 즉 폭력배들이 주도하는 형식주의의 죽어 버린 무게 아래에서 영혼을 마비시키는 무언가가 존재한다…… 또한 도시 곳곳에는 시들어 버린 갱단의 냄새가 난다. 죽어 버린 소중했던 나날들의 죽은 무게가 마치 썩은 영적 에너지처럼 공기 중에 떠돈다…… 중독자의 몸을 빌려 길모퉁이를 미끄러지듯 돌아다니다 밤의 장소에서 몰래 빠져나오는 성불하지 못한 유령처럼 몸을 떨고 있는, 여전히 손에 잡힐 것만 같은 방금 지나간 날들이 사람들의 숨통을 조여 온다. 링컨 공원에서는 옛날 재즈 혹은 실체 없는 1920년대의 시대 정신이 느껴진다. 아니면 핼스테드나 디어본 지역의 니어노스 사이드에서도 1920년대의 분위기가 느껴질 것이다. 그리고 영혼은 폭력배들이 초래하는 형식주의의 무게에 짓눌리고, 비공식적인 금주 명령과 부자연스럽게 무표정한 태도를 모든 이들에게 강요한다. 이곳에서 꿈은 현실보다 더 현실적으로 질식하고, 과거는 실제로 믿을 수 없을 정도로 현재를 침범한다. 마치 손을 뻗어 젊은 시절을 다시 한번 반복할 수도 있을 것만 같다. 너무도 구체적인, 구체적인 형태와 얼굴을 가진 과거의 향수…… 하지만 이는 사기임이 금세 분명해진다. 그런 후에 공포, 침체와 부패의 두려움이 심장을 에워싼다.

　　우리는 남쪽과 서쪽을 향해 움직이다가, 정오가 되어 테네시의 붉은 진흙으로 된 작은 길에 차를 세우고는 마약을 한 대 맞았고, 칼은 차에서 내려 소변을 보다가 작은 분홍색 화살촉을 발견했다……

　　그리고 언제나 경찰들이 있다…… 대학 교육을 받은 능숙한 주 경찰들. 그들은 개인적인 감정을 드러내지 않은 채 예의 바르게 회색 눈으로 사람들을 훑어보고는 어깨를 어색하게 두드리지만, 감시하는 듯한 눈으로 사람들의 옷과 짐과 차를 훑고 살펴본다.

　　쿠에르나바카에서 조앤은 포주같이 생긴 트롬본 연주자

를 만났고, 마치 부러진 동전 조각처럼 그 둘은 서로 너무나도 잘 맞았다…… 조앤을 떼어 놓을 수 있어서 다행이었다…… 남쪽으로 향한다……

파나마에서는 PG 중독 습관에서 벗어났다…… 따뜻한 장소에서는 중독에서 벗어나기가 더 용이하다…… 나체로 잠든다. 이 도시 전체는 운하와 포주와 매춘부들로 가득한 1910년의 늙어 빠진 거머리 같다…… 중독에서 벗어났다…… 남쪽으로 향한다……

그리고 내가 그 둘로부터 멀어졌을 때 나는 내 안에 그녀의 일부를 간직한 채 떠났다. 애매모호하고 망가진 반쪽짜리 남자……

조수가 발생하는 거대한 갈색 강을 따라 올라가 부레옥잠과 바나나 보트로 가득한 항구 도시에 정박한다…… 공화국 소속의 군함이 갯벌에 좌초돼 있고, 육지와 배를 연결하는 좁은 널빤지들이 움푹 꺼진 채 이리저리 교차해 있다…… 젊은 군인이 갑판에 뚫린 녹슨 구멍으로 변을 보고는 깃발로 음울하게 엉덩이를 닦으면서 멀리 떨어진 곳의 배들을 바라본다……

이 도시는 복잡하게 갈라진 대나무 같은 구조로 이루어져 있다. 어떤 구역은 육 층 높이의 건물들이 거리를 굽어보고 있고, 〔들보와 기둥이 떠받치고 있는 기찻길 구역은 지붕 달린 통로 형태로 되어 있어서 주민들은 십 분 간격으로 내리는 따뜻한 비를 맞지 않아도 된다……〕

애매모호한 **동성애자** 포주들(흑인, 중국인, 인도인)이 가로등 아래를 떠돌며 보랏빛 얼음을 먹고, 튀어나온 석회암 암석에 기대어 정신 이상에 걸린 조용한 몸짓으로 대화한다. 섬세한 타락을 그린 프레스코화처럼, 납작하고 이차원적인 이집트의 상형 문자처럼…… 소년의 구슬픈 외침이 밤을 떠돈다……

"파코. 호셀리토. 엔리케."

물건을 판매하는 뻔한 말소리. "러키 담배 **한번 볼래요?**" "소온님, 예쁜 언니들 있어요……" "파나마모자 어때요?" "꽉 눌린 머리들 어때요?"(최고의 파나마모자는 파나마에서 생산되지 않는다.)

끔찍하게 더러운 입이 밤을 향해 둥근 담배 연기를 뿜어낸다…… "연기와 트랙과 담배라…… 이 정도면 충분하지……"

이곳은 트랙의 나라다. 악의적인 성 관련 설비들이 한데 합쳐진 **트랙**은 요금 미납을 이유로 우주의 영적 에너지를 차단해 버릴 수도 있다……

엄청난 기세로 잡초가 자라나는 공원들에서는 정글이 도시를 침범하고 있다. 그곳에서는 흙을 먹는 질병에 걸린 아르마딜로가 버려진 간이매점들과 장군의 석상, 지친 말과 지친 기수 사이를 뛰어다닌다…… 〔얼어붙은 광인 같은 돌로 된 장군들이 이구아나의 눈 아래에서 자유를 설파하고,〕 흡혈어는 결단력 있게 조용히 수영장으로 들어가고, 상아 체스 말처럼 노랗고 섬세하게 생긴 늙은 중국인이 의인화된 형상의 석회암 의자에 앉아 마약성 진통제를 홀짝이고 있다……

포주의 매끈한 갈색 허리는 림프 육아종으로 인해 부어오르면서 썩고, 알비노는 햇볕 아래에서 눈을 깜빡이며, 소년들은 지붕이 달린 시원한 통로에서 일렬로 앉아 만화책을 읽는다. 그들은 사람들이 지나가도 다리를 치우지 않는다……

이 도시에서는 절대 찾아볼 수 없는 무언가가 있다. 썩은

티크 발코니에 걸린 비단 스타킹에서도, 〔도시의 타는 듯한 양
철 지붕 아래 위험한 발코니에서 자라는 양철 깡통 안 식물들에
서도,〕 검은 양복에 검은 선글라스를 낀 공무원에게서도, 마치
두꺼비 독처럼 그의 눈을 가득 채운, 간이 아플 정도의 둔통과
도 같은 증오에서도……

조수가 흐르는 강과 갯벌, 하수구, 카카오 콩을 말리는 냄
새……

이제 **게으른 축구 선수들**이 뛰어오르고 서로의 등을 차면
서 낡은 상업 지구를 점령하고, 민병대는 공터에서 조심스럽
게 몸을 돌려 바지를 벗은 후 사타구니에서 사면발니를 찾는
다……

축구 선수들이 "이봐 시골뜨기"라고 말하면 100만 명의 청
소년이 몰려올 것이다. 사방의 국경을 넘어, 케베도와 바바호
야[116]같이 해로운 강변 도시를 지나, 〔바람 부는 돌투성이 산과
평야, 라파스[117]의 구름, 보고타와 리마[118]의 안개와 추위,〕 바
람 부는 산과 평야를 통과해…… 〔바람 불고 먼지 자욱한 산속
마을들 — 희박한 공기가 죽음처럼 목구멍에 머물고 — 리마
의 찬 안개가 마치 마약 중독의 오한 증세처럼 내 속을 파고드
는 곳을 넘어,〕 톨리마의 황폐해진 한센병 환자 지역과 단단한
나무가 무성한 바닷가 숲, 지명 수배자의 도시들, 〔에스메랄다
스의 유령 도시들을 차례로 통과한다……〕 한 흑인이 음울한
표정으로 고환을 긁고 있다……

116 둘 다 에콰도르의 도시다.
117 볼리비아의 수도. 해발 고도가 높은 곳으로 유명하다.
118 각각 콜롬비아와 페루의 수도다.

학질모기의 조용한 날갯짓 아래 펼쳐진, 길의 끝에 자리한 도시들. 푸요, 모코아, 푸에르토 리몬, 푸카예파[119]……

항구 도시 주변의 정글에는 질병의 명백한 매개체라 할 수 있는 매춘부들이 득실거리는 사악한 싸구려 선술집들이 있다. 마약 판매상들은 마약을 채운 주사기를 들고 화장실에 숨어 있다가 갑자기 튀어나와서는, 동의도 받지 않은 채 관광객에게 마약을 주사한다…… 술집 입구의 안내인은 경찰들로, 이 지역 경찰들이 다 그렇듯 전문 소매치기를 겸한다. 장군의 지갑을 슬쩍 보고 훔치기도 하고, 술에 취한 선원을 때려 정글 진흙에 처박기도 한다……

나는 폐허가 된 건물에 붙은 작은 현수막을 읽고 있었다. "트랙과 성 관련 설비들은 지옥에나 떨어져라……"

어둡고 번들거리는 피부색의 남자들이 금니를 드러내면서 작게 소리치더니 내 소매를 잡아당겼다.

"이봐!"

"우리는 경비원이다."

그들은 서로의 어깨 너머로 내 서류를 들여다봤고, 뒤쪽에 서 있는 사람들은 구슬프게 외치며 뛰어올랐다…… 모기들이 섬세하고 연약하게 공중에서 날아다녔다……

형사 무리가 한목소리로 외치기 시작했다. "경찰서! 경찰서! 경찰서! 경찰서!"

경찰서장이 짜증 난 표정으로 작은 권총을 두드리면서 금속 문을 열고 나타났다…… 그는 작은 금속 자국들을 내면서 권

---

119   순서대로 에콰도르, 콜롬비아, 코스타리카, 페루의 도시다.

총을 이쪽 총집에서 저쪽 총집으로 옮겼다……

그는 반지하에 있는 자동차 수리소에 앉아 있었다. 그곳은 금속으로 된 방벽과 문, 그리고 기름칠한 경첩 덕에 부드럽게 열리는 사물함으로 가득했다…… 나는 그가 파일럿 제복을 입고 있다는 사실을 알아챘다…… 양철 비행기가 마치 괴물 곤충처럼 그의 어깨 위에 앉아 있었다…… 그는 강철과 기름의 공격을 받은 정비공의 얼굴을 하고 있었다……

"현수막을 계속 붙여 둬야 해. 왜냐하면 여기는 민주주의의 나라니까…… 하지만 멈춰 서서 그걸 읽는 건 그리 좋은 생각이 아니지."

"옳은 말일세." 파일 캐비닛 옆에 서 있던, 어깨가 좁고 이빨이 썩은 교활한 진보주의자 언론인이 말했다……

"트랙 리스트에 올라갈 수도 있으니 말일세…… 아는지 모르겠지만, 트랙 구역 내에서 벌어진 범죄를 다루는 트랙 소속의 특수 경찰이 있는데, 이들은 치외 법권을 행사할 수 있지…… 나는 모든 걸 철저하게 준비했네…… 몇 년에 걸쳐 글을 쓰고……"

경찰서장이 웃으며 언론인을 향해 고갯짓을 했다……

"매우 정치적이군." 그가 말했다……

그는 발뒤꿈치를 붙여 경례하면서 내 여권을 돌려주었다……

호셀리토라는 소년이 내 방에 머물게 되었고, 축구 점수 얘기로 나를 질식시킨다…… 우리는 같은 옷을 입고 같은 **여자**랑 잤다. 그 여자는 마르고 병약했으며 늘 양초와 종교적 사진들로 마법을 부렸고 술잔 모양의 작은 플라스틱 컵에 향기 나는 약을 담아 마셨고 성관계 시 내 성기를 절대 만지는 법이 없었다……

세관과 경찰 조사를 거치고, 안전 보장 통행증 검사를 한바탕 치르고 통과한 후, 따뜻한 바람이 얼굴에 닿았고 세 마리의 원숭이가 길을 가로질러 흐르는 물소리를 향해 달려갔다. 버스에 탄 모든 이들은 약에 취해 웃으면서 동시에 떠들고, 안개 긴 텅 빈 공간에서 급커브에 흔들리고, 버스 운전사는 시끄럽게 웃으며 바깥의 흰 십자가들을 가리키다가, 수줍은 인디언 경찰이 내민 술병에 든 **아과르디엔테**[120]로 목을 축였다.

"스물두 명이 죽었어."

"젊은이 두 명은 산 채로 불태워졌지."

"스포츠여 영원하라!" 한 미국인 동성애자가 소리 지른다. 그는 젊은 피사체를 찾아 헤매는 죽은 빛깔의 눈을 하고 있으며, 그의 거대한 가슴에는 카메라 두 대와 확대 렌즈, 빛 필터가 대롱거리며 매달려 있다…… 그는 의자에 몸을 기대고 빛 필터를 세게 누른다……

야헤 국가의 끝자락에 자리한, 길의 끝에 있는 도시들로 향한다……

바바호야, 케베도, 푸에르토 리몬 등의 강변 도시들을 거슬러 올라간다. 검은 카우보이모자를 쓰고 더러운 종이 빛깔의 잿빛 말라리아 얼굴을 한 채 전장식(前裝式) 엽총을 들고, 길거리에는 바닥에서 무언가를 쪼아 먹는 독수리들…… 탄환과 화약과 술과 **아과르디엔테**(정부 독점 물품으로 등유 맛이 난다.)를

120　남미 지역에서 생산되는 증류주다.

구하기 위해 산에서 내려온다……

버스가 코카콜라와 바나나 화물을 싣는 동안 기다리면서, 수도에서 온 슬픈 눈의 학생이 사과의 말을 건넸다…… "저 사람들은 제대로 된 지침을 전달받지 못했어요…… 이곳에서는 술 마시는 것 말고는 할 일이 없거든요…… 말라리아가 엄청나게……" 그는 리오데오로에 대해 나에게 경고했다. 그곳은 바닷가 숲 지역의 한 구역으로, 지명 수배자들만 사는 지역이라 민병대도 그 지역에 발을 들여놓을 수 없고 그럴 의지도 없을뿐더러 두려움에 혼비백산한다……

〔지명 수배자들은 경찰의 눈을 피해 도망 다니는 독선적이고 거친 사람들이다……〕

케베도에 도착했다. 진흙 거리에는 음산한 폭력이 난무하고, 말라리아의 잿빛 유령이 강가를 따라 난 진흙 거리를 중얼거리며 걸어간다……

내가 묵던 호텔 방에는 나무 벙커 위에 짚으로 된 간이침대 두 개가 놓여 있다…… 〔먼지가 낀 채 바싹 말라 있는 구릿빛 물병.〕 전갈 한 마리가 갈라진 대나무 벽을 느리게 기어 올라간다.

한쪽 침대에 누워 있던 젊은 남자가 일어나 인사를 건넸다…… 그는 공군에 합류하기 위해 해안 쪽으로 향하는 길이었다…… **"전 비록 가난한 청춘이지만 품격 높은 감정을 가진 사람입니다…… 저는 진짜 남자거든요……"**

그는 트랙 주식회사가 잘못 개조하고 재개조한 망할 낙하산을 시험하는 과정에서 죽었다. '미스터 내부자'라 불리던 알바니아 출신의 악랄한 중개인(국회 화장실 도우미에서부터 출발한)이 연루된 추문이었다…… 젊은 피가 사방으로 튀었고, 운영자는 세기의 뚱뚱한 몸으로 그냥 앉은 채로 운영을 중단해 버렸고 어떠한 사후 처리도 하지 않았다…… 헤로인과 코카인, 항생제를 엉덩이에 거하게 한 방 맞기만 했을 뿐……

작은 가슴과 흰 치아를 가진 흑인-중국인 혼혈 매춘부가 문가에 서서 담배 한 대를 요청했다……

그 여자는 방으로 들어가 분홍색 슬립을 벗고는 나체로 서 있다…… 소년은 옷을 벗고 나체로 간이침대 위에 누운 후 껌을 씹으며 기다린다……

삭제본: 벤웨이

벤웨이 박사는 자신이 운영하는 특수한 시스템 문제 해결 분석가 집단에 지원한 한 젊은 의사와 면접을 치르고 있다.

"당신이 다룰 첫 번째 사례는 아모크[121]라는 정신착란 초기 환자입니다. 당신의 능력을 시험할 기회이거나 어쩌면 **아목 환자**의 능력을 시험할 기회일지도요. 헤헤헤…… 일반적으로 아모크가 무엇인지 당신은 당연히 잘 알고 있겠죠. 그리고 아마도 이 주제에 대해 많은 오해가 쌓였을 겁니다…… 사실, 그, 크흠, '신비한 동양'과 관련한 서양의 오해는 엄청난 몰지각함이라는 측면에서 성과 출산에 대한 유치한 이론과 맞먹습니다. 실제로 제가 치료했던 한 환자는 스무 살이었는데도 세상에 여자란 없고 거세된 남자만 존재하며 배꼽으로 아이를 낳는다고 믿고 있었죠……"

지원자: "어떤 의미에서는 효율적일 수도 있겠네요."

벤웨이: "**두말하면 잔소리죠, 젊은이. 두말하면 잔소리입니다**…… 아 그렇군요, 오해에 관해 이야기하고 있었죠…… 제가

121　Amok. 말레이시아어에서 기원한 단어. 다음 문단의 '신비한 동양'에 대한 언급은 이러한 언어적 기원을 암시한다.

간단히 설명하겠습니다. 전형적인 아모크 환자는 공격적 성향을 마음 깊이 억압한 채 겉으로는 수줍고 조용합니다…… 최종적으로는, 크흠, 유감이라고밖에 말할 수 없는 결과로 이어지죠…… 아모크 환자들이 왜 늘 칼을 사용하는지 압니까? 총이나 화염 방사기 대신요? 칼을 선호하는 이유가 그들이 단순히 후진 척하기 때문일까요? 아모크는 18세기 응접실과 같이 과도하게 문명화된 도시 환경에서는 발생하지 않는 현상입니다. 아니면 더 뿌리 깊은 원인이 있을까요? 그러나 가장 흥미로우면서도 이해할 수 없는 점은, 마음속 깊이 억압해 둔 살인 본능이 어떤 이유로 결국 활성화되는 걸까요? 흥미롭게도 우리는 어떤 작가나 버스 운전사, 가게 점원이 누군가를 모욕하면 분노한 상대가 그들을, 크흠, 갈가리 찢어 버릴 거라고 생각하기 쉽습니다…… 그러나 아모크는 그런 식으로 발생하지 않습니다…… 도구를 사용하는 동물 중 난장판에 이끌리는 성향을 타고난 단순히 성질 나쁜 인간과 아모크는 전혀 다르고, 이 둘을 구분하는 기준은 아모크의 경우 전혀 상관이 없는……”

모호한 몸짓으로 춤을 추고 갑자기 전류가 흐르는 듯한 폭력을 분출하면서, 젊은 면접자는 벌떡 일어서서는 칼을 내밀고 빙글빙글 돌기 시작했다. 그의 칼은 살아 있는 전류의 비명 소리를 내며 떨렸다…… **“이 호모 자식, 난 모르겠어!”**…… 면접자의 눈에 빛나는 불꽃이 깜빡거리다가 꺼진다…… 그는 쓰러지면서 두려움에 바지에 변을 지리고는 방에서 뛰쳐나간다…… 연보랏빛이 도는 선글라스를 끼고 개버딘 천으로 만든 양복을 입은, 나이 든 침착한 남색가가 그 뒤를 따른다……

도벽과 살인은 전염병과도 같으며 대개는 처벌되지 않는다…… 그런 기타 등등의 영역이 많이 존재한다…… 사람들은 눈에 편집증적 광란의 그림자를 띤 채 돌아다닌다…… 흑인만 없다면 남부 지역과 다를 바 없다……

이 지역 주민들은 대부분 백인 계열로 보인다…… 이들은 고산 지대 및 해안 지대의 원주민들에게서 발견되는, 색깔이 뚜렷한 흥미로운 피부병에 걸리지 않는다……

트로이는 천 척의 배를 띄우고 탑 없는 도시 일리움을 태워 버린 얼굴을 하고 있다 짭새 트로이는 자신 혹은 신을 바친다 화장실 표시가 붙은 스페인의 방에서 볼일을 보고 마약을 하려면 세금이 붙는다 아편 마약은 더 이상 하고 싶지 않다 커피와 잘 어울린다 양이 그를 먹어 치웠다 양이 〔주이미〕를 전부 전부 먹어 치웠다 올빼미[122]는 어디에 있는가 광활한 삼각주의 죽어 버린 강이 길게 굽이쳐 도는 길을 따라 트로이에 도착했다 늪지와 샘과 깨끗한 개울과 각종 물고기와 뱀이 있는 이곳저곳의 작은 섬들에 자리한 광활한 나무 위의 집〔에 있는〕 나머지 사람들. 삼각주 해변의 섬들이 점점 많아지는 〔호수에〕 드디어 도착했다…… 이제 본격적인 바다가 열리고 그 청년은 고요한 항구와 해변을 향해 반짝이고 있었다…… 그리고 그는 해변에서 몸을 일으켰다…… 그가 손가락으로 가리켰다……

칼에게 오랫동안 엄숙한 표정을 지어 보이다가 결국에는 미소 지었다. 그 도시에는 운하와 석호를 따라 일련의 공원들

---

122 트로이 전쟁에서 그리스의 편을 든 아테나를 상징한다.

이 펼쳐져 있었다…… 사람들은 고개를 까닥거리고 격의 없이 그에게 손을 흔들었다…… 시선을 피하는 눈길을 그는 〔보지〕 못했다…… 가끔 무언가에 대해 골똘히 생각하느라 그를 무시하는 사람도 있었다……

공격적 충동을 표출하려는 환자의 시도를 심령 기술을 통해 막으려 해서는 안 된다…… 환자들은 심령 기술을 언제나 감지해 내고 굉장한 불쾌함을 느낀다.

방에 들어올 때 그가 칼을 소지하고 있었는지 몸수색을 했어야 했나?

아니, 그건 그를 더 불안하게 만들고 정신 착란 증세를 마음속 더 깊이 묻어 버렸을 텐데?

젊은이, 문제가 뭡니까? 이 직업이 두렵습니까?

솔직히 말하면 맞습니다……

긍정적인 현상입니다. 두려움은 바깥으로 표출되어야 하는, 언제나 건강한 감정이니까요…… 최고의 투우사는 경기에 나가기 전에 몸을 떨며 구토하기 마련입니다…… 이 역설을 마음에 새기세요…… 우리 업계에서는 두려움을 느낄 필요가 없습니다. 그저 긴장하기만 하면 됩니다…… 자신을 보호하려 들면 결국 실패해요…… 당신이 제대로만 치료한다면 환자는 아모크에서 벗어날 수 있습니다…… 당신은 어떤 경우에라도 육체적으로 자신을 보호할 수는 없습니다…… 설명하기 쉽지 않은 일입니다…… 하지만 제 말을 믿으세요. 증오와 공격성은 당신이 저항할수록 점점 강해진다는 사실을…… 정리하자면, 우리는 위협적인 유령들에 둘러싸여 있고, 우리가 두려움과 불안함에 굴복해 그들에 맞서 우리 자신을 보호하려 한다면 그들은 유일한 무기〔인〕 몸을 써서 우리를 공격할 겁니다……

어떤 환자가 가장 위험한 유형인가에 대해 논의해 보자면…… 벤웨이 박사는 초기 아목 환자보다 라타가 더 위험하다고 말한다…… 실제로 벤웨이 자신이 가장 교활하고 믿을 수 없는 유형의 초기 아모크 환자다…… 그를 너무 지나치게 몰아세우지 말도록……

삭제본: 검은 고깃덩어리

전군 최고 사령관이 자기 조각상을 덮고 있는 천을 손수 벗겼다…… 비둘기 한 마리가 말 위에 동그란 청동 똥을 싸고 있다…… 뻔한 자화자찬 프로젝트. 분리된 세포질이 조각상 내부에서 썩고 있고, 그곳에서 창궐한 곤충들이 정상적인 상황이었다면 청동 껍질 안에 평생 분리된 채 있었을 것이다…… 하지만 장난꾸러기 도제가 최고 사령관의 항문을 조각해 넣었다. 청동 제복 아래 가려져 있지만 완전히 봉인되지는 않게. 거리 소년의 미소와 경찰의 총알이 난무하는 가운데 곤충들은 빠르게 빠져나와, 파산한 보석상의 창문에서 도망쳐 여름 아스팔트 위로 철퍼덕 떨어졌다. 은색 탄환을 맞고 추락한, 더럽혀진 머큐리처럼.

귀를 찢는 트럼펫 소리와 국가 연주. 이 사건을 보기 위해 모두가 일어섰다……

"저 추잡하고 늙어 빠진 항문을 보라고 우리더러 여기 오라고 부른 거야?" 젊은 팔랑헤[123] 당원이 연인에게 속삭였다…… 킬킬거리던 소년들은 뚱뚱하고 간이 안 좋은 대령의 차

---

123 스페인의 보수파 당이다.

가운 연보랏빛 시선을 느끼고 조용해졌다. 대령은 대지의 여신만큼 거대한 아내 옆에 앉아 있었는데, 그녀의 두툼한 윗입술은 부드러운 검은 털로 뒤덮여 있었다……

기류를 이용한 도르래 시스템을 사용해 천과 셀로판 포장을 벗기자, 거대한 방귀 소리가 조각상과 그 아래 지축을 뒤흔들었다……

"저 기술자를 하수 폐기물 청소부의 조수로 강등시키고야 말겠어!" 이 행사의 규약 담당인, 사회적으로 야망 있는 젊은 대위가 으르렁거렸다.

그러고 나서 마치 증발하는 녹청 냄새와도 같은 끔찍한 악취가 퍼지기 시작했다…… 말라붙은 정액의 악취, 마약으로 망가진 젊은 고환의 냄새, 미국 교외의 이식된 잔디밭에서 썩어가는 남성의 영혼이 내는 악취…… 콧수염을 기른 모계 사회의 차디찬 시선 아래 신음하는 관료주의적인 스페인 가정들의 냄새…… 광낸 옷장과 금박 입힌 거울 테두리에서 나는 검은 얼음 같은 냄새…… (양치류와 고무나무의 희미한 녹색 방울을 통해 보이는) 앉아 있는 여자처럼 거대하고 축축하며 무거운 냄새.

빗물과 죽음으로 가득하고 살인자 경찰들과 죽은 학생들이 유령처럼 떠도는 보고타의 거리…… 껍질 벗겨진 날것의 증오와 불행의 바람이 초록빛 사바나로부터 불어와 검은 돌에 새겨진 대지의 여신을 휩쓸고 지나간다…… 거리와 복도와 창문과 문간에는 다마스쿠스로 향하는 사도 바울의 황폐한 길을 점령한 검은 개들이 종교 재판과 화형 사이를 비집고 돌아다닌다.(바울은 화형을 한 번도 건너뛴 적이 없다.)

"그렇지." 뺨 안쪽으로 코담배 덩어리를 밀어 넣으며 보안관이 말했다. "깜둥이를 **천천히** 태우는 것만큼 도시 전체를 조용하게 만들 수 있는 건 없어…… 사람들은 꿈꾸는 듯한 평화로운 표정을 하고, 마치 방금 전에 정말 좋은 음식을 충분히 먹은 사람처럼 약간 졸린 표정을 짓고 돌아다니게 되지……"

(층층이 쌓인 벨슨의 부호.)

미국인 동성애자는 몸을 돌려 부서진 곤충 같은 자기의 남성 육체를 스스로 찢어 버린다. 마치 물고기잡이 창에 찔린 붕장어가(잠수부는 《볼》에 실릴 글을 작성 중이다.) 몸을 돌려 창 바로 윗부분에 걸린 자기 몸을 물어뜯은 후 도망치는 것처럼, 망가졌지만 갑자기 힘이 솟은 동성애자는 양철에서 오려 낸 인형처럼 납작하고 뻔한 몸짓을 보이면서, 숙취로 가득한 일요일 새벽 교외의 이불 안에서 죽어 가는 정자를 분출한다……

"그 남자를 땅에 묻어, 냄새가 고약하니까." 영국인 중사가 명령했다.

"미래는 우리 것입니다. 물론 우리는, 크흠, **과도기**에는 '폴의 기계'를 조금씩 사용할 계획이고 **경찰력** 역시 여전히 필요할 겁니다…… 당연히 이 과도기 시기는 다소 탄력적으로 운영될 겁니다."

벤웨이 박사는 손을 펼쳐 크게 휘젓는 듯한 몸짓을 하더니, 얼굴에 미소를 띤 채 100억 명의 얼굴을 때린다…… 검은 금속으로 된 피부를 하고 하나같이 자전거를 탄 경찰들……

"나가서 **진짜** 범죄를 뒤쫓으세요. 제 말 알겠죠?…… 아들에게 어린 여자애 옷을 입히는 텍사스 출신의 엄마라던가…… 어린애가 자기 거시기 부근에 손을 대면 찰싹 때리는 손길, 어린애의 모든 생각과 감정에 외부의 감시라는 망할 각인을 찍는 행위…… (간단히 말하자면, 악의적 간섭이라는 범죄……) 우리는 ‘정당한 사람들’입니다…… 진짜 적들과 사회에 순응하는 소시민들, 가짜들을 찾아내는…… **경찰**이라고요. 물론 이것은 아기들을 토닥이는 수준에 불과하지만, 만약 신경 안정제 좌약을 사용할 만한 상황이 발생하면.” 벤웨이 박사는 어깨를 으쓱했다. “그냥 거기에 넣어 버려요……”

“선생님, 안쪽에 한 명 더 들어갈 공간이 있습니다.”

통합 혹은, 크흠, **합체**할 시간이 왔다…… 진행하는 데 시간이 소요된다…… 쌓여 있는 카드를 다룰 더러운 손과 시간이 우리에게는 충분할 것이다…… 선원이 장에 가서 열두 개 들이의 ‘시간’ 계란을 사 왔다…… 오 오 문제가 뭘까?[124]

리는 석공의 만성 관절염으로 인해 비틀어진 길을 따라, 왔던 길을 되짚어 돌아갔다…… 나선형 계단을 올라간다. 거친 술주정뱅이가 불안정하게 복귀하던 중 계단을 망가뜨려서, 이제는 술에 취했든 취하지 않았든 간에 무조건 비틀거리면서 올라간다.

그가 자기 방에 들어갔더니, 그들이 방을 수색하고 있었다.

“조니, 경찰이다.”

경찰 한 명이 마치 어두운 심해에 있는 물고기처럼 흐릿한 빛을 받아 반짝이는 배지를 보여 줬다…… 얼마나 많은 수의 경찰이 봄바람처럼 가볍고 차가운 손가락으로 그의 글과 공책을 뒤적이고 있었는지 알 수 없었다.

리는 게걸스러운 검은 안개로 들끓고 있는 이차원의 납

---

124 영국의 전래 동요 가사. 375쪽 「어빙 로젠탈에게 보내는 편지」를 참조하라.

작한 얼굴들을 바라보았다. "캠핑족"이라고 그는 결론 내렸다…… 캠핑족은 정부 기관 건물 내의 빈 사무실을 차지하고 사업 운영을 시작하는 개인들을 일컫는 표현이다…… 가끔은 고위 관계자로부터 운영권을 구매하기도 하는데, 이 경우 공식적인 통합 운영이 보장된다. 그 외의 경우는 순전히 가짜인 소규모 운영자들로, 화장실과 청소 도구함, 강도 부서에 딸린 암실을 전전한다…… 정부 기관 건물과 보잘것없는 관료 부서의 구석과 복도와 앞뜰을 전전한다……

삭제본: 병원

"카망베르 도시에서 약 5킬로미터 정도 떨어져 있습니다…… 철저히 신원 확인을 했고…… 의학 검사관이…… 화장실 도우미 협동조합을 한낮에 공격한 사건입니다…… 가벼운 타박상이…… 공범이 아니라고 주장합니다……"

"르네 파르블뢰 형사에 따르면, 이 살인 사건은 수익성 높은 화장지 밀매 과정에서 수익 분배 조정을 둘러싸고 발생한 사건입니다…… 엘 쿨리토는 그의 일당과 함께 화장지 더미를 숨겨 두었다는 의심을 받았습니다…… 해당 범죄는 '압박감을 공평하게 서로 나누기 위한' 시도였습니다……"

삭제본: 에이제이의 연찬회

늙은 동성애자가 차풀테펙 공원의 돌의자에 앉아 꿈틀거리고 (원주민 인디언 청소년들이 서로의 목과 허리를 감싼 채 지나간다.) 젊은 엉덩이와 허벅지, 탄력 넘치는 고환과 성기를 탐내면서 죽어 가는 자기 몸을 들썩인다. 한 소년이 몸을 돌려 그를 향해 미소 지으며 소리친다. "아저씨 안녕하세요?" 그들이 보여 주는 소년 특유의 순수함은 그의 축 처진 엉덩이와 늘어진 허리를 강타하는 아픈 채찍과도 같다. 그는 절규한다, 잿빛 얼굴에 검은 선글라스를 낀 불가사의한 여사제처럼. 피가 섞인 소변이 그의 시든 허벅지를 따뜻하게 덥힌다.

마크의 성기가 조니의 몸에 삽입된 상태로, 그들은 진동 의자에 마주 보고 앉아 있다.

"조니, 준비됐어?"

"켜도 돼."

마크가 스위치를 켜자, 의자가 진동하기 시작한다. 마크는 고개를 기울여 조니를 올려다본다. 차갑고도 비웃는 듯한 시선으로 조니의 얼굴을 응시한다. 조니는 비명을 지르며 훌쩍이고, 그의 얼굴은 마치 내부에서부터 녹아내리듯 허물어진다…… 마크의 손이 조니의 허리를 쓸어내리면서 공중에 여체의 형태를 그린다. 그는 조니의 성기 위에 머리를 부드럽게 대고 잡아당기는 시늉을 한다. 조니는 맨드레이크처럼 비명을 지르고, 사정과 동시에 마약에 취한 천사처럼 마크의 몸에 기댄 채 정신을 잃는다. 마크는 다른 생각에 잠긴 채 그의 등을 토닥인다……

마크와 메리는 서로 속삭이더니, 조니를 바라보며 웃는다.

"조니, 뒤로 돌아." 메리가 명령한다.

조니는 순종하고, 마크는 가죽으로 덧댄 수갑과 구리 사슬로 조니의 손을 등 뒤에서 묶는다.

"조니, 네 머리 색깔이랑 맞췄어." 가벼운 애정을 담아 조니의 머리를 헝클이며 그가 말한다.

조니는 반쯤 잠들어 있다. "뭐 하는 거야?"

메리는 골반에 손을 얹은 채 미소 지으면서 그에게 가까이 다가선다. "뭘 할 것 같아?"

메리는 조니의 몸을 굽히게 한 후 그의 눈에서 머리카락을 치워 준다. "조니, 우리는 널 목매달 거야."

조니의 몸이 수축하고 폐에서 공기가 빠져나온다. 혀가 삐죽 나온다. 피가 몰린 입술은 부어오르고 눈은 검게 변한다. 근육 수축이 계속되면서 그의 몸을 쥐어짜 세 번의 긴 경련이 일어나고, 엉덩이로부터 180센티미터 떨어진 곳까지 변이 튀고, 고통스러운 마지막 경련으로 인해 한 방울의 피가 조니의 아름다운 입가에 맺힌다. 입가의 정액과 피를 핥은 후 그는 잠에 빠진다. 메리는 부드럽고 따뜻한 담요로 그의 몸을 부드럽게 덮어 준 후, 그의 감긴 눈에 키스한다. 문가에서 메리와 마크는 몸을 돌려 조니를 쳐다보고는 조용히 웃는다.

아침. 조니는 잠에서 깨어 기지개를 켜려고 한다. 마크와 메리가 침대 옆에 서 있다.

마크: "이봐, 조니. 전부 준비해 놓고 널 기다리고 있었어."

그는 조니가 몸을 일으켜 앉아 침대 위에서 다리를 펼 수 있도록 도와준다.

메리는 조니 옆에 앉아 그의 머리를 빗겨 준다. "넌 말 잘 듣는 아이가 될 거지, 그렇지?"

조니는 발기한다. "날 목매달 거야?"

"당연하지, 자기야. 그렇지만 걱정하진 마. 아프지 않을 테니."

"올가미를 잘라 날 풀어 줄 거지?"

마크: "아니, 그렇게 하면 넌 기절할 거고 절정을 느낄 수 없게 돼. 나는 이런 식으로 네 목을 꺾을 거야."

그는 한 손을 조니의 턱에, 다른 손을 그의 머리 옆쪽에 대고 딱 하는 소리를 내면서 두 손을 반대 방향으로 움직인다. 그는 조니의 턱 아래쪽에 있는 손을 사용해 조니를 일으킨다. 조니는 혀를 내밀고 눈을 굴린다. 메리와 마크는 조니의 팔을 각각 하나씩 잡는다. 그들은 전류가 흐르는 눈으로 열리는 문을 향해 조니를 데려간다.

삭제본: 이슬람 주식회사 그리고
인터존의 분파들

클렘은 한 아랍인과 유대인 소년을 돌본다. 그들은 합창단처럼 줄지어 카페로 춤추며 들어가, 1920년대의 밀짚모자를 들어 올리며 외친다.

"클렘은 사람들이 선택한 남자다……"

"그는 아랍인들을 사랑한다."(아랍인을 찌르며) "그리고 유대인도"(유대인을 더듬으며……)

"자, 나는 이제 아랍인을 철제 인공호흡기에서 쫓아내러 갑니다. 이 사람은 요금을 체납했거든요. 월스트리트에 대한 나의 의무죠."

"그리하여 우리는 블랙스톤을 들고선, 그들이 그 무게만큼 다이아몬드를 지불하기를 기다리고 있었지. 그렇게 하지 않는다면 텔아비브 시내로 가서 블랙스톤 주위에 옥외 화장실을 설치할 걸세……"

그들은 "당신네 리포터가 맥각병 형제들을 인터뷰하다"라는 제목의 녹화 테이프를 가지고 있고, 주변 사람들이 원하든 원하지 않든 그걸 틀어 댄다.

삭제본: 진찰

"내 아랫도리는 당신에게 완전히 사로잡혔습니다."

"이 불멸의 음유시인이 노래하네, 안녕. 당신은 내가 소유하기에는 너무나도 소중한 사람."

칼은 문에 다다랐을 때 자기도 모르게 뒤를 돌아보았다…… 의사는 사라지고 없었다…… 칼은 빈 책상을 멍청하게 쳐다보았다…… 그러고 나서 거칠게 문을 빠져나가 공포감에 휩싸인 채 계단을 달려 내려갔다.

일주일 후 그는 정신 건강 부서로 오라는 내용의 안내문을 받았다. 처음 받았던 안내문과 정확히 똑같은 내용이었다…… 칼은 무시하자고 결심했지만 그럴 수 없었다……

"그에게 뭔가를 이야기하고야 말겠어……" 안내 창구로 걸어가며 칼은 중얼거렸다.

"벤웨이 박사요? 오 맞아요, 공중보건부에 박사님의 사무실이 있어요…… 광장을 가로질러 왼쪽으로 돌면……"

벤웨이 박사의 사무실에서 근무하는 간호사는 십자말풀이를 하고 있었다. 잡역부가 천장을 페인트칠하고 있었다.

간호사가 말했다. "어서 들어오세요. 박사님은 누군가를 기다리고 계실 겁니다. 아마도요……"

잡역부는 발레 무용수같이 사다리 위에서 균형을 잡고 있었다…… 그는 페인트 붓을 부채처럼 사용하면서 칼에게 유혹하는 듯한 시선을 보냈다……

"신경 쓰지 마세요." 간호사가 말했다. "수술을 기다리는 환자예요…… 박사님이 그러시는데, 저 사람은 수술 후 훨씬 행복해질 거랍니다."

칼이 사무실에 들어섰을 때 박사는 그를 전혀 알아보지 못했다.

"안녕하시오." 그는 과시하는 몸짓으로 카드를 흘깃 바라봤다. "칼."

칼은 믿을 수 없다는 듯 책상 너머에 있는 얼굴을 주시했다. 벤웨이 박사도 시선을 피하지 않았다. 그는 직업상의 친절함이라고 짐작되는, 침착하고 상냥한 얼굴을 하고 있었다. 그는 성공한 은행가처럼 보였다.

"자, 칼, 당신의 고용주가 당신 때문에 약간 걱정하고 있습니다." 망치 소리에 그의 목소리가 묻혀 버렸다. 박사는 사람 좋은 미소를 지었고 그의 목소리는 갑자기 엄청나게 커졌다. "네, 이 건물에서는 어떤, 음, 수리가 진행 중입니다. 가끔 우리의 정신을 모두 폐쇄하고 수리할 수 있으면 좋을 텐데요. 이 부서가 현재 폐쇄되었다는 뜻은 아닙니다…… 그건 절대 아니죠…… 직원들 몇 명만 남아 겨우 운영하고 있을 뿐입니다. 이런, 당신의 파일과 다른 사람의 파일이 바뀐 것 같군요. 하지만 인간은 주어진 상황에서 최선을 다해야죠, 그렇지 않습니까? 그럼 한번 봅시다. '당신은 가까운 사람들에게 걱정을 끼치고 있군요.' 내지는 '칼, 우리는 당신이 걱정돼요.' 같은 무작위의 문장들을 내가 자주 사용한다는 점을 이해해 주기 바랍니다." 형사 사기꾼 같은 미소.

"자, 그래서……"

박사는 의자를 책상 반대편으로 밀고 일어서더니 밀짚을 씹으면서 배를 바닥에 대고 엎드렸다. "칼, 그래서 말인데, 재무부 직원들이 당신을 뒤쫓고 있어요." 그는 네 발로 일어서서 칼의 다리에 대고 쿵쿵거렸다.

"향기가 좋네요." 벤웨이 박사가 말했다. "발효된 맥아 냄새가 납니다." 그는 물구나무를 섰다. "칼, 그래서 말인데요, 피검사를 제출했나요, 아니면 내가 수색 영장을 발부받아야 할까요?"

"네 뭐라고요? 왜요?"

"음, 꼭 아셔야 한다면 알려 드리죠. 우리는 특정한 단백질 효소를 찾고 있어요. 학식을 갖춘 동료 의사인 뉴올리언스의 히스 박사가 보유한 단백질 효소와 정확히 같은 종류죠. 코 앞에서 내 효소를 채간 놈, 넘어져서 썩어 버려라."

벤웨이 박사는 "엄마!"라고 울부짖으면서 의자로 서둘러 돌아가 앉았다.

"혹시 귀에서 윙윙거리는 소리가 들리나요?"

무대 바깥에서 전기톱 소리가 고막을 찢는다……

"효소 말입니다." 의사가 말을 잇는다. "반(反) 효소가 새로운 유행이 될 겁니다. 이건 한 가지 효소로만 결정되지 않을 겁니다…… 반면……" 그는 어깨를 으쓱인다. "해야 할 일들이 있죠."

그는 거대한 망치로 칸막이벽을 때려 부순다. 벽이 무너지

자 마야 문명의 무덤이 모습을 드러낸다. 칼은 의사를 버려둔
채 사라진다.

　"**효소 찾기**. 효소를 찾으면 J. G. 중위가 알아서 처리할 겁
니다…… 헤헤헤. 이 업계 내에서 하는 농담이에요, 칼…… 심
리학을 다루는, 크흠, '개와 벤웨이는 출입 금지'라는 팻말을 걸
어 두는 게 당연하다고 여기는 내 동료들의 연구실에서 모든 종
류의, 음, 장애가 거의 사멸하거나 혹은 완전히 사라졌다고 하
더라도…… 이건 우리의 살아 있는 연구 대상입니다. 상당히
진행된 성병성 림프육아종, 경찰 끄나풀들, '벤웨이 출입 금지'
팻말…… 이런 것들은 그에 상응하는 효소 시스템과 특유의 냄
새를 가지고 있어서, 만약 원시 부족의 주술사가 예의 있게 눈
으로 보는 대신 질병의 냄새가 난다고 말하면 우리는 그의 말을
따라야 합니다."

　"어머니도 그렇게 생각해요." 잡역부가 말했다.

　(부하의 냄새를 맡는 인민 장교…… "동무, 뇌는 언제 씻은 거
요? 숨겨진 불만의 냄새가 나는데……"

　"대장님, 제 냄새가 아닙니다……")

　"나는 이 효소가 동성애, 조현병, 마약 중독에 연관된 효소
가 아닐지 가끔 생각합니다…… 각각의 경우 세포를 뒤덮는 보
호막이…… 그러나 중독의 경우 보호막을 제거할 수 있죠……
평생에 걸친 세포 보호막 중독을 과연 치료할 수 있을까요?"

　"그런 빌어먹을 내용을 내가 어떻게 압니까?" 칼이 부루퉁
하게 대답했다.

　"인생 최대의 충격이나 세상의 아름다움, 모든 사아아랑
스러운 감각이 차가운 항문을 태워 없애 버릴 수 있지 않을까

요? 아뇨, 피부가 벗겨진 그 불쌍한 것은 아름다움의 폭풍 속에서도 살아 돌아와서는, 광활한 쓰레기 더미를 가로질러 기어가면서 그 더러운 피부에 생채기를 낼 겁니다……"

"목마르시겠어요, 늙은 광인 같으니라고." 칼이 이죽거렸다.

"당신도 관심이 있을 겁니다……" 벤웨이 박사는 전류가 흐르는 듯한 적의의 눈초리로 칼을 응시한다. "내 '중독 일반론'을 처음부터 전부 듣는 것에 말이죠…… 어머니도 그렇게 생각합니다…… 엄마는 내 고환을 알코올에 보존해 자기 혼수용 서랍에 넣어 두고 싶어 하죠…… 사랑스럽지 않나요…… 당신도 우리 엄마를 좋아할 겁니다."

"나는 당신 어머니랑 알고 지내기 싫습니다……"

"너무 자신하지 말아요, 거티…… 엄마들은 어떻게든 친해지는 방법을 아니까요…… 그래서 새로운 효소는 혼합된 종류, 다시 말해 한 가지 효소로만 결정되지 않을 겁니다. 범죄자, 변태, 독선적인 소인, 목사, 범접할 수 없는 이들, 모든 종류의 인종과 상태가 뒤섞여…… 새로운 형태를 만들어 낼 겁니다. 아무리 끔찍하고 더러운 결과물이 탄생한다고 해도 말이죠…… 초감각적인 초능력 앞에서는 물리학, 문학 등의 학문이 서로 분리되어 존재할 수 없는 것과 마찬가지죠…… 신사 여러분, 이 새로운 형태는 반드시 도래할 겁니다…… 그동안 인간은 이를 위해 일해야 합니다."

그는 거대한 망치로 벽을 때려 부순다.

칼은 부서진 벽을 통과해 거대한 성기 같은 과거의 항아리들 사이를 지나 걸어갔고…… 문 앞에는 두 명의 기형적인 이상한 소인이 나체로 웅크린 채 있었다…… 이들은 엄청나게 발기한 상태였고, 그들의 몸이 부풀어 오르더니 팔다리의 흔적 기관을 달고 있는 발기한 거대 성기로 변신했다…… 그러더니 문옆에 놓인 항아리로 변신했다……

대중의 성원에 〔힘입어〕 선택된 젊은이가 신성한 숲속에서 옷이 벗겨진 채로 의식에 참여한다. 많은 눈이 이미 그의 몸을 훑고 그의 온몸을 핥고, 만지고 핥고 더듬는다…… 그는 소변과 대변을 지리면서 화환과 향수로 장식된 나무를 향해 다가가는데, 가는 도중에 그를 비웃는 가학적인 젊은이들에 이끌려 남색 및 기타 변태 행위에 몰두하느라 나무까지 도달하는 데 일주일이 걸린다…… 그리고 각각의 휴식처마다 각종 기구가 있다…… 모두가 흥분에 휩싸여 있다…… 그는 거기에서 몸을 떨면서 교수형에 처해진다.

그들은 서로의 얼굴에 크림 파이를 던지는 놀이를 하듯 대변과 소변과 정액 범벅인 바닥을 기어다니고, 컨트리클럽 부엌에서 취한 청소년들을 비틀거리며 일으켜 세운다…… 1920년대의 선술집 음악이 열린 창문을 통해 흘러나온다.

"이스트 보가드로 가서 성관계를 갖자……"

포주가 창문으로 몸을 빼〔고〕 앞으로 나선다…… "여러분, 데이비드의 집으로 가서 여자들이 변을 먹는 걸 구경하세요…… 남자라면 기분이 좋아질 겁니다…… 술집 여주인에게 내 친구라고 말하면 됩니다……"

그는 검은 변이 든 상형 문자 무늬의 원통을 소년의 엉덩이 주머니에 넣으면서 유연한 손가락으로 엉덩이를 만진다. 그것은 마치 안데스산맥의 계곡에 〔살고 있는〕 사악한 인간들의 사라진 혀로 보내는 메시지와도 같다…… 눈으로 뒤덮인 높은 절벽과 거대한 폭포에 의해 고립된 지역…… 주민들은 금발에 푸른 눈을 하고 있다…… 기타 등등…… 그곳에서는 성관계가 유일한 과제다…… 자위 〔혹은〕 홀로 절정을 느끼는 것은 법으로 금지되어 있고, 한 채의 넓은 돌집에서 다 같이 산다…… 아래쪽에는 터키 목욕탕이 있는데…… 거기서는 늘 사람들이 길을 잃는다…… 소문에 따르면 설링이라는, 일종의 악의적인 소년의 영혼이 거대한 수상 지네가 숨어 있는 지하의 강으로 사람들을 유혹해 데려간다…… 그러나 가끔 어떤 사람은 설링의 마음에 들기도 하는데 이게 그 사람에게는 최선의 시나리오다……

총성이 제단 곳곳을 피로 물들이고, 제단에는 피 한 방울 묻지 않은 흰색의 조상이 있다…… 달빛 아래에서 얼음에 덮여 얼어 버린 발기…… 오로라와 겨울의 태양 아래에서…… 그 부족은 동시에 사정하면서 거대한 한숨을 내쉰다…… 바로 그 순간이 모두가 땅에 쓰러져 작은 죽음을 맞이하는 순간이다……

어떤 이가 흥얼거린다. "당신의 진짜 죽음이 오기 전까지는 내가 당신의 작은 죽음들이 될 수 있게 해 주오……"

당연하게도 모든 사람은 자기 가족 구성원 중 한 명이 설링이 되는 영광을 누리고 싶어 한다…… 엄마들은 아이들의 사악함을 최대한 키우기 위해 신경 써 양육한다…… 계곡의 아이들은 너무도 사악하고 악독해서 각각의 집이 하나같이 무장한 야영지다…… 아빠들이 강철로 된 문과 창문을 잠그지 않거나 경보기를 켜 놓지 않은 채 잠드는 것은 상상조차 할 수 없다…… 그러지 않으면 그의 자손이 밤중에 몰래 들어와 그의 성기를 먹어 치울 테니……

　당연히 아이들은 때가 되면 젖을 뗀 후 필요한 후속 절차를 밟을 것이며, 네 살이 되면 그들은 심하게 망가져 성관계 이외의 것은 감히 생각하려 하지 않을 것이다……

　소년이 발기를 처음 경험하면 즐거운 광란의 외침이 그를 덮칠 것이고 사방에서 사진기를 들이밀 것이다…… 주변 사람들 모두가 달려들어 축하를 건넨다…… 아버지는 회사 사무실에서 아들의 사진을 돌린다…… 로키의 항문 뒷방에 있는 소년들에게…… 어린 소녀들은 백치 같은 이빨 빠진 할아버지들의 손에 이끌려 자위 기구로 자극을 받는다…… 모든 방에는 방 안이 들여다보이는 거울이 부착돼 있어서 언제나 누구든 타인을 구경할 수 있다…… 자신을 숨기려는 행위는 반역으로 간주된다…… 제안을 **완전히** 거절해 버리면 성관계 금지라는 중형을 선고받는다…… 따라서 누군가가 길거리에서 자위하거나 변태 행위를 하면, 사람들은 서서 예의 바르게 그걸 지켜본다…… 성은 절대적으로 평등하며 모든 파티에 똑같은 정도로 참가한다…… 매년 성 전람회가 삼 개월 동안 열려 각종 유희와 강의, 성 기구 등이 전시된다…… 거리의 소년들은 최음제와 사진, 움직이면서 성관계하는 인형 등을 판매하고, 사람들의 의복은 당연하게도 빠르고 우아하게 탈의할 수 있도록 고안된다……

　사람들이 가장 선호하는 것은 타락과 순수가 정확하게 혼합된 상태다…… 물고기를 꿴 끈을 들고 하모니카를 불면서 들판을 가로질러 가는 아들을 본 엄마는 자랑스럽게 외친다. "저 애가 동성애자라는 게 믿어져?"

엄마는 충동적으로 루시 브래드싱클의 손을 잡고 그녀의 눈을 지긋이 들여다본다. "당신은 대단한 여자예요."라는 말만으로도 충분하다.

여행 프로그램의 목소리가 말한다. "날아다니는 탐험가 채널에 고정하세요, 매주 수요일마다 당신에게 갈 겁니다. 다른 날에도 얌전히 기다리세요……"

실제로 시민들은 하나같이 인생의 절반을 나체 상태로 지내면서 다른 사람들의 시선 아래에서 성행위 혹은 유희를 즐긴다…… 이러한 삶은 모든 방향으로 푹신한 일종의 젤리 안에 사는 것과도 비슷하다…… 누군가가 맥동하는 손으로 고환을 어루만지며 신호를 보내고 엉덩이를 움켜쥔다……

캐나다행 열차, 저 사람은 깁슨 가족의 딸인 엘리노어 글린이다 난민용 기차에 올라탄 것처럼 자리를 맡으려고 서두르지만 그건 예약된 자리다…… 그를 끌어 앉혔다…… 이제 조안은 닐의 직업에 대해 이야기하고 있다 조안은 죽었다 여왕 폐하 만세 옷 벗는 폴카…… 옷 벗는 포커 게임…… 게임을 시작해 봐 미친 듯이…… 그와 또 다른 사람과 하는 게임…… 보는 것과는 다르지 않아?

만약 모든 효소가 각각의 이미지를 생성해 낸다면, 중독자들은 특별한 중독 효소 때문에 모두 다 똑같아 보일 것이다…… 모든 조현병 환자는 다 똑같아 보인다…… 모든 동성애자는 다 똑같아 보인다…… 모든 범죄자와 모든 레즈비언들도…… 레즈비언들은 하나같이 차가운 물고기 같은 외양을 하고 있다…… 이러한 정형화된 원형들에는 모두 이에 상응하는 효소

시스템이 있다…… 그 효소를 없애면 원형을 말려 죽이게 된다…… 새로운 형태가 나타나 모든 원형들을 한데 섞어 자생적인 구조 속으로 포섭할 것이다……

새로운 형태는 단 하나의 효소에 의해 지배되지 않을 것이며, 순수함 대신 지혜를 갖춘 순결한 형태가 될 것이다. 그에 따라 순수한, 즉 순결한 이는 어떠한 원형적 효소에도 중독될 수 있다…… 마약은 언제나 우리의 첫 실험 대상으로, 우리에게 중독의 일반적인 구조를 알려 주는 역할을 맡는다…… 그렇다면 마약 다음은? 레즈비언이다…… 여성 호르몬을 차단하는 효소가 있다…… 남성은 이 효소를 가지고 있다……

입 주변은 조현병 환자와 동성애자…… 눈 주변은 중독자와 레즈비언……

칼 이야기로 돌아가서…… 효소 주사에 관해 그렇게 순진하게 굴지 말아라…… 개인을 서로 구별하는 반응 대신에(아이는 이런 반응을 보일 수 없다.) 우리는 여성 효소에 대한 효소적 반응을 보이고, 남성적 이미지는 여성 효소와 동성애 효소에 의해 가려져서 무의식으로 가라앉거나 혹은 내부에 갇히게 된다……

따라서 아이는 자기 세포의 일부로서, 마치 모르핀을 원하듯 여성 효소를 원하게 된다…… 여성 효소가 일단 세포의 일부가 되어 원세포들을 가리면, 그는 더 이상 여성 효소를 원하는 게 아니라 여성 효소와 하나가 된다…… 이는 조현병 등으로 인해 개인성을 약화시키는 효소에서만 발생하는 현상으로, 특히 유아기와 사춘기, 그리고 마약 금단기에서 두드러지게 나타난다……

한 개인이 여성 효소에 중독되는 순간 그는 더 이상 여성이 아닌 남성만을 원하게 되며, 자신과 정확히 똑같은 남성의 이미지를 무의식적으로 원하게 된다. **그 결과 언제나 잔인하고 가학적인 여자를 원하게 된다.** 잔인한 범죄자 유형에 이끌리고, 그의 남성적 이미지는 잔인하고, 나는 순수하거나 혹은 적어도 일부는 순수하지만, 아직 극도의 잔인함을 완전히 의식적으로 실천하지 않은 나머지 반쪽이 존재한다……

레즈비언 역시 유사한 방식으로 남성에게 반응한다. 사회화를 시도하는 과정에서 그녀는 남성에 대한 욕망을 모두 잃어버리고 남성 효소가 여성 호르몬을 차단한다……

모르핀 이야기로 돌아가서…… 내가 여성적 이미지를 유지하기 위해 네 시간마다 여성 효소 주사를 맞아야 한다고 가정해 보자. 만약 내가 주사를 맞지 않으면 여성적 매개물 안에 살고 있는 단순화된 세포가 나를 공격할 것이다……

정리하자면 우리는 그를 강력한 여성적 이미지에 노출해 그의 개인성을 약화시키는 상태로 만들 계획이며, 세포 수용체의 도움 없이 세포에 침투해야 한다…… 바이러스는 효소와 함께 세포에 침투해…… 세포벽을 뚫는다…… 따라서 우리는 이제 옆에 서서 통제한다…… 우리는 누구인가…… 아직 모르겠다……

삭제본: 코카인 벌레

〔……〕 소리치면서 **이웃 사람**이 분노의 화신처럼 뛰어 들어온다.

화장실에 있는 에두아르도에게 걸려 넘어질 뻔했다. 그는 "난 이것 때문에 죽을 거야."라고 말하면서, 사기꾼 같은 멍청하고 역한 눈으로 나를 바라보았다.

"썩을 놈."

엉터리 치료를 받은 후에, 너무 빠르게 푼다도르[125] 반 병을 해치웠다. 헝가리 출신의 낙태 의사는 치질과 손가락장갑을 구분하지도 못한다. 독을 빨아내려고 내 주삿바늘 상처에 거머리를 올려 둔다. 촛불 아래에서 데메롤 주사를 맞는다. 전기와 상수도가 끊겼다. 웨스턴은 지불 능력이 전혀 없는 데다 사악하기까지 한 룸메이트를 쫓아내서 기뻤을까? 원숭이를 달고 있는 세입자는 절대 들이는 게 아니다. 그리고 키키도 사라졌다. 마치 고양이처럼, 누군가가 그에게 음식을 좀 많이 줬더니 어느 날 사라져 버렸다. 눈에 보이지 않는 문을 지나. 사방팔방 찾아볼 수는 있다. 소용없다. **소용없어.** 나 자신을 속이는 것.

---

125 스페인산 브랜디다.

갑자기 저 여자가 또렷하게 보인다. 그녀는 약에 절어 병든 채로 약을 코로 흡입하고, 얼굴에 있는 뼈는 하나같이 툭 튀어나와 있다. 나와 눈이 마주치자, 그녀는 이쪽으로 건너와 탁자에 몸을 기대고 말한다.

"도와줄래요?"

"앉아요. 마약 판매상은 약속 시간보다 네 시간이나 늦네요. 돈은 있어요?"

"네. 그러니까, 3센트 있어요."

"적어도 5센트 이상은 있어야 해요. 판매상이 주장하길 자기는 좋은 약을 취급한대요. 진짜처럼 처방전을 써 줄 수 있는 의사를 알고 있는데. 나는 그 사람이랑 저번에 싸워서 더 이상 직접 얘기하진 못해요."

"하지만 —"

"그는 실제로 **뭘 하지는** 못해요. 그냥 약간 재미로 놀아 주면 돼요."

"우엑."

"매일 조금씩 죽어 가잖아요. 죽음까지는 시간이 꽤 걸린다고요."

그 의사는 멀리 롱아일랜드에 살고 있다…… 기차를 타고 가면서 나는 계속 잠에 빠져들었다가 기차가 역에 설 때마다 깬다. 마약이 선사하는 가벼운 잠. 이 역에서 갈아타야 해.

이봐, 퀸스 플라자는 가지 마. 경찰들이 출몰하는 사악한 장소야.

이곳에서 내린다. 술집. 식료품 가게. 티브이 안테나가 탐욕스러운 잠망경처럼 하늘을 핥아 댄다…… 그 의사는 막다른

길가에 있는 집에 살고 있다. 오래된 19세기 스페인 양식에 녹
슨 강철 발코니가 딸린.

삭제본: 하우저와 오브라이언

나는 조의 간이식당에 앉아 커피를 마시고 있었다. 커피잔 아래에 냅킨을 받쳐 두었는데, 이는 카페나 간이식당에서 누군가를 오랫동안 기다리며 앉아 있는 사람의 표식이다…… 나는 마약 판매상을 기다리는 중이다……

"달리 뭘 할 수 있겠어?" 언젠가 닉이 중독자의 죽어 버린 말투로 속삭이면서 내게 말했다……"판매상은 우리가 기다릴 걸 뻔히 아는데."

그래, 그들은 우리가 기다릴 걸 뻔히 안다…… 거리 귀퉁이에서, 카페에서, 공원 벤치에서, 앉거나 서거나 걸어 다니면서…… 기다려 본 사람은 시간과 공간이 하나라는 사실을 깨닫게 된다…… 저 블록 끝까지 갔다가 돌아오려면 얼마나 멀리, 오래 걸리는가? 한 시간에 커피를 몇 잔까지 마실 수 있을까?

계산대에서 일하는 여자가 경계하는 눈길을 내게 보냈고, 나는 기차 창문에 스쳐 가며 보일 법한 애매하게 좋은 인상을 지어 보였다…… 절규하며 몸을 떠는 금단 증상이 다시 시작되면, 모든 게 고통스러울 정도로 선명하고 또렷해지다가 갑자기 잿빛 연기로 얼룩진다.(심지어 금단 증세를 겪는 중독자라 하더라도 오후 4시 이후에는 시계가 시간을 앞질러 뛰어나간다.) 그리고 나는 그 여자든 누구든 어떤 사람에 대해서도 알고 싶지 않다……

나에게는 오일 버너가 있었다…… 매일 4분의 1 정도의 헤로인을 흡입했다…… 선원과 함께 구멍을 조절했고 오후에는 약에 취해 지냈다…… 선원을 절대 이길 수는 없었다. 그의 갈색 눈은 오팔처럼 빛을 받아 안쪽에서부터 밝게 빛났고, 특이한 것들을 바라보았으며, 노랗고 매끈하고 텅 비어 있는 얼굴에는 광대뼈가 높이 솟아 있었다. 또한 그는 누렇게 빛나는 치아를 드러내면서 지치지도 않고 노래를 반복했다. "오 오 문제가 뭘까, 조니가 장에 간 뒤 돌아오지 않아……"

나는 왜 선원이 잘못되었는지 이해한다…… 그는 타인에 대해 어떤 감정도 느낄 수 없었던 것이다……

선원은 죽었다…… 내가 알고 지내던 이들은 모두 죽었다…… 선원은 감방의 문에 목을 매달았다 그의 혀가 튀어나왔다 신경 안정제에 취할 때면 입에서 혀가 튀어나오던 때와 똑같이. 〔캐머러는〕 허드슨강 아래 떠다니고 있다, 혜성처럼 그의 살을 파고든 살인 무기와 함께 버려져서. 그리고 제인은 계산대 옆에 서 있었다…… 그 이야기는 후에 탕헤르에서 들었다……

독일인을 만났다…… 조의 간이식당에서 만났다……모두가 마약을 끊었다…… 불어난 20파운드의 살덩이…… 그리고 가죽끈…… 복리로 불어나는 빚. 내가 말했다.

라자루스, 집으로 돌아가……

"이번엔 다를 거야." 그가 말했다…… "중독 재발 같은 쓸

레기 단어로 나한테 허풍 칠 순 없지…… 나도 필요한 기술을
갖췄다고…… 법에 그렇게 쓰여 있어……" 그는 탁자 아래 넣
어 둔 가죽끈을 보여 주었다……

누구든 마약을 끊을 수 있다…… 대신 거래를 해야 한다,
그게 전부다……

라자루스, 집으로 돌아가…… 네가 가진 크리스털이 살아
있는 사람을 죽게 만들고 있어.

워싱턴 스퀘어에서 열린 체스 경기에서 닉을 만났다. 그는
경찰에 잡힌 사람, 죽은 사람, 약을 끊은 사람의 이야기를 내게
해 줬다…… 죽은 중독자들이 우리를 둘러싸고 있어서 우리는
더 이상 말할 수 없었다……

마약을 끊은 꼬마 아니가 '조의 간이식당'에서 술에 취해
있었다…… 불어난 20파운드의 살덩이……

라자루스, 집으로 돌아가…… 마약 판매상에게 돈을 지불
하고 집으로 가……

삭제본: 쓸모없어진 서문

그 목소리는 마치 불타는 사자처럼 달려들었다.

"널 찢어발겨 버리겠어." 검은 뼈의 남자가 몸을 떨며 말했다.

"이모가 바다에서 익사한 리비 중위도 그렇게 말하더군." 끽끽거리는 작은 목소리가 말했다.

"크리스털로 된 공포의 유리창을 가로질러, 기울어진 연못을 향해……"

"은퇴할 때가 왔어…… 몸수색을 해야지…… 반짝이는 향수의 벌레가 집을 방문하고, 그곳에서는 욕정이 집의 언덕 너머로 불꽃처럼 타오르고 정액이 차가운 봄바람에 실려 거미줄처럼 떠다니지……"

"사랑스러운 갈색 다리. 자기야, 청동 침대 위에서 나를 놀라게 해 줘. 푸른빛 아래 빈대들이 기어다니는 그곳에서…… 오 세상에……"

"하루 종일 넌 그 짓만 하지…… 지금 당장 해 봐……"

"깡통 연료의 푸른 불꽃 아래에서 밤의 젖꼭지를 빨아 댄다…… 원래 가야 할 길로 향하고 있는 동양의 진주들……"

"날개 달린 말과 강철로 된 모자이크가 하늘을 절단해 푸른 케이크로 만들어 버린다……"

"크리스털로 만든 발코니에서 구슬픈 천사들이 분홍색 손톱을 들여다보고…… 금박 조각은 햇빛 사이로 떨어진다……"

"먼 곳에서 꿈틀대는 위장…… 돼지 같은 동성애자들이 두꺼운 지갑을 흔든다…… 부겐빌레아 꽃이 석회암 계단을 뒤덮고 있다…… 독을 먹은 비둘기들이 오로라를 배경으로 비처럼 추락하고, 불타는 날개와 함께 물기 없는 운하로 철썩 떨어진다…… 저수지는 비어 있다…… 푸른 계단의 끝은 나선형으로 내려가다 사라진다…… 그곳에서는 입을 벌린 도시의 굶주린 광장과 골목마다 청동상들이 쓰러진다……"

"무지갯빛 발기…… 폭포에 떠오른 무지개……"

"아무것도 들리지 않아."

"아이들 두 명이 도움을 받았어."

"거위가 울고 기차 경적 소리가 들리는 방은 이제 더 이상 사절이야, 친구…… 로어 텐에 있는 남자 (눈은 점액으로 뒤덮여 있는)…… 소년이 흥분하는 걸 구경해……"

"그 남자 안에 있던 표식이 사라졌어…… 무엇이 그의 원숭이를 죽인 거지?"

"자살의 신이여, 뒷골목의 마약 루트를 통해 오시기를…… 동성애자들의 계곡으로 우회하는 길은 새벽빛을 받아 반짝인다…… 쓰러지는 건물들이 먼지를 일으키며 염생 습지의 들판으로 향한다…… 청년들이 마지막 능선을 넘어, 바람 한 점 없는 도시의 안전한 항구로 들어가는가?"

"네모가 된 원, 내 입에 성기가, 여자의 성기가 사라지고 재즈가 울려 퍼진다…… 네 아내를 데려와…… 파나마플로 천,

섹스광, 스테이크 크기의 살덩어리를 물어뜯는 그레이너스 상어를 물리쳐……”

(그레이너스는 상어 중에서도 가장 위험한 종류다. 여느 상어들과 마찬가지로 그레이너스도 스테이크 크기의 살덩어리를 물어뜯는다.)

“누군들 그렇지 않겠어?”

“질투 넘치는 이들이 리비도를 망치지.”

“화장실 휴지에 관해 정식으로 경고했습니다.”

“충격을 냄새 맡으면 폐에서부터 구토가 발생해.”

“터질 듯한 바지를 입은 뚱뚱한 동성애자가 물고기를 꿴 끈을 들고 기울어진 연못을 향해 걸어간다……”

“기울어지다……”

“회색 머리가 오래된 수영장에 둥둥 떠오른다…… 소년들은 비명을 지르며 서로의 위로 올라탄다…… ‘으아아아아아…… 사람이다……’”

“그 괴물은 곧 잡힐 겁니다.”

“동성애자다!”

“괴물 같아!”

“끝내주는군!”

“그 여자 잡아!”

“강철 셔터를 내려서 잠복 세균을 막아!……”

“반경, 반경…… 그걸로 충분해.”

“의사의 본분은 내가 규정한다.”

요트 모자를 쓰고 문신이 새겨진 상반신을 드러낸 평범한 푸른 눈의 중년 스웨덴인이 조현병 환자에게 헤로인을 주사한

다…… (기관에 딸린 부엌의 냄새)

그 물질이 살아 있는 살 속으로 빨려 들어가자, 100만 명 중독자의 회색빛 유령들이 가까이 몸을 굽힌다.

"이 약이 빌어먹을 수많은 증상을 멈추게 하고 레바논의 향기로운 약국들을 터뜨려 버리는 약인가?"

"코카인과 순수함의 계곡 안에서, 산을 가로지르는 스키 산장에서, 슬픈 눈의 청춘들이 사라진 대니 보이를 그리며 노래한다……"

"우리는 밤새 코카인을 흡입했고 네 번 관계를 가졌다…… 칠판 아래의 손가락들이 흰 뼈를 긁어 낸다…… 집은 헤로인이다, 바다에서 탄생한 집."

"마약 중독 부작용으로 괴로운 아침에 바람은 창문을 뒤흔들고 나는 정맥을 더듬어 찾는다."

"조의 간이식당에서 커피와 오래된 데니쉬 빵을……"

"안녕, 캐시……"

"거기 있는 게 확실해?"

"물론 확실하지…… 너랑 같이 들어갈게."

"오늘 밤에?"

"재미없는 도시야…… 모르핀 처방전을 받으러 지역 의사를 방문하고, 두 시간마다 그걸 주사해…… 시카고로 향하는 밤 기차…… 기차 복도에서 약에 취한 여자애를 만나, 어디서 약을 구했는지 물어본다.

'들어와.'

젊은 여자는 아니지만 몸매가…… '우선 한 대 맞을래?'

'아니, 너는 맞을 상태가 아닌 것 같은데.'

도합 세 번을 맞고…… 오한에 떨면서 아픈 상태로 깨어난
다. 창문을 통해 따뜻한 봄바람이 불어오고, 물이 마치 산처럼
눈을 화끈거리게 만든다.

'지금이야.'

그 여자는 나체로 침대에서 나온다…… 코브라 모양의 램
프에 놓여 있는 마약 봉지…… 마약 맞을 준비를 한다……

'뒤돌아봐. 엉덩이에 놔 줄 테니.'

그녀는 바늘을 깊게 찔러 넣고 뺀 후 볼기를 문지르더
니…… 손가락에 묻은 피 한 방울을 혀로 핥는다……

그는 마약의 잿빛 분비물에 녹아 버리면서 발기한 채로 몸
을 돌린다……"

〔이카로스,〕 그의 낙하산은 망가진 콘돔이다. 만 건너편의
쓰레기 더미에 떨어진 그의 비행기는 뼈와 배설물을 하늘의 푸
른 물질 속으로 증발시킨다……

"나는 사람 같지도 않게 느껴져……

폴터가이스트가 다락방에서 내려와 거실에서 변을 보고
10 대 1 정도로 수적으로 우세하고 그들이 저지르는 즐거운 장
난이 더 이상 순진하지 않고 마치 유인원처럼 사악한 청소년으
로 변해…… 가끔 난 그냥 다 모르겠어……"

엄숙한 얼굴을 한 부인의 붕대 아래 드러나 있는 '찬란한
제이드'의 성기…… "얘야, 목이 부러질 때 받게 되는 충격은 끔
찍한 결과로 이어지기 마련이란다." 그녀는 신경질적으로 킥

킥거린다…… "물론 너는 이미 죽었거나 적어도 의식이 없거나 아니면 적어도 기절한 상황이지…… 하지만…… 그리고…… 음…… 그러니까…… 그건 **의학적 사실이야**…… 네 여성 신체의 내부는 성기를 뱉어 내서, 널 마지막으로 진찰한 의사를 돌로 만들어 버렸고 우리는 그걸 파라과이에 팔았단다. 볼리바르 장군의 조상인 양 속여서 말이지."

"나는 죽음을 확신할 수 있어요…… 자궁 적출술을 실시하지 않아도요." 늙은 여자[의사]가 날카롭게 톡 쏘며 말했다…… 회색빛 치아로 눅눅한 빵을 우물거리면서, [기관에 딸린 부엌 냄새가 그를 축축한 구름처럼 따라다닌다]……

"세상에, 또 한 번 엉망진창이 되었군…… 저 피어포인트는……"

그는 짜증스럽게 레즈비언의 다리를 잡아당겼다. 그녀는 자기 연인을 끓는 물에 삶았고, 용변 세척기에 묶은 다음 세척기에 끓는 양잿물을 가득 채웠다……

"그건 **격정 범죄**였어요." 그녀가 열정적으로 말했다. "판사님, 그 비명 소리를 직접 들어 보셔야 해요…… 군침이 돌거든요……"

"난 거대하고 역동적인 강에 휩쓸렸지…… 너희 중에 완전 좌약 요법이란 걸 들어 본 사람 있나? [지친 방귀를 뀌는, 변비가 심한 납품업자……]"

'들어오세요'라고? 그건 구멍에 관련된 이야기였고 당연히 내가 알아야 하는 이야기지…… 루루라는 여성의 이름……

요하네스버그의 판자촌 아래에 있는 터키 목욕탕에서 깨어났다…… "이 검둥이 놈들아, 여기가 어디지?"

그렇게 행동하지 말라고? 당신은 얼마나 많은 사람을 죽여 봤는가? "더 많이 죽일수록 더 즐겁지." 로버트 크리스티가 말했다……

누군들 그렇지 않겠는가?

"신사 여러분, 피 묻은 생리대로 만든 오염된 깃발이 우리의 평화로운 성기 위로 날아다니고 있습니다…… **여자들**이라는 혐오스러운 하위 종(種)을 뿌리 뽑아야 하고 방부제가 든 화염 방사기로 박멸해야 합니다. 그러지 않으면 여자라는 끔찍한 바이러스가 살아남아 번성해서 우리의 **훌륭한** 그리스 도시들을 모독할 겁니다…… 그런데 머틀, 남성 매춘은 어디서 할 수 있지?"

그들은 소형 오토바이를 타다가 이탈리아인의 밤에 모두 죽었다…… 암시장에서 나온 담배를 파는 저 늙은이…… 웃었고 웃었고 또 웃었다……

"우주는 휘어 있습니다…… 그들은 다시 돌아올 겁니다…… 나는 구법원에 있는 조니의 영광스러운 구멍을 통해 그것을 읽어 냅니다…… 이제 그들이 오고 있습니다……"

거대하게 부풀어 오르는 병적인 절규와 함께 청년들이 다가온다…… 그들은 들판을 지나 다가오고, 그들이 지나치자 나무들이 시든다……

"메리, 내 속옷 패드는 남자를 위한 거야!"

"반역…… 저 미친 여자의 몸에 더러운 성기가 자라기 전에 저 여자를 목매달아라……"

내가 마약에 취해 있을 때면 나는 내 일에만 신경 썼고, 마약 판매상과 지하철의 경찰들을 제외하고는 아무도 나를 쳐다보지 않았다……

인디펜던트에는 특별히 고용된 경호원들이 있는데, 그들은 총 대신 곤봉만 소지하지…… 언젠가 퀸스 플라자에서(여긴 안 좋은 역이야, 경찰들이 너무 많이 깔려 있거든.) 그들이 나와 게이 녀석을 잡았고 나는 경찰의 손을 물었지.(그때에는 나도 이빨이 있었거든.) 그래서 내가 그를 물고 도망치니까, 그가 소리를 지르면서 나를 쫓아왔어. "서지 않으면 총을 쏘겠다." 그 남자가 총을 갖고 있지 않은 걸 알았기 때문에 난 계속 도망갔지……

게이 녀석은 경찰의 심문에 입을 열지 않았어. 조 머시기라는 이름의, 타임스 스퀘어에서 지내는 사람이라는 말만 했어. 그래서 경찰은 몇 개 남지도 않은 그의 이빨을 때려서 부러뜨렸어…… "어차피 흔들리던 이빨이었으니까." 그가 나중에 이렇게 말하더군…… 그는 늘 동성애자처럼 집적거렸는데 그건 연기의 일부였고, 소매치기로 5-20-9 형을 받고 감옥에 갔어…… 중독자들은 유령 같아서 일부 사람들에게만 보여……

(5-20-9는 지하철 안 혹은 주변에서 발생하는 범죄 행위, 특히 '소매치기' 죄목에 일반적으로 주어지는 형량이다.)

멕시코시티에 사는, 루피타라는 마약 판매상(멕시코의 거물 판매상들은 모두 여성이다.) 아스테카의 대지 여신은 많은 양의 피가 필요하다. 루피타가 말한다. "마약을 파는 게 하는 것보다 더 습관적인 중독이야." 그녀는 소박한 지혜로 삶을 꾸려 나간다. 교육받지 않은 여자…… 마약을 하지 않는 판매자는 성 중독에 빠져 있고, 그거야말로 벗어나기 힘들다…… 중개인들 역시 성 중독에 빠져 있다……

　　독자는 똑같은 내용이 똑같은 언어로 반복되는 것을 종종 발견할 것이다. 이는 부주의로 인한 것도 아니고 내가 '자기 말에 푹 빠진 부서' 소속이기 때문도 아니다…… 이는 시공간의 병렬을 암시한다…… 앞과 뒤로 접히는 시공간 (우주는 휘어져 있다고 사람들은 말한다.)…… 경험의 다양한 층위들이 교차하는 지점에서 두 평행선이 만난다……

　　서문은 쓸모없어지고, 탈각하고, 다시 자라난다. 언젠가 서문이 150쪽까지 늘어나 전체 글을 위협할 정도로 길어진 적이 있었다…… 피를 흘리면서 잘라 내 세 쪽으로 만들었는데, 그 후 다시 천천히 늘어났다……

　　"나는 이집트인이다." 그는 단조롭게 바보처럼 말했다.

　　그리고 나는 말했다. "브래드포드, 지루한 얘기 좀 그만 해……"

　　대형 가게의 다락방에서 넓은 천 꾸러미 위에서 우리는 그걸 만들었다…… 조심해, 쏟지 말고……

　　그 친구들을 배신하지 말아라…… 지하실은 빛과 공기로 가득하다…… 이 주가 지나면 올챙이는 부화한다…… 바이올린을 연주하던 오토 집안의 아들은 어떻게 됐는지 궁금하다……

　　사랑스러운 새, 슬리퍼 속의 메추라기, 은행에 맡겨 둔 돈…… 화석이 된 옛날 여자들의 성기가 퀸스 플라자에서 사방으로 튀어오른다……

화장실에 그걸 내버려두어라…… 그냥 구겨 넣으면 나머지는 진동이 알아서 할 것이다…… 검은 먼지가 우리의 머리 위로 내린다. 예기치 않은 변경의 암 같은 저주…… 견과류 껍질 아래 숨겨진 성기…… 곧바로 시작해라…… 이제 알 수 있는가, 아직도 모르겠는가……

"다발성 골절입니다." 유명한 의사가 말했다……"내가 꽤 손기술이 좋아서……"

광활한 경사면으로 이어지는 나무 계단…… 흩어져 있는 돌 움막들……

늙은이의 섬뜩한 순수함을 간직한 얼굴들. 흑인 혈통의 금빛 자국이 배열된 모자이크가 아직 태어나지 않은 남부에 스며든다……

옛날 스타일의 영국식 재단에 잔돈 주머니가 바깥에 달린 녹색 양복을 입은 남자…… 그는 꽃집의 나이 든 주인에게 사기칠 것이다.

"실수로라도 날 원하게 될 거요."

따먹기 좋게 잘 익은 것들이 저 멀리 옥수수 구멍에서 잊혔다. 기쁨의 작은 조각들과 불타는 두루마리 속에서……

오 죽음이여 당신의 매서운 손길은 어디에 있는가? 마약 판매상은 절대 제시간에 오지 않는다……

파격적인 실험 정신이 낳은 악몽의 대서사시

미국 문학을 통틀어 윌리엄 S. 버로스만큼 체제와 관습에 저항하는 '저항의 아이콘'으로서의 위상을 지닌 작가를 찾아보기란 쉽지 않다. 미국 사회의 도덕적, 정신적 파산을 정제되지 않은 언어를 통해 고발하는 그의 작품 세계는 20세기의 대표적인 아방가르드 예술인 비트 문학을 탄생시켰고, 미국 전역을 뒤흔든 1960년대의 대항문화에 지대한 영향을 끼쳤으며, 그 이후에도 오랫동안 다양한 대중음악가와 예술가, 작가들에게 직간접적인 영감을 불러일으켰다. 이처럼 버로스가 미국 사회에 끼친 사회적, 문화적 영향력은 "포스트모던 문화의 지평을 견인하는 독보적인 세력"이자 "전후 시대를 대표하는 작가", "예술 창작을 멈출 수 없는 타고난 반항아"와 같은 칭호를 그에게 선사했다.

버로스가 평생에 걸쳐 견지한 비순응적인 삶의 태도는 당시의 시대상, 예술 창작에 대한 고민, 그리고 작가 개인의 인생이라는 세 층위가 복합적으로 어우러진 결과물이다. 그가 본격적으로 작품 활동을 시작한 1950년대의 미국 사회는 "순응의 시대"로 불리던 시기였다. 정치적으로는 냉전 체제가 본격화되면서 언론 및 개인의 표현의 자유가 심각하게 위축되었고, 문화적으로는 사회 규범에 순응하는 삶의 양식이 사회 전반적으로 장려되거나 강요되었다. 당시의 미국 사회에 만연했던 순응 문화 외에도, 버로스가 극복하려 했던 또 다른 대상은 예술 창작에서의 관습적 전통이었다.

작가로서 그의 목표는 동성애, 폭력, 마약, 범죄와 같은 일탈적인 소재를 파격적인 글쓰기 방식을 통해 독자에게 날것 그대로 전달하는 것이었다. '벌거벗은 점심'이라는 제목이 의미하는 것처럼 그의 소설은 "포크의 끝에 무엇이 있는지를 모두가 볼 수 있는, 얼어붙은 그 순간"을 포착하려 시도한다. 이를 위해 버로스는 "컷-업 기법"이라는 콜라주 기법 및 생략 기법을 도입하는 등 전통적인 서사 구조를 의도적으로 교란하는 전위적 글쓰기 실험을 통해 파격적인 소재가 주는 충격을 극대화하려 했다. 여기에 더해, 버로스의 비관습적인 태도는 그의 개인적인 인생과도 무관하지 않다. 그는 청년 시절에 심각하게 마약에 중독되었고, 동성애 관계를 평생 이어 갔으며, 미국을 벗어나 외국에 머물면서 정신적인 망명 상태를 자발적으로 실행하기도 했다. 결국 버로스의 작품과 삶에 새겨 있는 체제 비판과 탈주의 열망은 미국인으로서, 작가로서, 그리고 한 명의 개인으로서 동시대에 보내는 그의 전언이라 할 수 있다.

순응의 시대와 비트 문학

1950년대의 미국은 한마디로 격변의 시대였다. 2차 세계대전의 승리에 힘입어 미국은 사상 처음으로 정치, 외교, 군사적으로 세계 최강국의 반열에 올랐다. 또한 미증유의 경제적 풍요는 이 시기 들어 중산층이 본격적으로 등장하는 계기가 되었다. 부모와 자식으로 구성된 이성애 핵가족이 교외의 개인 주택에 살면서 자동차와 각종 가전제품 및 편의 시설을 누리는 식의 '현대의 중산층 모델'이 삶의 표준적 양식으로 자리 잡으면서, 중산층 가정으로 대변되는 아메리칸드림은 미국인이 지향하는 삶의 방식이 되었다. 다른 한편으로 이 시기는 체제에 대한 순응과 복종을 강요하는 시대이기도 했다. 냉전으로 촉발된 매카시즘의 광풍과 그로 인한 국가 세력의 우경화는 미국인 중 '내부의 적'을 찾아내 섬멸하려는 과격한 분위기로 이어졌다. 이들은 정부에 비판적인 언론인과 지식인을 공산주의자로 낙인찍는 한편, 중산층 모델에서 탈락한 다양한 삶의 방식들(대표적으로 동성애자들)을 미국 사회의 안전을 위협하는 "비미국적인" 반국가 세력으로 규정하고 이들을 법적으로 규제했다. 이처럼 억압적인 정부 권력으로 인해 경직된 사회 분위기가 당시 순응 문화의 한 축을 구성했다면, 다른 한 축은 관료주의, 기업형 자본주의, 미디어, 소비주의 등의 광범위한 사회 구조와 연결된다. 이 시기 미국인의 삶을 묘사하는 대표적인 문구들인 "기계 안의 부속품", "조직 인간", "고독한 군중", "일차원적 인간"에서 알 수 있듯, 전후 미국 사회가 개인에게 요구하는 전반적인 가치는 사회라는 획일화된 거대 기계 속으로 얌전히 포섭되어 각자에게 주어진 역할에 순응하는 것이었다.

비트 문학은 이러한 당시의 사회 분위기에 저항해 개인의 자유와 주체성을 회복하려는 예술적 시도였다. 비트 문학의 출발점은 버로스와 잭 케루악, 앨런 긴즈버그, 허버트 헝크, 뤼시앵 카로 구성된 이십 대 초중반 청년들의 문학 모임이었다. 1944년 뉴욕의 컬럼비아 대학교에서 만난 이들은 시와 소설을 쓰고 문학 토론을 하며 친교를 쌓았고, 이 모임은 "비트 세대"라는 이름으로 알려지기 시작했다. "비트 세대"라는 용어는 케루악이 처음 사용하기 시작했는데, 비트의 원래 뜻인 '지친', '낡은'을 활용해 자신이 속한 세대가 물질만능주의적인 경쟁 사회 속에서 가진 것 없이 낙오되고 지친 세대임을 암시했다. 그 후 20여 년에 걸쳐 비트 세대는 미국의 청년 세대 전반을 대변하는 대표적인 용어로 자리매김했으며, 그 과정에서 "비트"의 의미 역시 '아름답고 신성한(beatific)'의 줄임말로 변용되거나 혹은 당시 젊은이들 사이에서 대유행한 로큰롤과 연계해 '음악의 박자와 리듬'을 뜻하게 되었다.

비트 세대를 향한 기성 세대의 시선은 당연히 곱지만은 않았다. 《샌프란시스코 크로니클》의 기자 허브 캐언은 청년 세대가 술과 파티를 쫓아다니며 성과 마약에 심취하고 말썽을 일으키는 가망 없는 세대라는 뜻에서 이들을 "비트족(beatnik)"이라는 경멸 섞인 이름으로 불렀다. 시대를 아우르는 문화적 현상으로서의 비트 세대의 영향력에 대해 정치인들 역시 주목했다. FBI를 창설해 매카시즘을 지휘한 J. 에드거 후버는 냉전 시대의 미국을 위협하는 국가의 주적으로 "공산주의자, 머리에 허풍만 든 지식인, 그리고 비트족"을 꼽기도 했다. 하나의 예술 사조로 출발한 비트 세대가 1960년대 들어 반자본주의적 히피 문화 및 베트남전 반전 운동에 기반한 "대항문화 운동"으로 점차 확장됨에 따라, 비트 세대는 물질만능주의와 냉전 이념에 경도된 보수적인 기성 세대와 차별화된 방식으로 대안적 삶을 실천하려는 청년 운동으로 거듭났다.

　　비트 세대의 핵심 가치는 획일화된 사회에 맞서 개인의 자유를 되찾으려는 노력으로 요약된다. 개인의 자유와 주체성의 회복은 버로스와 케루악, 긴즈버그가 시작한 예술적 저항에서부터 그 이후 광범위한 대항문화 운동에 이르기까지 일관되게 유지된 중심 사상이자 목표였다. 이들은 사적 차원에서의 계몽적 실천과 불교 교리에 따른 해탈 및 정신적 각성을 중요시했으며, 성과 음악, 마약, 자연 등의 다양한 매개체를 통해 감각 기관을 극도로 민감하게 만듦으로써 세계를 그 이전과는 전혀 다른 새로운 방식으로 경험하기를 원했다. 그중에서도 특히 '순응 문화와의 거리 두기'는 개인의 정신적 해방에 가장 중요한 요소로 여겨졌다. 앞서 설명한 대로 당시 미국 사회는 비판 의식을 허용하지 않는 '침묵하는 군중 사회'가 되었다는 시선이 지배적이었으며, 따라서 이러한 사회로부터 물리적, 심리적 거리를 두는 행위는 개인의 독립성에 대한 상징이자 획일화된 군중 사회에 속하지 않는다는 자랑스러운 표식으로 간주되었다.

　　케루악의 『길 위에서』와 버로스의 『네이키드 런치』, 그리고 긴즈버그의 『하울』에 이르기까지, 비트 문학의 정전(正典)은 의도적으로 사회의 가장자리에 머물면서 규범화된 삶의 방식에서 일탈하는 개인인 '힙스터(hipster)'에 주목한다. 사회의 규칙에 충실히 순응하는 '소시민(square)'과 대조되는 힙스터는 고착된 성 역할과 가족 제도를 답습하는 대신 제도 바깥의 다양한 성적 실천을 실행하고, 직업을 얻고 경제 활동의 주체가 되는 대신 잉여적 삶을 추구하며, 한 장소에 정착해 미래를 설계하는 대신 현재가 주는 찰나의 희열을 쫓는 떠돌이 보헤미안이 되기를 희망한다. 『네이키드 런치』의 힙스터-중독자-양성애자인 주인공 윌리엄 리는 비트 문학이 지향하는 힙스터 문화를 가장 극단까지 밀어붙여 서사화한 예라 할 수 있다. 이처럼 사회의 규격화된 리듬에서 벗어나는 개인을 저항의 정박점으로 삼는 비트 문학의 경향은 당시 미국 사회를 관통하던 순응 문화에 대한 위기의식의 표출인 동시에, 개인의 참된 정체성을 되찾고 싶다는 예술적 소망의 발현이기도 했다.

『네이키드 런치』

버로스가 『네이키드 런치』를 집필할 당시 원고의 일부를 읽어 본 긴즈버그는 이 작품이 "모든 이를 미치게 만들 소설"이 될 것이라고 예언했다. 그의 예언대로 이 소설은 동시대 미국인들의 열광적인 환호와 극도의 혐오감을 동시에 불러옴으로써 "모든 이를 미치게 만드는" 결과를 낳았다. 소설에 나타난 파격적 소재와 형식의 파괴는 경직된 미국 사회에 보내는 충격 요법으로 받아들여졌으며, 문학 잡지들은 책이 정식으로 발간되기도 전에 앞다투어 소설의 일부를 게재했다. 반면 동성애가 여전히 질병이자 범죄로 인식되던 당시의 미국에서 이 소설의 등장은 당연하게도 엄청난 비난과 도덕적 우려, 그리고 법적 검열로 이어졌다. 소설을 게재한 잡지들은 해당 회차의 출간을 금지당했고, 소설은 출간되자마자 곧바로 금서 목록에 올랐으며, 소설을 판매한 서점 주인이 경찰에 체포되기도 했다. 또한 미국 판권을 가진 그로브 출판사 역시 소설의 외설 여부를 둘러싼 법적 분쟁에 여러 해 동안 휘말렸으며, 소설이 출간된 지 오 년 후인 1966년에야 분쟁이 종결되었다. 1966년 매사추세츠 대법원의 최종 판결은 공중도덕을 위한 검열과 예술적 표현의 자유 사이에서 후자의 손을 들어 주었다. 이 판결은 예술 작품에 대한 정부 차원의 검열이 미국에서 종식되는 계기가 되기도 했다.

『네이키드 런치』의 파격적인 실험 정신은 형식과 소재의 두 측면으로 나누어 생각해 볼 수 있다. 먼저 형식의 측면을 살펴보면, 버로스는 『네이키드 런치』를 집필하던 당시 컷-업 기법에 깊이 몰두해 있었다. 컷-업 기법은 미술의 콜라주 혹은 몽타주 기법을 소설에 적용한 것으로, 서로 상관없는 내용들을 임의로 붙이거나 나란히 배열함으로써 전혀 새로운 의미와 효과를 만들어 내는 방법이다. 컷-업 기법 이외에도 버로스는 동시대 프랑스 작가인 루이 페르디낭 셀린이 시도했던 생략 기법 역시 적극적으로 활용했다. 『네이키드 런치』의 거의 모든 문장 뒤에 삽입된 생략 부호는 마침표 대신 사용되었는데, 이는 마침표와 함께 문장이 완결된다는 문학적 전제를 교란하고 문장의 불완전함을 시각화하기 위함이었다.

작품의 급진적 측면을 강조하기 위해 전위적 형식을 실험해 보는 것은 거의 모든 아방가르드 예술의 공통된 특징이다. 버로스의 컷-업 기법과 생략 기법 역시 마찬가지다. 문학, 특히 소설 장르는 허구의 완결된 세계를 질서 정연한 언어를 통해 투명하게 재현한다는 암묵적인 믿음에 전통적으로 기대어 왔다. 반면 버로스는 언어가 객관적이고 이성적인 재현의 도구가 아니라 오히려 사회적으로 학습된 선입견을 재생산하는 과정에 불과하다고 여겼다. 예를 들어 우리가 특정 단어를 읽거나 사용할 때, 우리는 그 단어가 특정한 문화에서 사용되는 특정한

뉘앙스(작가의 말을 빌리자면 "머릿속에 미리 새겨져 있는 패턴")
를 무의식적으로 반복하게 된다.

언어가 일반적인 방법으로 발화되는 순간 기존의 사고 체
계가 언어를 통해 강화될 뿐이라는 관점을 바탕으로, 버로스는
사물을 새롭게 재현하기 위해서는 기존과는 전혀 다른 방식의
언어를 사용해야 한다고 주장했다. 컷-업 기법과 생략 기법을
통해 그는 언어를 머릿속의 패턴으로부터 자유로운 '낯설고 새
로운 무언가'로 재배열하는 동시에, 객관적인 언어에 대한 믿
음과 문학의 사실주의적 재현에 대한 환상으로부터 독자의 의
식을 해방하려 한다. 『네이키드 런치』의 한 등장인물이 말하
듯, "언어라는 건 직접적으로 표현될 수 없어…… 언어는 어쩌
면 호텔 서랍 안에 버려진 물건들처럼 나란히 놓인 모자이크를
통해 간접적으로 의미가 암시되는 것에 가까워. 언어는 부정과
부재를 통해서만 규정되지……"(157쪽)

언어적 문제 이외에도 『네이키드 런치』에서 버로스가 실
험적인 글쓰기를 시도한 또 다른 이유는 소설의 소재와도 연관
이 깊다. 소설에 사용된 파격 구조는 기존의 언어적 문법으로
는 담아낼 수 없는 사회 바깥의 비정상적인 세계를 재현하기 위
한 장치라 할 수 있다. 실제로 소설 속 동성애 및 각종 성적 일
탈, 범죄는 당시 미국 사회의 정상성을 거꾸로 비추는 거울 효
과를 낸다. 이 소재들은 냉전 논리가 맹위를 떨치고 이성애 가
족의 중요성이 그 어느 때보다 강조되던 당시의 시대상과 정확
히 반대되는 위치에 자리한 것들, 바꿔 말하자면 '현실에는 실
재하나 이념적으로는 존재하지 않고 존재해서도 안 되는' 장소
에 속한 것들이다.

세계 제일의 국가로 급부상한 미국의 자랑스러운 얼굴 뒤에 숨겨진 세계이자 일탈과 자기 파괴적인 욕망이 한데 뒤섞인 어둠의 세계를 버로스는 지나칠 정도로 적나라하게 묘사한다. 자신의 의도를 좀 더 쉽게 독자들에게 전달하기 위할 목적으로 그는 19세기 영국의 낭만파 시인인 콜리지의 「늙은 선원의 노래」를 차용한다. 이 시는 한 늙은 선원이 앨버트로스를 죽인 후 겪었던 기이한 과거의 경험을 결혼식에서 만난 하객에게 들려주는 액자식 구조로 되어 있다. 상식 바깥의 초현실적이고도 비이성적인 논리가 지배한다는 점에서 『네이키드 런치』 속 어둠의 세계는 「늙은 선원의 노래」에 나오는 앨버트로스의 세계와 유사하다. 앨버트로스가 상징하는 공포와 죽음이 현실의 평온하고 행복한 결혼식과는 양립할 수 없는 가치인 것과 마찬가지로, 버로스가 그려 내는 일탈과 범죄의 세계는 경제적 풍요와 지속적인 성장, 아메리칸드림의 실현이라는 당시의 시대정신으로서는 상상조차 할 수 없는 불가해한 영역이자 추방당한 것들이 모여 있는 악몽의 장소다. 버로스는 이러한 금단의 영역으로 "점잖은 독자"를 인도하는 것이 화자인 늙은 선원으로서의 자신의 역할이라고 여긴다. "점잖은 독자들이여, 나는 이런 것들로부터 당신을 보호하고 싶지만, 내 펜은 마치 늙은 선원처럼 자기만의 의지를 지니고 있다네. 오 신이시여 이것은 도대체 무슨 광경이란 말인가! 혀 혹은 펜이 이러한 추문을 견딜 수 있단 말인가?"(59~60쪽)

이처럼 사회 주류로부터 금기시되고 버려진 것들이 끔찍한 악몽의 형태로 귀환한다는 점에서 『네이키드 런치』는 고딕 장르로 분류될 수 있다. 19세기 들어 대거 등장한 영미권의 고딕 소설들(대표적으로『프랑켄슈타인』,『지킬 박사와 하이드 씨』, 에드거 앨런 포의 단편들)은 사회의 지배적 담론에 의해 억압된 정동을 공포 소설의 형식을 빌려 서술한다. 이들은 이성 제일주의, 가부장제, 식민주의와 같은 사회 질서 아래에서 열등한 것으로 타자화된 감정과 개념들에 주목하며, 이 타자성은 주로 유령이나 살인자, 이종과의 혼종 같은 사회 질서 바깥의 괴물들을 통해 구체화된다.『네이키드 런치』역시 마찬가지다. 머그 웜프와 같은 가상의 괴물부터 선원, 구매자 브래들리, 뚱보, 디스크 윌리처럼 마약과 동성애로 인해 괴물이 된 존재에 이르기까지, 소설에는 변형되고 훼손된 신체를 가진 다양한 괴물들이 등장한다. 훼손된 신체들은 미국 사회가 지향하는 건강하고 온전한 신체와 대조되는 몸, 다시 말해 사회적 기준에 따른 비정상성이 새겨진 몸을 상징한다. 또한 동성애자처럼 '비정상적'으로 규정된 미국인들이 곧 '비미국적'인 타자로 여겨지던 당시의 이념 체계를 감안해 볼 때, 소설 속의 훼손된 신체는 단순히 비정상적인 육체를 넘어 반역의 육체를 상징하기도 한다.

　　망가지고 병든 신체를 통해 당대의 사회적 이념을 비판하려는 작가의 의도는 린치당하는 흑인의 묘사를 통해서도 잘 드러난다. 소설이 집필되던 20세기 중반 미국에서는 린치가 심각한 사회 문제로 대두되었다. 노예제를 대체한 새 인종차별법인 짐크로법은 "분리되었으나 평등한"이라는 모순적인 구호를 내세웠으며, 이 "분리된" 흑백 사이의 선을 넘는 흑인에게는 가차없이 린치가 행해졌다. 이러한 동시대의 역사는 소설에 잘 반영되어 있다. 산 채로 불태워지고 나무에 목매달아 전시된 흑인의 시체는 더 이상 아무도 놀라지 않는 일상의 일부이거나

(「평범한 남녀」), 백인 여성을 성적인 시선으로 쳐다봤다는 누명으로 가해지는 처벌이며(「군청 직원」), 검은 피부에 대한 공포와 성적 매혹이 한데 뒤섞인 양가적 감정의 발현(「인터존 대학 캠퍼스」)이기도 하다. 개개인에게 사회의 통일된 이념을 따르기를 강요하는 것을 가장 큰 폭력으로 여기는 작가에게 린치는 사회가 개인에게 행할 수 있는 최악의 폭력으로 받아들여졌다. 린치는 인종 차별에 대한 순응을 강요하는 것을 넘어 이 이념을 가장 즉물적이고 비인간적인 방식으로 개인의 신체에 직접 새겨 넣는 방식이다. 따라서 린치당하는 흑인의 몸은 소설 속에서 다른 괴물들의 몸과 유사한 상징성을 띠게 된다. 버로스의 관점에 따르면 동성애자와 중독자, 유색 인종은 당시 미국 사회에서 열등한 존재로 낙인찍힌 '실패한 몸들'이자 훼손된 몸을 가진 '사회 바깥의 괴물들'이며, 세계 제일의 국가로 도약하는 미국의 정체성을 위협하는 '배신자들'이기도 하다.

그렇다고 해서 버로스가 사회 질서로부터 비껴 있는 타자들을 무조건 옹호한 것만은 아니다. 그는 평생에 걸쳐 마약 중독과 씨름했으며, 마약이 주는 정신적인 해방감과 마약에 매인 중독자의 비참한 삶 사이에서 늘 양가적 입장을 취했다. 한편으로 개인의 자유를 상상력의 극단까지 밀어붙여 실천한 사람답게 버로스는 『네이키드 런치』의 후기에서 정부의 마약 규제가 개인의 선택과 권리를 침해한다고 비난한다. 다른 한편으로 그에게 마약 중독은 그 자체로 개인의 자유 의지를 억압하고 독립성을 훼손해 일차원적 존재로 전락시키는 기제이기도 했다. 인터존 분파를 설명하는 대목에서 작가는 마약이 개인의 정신을 통제하는 전체주의적 도구임을 여러 차례 지적한다. "통제라는 것은 어떠한 실용적인 목적도 달성할 수 없는 도구입니다…… 통제는 더 심한 통제만을 불러올 뿐입니다…… 마치 마약처럼요……"(217쪽) 흑인 린치나 동성애자 차별의 문제와 달리 마약은 작가에게는 극한의 자유와 개인성의 상실이라는 양립 불가능한 두 측면을 동시에 지닌 퍼즐과도 같았으며, 이 퍼즐은 작가의 생이 끝날 때까지 완전히 해결되지 못한 숙제로 남겨졌다.

문학을 제대로 이해하기 위해서는 그것이 쓰인 당시의 사회적 배경에 대한 이해가 어느 정도는 필수적이다. 『네이키드 런치』는 이 경우에 해당하는 대표적인 소설이다. 인종 차별 및 동성애 억압, 반공주의에 기반한 순응의 시대와 여기에 대항하는 비트 세대의 힙스터 문화에 대한 이해 없이 소설을 접할 경우, 작가가 전면에 내세우는 파격적인 소재에만 매몰되어 소설의 의도를 오독할 가능성이 있다. 비록 짧은 글이지만 이 해설을 통해 조금이라도 소설의 배경과 작가의 의도가 독자들에게 전달되었기를 희망한다.

2026년
권지은

네이키드 런치

1판 1쇄 찍음 2026년 1월 28일
1판 1쇄 펴냄 2026년 2월 6일

지은이 윌리엄 S. 버로스
옮긴이 권지은
발행인 박근섭, 박상준
펴낸곳 (주)민음사

출판등록 1966. 5. 19. (제 16-490호)
서울특별시 강남구 도산대로1길 62(신사동) 강남출판문화센터 5층 (우편번호 06027)
대표전화 02-515-2000 팩시밀리 02-515-2007
www.minumsa.com

ISBN 978-89-374-4906-2 03840